novum
VERLAG

C. Harry Kahn

MARCO UND
DER EINÄUGIGE PIRAT

novum
VERLAG

Für:

Tara
Rune
Loke
Dana
Tyre

Bibliografische Information der Deutschen Nationalbibliothek:
Die Deutsche Nationalbibliothek verzeichnet diese Publikation in der Deutschen Nationalbibliografie. Detaillierte bibliografische Daten sind im Internet über http://www.d-nb.de abrufbar.
ISBN 978-3-85022-510-6

© 2009 novum Verlag GmbH, Neckenmarkt · Wien · München
Lektorat: Mag. phil. Alessandro Barberi

Gedruckt in der Europäischen Union auf umweltfreundlichem, chlor- und säurefrei gebleichtem Papier.

www.novumverlag.com

KAPITEL 1

Marco ärgert den einäugigen Piraten und
wird vom Blitz getroffen

Der einäugige Pirat stapfte die große Straße hinunter, die die Stadt in zwei Hälften teilte und genau in der Mitte des Hafens endete. Von allen Piraten war der einäugige Pirat der gemeinste, hinterhältigste. Höchstens der einbeinige Long John Silver hätte ihm in dieser Hinsicht das Wasser reichen können, aber mit dem hatte Marco bisher noch nie zu tun gehabt. Auf Marcos Liste unausstehlicher Menschen stand der einäugige Pirat jedenfalls an erster Stelle. Wenn er nur in der Ferne auftauchte, drückten sich alle Menschen in die Seitengassen und sogar die Hunde und Katzen suchten sich eilig einen sicheren Zufluchtsort. Jedes unachtsame Tier, das dem einäugigen Piraten über den Weg lief, wurde gnadenlos mit einem wilden Fußtritt an den Straßenrand befördert. Wenn ihm wieder einmal eine solche Heldentat gelungen war, blieb der einäugige Pirat mitten auf der Straße stehen und stieß ein grölendes Gelächter aus. So laut klang das, dass links und rechts von ihm die Fensterscheiben schepperten, und wenn man direkt neben ihm eine Kanone abgefeuert hätte, dann hätte wohl niemand den Schuss gehört.

Marco hasste den einäugigen Piraten und versuchte ihn abzulenken und zu verwirren, wann immer er konnte. Besonders jetzt wollte er ihn unbedingt vom Hafen fernhalten. So schickte er ihm aus dem Schmutzwasserbach am Straßenrand eine Ratte vor die Füße. Marco machte sich nicht viel aus Ratten, besonders nicht aus diesen hässlichen, fetten Biestern, die sich in der Stadt von den Abfällen der Menschen ernährten und von denen man sagte, dass sie manchmal schon Kinder angegriffen hätten. Es hätte ihm gar nicht besonders leid getan, wenn die widerliche Kreatur einen Kick abbekommen hätte. Aber der Ratte drohte keine große Gefahr. So gemein er auch war, Schnelligkeit gehörte nicht zu den Eigenschaften des einäugigen Piraten. Bis er sich überlegt hatte, dass er die Ratte mit einem Tritt auf das gegenüberliegende Hausdach schicken könnte, hatte sich das Tier längst in Sicherheit gebracht. Der einäugige Pirat geriet in Rage und schickte wütende Blicke umher, um herauszufinden, ob jemand seinen Fehltritt gesehen hatte. Auf der Straße war keiner zu entdecken, aber vielleicht machte sich dort im Haus jemand über ihn lustig? Er mochte es nicht, wenn man sich über ihn lustig machte. Überhaupt nicht. Er trat an das nächste Fenster und presste sein Gesicht gegen die Scheibe. Dahinter saß eine alte Frau. Sie lachte nicht, sie wirkte ängstlich, aber es stand außer Zweifel, dass sie das Geschehen beobachtet hatte. Mit einem Wutschrei trat der einäugige Pirat einen halben Schritt zurück, die geballte Faust hoch über den Kopf erhoben. Die alte Frau saß wie versteinert. Die Wucht des Schlages würde vielleicht durch die dicken Fenstersprossen abgeschwächt, aber mit Sicherheit würden ihr die Glassplitter das Gesicht zerschneiden, vielleicht sogar das Augenlicht zerstören, das Letzte, was sie im Leben noch hatte.

Marco meinte schon, das Klirren des Fensters zu hören. Die alte Frau war Pedros Großmutter, und Pedro war der beste Freund, den Marco in der Stadt hatte. Mit einem Klick ließ er eine Käfigtür aufspringen und schickte eine zweite Ratte los. Der Trick hatte Erfolg. Die Ratte schlüpfte dem einäugigen Piraten zwischen den Füßen durch, er drehte sich auf dem Absatz, sein rechtes Bein schwang bösartig nach vorn. Natürlich verfehlte er das flinke Tier, aber die schnelle Drehung wurde durch den immer noch hochgestreckten Arm zu einer Pirouette, die jeder Ballerina zur Ehre gereicht hätte. Den einäugigen Piraten brachte sie nur aus dem Gleichgewicht und mit einem hörbaren Bums landete er auf dem

Bauch. Während er sich benommen ganz langsam wieder aufrappelte, brachte Marco die Großmutter in Sicherheit. Das dauerte nur ein paar Augenblicke, dann konnte er sich wieder um seinen Feind kümmern.

Der einäugige Pirat hatte die alte Frau vergessen. Er stand da und schüttelte sich wie ein Hund, der gerade einen Stock aus dem Teich geholt hat. Eine Minute dauerte es, vielleicht auch zwei, auf jeden Fall aber eine unendlich lange Zeit, wenn man nur darauf wartete, dass etwas geschah. Dann setzte er seinen Weg fort und seine Bewegungen wurden mit jedem Schritt wieder sicherer.

Er war ein Riese, dieser Pirat, und ein gefährlicher Gegner. Wenn er neben anderen Männern stand, überragte er jeden um Kopfeslänge und war deshalb jederzeit und von allen Seiten deutlich zu erkennen. In einer Ansammlung von Menschen, am Markttag oder zu einem Fest, war er immer der Mittelpunkt eines leeren Kreises von Armeslänge – von seiner Armeslänge, die die der anderen weit übertraf. Sobald er das Gefühl hatte, dass ihm jemand einen halben Schritt zu nahe kam, rotierte er mit ausgestreckten Armen ein paar Mal um sich selbst wie ein tropischer Wirbelsturm. Das hatte ihm den Beinamen Käptn Hurrikan eingebracht. Wer bei einem solchen Rundumschlag nur zu Boden geworfen wurde und mit Beulen, blauen Flecken oder Platzwunden davonkam, der humpelte vom Platz, so schnell er konnte. Wenn aber Käptn Hurrikan einen schlechten Tag hatte, dann traktierte er den zu Fall Gekommenen mit schmerzhaften Tritten seiner hohen Schaftstiefel, die ihm bis übers Knie reichten und eine Art Erkennungszeichen waren. Kein anderer Pirat trug solche Stiefel. Wer dann keine Freunde hatte, die ihn schnell aus der Reichweite dieser Stiefel zerrten und in Sicherheit brachten, der erlitt oft schwerste Schäden. Er konnte von Glück reden, wenn er nur mit einem gebrochenen Arm oder Bein davonkam.

Im Schmutz liegend und angstvoll nach oben blinzelnd erblickte solch ein Unglücksrabe oberhalb der Stiefel ein Paar senfgelber Hosen, die wahrscheinlich noch nie in zehn Jahren gewaschen worden waren. Falls ihm Käptn Hurrikan noch mehr Zeit zum Schauen ließ, entdeckte er eine Art von Gürtel, der den mächtigen Bauch umschlang und die Hosen zusammenhielt. Genau genommen war es ein roter Seidenschal. Wer weiß, welcher unglücklichen reichen Dame der Käptn ihn abgenommen hatte und was ihm bei jener Gelegenheit noch in die Hände gefallen war. In dem Gürtel steckten zwei Pistolen, ein gebogener Säbel und ein Messer, länger als drei Handbreiten. Der glänzende Stahl und der unverwechselbare, mit Perlmutt verzierte Griff ließen vermuten, dass es einmal für einen Edelmann in einer der besten Waffenschmieden Spaniens geschmiedet worden war. Man sagte, dass Käptn Hurrikan diese Waffen auch sehr geschickt zu benutzen wusste, nur war niemand am Leben, der das aus eigener Erfahrung bezeugen konnte. Hätte der einäugige Pirat an einem Maskenball teilgenommen, wäre ihm der Preis für das beste Kostüm sicher gewesen. Jede Kleinigkeit an ihm sah genau so aus, wie man sich einen erbarmungslosen Seeräuber vorstellte. Sein Oberkörper und die doppelt breiten Schultern waren mit einem Hemd bekleidet. Es war am Kragen und an den Ärmeln mit Rüschen verziert und musste einmal weiß gewesen sein, aber das konnte nicht darüber hinwegtäuschen, dass es noch nie mit einer Waschfrau oder gar einem Bügeleisen in Berührung gekommen war. Der Kopf war mit einem grünen Tuch bedeckt, das im Nacken zusammengeknotet war. Die Zipfel berührten gerade die Schultern und schwangen bei jeder Bewegung hin und her. Käptn Hurrikans Alter ließ sich nicht schätzen, denn von seinem Gesicht sah man fast nur die buschigen Augenbrauen und den riesigen, ungepflegten, schwarzen Bart. Darin waren keine grauen oder weißen Strähnen zu entdecken, sehr alt konnte er also nicht sein. Ein Auge war, wie es sich für einen Piraten gehört, durch eine schwarze Klappe verdeckt. Dafür wirkte das andere eisig grau. Wenn er den Mund öffnete, konnte man sehen, dass ihm oben ein Schneidezahn fehlte. Höchstwahrscheinlich hatte er den in einem Kampf verloren. Seine Stimme kannte keiner, denn Käptn Hurrikan sprach nie. Kein Wort.

Er hatte seine Benommenheit von dem Sturz jetzt ganz abgeschüttelt und marschierte zielstrebig die Straße hinunter. Die Zeit wurde knapp. Marco konnte nicht zulassen, dass der Pirat den Hafen erreichte und das gerade einlaufende Schiff entdeckte. Allzu deutlich war es als ein spanischer Segler zu erkennen, nur leicht bewaffnet und durch einen Sturm schwer beschädigt. Der Hauptmast fehlte ganz und der Rest der Takelage war verwüstet. Marco wusste nichts über das Schiff, konnte von seinem Standort aus nicht einmal seinen Namen lesen. Höchstwahrscheinlich barg sein Laderaum wertvolle Fracht. Immer noch entdeckten die Spanier neue Indianervölker, neue Städte und Dörfer, neue Tempel mit goldenen Kultgegenständen und unschätzbar wertvollen Skulpturen. Einen Teil davon behielten die Generäle und Soldaten als Beute, aber der andere Teil stand der spanischen Krone zu und wurde auf Schiffen wie diesem über den Atlantik transportiert. Wenn Käptn Hurrikan das Schiff entdeckte, konnte er in kurzer Zeit eine Mannschaft von Bösewichtern zusammenholen, mit ihnen das Schiff entern, die Besatzung über die Klinge springen lassen und sich die Schätze mit seinen Kumpanen teilen. Das passte nicht in Marcos Plan. Er musste Pedro zu Hilfe rufen.

Pedro war vielleicht zehn Jahre alt und kannte die Stadt wie kein anderer. Kein Hinterhof, zu dem er nicht ein verstecktes Türchen wusste, kein Platz, den er nicht auf seinen Schleichwegen schneller als jeder andere erreichte. Pedro war nicht stark, aber flink, und für den einäugigen Piraten war er ein mehr als ebenbürtiger Gegner. Mit seiner Hilfe sollte es nicht schwierig sein, den Käptn kaltzustellen. Er hatte langes, dichtes schwarzes Haar, seine braune Hautfarbe wies auf indianische Abstammung hin. Sicher hatte er auch ganz dunkle Augen, aber das war auf die Entfernung nicht zu erkennen. Er war gekleidet wie alle armen Jungen in der Stadt: eine Bluse von undefinierbarer Farbe, die eigentlich nicht viel mehr war als ein Sack mit drei Löchern für Kopf und Arme, dazu eine blaue Hose, die nicht ganz bis an die Knie reichte.

Es dauerte nur einen Augenblick, bis Pedro die Lage erfasst hatte. Das Problem war, dass Käptn Hurrikan direkt auf den Hafen zusteuerte. Die Lösung lag darin, dass er an kleine Jungen noch lieber Tritte austeilte als an Katzen und Hunde. Pedro sprang ihm in den Weg, in sicherer Entfernung, versteht sich, und begann gestikulierend auf und ab zu hüpfen und Grimassen zu schneiden. Verblüfft durch so viel Frechheit hielt der einäugige Pirat in seinem Marsch inne. Dann aber packte ihn die Wut. Diesen Bengel wollte er sich schnappen und für seine Unverschämtheit bestrafen. Eine Tracht Prügel und ein paar deftige Fußtritte waren das Mindeste. Er setzte sich in Bewegung.

Ein Stier in der Arena kann eine unglaubliche Geschwindigkeit erreichen, aber er braucht gewisse Zeit für den Anlauf. Einmal in Schwung, steuert er unaufhaltsam auf sein Ziel zu. Die Naturgesetze machen es ihm unmöglich, abrupt die Richtung zu ändern oder seinen Angriff schlagartig abzubrechen. Der Stierkämpfer, der sich ihm in den Weg stellt, läuft keine Gefahr, wenn er nur rechtzeitig einen oder zwei Schritte zur Seite tritt. Bis der Stier seine Körpermasse abgebremst und in die neue Kampfesrichtung gebracht hat, ist der Stierkämpfer längst außer Reichweite. Pedro war kein Torero, eher ein Banderillero, der den Stier reizt, ihn zu ständigen Richtungsänderungen verleitet und ihn so lange durch die Arena führt, bis er seine Kräfte verbraucht hat und dem Degen des Matadors ein leichtes Ziel bietet.

Noch besaß Käptn Hurrikan genügend Kraft, hinter Pedro herzurennen. Mehrmals meinte er schon, er hätte ihn gepackt, aber im allerletzten Augenblick duckte sich der Junge, sprang sogar manchmal zur Seite, ließ den Riesen ins Leere laufen und verschwand, während der sich umdrehte und erneut Geschwindigkeit aufnahm, in einer Seitengasse. Je länger die Jagd dauerte, desto wütender wurde der einäugige Pirat. Schon schnaufte er wie ein ertrinkendes Walross, seine

Bewegungen wurden langsamer und seine Augen sahen blutunterlaufen aus. Schließlich entdeckte er den Jungen zehn Schritte vor sich, lässig an eine niedrige, hölzerne Tür gelehnt. Halb blind vor Rage riss er das Messer aus seinem Gürtel und schleuderte es nach Pedro. Dieses Mal wurde er seinem Ruf als unfehlbarer Pistolenschütze und Messerwerfer nicht gerecht. Noch ehe die Klinge seine Hand verlassen hatte, war der Junge hinter der Tür verschwunden.

Was immer sich hinter dieser Tür befinden mochte, Pedro saß in der Falle. Doch war ihm keine Angst anzumerken. Der einäugige Pirat riss die schmale Tür auf und begann, seinen riesigen Körper hindurchzuzwängen. Das war gar nicht so einfach. Er musste sich zur Seite drehen und tief in die Knie gehen. Jetzt konnte er erst den Kopf und dann die rechte Schulter durch den Türrahmen manövrieren, dann vorsichtig das rechte Bein nachziehen und als Nächstes seinen massigen Bauch. Der bereitete ihm unerwartete Schwierigkeiten. Erst als er seine Pistolen, die er ziemlich weit vorne trug, ganz auf die rechte und linke Seite geschoben hatte, konnte er sich durchwinden. Eine Weisheit der Diebe sagt, solange der Kopf durch ein Fenster oder irgendeine Öffnung passt, geht auch der ganze Körper hindurch. Käptn Hurrikans Manöver bewies wieder einmal die Richtigkeit dieses Satzes. Dem Bauch folgten die linke Schulter und der Rest des Körpers, wobei der Säbel zwar noch sehr lästig, aber kein entscheidendes Hindernis mehr war. Das linke Bein und ein lautes, erleichtertes Grunzen kamen zu guter Letzt.

Der einäugige Pirat befand sich in einem langen Gang, nur wenig breiter als er selber, der auf beiden Seiten durch Mauern aus grauem Stein begrenzt war. Sie waren etwa zwei Manneslängen hoch und darüber öffnete sich der Himmel. Zwanzig Schritte vor sich erblickte der Käptn den unverschämten Lausejungen. Der wandte ihm das Gesicht zu und bewegte sich gemächlich rückwärts auf das Ende des Ganges zu. Der einäugige Pirat setzte sich in Bewegung, langsam, dann immer schneller. Mit gesenktem Kopf rannte er vorwärts, und hätte er Hörner gehabt, so hätte er den Jungen aufgespießt und hoch in die Luft geschleudert. Stattdessen aber schmetterte er in vollem Lauf in die Wand und fand sich schon zum zweiten Mal an diesem Tag auf der Erde wieder, diesmal nicht auf dem Bauch, sondern auf seinem selfgelben Hosenboden.

Wenn mir das passiert wäre, dachte Marco, dann läge ich jetzt wahrscheinlich bewusstlos auf der Erde. Zumindest hätte ich eine heftige Gehirnerschütterung. Käptn Hurrikan hatte in seiner Wut nicht bemerkt, dass am Ende des Ganges links und rechts eine Gasse abzweigte, sodass Pedro sich kurz vor dem Aufprall durch einen schnellen Sprung in Sicherheit bringen konnte. Langsam und schwerfällig rappelte sich der einäugige Pirat wieder auf. Die Beine schwankten noch ein wenig, als er sich wieder auf den Weg machte. Zwanzig Schritte vor ihm befand sich der Bengel immer noch fast in Reichweite. Was der einäugige Pirat noch nicht erkannt hatte, war, dass er sich in einem überaus geschickt angelegten Irrgarten, einem Labyrinth, befand und dass Pedro ihn immer tiefer hineinlockte. Nach kurzer Zeit wanderte der Käptn allein durch das System verwinkelter Gänge. Pedro, der das Labyrinth[1] so gut kannte wie das Häuschen seiner Großmutter, war längst durch eine andere Tür geschlüpft und stand jetzt wieder auf der Straße. „Das hast du gut gemacht", sagte Marco. „Jetzt gehen wir mal zum Hafen und sehen nach, was dort passiert." Solange der Pirat in den Gängen herumirrte, bestand für das einlaufende Schiff keine Gefahr.

Der einäugige Pirat blickte sich nach allen Seiten um. Wie immer er sich drehte, da war nichts als graue, steinerne Wände. Von dem Jungen keine Spur. Er wandte sich um und machte sich auf den Weg zurück. Aber schon nach wenigen Schritten verzweigte sich der Gang. War er von rechts gekommen

---

1 Tipp für schlaue Köpfchen Nr. 1: Auf Seite 310 kannst du nachlesen, wer das Labyrinth erfunden hat und warum.

oder von links? Oder doch von geradeaus? Bald hatte er jedes Zeitgefühl verloren und wusste nicht mehr, wie lange er schon durch die Gänge irrte. Die waren manchmal so breit, dass eine Kutsche darin hätte fahren können, und manchmal so eng, dass er Mühe hatte sich hindurchzuzwängen. Anders aber als in einer Stadt, wo die breiten Straßen fast immer zu einem wichtigen Punkt führen, zum Rathaus etwa oder zum Hafen, gab es in diesem Irrgarten kein System. Tiefer und tiefer drang der einäugige Pirat in das Labyrinth ein. Er begann, mit seinem Messer Merkzeichen und Pfadmarkierungen in die Wände zu ritzen, aber auch das half ihm nicht weiter. Den Weg aus einem Irrgarten kann man nur dann mit Sicherheit finden, wenn man von oben die Gänge überblicken kann. Wenn nicht, dann helfen nur viel Glück und noch mehr Geduld.

Die Mauern waren glatt und ohne Ritzen. Der einäugige Pirat machte sich auf die Suche nach einem besonders engen Gang, wo er sich, wie ein Alpinist in einer engen Kluft, nach oben arbeiten konnte, indem er sich auf der einen Seite mit dem Rücken, auf der gegenüberliegenden mit den Füßen abstützen konnte. Bei seinen Körperkräften wäre das ein Leichtes. Aber so sehr er auch suchte, sooft er um eine neue Ecke trottete, sich an die Wand lehnte und die andere mit einem Bein zu berühren versuchte, immer lagen noch eine Elle, eine Handbreit, manchmal nur drei Finger zwischen seiner Stiefelsohle und dem stützenden Stein.

In einer breiten Gasse blieb er stehen und überlegte, ob er vielleicht mit einem guten Anlauf so hoch springen könnte, dass seine Hände die Mauerkante erreichten, um sich dann hochzuziehen. Da verspürte er in seinem Rücken eine leichte, streichelnde Bewegung. Wie immer, wenn ihm jemand zu nahe kam, reagierte er augenblicklich mit dem Hurrikan. Er streckte die Arme waagerecht nach beiden Seiten und vollführte drei, vier blitzschnelle Drehungen. Was aber sonst zu seiner Befreiung führte, endete diesmal im Desaster. Er hatte seinen Angreifer nicht zu Boden geschlagen, um ihn mit den

Stiefelspitzen zu traktieren, nein, er hatte sich selbst in seinen Feind hineingewickelt: Eine Riesenschlange, eine Python oder Anakonda, so genau war das nicht zu erkennen, wand sich in mehreren Ringen um seinen Körper.

Riesenschlangen besitzen keine Giftzähne. Sie ernähren sich von Beutetieren, die sie mit ihrem Schlangenkörper erst fesseln und dann langsam zu Tode drücken. Wenn die Beute aufgehört hat zu zappeln, löst die Schlange ihren Würgegriff und begibt sich zu Tisch. Zuerst muss sie mit Nase und Zunge den Kopf des Opfers ertasten. Schlangen können nicht kauen, sondern verschlingen ihre Beute mit Haut und Haar. Sie können ihr Maul ungeheuer weit aufreißen, und was für Einbrecher gilt, das gilt auch für Schlangenfraß: Wenn erst einmal der Kopf durch die Öffnung passt, dann ist auch Raum für den Rest. Also beginnt die Schlange immer am Kopf. Dafür gibt es noch einen zweiten Grund. Was wäre, wenn sie etwa ein Stachelschwein von der falschen Seite her verschluckte? Das arme Stachelschwein könnte sich seiner späten Rache nicht einmal mehr freuen, für die Schlange würde es den sicheren Tod bedeuten. Stückchen um Stückchen zieht die Anakonda, die Boa oder Python ihre Beute mit den Zähnen in sich hinein, bis auch das letzte Ende verschwunden ist. Man kann genau sehen, wie sich der Schlangenleib um das Beutetier ausbeult wie ein Ballon, der jeden Moment platzen könnte, und wie diese Beule langsam, langsam immer weiterwandert. Von jetzt an ist die Schlange mit ihrer Verdauung beschäftigt. Sie zieht sich an einen sicheren Ort zurück und kommt erst nach Tagen oder Wochen wieder hervor, wenn sie erneut Hunger verspürt.

Gegen eine ausgewachsene Riesenschlange hat auch ein bärenstarker Mensch keine Chance. Ehe er auch nur einen Finger rühren konnte, fühlte der einäugige Pirat, wie sein Brustkorb zusammengepresst wurde. Schon hatte er Mühe Luft zu holen. Zwar waren seine Hände frei, denn er hatte sie bei seiner Drehung vom Körper weggestreckt. Aber er konnte an den Schlingen keinen Halt finden, um sie auseinander zu ziehen. Auch hätte seine übermenschliche Stärke nicht mehr vollbracht als eine Maus, die versucht, einen Pferdewagen zu ziehen. Menschen, die die Attacke einer Python oder Anakonda überlebt haben, beschreiben, wie ihnen das Blut in den Kopf schießt, wie sich in ihren Ohren das Dröhnen zu unsagbarer Qual steigert und ihre Denkfähigkeit aussetzt, wie nach und nach ihre Rippen zersplittern und schließlich eine Ohnmacht sie von ihrer Höllenpein erlöst. Ihre Rettung verdanken sie meistens einem Begleiter, dem es irgendwie gelingt, die Schlange abzulenken oder so zu verletzen, dass sie ihren Angriff abbricht und das Weite sucht. Der einäugige Pirat hatte keinen Begleiter. Er versuchte, sein Messer zu ziehen, doch ein Ring des Schlangenkörpers, der sich genau um seine Mitte wand, verhinderte jeden Griff zu Messer, Pistolen oder Säbel. Langsam, unwiderstehlich, tödlich zogen sich die Schlingen enger. Der ekelhafte Reptilienkopf tastete züngelnd über seinen Nacken, ohne dass er ihn mit seinen Händen hätte erreichen und zerdrücken können. Das war das Ende des einäugigen Piraten, in wenigen Augenblicken würde es keinen Käptn Hurrikan mehr geben. Da lockerte sich plötzlich der Griff der Würgeschlange. Vielleicht hatte sie erkannt, dass ihr Opfer ein größerer Brocken war, als sie verschlingen und verdauen wollte. Während die Luft in die zusammengedrückte Brust des Käptns zischte, vernahm er ein leichtes Klatschen. Seine Peinigerin hatte sich einfach auf den Boden fallen lassen und strebte mit unerhörter Geschwindigkeit der nächsten Ecke zu. Hasserfüllt riss er seinen Säbel aus dem Gürtel und sprang hinter der Schlange her. Als er aber den Quergang erreichte, war sie verschwunden.

Behutsamer als vorher bewegte sich der einäugige Pirat weiter. Er band eine der Pistolen an das Ende seines Seidengürtels und warf sie über die Mauer. Wenn sich die Pistole irgendwo verhakte, dann konnte er vielleicht an seinem Gürtel hinaufklettern. Sooft er es aber versuchte, er hatte keinen Erfolg, nur traf ihn die Pistole beim Herunterfallen ein paar Mal an der Stirn. Je länger er sich in diesem Irrgarten bewegte, desto weniger wusste er, wo er sich befand und wie er den Ausweg finden konnte. Als Seemann konnte er am Stand der Sonne die Himmelsrichtung bestimmen, aber in seinem Jagdeifer hatte er nicht darauf geachtet, ob die Tür, durch die er mit so großer Mühe hereingekommen war, im Osten lag oder im Westen, im Norden oder im Süden. Er konnte nur weiterwandern und hoffen, dass ihn der Zufall hinausführte. Noch ein Quergang, noch eine Ecke, plötzlich stand er am Ufer eines Teiches. Hier war er noch nicht vorbeigekommen. Ein Hindernis dieser Art war vielleicht dazu angelegt, den Weg zum Ausgang zu versperren. Während er am Rande des Wassers stand und auf der gegenüberliegenden Seite den Weg nach draußen zu erspähen suchte, nahm er plötzlich aus dem Augenwinkel eine rasend schnelle Bewegung wahr. Ein instinktiver Sprung rückwärts rettete ihn. Noch als er sich in der Luft befand, klappten unter ihm die Kiefer eines riesigen Krokodils zusammen. Zum Glück konnte er das Gleichgewicht bewahren und sich schnell weiter zurückziehen.

❋ ❋ ❋

Das Telefon klingelte. Zwei-, drei-, viermal. Es dauerte lange, bis Marco in die Wirklichkeit zurückfand. „Ein Krokodil", murmelte er und erntete dafür ein Kichern am anderen Ende.

„Du hast Computer gespielt", sagte Richard. Es war keine Frage, sondern eine Feststellung, und sie stimmte. Richard kannte das Spiel genau. Es hieß *Zeitreise zu den Piraten der Karibik* und er hatte es Marco vor ein paar Tagen zum Geburtstag geschenkt.

„Hallo, Löwenherz", antwortete Marco. „Du hast recht. Ich war gerade bei Käptn Hurrikan und habe überlegt, ob ich ihn vor den Krokodilen retten soll oder nicht. Es hat ein bisschen gedauert, bis mir klar wurde, dass der Anruf nicht von dort kam."

Richard war Marcos bester Freund. Früher hatten ihn alle Ricky genannt, aber seit sie im Unterricht die Kreuzzüge durchgenommen hatten, nannten sie ihn nur noch Löwenherz, nach dem englischen König Richard dem Ersten. Das klang viel cooler als Ricky. „Ich wollte dich eigentlich etwas zu den Hausaufgaben in Physik fragen", erklärte Löwenherz. „Aber ich vermute, du hast den ganzen Nachmittag kein Buch angerührt. Stimmt's?"

„Genau. Du weißt doch, dass mich Physik nicht interessiert. Besonders wenn mich dieses Spiel nicht mehr loslässt."

„Das nützt dir jetzt gar nichts. Denk daran, dass wir nächste Woche unsere letzte Prüfung vor dem Zeugnis haben. Der Bauch organisiert seinen Unterrichtsstoff immer so, dass in den letzten zwei Wochen davor noch einmal alles behandelt wird. Wenn wir jetzt unsere Hausaufgaben ordentlich machen, dann schaffen wir auch die Prüfung problemlos."

Der Bauch war ihr Physiklehrer. Er war bei Schülern und Kollegen gleichermaßen beliebt und genoss den Ruf, dass er auch dem Dümmsten erklären konnte, warum die Erde um die Sonne kreist. Eigentlich hieß er Ralf Bauenhagen, aber kein Schüler nennt seinen Lehrer beim richtigen Namen, besonders wenn der so lang ist, dass man nach dem Aussprechen eine Atempause einlegen muss. So wurde aus Herrn Bauenhagen *der Bauch* und der ließ es hingehen und schmunzelte darüber, denn der Name passte ganz und gar nicht zu seinem Körperbau.

„Ich habe nicht die geringste Lust auf Physik. Aber es muss wohl sein. Komm rüber, dann machen wir's zusammen", schlug Marco vor.

„Bei dem Wetter? Da könnte es passieren, dass ich bei euch übernachten muss."

Jetzt erst bemerkte Marco, wie dunkel es draußen geworden war. „Ist es schon so spät?", fragte er.

„Also, du warst bei deinen Piraten und hast die Welt vergessen", gab Richard zurück. „Wach auf. Es ist vier Uhr nachmittags und wir haben ein starkes Gewitter. Merkst du das gar nicht?"

In diesem Augenblick zickzackte ein greller Blitz über den fast schwarzen Himmel und unmittelbar darauf folgte ein gewaltiger Donnerschlag, der Marco zusammenzucken ließ und die Fensterscheiben zum Klirren brachte. „Du hast recht. Und es ist direkt über uns. Zwischen Blitz und Donner vergeht keine Viertelsekunde. Und höllisch laut ist es auch." Bei Herrn Bauenhagen hatten sie gelernt, dass ein Gewitter umso weiter entfernt ist, je länger die Pause zwischen Blitz und Donner dauert. Ein heftiger Regen, ein Wolkenbruch hämmerte gegen die Fenster, Hagelkörner fetzten das Laub von der Linde auf der anderen Straßenseite. Marco fiel ein, dass man bei Gewittern weder telefonieren noch am Computer arbeiten sollte. Er griff nach der Maus, um den Computer herunterzufahren.

„Also, die erste Aufgabe ist noch …", fing Löwenherz an, da vernahm er im Telefon ein unbeschreiblich lautes Schnalzen, fast gleichzeitig mit einem ohrenbetäubenden Donnerknall. Dann war das Telefon tot und er hörte nur noch den wirklichen Donner, der wie ein Stein auf dem Wasser hüpfte, sich viele Male in immer kleineren und leiseren Sprüngen wiederholte und scheinbar endlos weiterrollte.

Der Blitz stand mitten im Zimmer, gar nicht blitzschnell und zuckend, sondern mehrere Sekunden lang und bewegungslos. Marco hatte das Gefühl, dass seine Augen explodierten. Dann fühlte er gar nichts mehr.

KAPITEL 2

*Marco lernt Pedro kennen und begegnet
Händlern, Matrosen und Piraten*

Pedro saß auf dem niedrigen Mäuerchen, das den winzigen Hafen umschloss, und ließ die Beine baumeln. Die Sonne stand schon ziemlich hoch, nur noch zwei oder drei Handbreit unter dem Mittagspunkt. Ich muss mir ein Plätzchen im Schatten suchen, dachte Pedro. Er drehte sich halb zur Seite und zog die Knie nach oben, um sich aufzurichten. Da wurde ihm plötzlich schwarz vor Augen. Ein nie erlebtes Schwindelgefühl hatte ihn gepackt. Er glaubte, er müsste gleich ins Wasser stürzen, und ruderte instinktiv mit dem freien Arm durch die Luft. Seine Hand stieß auf Widerstand und krallte sich fest. Stillhalten, das war sein einziger Gedanke, die Augen fest zukneifen und warten. Es dauerte ein Weilchen, bis die Welt wieder zum Stehen kam und er vorsichtig, ganz vorsichtig, die Augen einen winzigen Spalt und dann plötzlich ganz weit öffnete. Woran er sich immer noch festhielt, das war das Hemd eines Jungen, ein bisschen älter als er selber, der da auf dem Mäuerchen saß und die Füße baumeln ließ. *„¿De donde …?* – Woher kommst du denn?", stotterte er.

Marco hatte keine Ahnung, woher er gekommen war und wo er sich befand, aber er reagierte geistesgegenwärtig wie bei einer überraschenden Frage im Geschichtsunterricht. „Von da drüben." Er zeigte vage in Richtung der Schiffe auf der anderen Seite des Hafens. „Ich heiße Marco."

„Und ich bin Pedro", antwortete der Kleine. „Ich habe dich nicht kommen sehen." Das Gespräch stockte. Beide versuchten zu verstehen, was soeben geschehen war. Er hat sich von hinten herangeschlichen und ich habe nichts bemerkt, dachte Pedro. Ich muss eingeschlafen sein, obwohl ich überhaupt nicht müde bin. Wenn er der einäugige Pirat wäre, dann läge ich jetzt im Wasser, oder es wäre noch Schlimmeres passiert.

Pedro sieht genau aus wie im Computerspiel, dachte Marco. Und auch das Schiff. Jetzt kann ich auch den Namen lesen, es heißt *Octopus*. Sitze ich jetzt im Computer und bin selber eine Spielfigur? Er legte seine Hände auf die Oberschenkel und drückte, so fest er konnte. Das spürte er ganz deutlich. Er schlug ein paar Mal mit den baumelnden Fersen gegen die Mauer. Auch das fühlte sich sehr wirklich an und schmerzte sogar. Computerfiguren kannten keine Schmerzen – oder doch? Heimlich langte er sich an das von Pedro abgewandte Ohr und zog daran. Dann an seinen Haaren. Schließlich streckte er den Arm nach hinten, angelte sich ein paar kleine Steine und warf sie einen nach dem anderen in das Hafenbecken zu seinen Füßen. Jedes Mal gab es einen kleinen Platsch, und wo er das Wasser getroffen hatte, bildeten sich Wellenkreise. Es konnte kaum noch einen Zweifel geben: Er war Marco und Marco war keine Computerfigur.

„Pedro, kennst du einen Piraten, der eine schwarze Augenklappe trägt und ein grünes Kopftuch?"

Pedro grinste vergnügt. „Du meinst Käptn Hurrikan? Der ist hier in der Stadt und jagt allen Angst und Schrecken ein. Aber mit dem Schiff da drüben sind Soldaten gekommen, die ihn fangen sollen. Dann wird er gehängt und wir haben endlich wieder Frieden."

Marco war jetzt vollkommen überzeugt, dass er keine Fantasiefigur war, und auch Pedro und die *Octopus* nicht, vielleicht nicht einmal der einäugige Pirat. „Sag, Pedro, wie alt bist du?"

„Ich bin elf. Und du?"

„Vierzehn. Noch nicht lange. Ich habe erst vor ein paar Tagen Geburtstag gehabt."

„Und du bist mit dem Schiff dort drüben gekommen?"

Es war vielleicht besser, nicht die ganze Wahrheit zu sagen, besonders da er selber nicht wusste, was mit ihm geschehen war. „Ich komme von weit her und bin erst heute angekommen." Das musste fürs Erste genügen. Er war sich ziemlich sicher, dass seine jetzige Lage mit dem Computerspiel zu tun haben musste. *Zeitreise zu den Piraten der Karibik* war der Titel des Spiels. Sollte er sich tatsächlich in der Karibik befinden? Piraten, zumindest einen, gab es ja wirklich, wenn Pedro ihm nicht ein Märchen aufgetischt hatte. Die Schiffe sahen aus wie in Abenteuerfilmen aus früheren Jahrhunderten. Wenn aber Piraten und Karibik stimmten, warum sollte es nicht auch mit der Zeitreise seine Richtigkeit haben?

Das unbeschreiblich grelle weiße Licht fiel ihm wieder ein und der Schmerz in seinen Augen wurde ihm jetzt wieder bewusst. Da war ein Blitz gewesen, mitten in seinem Zimmer, während er dabei war, seinen Computer herunterzufahren. Dieser Blitz hatte etwas an ihm verändert. Vielleicht war er verbrannt und pulverisiert worden? Nein, das konnte nicht sein. Er konnte mit seinen Fersen gegen die Kaimauer trommeln und spürte ganz deutlich die rauen Steine, aus denen sie gebaut war. Er war echt, er befand sich in der Karibik und es war jetzt ein paar Hundert Jahre früher als vorhin im Moment des Blitzeinschlags.

Marco spürte körperlich, wie die Panik in ihm hochschoss, ihn würgte, nicht mehr atmen ließ. Ihm wurde so heiß, dass er am liebsten zur Abkühlung ins Wasser gesprungen wäre. Im nächsten Augenblick raste ihm ein kalter Schauer über den Rücken, auf seinen Armen bildete sich eine Gänsehaut. Er hatte nicht die geringste Lust, ein paar Jahrhunderte früher an einem unbekannten Hafen zu sitzen und sich um Piraten und Krokodile Sorgen zu machen. Noch keine zehn Minuten war er hier, aber er hatte schon schreckliches Heimweh. Er wollte zu Hause sein und am Telefon mit Löwenherz über seine Physikaufgaben sprechen. Und danach wollte er mit seinen Eltern am Abendbrottisch sitzen und die Fragen seines Vaters nach dem Tag in der Schule beantworten. Gewöhnlich hasste er diesen Bericht, den er jeden Tag geben musste, und meistens versuchte er, die Aufgabe mit einem „nichts Besonderes" oder „wie immer" abzutun. In diesem Augenblick hatte er nur den einen Wunsch: wieder daheim sein, von seinem Schultag erzählen, Physik lernen und nie wieder einen Computer anrühren. Wie sollte er je wieder zurückkehren? Er war aus seiner Zeit herausgeblitzt worden. Er konnte sich ein lautes Schluchzen nicht verkneifen und obwohl er die Zähne so hart zusammenbiss, wie es nur ging, konnte er spüren, dass ihm Tränen über die Backen rollten.

Pedros scharfe Augen bemerkten sofort, dass sich Marcos Stimmung verändert hatte. „Warum weinst du? Tut dir etwas weh?"

„Nein, ich bin nur traurig. Ich habe meine Eltern verloren. Und meine Freunde. Und mein Zuhause. Plötzlich bin ich hier und habe niemanden mehr. Ich bin allein, und ich habe keine Ahnung, was ich jetzt machen soll."

„Deine Eltern, sind sie gestorben?"

„Nein, sie leben, aber sie sind einfach nicht mehr da. Oder ich bin nicht mehr bei ihnen. Das ist das Gleiche."

„Kannst du nicht auf dein Schiff zurückgehen? Es fährt sicher wieder dahin, wo es hergekommen ist und wo du herkommst."

Pedro versuchte zu helfen und erreichte gerade das Gegenteil. Er hatte keine Ahnung, wie riesengroß, wie galaktisch Marcos Problem war.

„Das geht nicht so einfach. Ich erkläre es dir ein anderes Mal. Ich habe ans Abendessen gedacht und jetzt habe ich Hunger, aber kein Geld, um etwas zu kaufen."

„Es ist aber erst Mittag", korrigierte ihn Pedro. Ein Blick zum Himmel zeigte Marco, dass er recht hatte. Die Sonne stand fast senkrecht über ihnen und brannte auf ihre Köpfe herunter. Jetzt erst bemerkte er, dass er eine Kopfbedeckung trug. Er nahm sie ab und betrachtete sie verwundert, denn sie gehörte mit Sicherheit nicht ihm, er hatte sie noch nie gesehen.

Es war ein sonderbares Stück, eine Mischung zwischen Mütze und Hut oder so etwas wie ein Hut ohne Krempe. Genauso unentschlossen wie bei der Form war der Hersteller dieser Hutmütze auch bei der Auswahl der Farbe gewesen. Marco konnte beim besten Willen nicht sagen, ob sie blau oder grau oder braun war. Aber sehr schnell konnte er sagen, dass ihm die Sonne unangenehm auf den Kopf brannte. Rasch setzte er die blaugraubraune Hutmütze wieder auf. Als er an sich herunterblickte, sah er, dass er ganz ähnlich wie Pedro gekleidet war: ein Hemd aus einem groben, braunen Material mit kurzen Ärmeln, ohne Kragen und vorne einem Schlitz, gerade groß genug, um das Hemd über den Kopf zu ziehen. Darunter raue, kurze blaue Hosen. An den Füßen hatte er Schuhe aus Segeltuch mit Sohlen aus geflochtenem Stroh. Pedro war barfuß und trug auch keine Mütze; seine dichten, schwarz glänzenden Haare boten ihm wohl genug Schutz vor der Sonne. Unter dem rechten Auge hatte er einen halbmondförmigen, braunen Leberfleck. Der entstellte ihn aber keineswegs, sondern machte sein Gesicht noch freundlicher, als es ohnehin schon war. Um den Hals trug er einen dünnen Lederriemen, an dem zwei spitze Zähne von irgendeinem Tier befestigt waren. Wohl ein Amulett, das vor Gefahren schützte?

„Ich bin auch hungrig", sagte Pedro. „Komm mit, wir werden schon was finden."

Das Hafenbecken sah aus wie ein altmodisches Schlüsselloch: beinahe kreisrund, mit einem länglichen Schlitz für den Bart des Schlüssels. Das war die enge Passage, die jedes ein- und auslaufende Schiff passieren musste. Des Nachts wurde sie durch eine schwere, eiserne Kette versperrt. Rund um den Hafen bildeten die Häuser einen Dreiviertelkreis, der zum Meer hin offen war und zur Stadt hin von einer Straße unterbrochen wurde. Der Streifen zwischen Hafenmauer und Häusern diente der kleinen Stadt auch als Marktplatz. Er war so breit, dass ein Pferdegespann durchfahren konnte und für Händler, Waren und ihre Kunden immer noch genügend Platz blieb. Im Spiel sah es ganz ähnlich aus, nur war die Häuserreihe noch nicht ganz geschlossen und auf dem Marktplatz gab es keine Händler. Hier saß ein Fischer neben einem großen Bottich voll Meerwasser, darin einige Fische. „Der schenkt mir manchmal einen Fisch", erklärte Pedro. „Wenn er schlafen geht und dann noch welche übrig sind. Er schläft am Nachmittag, denn wenn die Dämmerung hereinbricht, fährt er wieder aufs Meer hinaus." Im Vorbeigehen begrüßte er den Fischer höflich: „Buenos dias, Señor Sancho. Hatten Sie einen guten Fang?"

„So gut, dass ich gar nicht alles verkaufen kann. Du kannst dir nachher was abholen."

„Muchas gracias, Señor Sancho, vielen Dank. Ich muss meinem Freund Marco den Hafen zeigen, aber wir kommen bald zurück."

Ein paar Schritte weiter flog plötzlich eine Tür auf und ein dicker Mann kam auf die Straße. Er torkelte, stolperte, schwankte, blieb aber allen Naturgesetzen zum Trotz auf den Beinen. Mit jedem Schritt brummelte er in seinen Bart. Marco konnte kein Wort verstehen. Während der Betrunkene sich Fuß vor Fuß auf eine der Seitenstraßen zubewegte, erklärte Pedro: „Das ist die *Bodega,* das einzige Wirtshaus hier am Hafen. Du kannst hören, dass noch einige Seeleute drinnen sind. Ich wette, sie kommen von der *Octopus* und lassen sich volllaufen."

„Und der Dicke da ist der Kapitän?"

„Nein, das ist Señor Ramón, der Segelmacher. Er hat seine Werkstatt gleich um die Ecke. Die *Octopus* braucht sicher neue Segel, also wird er die nächsten Tage viel arbeiten müssen und keine Zeit haben sich zu besaufen. Deshalb hat er den ganzen Vormittag auf Vorrat getrunken. Er ist aber kein schlechter Kerl. – Da vorne ist der Laden von Señor Soares. Er hat oft Arbeit für mich und gibt mir dafür zu essen. Vielleicht haben wir Glück."

Zum Laden von Señor Soares gehörte ein winziges Haus, dessen Vorderfront aus wenig mehr als einer Tür und einem kleinen Fenster bestand. Das Fenster hatte keine Glasscheibe.

Was Pedro einen Laden genannt hatte, das waren in Wirklichkeit nicht mehr als ein paar geflochtene Körbe mit Obst, die neben der Tür am Straßenrand aufgereiht waren. Marco sah Orangen, Bananen und noch zwei oder drei andere Fruchtarten, die er noch nie gesehen hatte. „Buenos dias, Señor Soares", grüßte Pedro wieder. „Das ist mein Freund Marco, der von weit her kommt. Haben Sie Arbeit für uns? Wir haben Hunger."

Der Obsthändler musterte Marco mit einem prüfenden Blick. „Du bist der Schiffsjunge von der *Octopus*", stellte er fest. „Geben sie dir auf dem Schiff nichts zu essen?"

„Nein, ich komme nicht von der *Octopus*", antwortete Marco. „Ich kann aber nicht erklären, wie ich hierher gekommen bin, ich weiß es selber nicht genau."

„Also gut, dann erklär es eben nicht. Ist ja auch nicht meine Angelegenheit. Ihr könnt von den Bananen essen, aber nur die mit den braunen Flecken. Dafür nimmt sich jeder von euch zwei Körbe und bringt sie auf das Schiff. Seht zu, dass euch der Koch alles abkauft. Die Besatzung hat sicher schon ewig kein frisches Obst mehr gesehen. Und handelt einen guten Preis aus."

Braune Flecken oder nicht, noch nie hatte Marco so wohlschmeckende Bananen gegessen. Schon nach der zweiten fühlte er sich satt. Die beiden Jungen ergriffen jeder zwei Körbe und gingen damit zum Schiff hinüber. Es war erstaunlich klein. Letztes Jahr, als Marco und seine Eltern ihren Urlaub am Mittelmeer verbrachten, hatte er Segelboote in den Jachthäfen gesehen, die mindestens ebenso lang waren wie die *Octopus*. Aber nur halb so breit. Deshalb wirkten sie auch viel eleganter und nicht so pummelig. Sie waren aber auch nicht dazu konstruiert, Fracht zu befördern, sondern nur dazu, Rennen und Regatten zu gewinnen.

Das Schiff hatte zwei Masten. Das heißt, es hatte einmal zwei Masten gehabt. Vom Großmast in der Decksmitte war nur noch ein mannshoher Stumpf zu sehen. Überall wanden sich Enden von Tauen und Leinen, die früher den Mast gehalten hatten. Als der abbrach und über Bord ging, hatte die Schiffsbesatzung alle Verbindungen in größter Hast abgeschnitten und abgehackt, sonst hätte der Mast das Schiff zum Kentern gebracht und alle Schiffsleute in den Tod gerissen. Das war vor zwei Tagen gewesen, wie die Jungen später erfuhren. Die Matrosen hatten mit dem wenigen Material, das nicht über Bord gespült worden war, den vorderen, den Fockmast, wieder halbwegs in Ordnung gebracht und ein notdürftiges Segel genäht. So gelang es ihnen, die nächste Insel anzulaufen. Hier sollten die dringendsten Reparaturen durchgeführt werden, aber dann wollte der Kapitän so schnell wie möglich seine Fahrt fortsetzen. Eines konnte Marco ganz sicher sagen: Dies war kein spanisches Schatzschiff mit goldenen Kultgegenständen und wertvollen Skulpturen. Es war ein englischer oder amerikanischer Frachter, der die Ostküste des Kontinents auf- und absegelte und irgendwelche Waren von einem Hafen zum nächsten transportierte.

Vom Schiff zur Kaimauer hatte jemand ein langes Brett gelegt, eine Gangway der primitivsten Art. Es war so schmal, dass man beim Darübergehen keine zwei Füße nebeneinander setzen konnte, und so dünn, als könnte es schon zerbrechen, wenn auch nur eine Schiffsratte auf diesem Weg an Land gelangen wollte. Pedro setzte ohne Zögern den Fuß auf das Brett und rannte mit schnellen Schritten, wie ein geschickter Seiltänzer seine beiden Körbe balancierend, aufs Schiff hinauf. Dort setzte er seine Last ab und winkte Marco ermunternd zu. „Komm, es geht ganz leicht", rief er und winkte noch einmal. Marco war kein Hasenfuß, aber dieser Vorrichtung traute er nicht über den Weg. Er hatte gesehen, wie sich das Brett unter der Last von Pedro mit seinen Körben durchgebogen hatte, wie es auf- und niederwippte, als der Kleine leichtfüßig drüberlief. Er hatte sich eingebildet, das Geräusch von zersplitterndem Holz zu vernehmen, aber das musste wohl eine Täuschung gewesen sein, denn die Planke, wenn man ein so dünnes Brett als solche bezeichnen durfte, war unversehrt. Marco blieb wie angewurzelt stehen und schüttelte nur den

Kopf. Er war ein ganzes Stück größer und wahrscheinlich um die Hälfte schwerer als Pedro. Unter seiner Last würde die Gangway unweigerlich ebenso zersplittern wie der Hauptmast im Sturm. Nie im Leben konnte er über diesen Steg gehen.

Pedro kam ihm zu Hilfe. Im Nu stand er neben Marco, ergriff die beiden Körbe und flitzte damit zurück aufs Schiff. „Jetzt kannst du's", rief er zu Marco hinunter und dem blieb keine Wahl, wollte er nicht vor seinem einzigen Freund als Feigling dastehen. Er setzte den linken Fuß vorsichtig auf das Brett, dann den rechten davor und wieder den linken. Mit jedem Schritt begann die primitive Brücke mehr zu schwanken und er musste beide Arme weit ausbreiten, um leidlich sein Gleichgewicht zu halten. Sieben, acht, neun Schritte. Er sah sich in der Lücke zwischen Schiffswand und Kaimauer verschwinden, in all dem ekligen Unrat, der auf dem Wasser trieb. Zehn – jetzt wackelte das Brett – elf – so sehr, er konnte sich nicht mehr – zwölf – halten. Da sah er aus dem Augenwinkel Pedros ausgestreckte Hand und packte sie. Einen Lidschlag später stand er auf dem Deck. Er drehte sich um und sah, wie das lebensgefährliche Brett noch eine Sekunde vibrierte und dann so ruhig und unbeweglich dalag, als hätte es nie versucht ihn umzubringen.

„Du bist noch nie im Leben auf einem Schiff gewesen", kicherte Pedro. „Jetzt erzähl schon, wo du wirklich herkommst."

„Das ist eine lange Geschichte", erwiderte Marco. Den Ausdruck hatte er irgendwann in einem Buch gelesen und benutzte ihn gern, wenn er keine Lust hatte, eine Frage ausführlich zu beantworten. Diesmal war es keine Ausrede. Es war wirklich eine lange Geschichte, von der er selber nur das allerletzte Ende kannte.

„Wer hat euch erlaubt, auf das Schiff zu kommen?", hörten sie eine Stimme hinter sich. Ein junger Mann war an sie herangetreten. Er sah kaum älter als zwanzig aus, hatte ein sympathisches Gesicht und blonde Haare. Gekleidet war er wie die meisten Seeleute: eine lange Leinenhose, ein kariertes

Hemd, rote Weste und kurze blaue Jacke. Während Marco sich noch überlegte, wie er sich in dieser Situation zu verhalten hatte, war Pedro schon vorgetreten und machte eine vollendete Verbeugung. „Wir hatten niemanden gesehen, den wir um Erlaubnis fragen konnten, Señor Capitan", sagte er. „Wir bitten um Verzeihung, wenn wir uns ungehörig benommen haben. Ich heiße Pedro und das ist mein Freund Marco, der noch nie im Leben auf einem Schiff gewesen ist. Señor Soares hat uns geschickt, Ihnen seine wunderbaren Früchte anzubieten. Sie sind ganz frisch und eine herrliche Abwechslung für Ihre Mannschaft. Und der Preis ist so niedrig, dass man schon fast von einem Geschenk sprechen könnte."

Der Mann musste lachen. „Das hast du gut gemacht, Kleiner. Nur bin ich nicht der Kapitän, sondern der Maat. Der Kapitän ist an Land gegangen, um Handwerker für die Reparaturen zu finden. Euer Obst würde ausreichen, zwei Elefanten satt zu kriegen, aber wir sind mit dem Kapitän nur acht Mann. Die Hälfte hat Landgang. Fragt mal den Koch, ob er was von euren Sachen haben will. – He, Frenchy", rief er laut über Deck, aber er bekam keine Antwort. „Wir haben zwei Nächte nicht geschlafen. Versucht selber ihn aufzuwecken." Er zeigte auf die andere Seite des Schiffes. Dort hockte ein Mann mit dem Rücken zur Schiffswand. Sein nach vorn gesunkenes Kinn deutete an, dass er schlief.

„Danke, Sir", erwiderte Pedro. Trotz seiner elf Jahre war er bereits ein geschickter Händler und wusste genau den richtigen Ton zu treffen. „Der Segelmacher wohnt übrigens gleich neben der *Bodega* um die Ecke, und sein Schwager ist der Zimmermann. Andere Handwerker gibt es nicht auf der Insel. Jetzt gehen wir den Koch wecken."

Der Koch saß in einer sichtlich unbequemen Position. Nie im Leben könnte ich so schlafen, dachte Marco. Aber er hatte auch noch nie im Leben zwei Tage und zwei Nächte mit einem heftigen Sturm gekämpft. Pedro rief den Koch an, erst halblaut: „Hallo, Señor", dann lauter, „Halloo!" Keine Reaktion. Da trat er neben den Schlafenden und zupfte ihn am

Ärmel, erst zaghaft, dann stärker. Der kleine Mann hob den Kopf und öffnete die Augen. Einen Atemzug lang blieb er so, dann sprang er hoch wie das Teufelchen aus der Schachtel. Mit einem Aufschrei „les piraaaaates" flog er auf Marco zu, riss ihn zu Boden und umkrallte seinen Hals. Marco war so perplex, dass er überhaupt nicht reagieren konnte. Er versuchte mit beiden Händen, den Würgegriff zu lösen, versuchte, auf die Seite zu rollen und seinen auf ihm liegenden Angreifer mit dem Knie zu treffen. Aber der andere hatte die Oberhand. Marco konnte nicht mehr kämpfen. Die Schmerzen in der Kehle waren unerträglich und ihm wurde schwarz vor Augen.

Da plötzlich war sein Hals wieder frei und er spürte nicht mehr das Gewicht des Körpers, der auf ihm gelegen hatte. Als er die Augen öffnete, schwebte der Koch wie ein Engel über ihm, die Hände immer noch nach seinem Hals ausgestreckt, aber zu weit entfernt, um ihn zu berühren. Instinktiv versuchte Marco, sich rollend aus der Gefahrenzone zu bringen, doch schon nach einer Viertelkörperdrehung wurde er durch ein Hindernis aufgehalten. Das Hindernis bestand aus einem Paar Beinen, das in allerweltsblauen Matrosenhosen steckte. Er rappelte sich auf und stand vor einem Menschen, wie er ihn noch nie gesehen hatte. Er musste mindestens zwei Meter groß sein und war so breit wie das ganze Schiff. Oder doch fast halb so breit. Den einäugigen Piraten, der auch kein Winzling war, hätte er am ausgestreckten Arm herumtragen können. Jetzt allerdings hielt er den Koch, den der junge Maat *Frenchy* genannt hatte, an Hemd und Hosenboden waagerecht vor sich in der Luft. Einen Augenblick sah es aus, als wollte er ihn einfach auf die Decksplanken plumpsen lassen, aber dann besann er sich eines anderen und stellte ihn behutsam aufrecht auf die Füße.

Da erst schien Frenchy richtig wach zu werden. „Merde", schrie er auf. Seeleute drücken sich nicht immer besonders elegant aus. „Du bist gar kein Pirat. Isch 'abe eine sleschte Traum ge'abt. Pardon!"

„Ich lebe noch", krächzte Marco und hob beschwichtigend die Hände. Auch diesen Satz hatte er irgendwo aufgeschnappt und fand es cool, ihn zu benutzen, wenn ihm jemand auf den Fuß getreten war oder ihn gerempelt hatte. Diesmal aber galt der Spruch im wortwörtlichen Sinne.

„Je suis désolé, je m'excuse! Deine 'als ist kaputt. Tu veux un coup de rhum?"

„Danke, ich möchte keinen Schluck Rum. Und mein Hals ist auch schon wieder besser." Vorsichtig massierte Marco zwischen Daumen und Fingern seine Kehle. Es tat wirklich schon viel weniger weh. „Aber dafür kaufst du jetzt Pedro alle seine Früchte ab und das zu einem guten Preis. Dann können wir Freunde sein."

Während er das sagte und dabei so souverän auftrat, als sei er der Sohn des Kapitäns oder gar der Kapitän selbst, schoss ihm ein völlig neuer Gedanke durch den Kopf: Frenchy hatte mit ihm Französisch gesprochen und er hatte auf Französisch geantwortet. Er konnte aber überhaupt kein Französisch. Der Maat und Pedro hatten sich auf Englisch unterhalten. Marco lernte zwar Englisch in der Schule, aber er hatte nicht gewusst, dass er einem Gespräch problemlos folgen konnte. Um sich selber zu testen, dachte er sich einen langen Satz aus und übersetzte ihn im Kopf ins Englische: „Der einäugige Pirat hat sich im Labyrinth verirrt und musste mit einer Riesenschlange einen Kampf auf Leben und Tod austragen." Die englische Übersetzung kam ihm so leicht in den Sinn wie das Original. Er konnte also fließend Französisch und Englisch. Aber nicht nur das. Mit Pedro und seinen Händlerfreunden hatte er Spanisch gesprochen. Er glaubte sogar zu wissen, dass es kein sehr gutes Spanisch war. Pedro verschluckte manche Silben und sprach die Wörter unsauber aus. Aber immerhin, es war Spanisch, und er, Marco, konnte es nicht nur verstehen, sondern sogar sprechen. Frau Rothermund wird der Schlag treffen, wenn sie mich hört, dachte er. Frau Rothermund unterrichtete moderne Sprachen und war seine Englischlehrerin. Sie war mit seinen Leistungen nicht unzufrieden, hätte aber nie daran gedacht, ihm eine Eins ins Zeugnis zu schreiben. Jetzt ist mein Englisch sicher besser als das ihre und ich bin unter den Besten der ganzen Schule. – Da zerplatzte der Traum, und er stand wieder auf den Planken des Oberdecks. Die Hitzewelle und Übelkeit stiegen erneut in ihm hoch und er war so aufgeregt, dass er sein eigenes Herz pochen hörte. Er war vom Himmel gefallen, trug die Kleidung der hiesigen Menschen und konnte sich in jeder beliebigen Sprache mit ihnen unterhalten. Wer oder was immer ihn hierher gebracht hatte, hätte diesen Aufwand sicherlich nicht betrieben, wenn es nur um ein paar Stunden oder Tage ginge. Es bestand kein Zweifel mehr: Marco würde nie mehr, nie, nie mehr nach Hause zurückfinden.

„He, Junge, ist wirklich alles in Ordnung?" Der Gigant knuffte ihn ganz leicht in die Seite.

Marco brauchte trotzdem zwei, drei Schritte, um sein Gleichgewicht zu bewahren. „Ja, es geht schon wieder. Vielen Dank, dass Sie mir das Leben gerettet haben. Ich heiße Marco."

„Ich bin Kees van der Weert, der Bootsmann. Frenchy ist oft ein bisschen impulsiv, aber dafür kann man das, was er zusammenkocht, manchmal sogar essen."

„Es freut mich, Sie kennen zu lernen, Herr Käs", sagte Marco.

„Willst du eine an die Ohren, Junge?", brüllte der Bootsmann. Sein Arm holte aus, aber die geöffnete Hand schlug nicht zu. Marco duckte sich instinktiv weg. Ein Schlag hätte ihn unweigerlich über die Reling ins Wasser befördert. „Kees heiße ich, nicht Käs! Nicht Emmentaler, nicht Gouda, sondern Kees. Keeeees. Verstanden?" Langsam hatte Marco die Nase voll von Schiffen. Lebensgefährliche Gangways, mörderische Köche, wütende Riesen – wer weiß, was noch alles passieren konnte. Er hatte nur den Wunsch, schnell wieder auf festem Boden zu stehen.

Mittlerweile hatte Pedro seinen Handel mit Frenchy abgeschlossen und sich von dem blonden Maat das Geld auszahlen lassen. Marco stand diesmal als Erster an der Gangway, die ihm bei Weitem nicht mehr so gefährlich vorkam wie zuvor. Er riskierte noch einen vorsichtigen Blick über die Schulter. Da stand der Bootsmann und grinste so breit und freundlich wie ein ganzer Sonnenuntergang. „He, Junge, das war nur ein Scherz. Du brauchst nicht wegzurennen." Marco wedelte mit dem Arm durch die Luft, um zu signalisieren, dass er solche Scherze alle Tage erlebte und nicht im Geringsten übel nahm. Dann trat er auf die Planke und rannte fast ebenso leichtfüßig wie Pedro zum Festland hinunter.

Der stand eine Sekunde später neben ihm. „Siehst du, beim zweiten Mal geht es schon ganz von selber." Er klopfte Marco anerkennend auf den Rücken; um die Schulter zu erreichen, hätte er sich strecken müssen. Marco nickte nur. Er wollte nicht zugeben, dass seine Angst vor dem gigantischen Superbootsmann Kees ihm Flügel verliehen hatte, die ihn über die Gangway schweben ließen.

Die beiden Jungen gingen zurück zum Obsthändler und Pedro überreichte ihm das Geld. Señor Soares war so erfreut über das gute Geschäft, dass er Pedro noch eine kleine Münze schenkte. „Kommt morgen wieder, vielleicht habe ich neue Arbeit für euch."

Pedro bedankte sich artig und verabschiedete sich. „Lass uns nachsehen, ob Señor Sancho noch da ist. Wenn wir von ihm noch einen Fisch kriegen, dann können wir heute Abend ein Fest feiern." Der Fischhändler war tatsächlich noch da, aber sie sollten seinen Verkaufsplatz nie erreichen. Gerade gingen sie an einem Haufen zerbrochener Fässer und sonstigen Gerümpels vorbei, der sich mitten auf dem Platz angesammelt hatte, da packte Marco plötzlich Pedros Arm und zog ihn zu Boden. Mit dem Finger auf dem Mund gebot er ihm Stillschweigen und winkte ihm zu folgen. Auf Händen und Knien krochen sie ans Ende des Sperrmüllhaufens und lugten vorsichtig um die Ecke.

Marco hatte sich nicht getäuscht, als er meinte, eine grüne Bewegung bemerkt zu haben: Da stand der einäugige Pirat und spähte seinerseits aus der Verborgenheit zur *Octopus* hinüber. Ein paar Minuten stand er bewegungslos, dann trottete er in Richtung Hafeneinfahrt, wo die Häuserreihe endete und der Hafen in offenen Strand überging. Dabei benutzte er geschickt aber unauffällig jeden Schatten, jeden größeren Gegenstand als Deckung. Wer nicht aufpasste, hätte ihn wahrscheinlich gar nicht wahrgenommen. Einmal hielt er an einem Haus, klopfte in einem bestimmten Rhythmus an die Tür und trat dann gleich wieder zurück, um sich neben einen niedrigen Steinhaufen zu setzen, immer im Sichtschatten des Hafenbeckens. Es dauerte eine kleine Weile, bis ein Mann aus dem Haus kam und direkt auf das Versteck des einäugigen Piraten zuging. Die beiden sprachen ein paar Augenblicke. Dann ging der Mann wieder zu seinem Haus zurück und der Käptn stapfte weiter in Richtung Strand.

Die beiden Jungen brauchten sich nicht abzusprechen, Neugier und Abenteuerlust waren stärker als Besonnenheit. Sie hatten keinen Gedanken mehr übrig für Señor Sancho und seine Fische. Vorsichtig schlichen sie hinter dem einäugigen Piraten her. Der wanderte in aller Ruhe den Strand entlang, als wollte er das Ende eines schönen Urlaubstages genießen. Hinter einer Kurve, als die Stadt nicht mehr zu sehen war, suchte er sich an einem Felsbrocken einen bequemen Sitzplatz und ließ sich nieder, mit Blick auf die Biegung, von der er gerade gekommen war. Er schien jemanden zu erwarten. Pedro und Marco waren ihm weiter oben am Strand gefolgt, wo ein paar Palmen und allerhand Gestrüpp wuchsen und sie sich gut im Hintergrund halten konnten. Die Sonne machte sich gerade auf den Weg zur anderen Seite der Welt und ließ nur noch ein schwächer werdendes Dämmerlicht zurück. Wie früher beim Indianerspielen, dachte Marco. Als er noch kleiner war, hatten er und Löwenherz oft mit ihren Eltern kleine Ausflüge unternommen. Während die Eltern auf einer Decke das obligatorische Picknick ausbreiteten, hatten sich die Kinder von hinten herangeschlichen, einen Überfall ausgeführt und mit großem Geschrei alle mitgebrachten Süßigkeiten geraubt. Schnell wie Schatten waren sie dann wieder im Wald verschwunden und ein Weilchen später ganz unschuldig und nonchalant aus einer anderen Richtung zum Picknickplatz zurückgekehrt. Dort berichteten die Eltern mit gespielter Aufregung und großen, dramatischen Gebärden von dem Überfall, wie sie unter Einsatz ihres Lebens das Hauptgericht des Picknicks, den Kaffee und die kalten Getränke verteidigt, aber die Süßigkeiten leider nicht hätten retten können. Dann aß man in aller Ruhe, machte noch einen kleinen Spaziergang und es war wieder einmal ein wunderbarer Ausflug gewesen.

Diesmal war es ernst. Die Jungen hatten keine Illusionen, was passieren würde, wenn der Käptn sie erwischte. Ganz vorsichtig robbten sie sich an den Felsen heran. Es gab an diesem Strand viele solcher Steine, als hätten hier vor Millionen Jahren einmal Berge gestanden, die dann bis auf ein paar Brocken vom Wasser weggewaschen wurden. Käptn Hurrikan hatte sich gleich den allerersten ausgesucht. Sie warteten lange. Die Sonne war schon seit einiger Zeit ganz hinterm Horizont verschwunden, es wurde dunkel. Nicht stockdunkel, denn die Sterne und ein hochstehender Mond im letzten Viertel gaben noch genügend Licht, um Silhouetten deutlich zu erkennen. Einmal knurrte Marcos Magen entsetzlich laut und er presste erschrocken die Hand darauf. Der einäugige Pirat war aber nicht besonders wachsam und bemerkte nichts.

Eine kleine Hand legte sich über Marcos Mund. Er war eingeschlafen und sein Freund war klug genug, ihn ganz vorsichtig zu wecken. Von der anderen Seite des Felsens hörten sie Stimmen. „Ich konnte nicht eher kommen. Es hat so lange gedauert, den dünnen Tom zu finden. Er wird aber gleich hier sein." Es war die Stimme eines Mannes; sie klang so hoch und piepsig, dass sie unmöglich dem einäugigen Piraten gehören konnte.

Der tiefe Bass, der jetzt antwortete, war aber zweifellos der seine. „Da kommt er schon."

Vorsichtig, behutsam, um ja keinen Stein ins Rollen zu bringen, spähte Marco aus seinem Versteck hervor. Er konnte nur die Umrisse einer Gestalt erkennen, bis sie zu den beiden anderen trat und aus seinem Gesichtsfeld verschwand. „Hier bin ich", hörten die Jungen eine neue Stimme. „Was gibt es?"

„Wir kapern das Schiff, das heute eingelaufen ist. Ich weiß nicht, was es geladen hat, aber ich will hier weg. Ihr habt die *Sloop,* die Schaluppe gesehen, die gestern angekommen ist. Raffael sagt, sie hatte Soldaten an Bord, die schon in der Stadt nach mir suchen. Seit die Engländer hier das Regiment übernommen haben, kann man sich nirgendwo mehr sicher fühlen. Zur spanischen Zeit war es viel besser. Ich meine, Tom, dir würde eine Ortsveränderung auch nicht schaden."

„Du hast recht, Hurrikan. Aber wir sollten auf ein anderes Schiff warten. Die *Octopus* ist so kaputt, dass sie sich kaum segeln lässt. Wenn dann auch noch die Ladung nutzlos ist, ist der Gewinn die Gefahr nicht wert."

„Aber sie bringt uns von hier weg. Es kann Wochen dauern, bis sich wieder eine Gelegenheit bietet. Wenn wir Pech haben, dauert es aber nur Tage, bis uns die Soldaten hier aufstöbern."

„Lass uns sehen, was die anderen sagen."

Pedro hatte sich neben Marco geschoben. Beide hielten sie die Köpfe ganz nah am Boden, damit man ihre Silhouetten nicht gegen den Himmel erkennen konnte, und beide wagten sich nur so weit vor, dass sie mit einem Auge den Strand überblickten. Drei neue Gestalten näherten sich und verschwanden wie der dünne Tom aus dem Gesichtsfeld. Man hörte ein kurzes Begrüßungsgemurmel und ein paar undefinierbare Geräusche, bis jeder einen Platz zum Sitzen gefunden hatte. Dann erklang der Bass des einäugigen Piraten. „Heute in der Nacht kapern wir die *Octopus* und machen uns aus dem Staub. Sie hat acht Mann Besatzung, aber nur vier sind an Bord. Im schlimmsten Fall, wenn der Kapitän zurückgekommen ist, sind es fünf. Wir haben leichtes Spiel mit ihnen. Alles klar?"

„Noch nicht ganz, Hurrikan", ließ sich eine andere Stimme vernehmen. „Darüber müssen wir beraten und abstimmen."

Käptn Hurrikan versuchte zu argumentieren, aber keiner hörte auf ihn.

Für ihr Verhältnis untereinander galten bei den Piraten sehr demokratische Spielregeln. Über jeden Plan und jede Aktion wurde abgestimmt und jeder Einzelne, vom Kapitän bis zum einfachen Matrosen, hatte gleiches Stimmrecht. Es war vorherzusehen, dass Käptn Hurrikan zum Anführer gewählt würde, aber die Spielregeln mussten eingehalten werden. Nach kurzer Beratung stimmten alle für ihn. „Hier ist der Plan", ließ sich seine tiefe Stimme wieder vernehmen. „Wir gehen jetzt getrennt, wie wir gekommen sind, in die Stadt zurück. Du …" – die Jungen konnten nicht ausmachen, welchen der Männer er ansprach – „… gehst als Erster. Hier hast du zwei Goldstücke. Du gehst direkt in die *Bodega* und spendierst Brandy, bis alle unter dem Tisch liegen, die Leute von der *Octopus* und die von dem Regierungsschiff." Es war klar, warum die anderen ihn zum Kapitän gewählt hatten. Er hatte einen Plan, der gute Aussichten auf Erfolg bot, und er genoss einen guten Ruf als Kämpfer und Seemann. „Wenn die alle ausgeschaltet sind, gehst du mit einem schweren Hammer zur Hafeneinfahrt und schlägst das Schloss der Sperrkette ab. Dann kannst du heimgehen und dich schlafen legen. Dir droht keine Gefahr, denn niemand hier weiß, dass du zu uns gehörst." Der Mann wandte ein, dass er auch einen Anteil an der Beute wolle. Schließlich einigten sich alle darauf, dass ihm der neu gewählte Anführer noch vier weitere Goldstücke geben solle, eines für jeden von der Mannschaft, und dass der Kapitän später das Geld aus deren Anteil zurückbekommen würde. Der Mann war zufrieden und eilte zurück zur Stadt.

„Also, wie schon gesagt", nahm Käptn Hurrikan den Faden wieder auf. „Wir gehen alle getrennt zurück in die Stadt. Ihr verteilt euch im Hafen. Wir dürfen erst zuschlagen, wenn wir sicher sind, dass wir entkommen können. Sobald ihr hört, dass Raffael das Schloss sprengt und die Sperrkette ins Wasser fällt, entern wir alle gemeinsam die *Octopus*. Mit möglichst wenig Lärm und ohne Schüsse. Wir wollen nicht die ganze Stadt aufwecken. Wenn ihr einem von der Besatzung begegnet, gebt ihm eins über den Schädel. Aber bringt niemand um. Wir brauchen jeden einzelnen Mann von ihnen, um das Schiff zu segeln. Über Nacht sperren wir sie unter Deck ein. Sobald es hell wird, lassen wir sie die Arbeit tun. In zwei Tagen sind wir vor jeder Verfolgung sicher. Alle einverstanden."

Es kam kein Widerspruch, die vier Männer brachen nach und nach auf. Nur der einäugige Pirat blieb sitzen. Die Versammlung hatte fast eine Stunde gedauert und während der ganzen Zeit hatten Pedro und Marco bewegungslos in ihrem Versteck gekauert. Jetzt, als sie sich geräuschlos zurückziehen wollten, versagten ihre Gliedmaßen den Dienst. Langsam, behutsam rollte sich Marco auf die Seite, dann auf den Rücken. Der Schmerz ließ ihn aufstöhnen, aber zum Glück versank der Laut im Rauschen der Brandung. Wenn er sich vorhin über den Lärm der Wellen geärgert hatte, weil sie oft die Gespräche der Männer übertönten, so gewährten sie ihm jetzt Schutz vor Entdeckung. Vorsichtig begann er die Beine anzuziehen und auszustrecken, die Arme und den Nacken zu lockern. Pedro vollführte ähnliche Bewegungen. Bei Tageslicht hätten sie ausgesehen wie zwei zappelnde Riesenkäfer, die auf den Rücken gefallen waren. Schließlich waren sie wieder in der Lage zu stehen und zu gehen. Unsicher und wackelig schlichen sie sich davon, und dann geschah es. Ohne Vorwarnung überfiel Marco ein Schluckauf. Das „Hick" war nicht besonders laut, aber es war ein Geräusch, das nicht hierher gehörte und bei dem einäugigen Piraten großen Alarm auslöste. Mit einem riesigen Satz stand er neben dem Stein. „Stopp, stehen bleiben!", schrie er. Er hatte Marco schon an der Bluse gepackt, aber beim nächsten Schritt stolperte er und schlug der Länge nach in den Sand. Pedro hatte sich ihm blitzschnell vor die Füße geworfen. Ebenso flink war er wieder auf den Füßen. „Komm, hau ab!", rief er und zog Marco zum oberen Saum des Strandes. „Stopp, stehen bleiben!", schrie Käptn Hurrikan noch einmal. Dann krachte ein Schuss.

Noch einer. Natürlich gingen beide vorbei. Mit den Pistolen jener Zeit musste man Glück haben (oder weit daneben zielen), um auf zehn Schritte einen Kirchturm zu treffen. Aber die beiden Jungen rannten noch ein klein wenig schneller. Bis zum Unterholz verfolgte sie der Pirat, dann musste er umkehren und sie waren in Sicherheit.

Als sie zum Verschnaufen anhielten, fragte Marco: „Was machen wir jetzt?"

„Wir müssen die Besatzung des Schiffs warnen", antwortete Pedro ohne Zögern. „Komm, wir rennen durch den Wald zurück, da sieht uns keiner."

Rennen war wohl etwas übertrieben. Es war hier viel dunkler als am Strand. Sie *schlängelten* sich zwischen Sträuchern und Inseln aus hohem Gras hindurch, *sprangen* über Hindernisse und blieben mit den Füßen in heruntergefallenen Palmwedeln hängen. Schließlich erreichten sie ein Zuckerrohrfeld, an dem entlang sie wirklich schnell vorankamen. Nach kurzer Zeit hatten sie den Stadtrand erreicht. Marco erkannte die Straße wieder, durch die er vor kurzer Zeit den Käptn im Spiel bewegt hatte, und erinnerte sich, dass sie direkt zum Hafen führte. Kurz vor der letzten Häuserreihe verlangsamten sie ihre Eile. Sie mussten ungesehen auf die *Octopus* kommen, aber das war einfacher gesagt als getan. Sicherlich belauerten die Piraten das Schiff schon von verschiedenen Seiten. Wenn jemand an Bord ging, konnte ihnen das auf keinen Fall entgehen. Unbemerkt erreichten die beiden den Laden von Señor Soares. Als sie sich an die Hauswand duckten, waren sie aus der Entfernung nicht von den großen Fruchtkörben zu unterscheiden. Es blieb ihnen nichts anderes übrig, als auf eine Gelegenheit zu warten. Sie hatten unverhofftes Glück. Die Tür der *Bodega* flog auf, Licht ergoss sich auf den Platz. Dieses Mal schwankte aber nicht ein fetter Segelmacher heraus, sondern ein Mensch flog durch die Luft und blieb bäuchlings auf der Erde liegen. Ein anderer folgte direkt hinterher und wollte sich auf ihn stürzen, wurde aber an beiden Armen zurückgehalten. Laute Worte und Geschrei hallten durch den

Hafen und lenkten auch die Aufmerksamkeit der Spione ab. Wie der Blitz sauste Pedro über den Platz und die Gangway hinauf. Es dauerte nur Sekunden, bis er hinter der Bordwand verschwunden war. Marco brauchte nur einen Augenblick, um die Lage zu begreifen und ihm zu folgen.

„Und jetzt?", flüsterte Marco.

„Den Bootsmann Kees und den Maat wecken. Den hier lassen wir lieber in Ruhe." Direkt neben der Gangway schlief Frenchy, an die Bordwand gelehnt, das Kinn auf der Brust. Sicherlich hätte er eigentlich Wache stehen sollen. Pedro kroch voran. Obwohl er viel jünger war, hatte er die Führung übernommen. Marco ließ ihn gern gewähren, denn Pedro kannte sich aus und verstand es, mit Gefahren fertig zu werden. Er, Marco, kannte diese Welt, in der er jetzt lebte, nur aus Büchern und Videos. Weiter hinten – völlig zusammenhanglos schoss Marco durch den Kopf, dass man auf einem Schiff eigentlich „achtern" sagen musste –, in der Nähe der Kapitänskajüte, hatte sich wahrscheinlich die Besatzung zum Schlafen niedergelegt. Außer für den Kapitän gab es keine Kabinen auf diesen kleinen Küstenseglern, noch nicht einmal feste Kojen. Die Mannschaft schlief bei gutem Wetter auf Deck; wenn es zu kalt oder regnerisch war, suchte sich jeder einen Platz im Laderaum.

Noch versuchten die Jungen sich zu orientieren, da hörten sie in einiger Entfernung laute metallische Schläge, dann ein Klirren und ein Klatschen. Die Sperrkette war aufgebrochen und ins Wasser geworfen worden. Nur Sekunden später lief eine kleine Erschütterung durch das Schiff, dann das leise Geräusch von nackten Füßen auf den Decksplanken. Noch einmal und noch ein paar Mal. Die Piraten waren da, früher als erwartet. Pedro drückte sich ganz fest an die Bordwand und auch Marco machte sich so klein wie möglich. Achtern, wo die Jungen die Schläfer vermutet hatten, gab es ein kurzes Getümmel und ein paar Aufschreie. Dann war die Besatzung überwältigt. „Wir haben sie, Käptn", rief einer der Piraten halblaut.

„Fesselt sie und schafft sie nach unten. Und nehmt den hier auch noch mit", erklang die Stimme des einäugigen Piraten. Er stand nahe der Gangway und guckte auf Frenchy hinunter. Man konnte förmlich sehen, wie seine Stiefelspitze zuckte, aber er verkniff sich den Tritt in die Rippen des kleinen Kochs. Schade, dachte Marco. Vielleicht wäre Frenchy dem Käptn mit seinem „les piraaaaates" an den Hals gegangen und hätte mit lautem Geschrei die Aufmerksamkeit der ganzen Stadt auf die *Octopus* gelenkt. So wurde er nicht einmal wach, als ihm ein Pirat einen Knüppel über den Kopf zog, und sank aus tiefem Schlaf direkt in tiefe Bewusstlosigkeit.

Käptn Hurrikan war ein paar Schritte nach vorn getreten und trieb seine Männer zur Eile an. „Los, los, schneller, bei Sonnenaufgang dürfen wir nicht mehr zu sehen sein. Löst die Leinen, setzt die Segel, dalli, dalli."

Das ist unsere letzte Chance zu entwischen, dachte Marco. Tief geduckt schlich er auf die Gangway zu. Als er sich aufrichtete, um über Bord zu klettern, geschah das Unheil. Der Käptn hatte die Bewegung gesehen oder gespürt. Er streckte beide Arme waagrecht aus und wirbelte zwei-, dreimal blitzschnell um seine eigene Achse. Schon beim ersten Mal traf er Marco an der Schläfe. Der stürzte bewusstlos aufs Deck. Pedro konnte sich wegducken, aber das half ihm nur wenig. Zuerst fühlte er, wie sein Hemd festgehalten wurde und dann packte ihn eine eiserne Faust im Nacken. „Du, dich erkenne ich wieder", zischte der Piratenkapitän. „Du hast mir viel Ärger bereitet, aber jetzt machst du mir eine große Freude. Morgen früh kriegst du deine Strafe. Jetzt runter mit euch!" Immer noch mit der Faust im Nacken, schob er Pedro zur Luke. Marco hatte er an einem Arm gepackt und schleifte ihn hinter sich her. Mit ausgestrecktem Arm hielt er Pedro über die Luke. Dann öffnete er seinen Griff und ließ den Jungen fallen. Danach packte der einäugige Pirat sein zweites Opfer und hob es mühelos über den Lukenrand. Marco versank im schwarzen Loch.

KAPITEL 3

Marco hat Kopfweh und geht gestern in die Schule

Durch die geschlossenen Lider merkte Marco, dass es heller Tag war und die Sonne schien. Vorsichtig blinzelte er – und blickte direkt in die müden Augen seiner Mutter. Eine Minute lang sahen sie einander an. Dann beugte sie sich vor, gab ihm einen dicken Kuss auf die Backe und legte ihm die Hand auf die Stirn. Gewöhnlich mochte Marco diese Küsserei überhaupt nicht, schließlich war er kein Mädchen und auch kein kleines Kind mehr. Diesmal tat es ihm sogar wohl.

„Hallo", lächelte sie. „Wir haben uns große Sorgen um dich gemacht. Weißt du, was passiert ist?" Marco wusste überhaupt nichts, außer, dass er in einem Bett lag, aber nicht in seinem eigenen. Er wollte den Kopf schütteln, hielt aber sofort inne, denn er fühlte ein Dröhnen, als wollte ein Helikopter direkt auf ihm landen. Er schloss die Augen wieder, denn das helle Tageslicht schmerzte ebenfalls. „Ich kam gerade nach Haus und hatte die Tür aufgeschlossen", sprach sie weiter. „Da war im Flur plötzlich ein grelles, weißes Flackern, als hätten tausend Fotoreporter gleichzeitig ein Dutzend Mal hintereinander ihre Blitze abgeschossen. Und dazu dieser Peitschenknall, den man manchmal hört, wenn es ganz in der Nähe blitzt. Ich meine, dass das ganze Haus gezittert hat, aber ganz sicher bin ich nicht, es ging ja alles so schnell. Ich habe alles fallen lassen und bin in dein Zimmer gerannt. Da hast du besinnungslos auf dem Boden gelegen, mit einer Riesenbeule am Kopf. Zuerst habe ich versucht dich aufzuwecken, aber dann

habe ich den Notarzt gerufen und dich hierher ins Krankenhaus gebracht. Als wir ankamen, wartete Pa schon auf uns.
Wir haben uns solche Sorgen gemacht! Niemand weiß, was
tatsächlich geschehen ist. Wenn dich der Blitz getroffen hat,
dann könnte er irgendwelche Nerven oder Gehirnzellen ge-
schädigt haben. Wie fühlst du dich?"

„Ganz in Ordnung", hörte er sich sagen. „Nur ein bisschen Kopfweh."

Sie gab einen erleichterten Seufzer von sich. „Hoffentlich
ist das alles. Der Doktor wird nachher vorbeischauen. Dann
werden wir sehen." Sie erzählte ihm, dass der Arzt ihn nach
seiner Einlieferung ins Krankenhaus sorgfältig untersucht habe.
Außer der Verletzung am Kopf hatte man noch ein paar blaue
Flecken und Schürfwunden entdeckt. Keiner konnte sich deren Ursprung erklären, denn selbst wenn er sich beim Sturz
den Kopf angeschlagen hatte, gab es nirgendwo eine Möglichkeit, sich blaue Flecken einzuhandeln. Sie hätten noch einen leicht beißenden Geruch bemerkt, aber sonst keinerlei
Anzeichen eines Blitzschlags. „Wir hatten ja solches Glück,
besonders du."

Eine Beule am Kopf! Vorsichtig führte Marco die Fingerspitzen an die schmerzende Stelle. Heimlich langte er sich
ans Ohr und zog daran. Dann an seinen Haaren. Die Beule
hatte ihm nicht der Blitz geschlagen, das wusste er gewiss,
und er hatte sie sich auch nicht durch seinen Sturz auf den
weichen Teppich zugezogen. In seiner Erinnerung sah er
vage, wie auf einem unscharfen Foto, den Käptn in seiner
Hurrikan-Drehung herumwirbeln. Dann brach der Traum ab
und er war im Krankenhaus wieder aufgewacht. Ein Traum
also. Aber echte Beulen träumt man nicht. Blaue Flecken und
Blutergüsse entstehen nicht im Schlaf und auch nicht während einer Ohnmacht. Vielleicht träumte er gerade jetzt, und
in Wirklichkeit lag er nicht in einem Bett, sondern auf dem
Deck eines Schiffes, das schon vor ein paar Hundert Jahren
in einem Sturm versunken war.

„Ma", flüsterte er.

„Ja?" Er fühlte ihre Hand an seiner Wange. „Möchtest du etwas?"

„Welcher Tag ist heute?"

„Also, lass mal sehen … heute ist Dienstag, der 19. April 2005." Das konnte ungefähr passen. Am sechzehnten, das war ein Samstag, hatte er Geburtstag gehabt und am Montag darauf war er ganz normal in die Schule gegangen. Am Nachmittag hatte er dann am Computer gespielt, anstatt zu lernen.

„War das Gewitter am Montag?"

„Ja, das war gestern am frühen Abend." Seine Zeitrechnung schien zu stimmen, aber das war noch kein Beweis. Er wusste, dass sich im Traum auch die absurdesten Teile perfekt ineinanderfügen. Immerhin, das Kopfweh und das Bett und die Hand der Mutter, das fühlte sich alles an, als wäre es wirklich echt.

„Wo ist Pa?", ließ Marco einen neuen Versuchsballon steigen.

„Der ist heimgegangen und hat sich ein bisschen hingelegt. In einer halben Stunde kommt er mich ablösen. Dann muss ich ein paar Stunden schlafen. Wir waren beide die ganze Nacht hier."

„Er ist nicht im Büro?"

„Er hat für heute alle Termine abgesagt. Und ich nehme so lange Urlaub, bis du wieder gesund bist. Das geht sicher, ich muss nur später noch mal anrufen." Auch das klang alles logisch, logischer, als es im Traum sein könnte.

„Mir fehlt nichts. Morgen gehe ich wieder in die Schule. Echt."

„Das wäre wunderbar, aber jetzt warten wir erst mal ab, was der Doktor sagt." Eine Weile herrschte Stille.

Marco öffnete die Augen wieder. Das Licht tat nicht mehr ganz so weh. Die Mutter war auf ihrem Stuhl eingenickt. Marco denkelte vor sich hin. Was von all den Erinnerungen in seinem Kopf war echt und was nicht? Er beschloss, es mit einer Methode zu versuchen, die Herr Bauenhagen, *der Bauch,* gern im Physikunterricht anwandte: ein Problem in kleine Stückchen zerlegen und jedes einzelne so lange hin- und herdrehen, bis man es verstanden hat. Ein Gedankenpuzzle eben. Er dachte sich ein Blatt Papier mit zwei Spalten. Die eine nannte er „real", die andere „virtuell". Dann fing er an zu sortieren. Das Krankenhausbett: real. Die Mutter: real. Die Beule: real. Käptn Hurrikans Faust an seinem Kopf: Wenn die Beule real war – autsch, ja, das war sie –, dann musste auch die Faust in der Wirklichkeit existieren. Und der Mann, zu dem sie gehörte. Der einäugige Pirat auf dem Schiff war real. Aber der einäugige Pirat, der Pedros Großmutter bedrohte und mit der Riesenschlange kämpfte, der war virtuell, den gab es nur im Spiel. Der Pedro, der den Käptn in den Irrgarten lockte, existierte nicht in Wirklichkeit. Aber der Pedro, mit dem er Bananen gegessen und hinter dem Felsen die Piraten belauscht hatte, der war aus Fleisch und Blut wie er selber. Das Schiff, die Straße, der Hafen – alles gab es hier und dort. Aber das reale Schiff transportierte keine Schätze und im virtuellen Hafen saß kein Fischhändler. Die Puzzleteile passten nicht zueinander. Es war nicht ein Puzzle, es waren zwei. Oder sogar drei? Vor einiger Zeit hatte er ein Buch gelesen, in dem ein japanisches Spiel beschrieben wurde, eine Art von Schach auf drei verschiedenen Ebenen. Er hatte nicht verstanden, wie das funktionierte, und darüber hatte er sich geärgert. Vielleicht war sein Zeitreisespiel ähnlich aufgebaut? Auf halbem Weg durch diese vertrackten Gedanken schlief er ein.

Geweckt wurde er von einer Krankenschwester, die mit einem Mann im weißen Kittel neben seinem Bett stand. Der stellte sich als Doktor Langenbach vor und untersuchte Marco. Als er leicht auf eine bestimmte Stelle am Rücken drückte, entwischte Marco ein „Aua". Das geschah noch zweimal an anderen Stellen. „Diese Blutergüsse sind mir unerklärlich", diagnostizierte Doktor Langenbach. „Dass sie vorhanden sind, ist ein kleines Wunder. Aber das können wir vernachlässigen gegenüber dem Riesenwunder, dass du einen Blitzschlag ohne Schaden überlebt hast. Ich kann nicht mal eine

Gehirnerschütterung feststellen, obwohl du offenbar einen heftigen Stoß oder Schlag an den Kopf bekommen hast. Das ist eine medizinische Sensation." Er wandte sich zu Marcos Mutter, die wieder aufgewacht war: „Ich komme in zwei oder drei Stunden noch mal nachsehen. Wenn sich nichts geändert hat, können Sie ihn mittags mit nach Hause nehmen."

Genau das geschah. Nach einer weiteren Untersuchung durfte Marco gehen. Sein Vater, der die Mutter im Krankenhaus abgelöst hatte, fuhr so vorsichtig, als hätte er einen Karton mit rohen Eiern auf dem Autodach, die beim Bremsen oder Anfahren ganz leicht abrutschen und auf die Straße klatschen konnten. Der Vater brachte Marco zu seinem Zimmer und bestand darauf, dass er sich sofort hinlegte. „Du musst dich absolut ausruhen, sonst ist morgen nichts mit Schule. Am besten bleibst du bis zum Abend im Bett. Versprich mir das." Marco brachte ein vorsichtiges, desinteressiertes Nicken zustande. „Meinst du, ich kann dich allein lassen? Ich würde gern ein paar dringende Sachen in der Firma erledigen. In zwei, drei Stunden kann ich zurück sein."

Marco ließ sich seine Begeisterung nicht anmerken. Das war die Chance, seine Theorie zu überprüfen! „Ja, geh nur. Ich möchte schlafen und wenn ich Hilfe brauche, kann ich Ma wecken." Sichtlich erleichtert machte sich der Vater auf den Weg. Marco wartete nur wenige Augenblicke. Kaum konnte er das Auto nicht mehr hören, fuhr er auch schon den Computer hoch.

Es ratterte und rasselte, blinkte und fiepte. Dann erschien eine Nachricht auf dem Bildschirm:

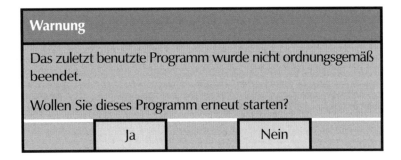

Warnung

Das zuletzt benutzte Programm wurde nicht ordnungsgemäß beendet.

Wollen Sie dieses Programm erneut starten?

Ja	Nein

Marco zögerte. Wenn sein Verdacht zutraf, dann flog er vielleicht schon in der nächsten Sekunde durch ein paar Jahrhunderte und landete werweißwo in der Vergangenheit. Wenn er aber jetzt auf Nummer sicher ging, dann würde er nie wissen, was wirklich geschehen war. *Wer nichts wagt, gewinnt nichts,* hatte er mal irgendwo gelesen. Sein Entschluss war gefasst. Langsam, Millimeter für Millimeter, manövrierte er den Mauszeiger in die Mitte des Kästchens. *Ja.* Mit der rechten Hand hielt er die Maus, den linken Arm schlang er um die Armlehne seines Stuhls. Die Füße hakte er an den Stuhlbeinen ein. Er kniff beide Augen zu, so fest er konnte. Dann klickte er.

Es brummte, surrte und piepte. Arm und Beine fingen an weh zu tun. Vorsichtig, unendlich vorsichtig blinzelte Marco mit einem Auge. Alles schien normal, auch als er beide Augen ganz öffnete. Der Computer arbeitete, über den Bildschirm zuckten Farben und Bilder, so schnell, dass er nichts erkennen konnte. Das Wichtigste aber: Er saß in seinem Stuhl und weder Pedro noch der einäugige Pirat waren in Sicht. Die Maschine wurgelte vor sich hin. Es mussten schon fünf Minuten vergangen sein. Immer noch huschten undefinierbare Farben und Formen an Marcos Augen vorbei. Sechs, sieben, acht Minuten. Er wurde ungeduldig und nervös. Immer wieder zuckte seine Hand, den Vorgang abzubrechen, aber jedes Mal zwang er sich wieder zur Ruhe. Einfach warten! Schließlich sprang er auf und ging in die Küche. Alles war still, die

Mutter war nirgends zu sehen. Sie musste völlig erschöpft sein nach der sorgenvoll durchwachten Nacht. Der Gedanke tat Marco wohl. Ihre Arbeit mochte den Eltern nicht allzu viel Zeit für ihn übrig lassen, aber wenn er in Not war, ließen sie alles andere fallen, denn sie hatten ihn lieb. Marco nahm sich eine Cola aus dem Kühlschrank und ging wieder zurück zu seinem Zimmer, ganz langsam, damit möglichst viel Zeit verging. Das war besser, als dazusitzen und auf den Monitor zu starren.

Als er die Tür aufmachte, hätte er beinahe sein Getränk verschüttet. Alles war jetzt ruhig, und auf dem Bildschirm wurde eine neue Nachricht angezeigt:

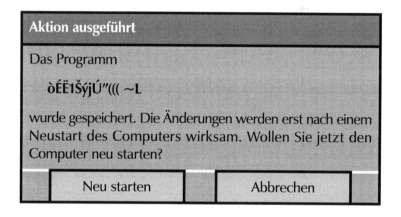

Aktion ausgeführt

Das Programm

òÉË1ŠýjÚ"(((~L

wurde gespeichert. Die Änderungen werden erst nach einem Neustart des Computers wirksam. Wollen Sie jetzt den Computer neu starten?

| Neu starten | Abbrechen |

Da stand er wieder vor einem Dilemma und musste sich entscheiden. Ein Programm mit solch einer Bezeichnung hatte er noch nirgendwo gesehen. Das Spiel, mit dem er sich zuletzt befasst hatte, hieß ja nur ganz einfach und verständlich *Zeitreise zu den Piraten der Karibik*. Jetzt schien alles klar. Der Blitz war durch den Computer gefahren und hatte dort ein Tohuwabohu angerichtet. Die Millionen-Volt-Energie musste Chips und Drähtchen verschmort und das Programm verändert haben. „Wenn genügend Millionen Affen auf genügend Millionen Schreibmaschinen genügend Millionen Jahre tippen, dann entstehen irgendwann sämtliche Werke Shakespeares", hatte Frau Rothermund einmal im Unterricht gesagt. Wenn so etwas möglich war –, schließlich hatte Shakespeare an die 35 Dramen verfasst –, wenn so etwas möglich war, dann konnte es auch sein, dass genügend Millionen Volt genügend Bits und Bytes so anordneten, dass sie einen Menschen in eine andere Zeit zu schicken vermochten.

„Will ich den Computer neu starten?", überlegte Marco. „Dann schlägt mich der einäugige Pirat vielleicht noch einmal zusammen. Diese zwölf Stunden in der Vergangenheit waren irre aufregend, aber noch mehr davon – nein danke." Schluss mit modifizierten Computerspielen, Schluss mit gefährlichen Zeitsprüngen. Er würde den Computer nicht neu starten, sondern ihn ganz abschalten, den Stecker ziehen und das ganze System loswerden. Er stand auf, um an die Steckdose zu gelangen, die sich, etwas schwer erreichbar, hinter seinem Bett befand. Dabei stieß er an den Tisch und löste dadurch etwas aus. Diesmal dauerte das Herunter- und Wiederhochfahren nicht länger als gewöhnlich. Genauso kurz war der Kampf der Vorsicht gegen die Neugier. Die Vorsicht verlor auf ganzer Linie. Mit einem flauen Gefühl in der Magengrube klickte er auf das herausfordernd blinkende Kästchen *Letztes Programm aufrufen*. Den Namen des Programms hätte er sich nie merken und auch nicht eintippen können. Das war gar nicht nötig. Auf dem Bildschirm zeigte sich:

Warnung

Zeitreise zu den Piraten der Karibik

Achtung! Modifizierte Version 2.01

Benutzung auf eigene Gefahr!

| Fortsetzen | Abbrechen |

Mutiger geworden klickte Marco auf *Fortsetzen*, ohne sich dieses Mal am Stuhl zu verankern. „Brr, krrrr, brkkk", ließ der Computer hören und zeigte an:

Setup

Die Standardeinstellungen wurden geändert.

Wollen Sie die Einstellungen überprüfen?

Ja	Abbrechen

„Ja", befahl Marco. Das Programm bot verschiedene Auswahlmöglichkeiten an. Da gab es die Fenster *Zeitsprung, Abwesenheit, Ort* und *Anpassen*.

Die Auswahl von *Zeitsprung* führte zu den Möglichkeiten *Zukunft* und *Vergangenheit*. Jeder dieser Punkte hatte Unterteilungen in Sekunden, Minuten, Stunden, Tage, Monate und Jahre. Davor konnte man eine Zahl einsetzen. Dann gab es noch den Punkt *Hilfe*. Der Hilfe-Text war sehr knapp gefasst:

Hilfe

Bitte geben Sie eine Ziel-Zeit ein.

Ihre Rechnerkapazität erlaubt einen Sprung von maximal 427 Jahren in die Vergangenheit oder 183 Jahren in die Zukunft.

Abwesenheit bestimmte die Länge der Zeit, die man anderswo verbringen wollte. Die Standardeinstellung war zwölf Stunden. Marco überschlug im Kopf, dass er tatsächlich etwa zwölf Stunden in Pedros Gesellschaft verbracht hatte. Kurz nachdem ihn der einäugige Pirat bewusstlos geschlagen hatte, war diese Zeit wohl abgelaufen, und „es" hatte ihn wieder an den Ausgangspunkt zurücktransportiert, nach Hause in sein Zimmer.

Ort zeigte noch die letzte Einstellung *Reina Isabela* an. So hieß offenbar die Insel, auf der er gestern angekommen war. Der Hilfetext erklärte:

Hilfe

Geben Sie einen Ortsnamen oder geografische Koordinaten ein.

Bei Eingabe Hier bleibt Ihr derzeitiger Standort unverändert

Zugegeben, Marco fühlte sich ein bisschen tolldreist, aber andererseits waren die Möglichkeiten, die das Programm bot, glasklar und kinderleicht. Er stellte einen Zeitsprung von 15 Minuten in die Vergangenheit ein und wählte als Ort *Hier*. Die Abwesenheit änderte er von 12 Stunden auf 12 Sekunden, zur Sicherheit. Kaum hatte er auf das Feld *Ausführen* geklickt, da stand er schon, genau wie vor einer Viertelstunde, mit seiner Cola in der Tür. Auf dem Bildschirm erblickte er wie vorhin die Ankündigung mit dem ominösen Dateinamen òÉË1Š ýjÚ"(((~L. Ihm kam in den Sinn, die Sekunden zu zählen. „Einundzwanzig, zweiundzwanzig, drei…", da war er wieder zurück auf seinem Stuhl und erhielt die Meldung *Aktion ausgeführt*.

Es funktionierte! Das wollte er gleich noch mal probieren. Er stellte ein: gestern, 10.15, Schule, Physikraum, 45 Minuten. In dem Augenblick, als er *Ausführen* befahl, sah er gerade noch, wie sich die Tür öffnete und die Mutter vorsichtig den Kopf durch den Spalt schob.

❊ ❊ ❊

„Kraft mal Kraftarm ist gleich Last mal Lastarm", dozierte *der Bauch*. Er hatte eine Versuchseinrichtung aufgebaut, die aussah wie das Modell einer Wippe auf einem Kinderspielplatz. Das eine Ende hatte er mit drei Milchtüten beschwert, das waren ungefähr drei Kilogramm. Jeder in der Klasse kam nach vorn und probierte selber aus, dass man diese drei Milchtüten ganz leicht mit einem Finger in die Höhe heben konnte, wenn man nur einen langen Hebel benutzte. „Das Hebelgesetz ist ungefähr 250 Jahre vor Christus formuliert worden", erzählte Herr Bauenhagen. „Sein Urheber war der griechische Philosoph Archimedes[2]. Die Überlieferung besagt, dass es für ihn nichts Wichtigeres gab als seine Forschung. Als die Römer seine Stadt erstürmten und, wie damals üblich, ein Blutbad unter der Bevölkerung anrichteten, saß Archimedes vor seinem Haus, hatte Figuren in den Sand gezeichnet und brütete über einem geometrischen Problem. Zu dem Soldaten, der mit dem Schwert in der Hand vor ihm auftauchte, sagte Archimedes den berühmtesten seiner Sätze: *Störe meine Kreise nicht!* Das waren leider seine letzten Worte."

Marco hörte nur mit halbem Ohr zu. Das hatten sie alles gestern schon gelernt. Das heißt, jetzt war für ihn gestern und er wusste schon alles, was Herr Bauenhagen in den nächsten vierzig Minuten erzählen würde. Gewöhnlich interessierte ihn Physik nicht besonders, aber heute beteiligte er sich sehr aktiv am Unterricht und beantwortete alle Fragen schon, bevor *der Bauch* sie richtig ausgesprochen hatte. Es machte richtig Spaß, die Antworten immer zu wissen. So sehr, dass er den festen Vorsatz fasste, sich in Zukunft auf die Physikstunden besonders gut vorzubereiten.

❋　❋　❋

---

2 Tipp für schlaue Köpfchen Nr. 2: Auf Seite 312 findest du mehr über den großen Archimedes.

Pünktlich mit der Pausenklingel verließ Marco die Schule und begab sich wieder nach Hause. Das heißt, eigentlich verließ er nichts und begab sich nirgendwohin; er saß wieder vor seinem Computer und sah, wie die Meldung *Aktion ausgeführt* auf dem Bildschirm erschien.

„Du, etwas stimmt hier noch nicht ganz. Eine Sekunde lang habe ich dich wie durch dichten Nebel gesehen. Ist alles in Ordnung?" Marco beruhigte die Mutter. Alles war in bester Ordnung, er fühlte sich blendend und hatte auch keinen Nebel bemerkt. „Der beißende Geruch war auch wieder da. Wir müssen hier mal richtig durchlüften. Aber abgesehen davon solltest du ruhen und nicht am Computer sitzen. Wenn Pa das erfährt, lässt er dich morgen mit Sicherheit nicht in die Schule."

„Ist ja ok. Ich schlafe noch ein bisschen. Weckst du mich zum Abendessen?" Die Abenteuer des Zeitreisens hatten ihn tatsächlich angestrengt und auch die Beule am Kopf begann wieder wehzutun. Eins war sicher: Zwischen seiner Abreise, seinem Weggang … er suchte nach dem richtigen Wort, beließ es dann vorläufig bei „Verschwinden" – zwischen seinem Verschwinden und seiner Rückkehr lag eine so geringe Zeitspanne, dass seine Mutter, die gerade ins Zimmer trat, nichts als einen kleinen Nebel bemerkt hatte. Es funktionierte wirklich!!! – Noch lag er nicht richtig im Bett, da war er schon eingeschlafen. Die Mutter breitete eine Decke über ihn und verließ leise das Zimmer. Die Dunkelheit war schon hereingebrochen, als sie zurückkam, um ihn zu wecken.

Das Abendessen verlief sehr ruhig. Der Vater brauchte keine Fragen zum Ablauf des Schultags zu stellen. Marco dachte nicht im Traum daran, zu berichten, was er heute Nachmittag in der gestrigen Physikstunde erlebt hatte. Das war sein Geheimnis und sollte es auch bleiben. Er half noch beim Tischabräumen, wünschte den Eltern eine gute Nacht und zog sich in sein Zimmer zurück. Nach dem Nachmittagsschlaf fühlte er sich jetzt fit wie ein Turnschuh (das war ein Ausdruck, den er von Löwenherz übernommen hatte). Und aufgeregt war er! Noch mehr als damals, als er sein erstes Fahrrad bekommen hatte. Er vollführte das übliche Ritual des Zu-Bett-Gehens, dachte aber ganz und gar nicht daran einzuschlafen. Stattdessen begann er, seine nächste Zeitreise zu planen. Als später der Vater hereinguckte, täuschte Marco Tiefschlaf vor. Nicht lange danach wurde es still im Haus. Auch die Eltern hatten heute Ruhe nötig, sogar der Vater, der sonst fast immer bis nach Mitternacht arbeitete. Eine kleine Weile wartete Marco noch, bis er ganz sicher war, dass niemand ihn stören würde. Dann startete er den Computer.

Wie erwartet, erschien die Anzeige:

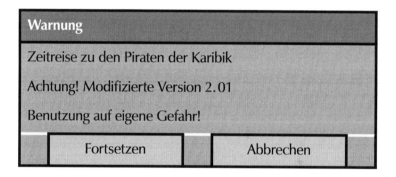

Warnung

Zeitreise zu den Piraten der Karibik

Achtung! Modifizierte Version 2.01

Benutzung auf eigene Gefahr!

| Fortsetzen | Abbrechen |

Aus den folgenden Vorschlägen wählte Marco *Die letzte Zeitreise fortsetzen.* Er wollte wissen, wie es Pedro und den anderen ergangen war. Er beschloss, diesmal 24 Stunden mit seinen neuen Freunden zu verbringen. Am Nachmittag hatte er das Kapitel *Anpassen* nur ganz flüchtig durchgesehen. Jetzt wollte er ganz vorsichtig sein und studierte die Unterpunkte genau:

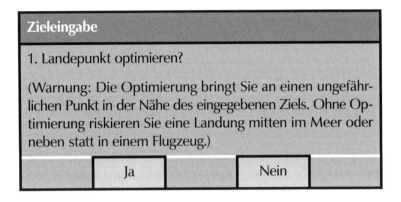

Zieleingabe

1. Landepunkt optimieren?

(Warnung: Die Optimierung bringt Sie an einen ungefähr-
lichen Punkt in der Nähe des eingegebenen Ziels. Ohne Optimierung riskieren Sie eine Landung mitten im Meer oder
neben statt in einem Flugzeug.)

| Ja | Nein |

Marco wählte *Ja*. Wenn die *Octopus* nicht mehr an der Kaimauer lag, könnte er im Wasser des Hafens enden, vor dem
es ihn gestern schon geekelt hatte.

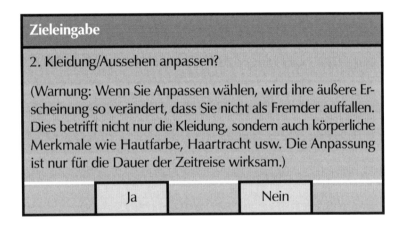

Zieleingabe

2. Kleidung/Aussehen anpassen?

(Warnung: Wenn Sie Anpassen wählen, wird ihre äußere Erscheinung so verändert, dass Sie nicht als Fremder auffallen.
Dies betrifft nicht nur die Kleidung, sondern auch körperliche
Merkmale wie Hautfarbe, Haartracht usw. Die Anpassung
ist nur für die Dauer der Zeitreise wirksam.)

| Ja | Nein |

Deswegen hatte ich also diese sonderbare Kleidung an, dachte
Marco. Hoffentlich bekomme ich die wieder. Sonst fragen
sich die anderen, wann ich mich umgezogen habe.

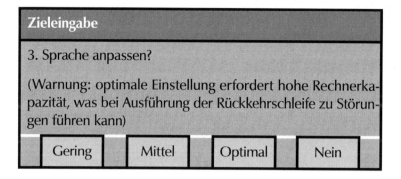

Zieleingabe

3. Sprache anpassen?

(Warnung: optimale Einstellung erfordert hohe Rechnerkapazität, was bei Ausführung der Rückkehrschleife zu Störungen führen kann)

| Gering | Mittel | Optimal | Nein |

Marco erkannte die Gefahr und ermahnte sich selbst zu größter Vorsicht. Schließlich wollte er nicht mit nur einem Ohr zurückkommen oder gar auf halbe Größe geschrumpft. Er war
sich ziemlich sicher, dass er zuletzt die verschiedenen Sprachen optimal beherrscht hatte. *Mittel* musste aber reichen.
Das Risiko gering halten!

Es war Dienstag, der 19. April 2005, 23.48 Uhr.

Marco klickte auf *Ausführen.*

KAPITEL 4

*Marco wird Schiffsjunge und macht
eine lebenswichtige Erfindung*

arco, Marco! Wach doch auf", hörte er immer und immer wieder. Er fühlte, wie ihn jemand an der Schulter rüttelte. Er fühlte, dass ihm der Kopf abscheulich wehtat. Er fühlte, dass die Welt hin- und herschaukelte, auf und ab und hin und her. Er sah genau über sich einen schmalen, grauen Lichtstreifen, der durch eine Ritze drang. Jetzt erkannte er das Gesicht von Pedro, der nicht aufhörte ihn zu rütteln und zu schütteln, als wäre er der Pflaumenbaum in Nachbars Garten.

„Auaah" war alles, was er herausbrachte.

Sofort ließ Pedro seine Schulter los und fing zu schluchzen an. „Wir fürchteten schon, er hätte dich umgebracht", stieß er hervor. „Gott sei Dank, dass du noch lebst. Ich bin so froh."

Er fühlte sich schlechter als gestern beim Aufwachen im Krankenhaus. Gestern? Heute früh? In dreihundert Jahren? Jeder Punkt seines Körpers schmerzte einzeln und für sich. Es währte trotzdem nicht lange, bis er seine Gedanken wieder beisammen hatte. „Ich glaub's nicht", schrie es in seinem Gehirn. Wie hatte er nur so verrückt sein können, sich in dieses Abenteuer zurückzutransportieren? Verrückt. Wahnsinnig. Zeitreisen. Nie wieder! Nie, nie wieder! Je wacher er wurde, desto mehr nahm er die Schiffsbewegungen wahr. Seekrankheit, schoss es ihm durch den Kopf, und noch war die Idee nicht zu Ende gedacht, da spürte er schon, wie sie sich selbständig machte, in seinem Magen festsetzte und

anfing, darin herumzuschwurbeln. Ihm wurde übel, spei-
übel. Er rappelte sich auf, in der Hoffnung, einen Ort zu finden, wo er sich übergeben könnte. Da wurde es hell. Über
ihren Köpfen öffnete sich der Lukendeckel und eine Stimme
rief herunter: „Kommt alle herauf. Aber versucht keine Mätz-
chen. Die Jungen zuerst."

Pedro kletterte flink die Leiter hinauf. Marco folgte etwas unsicher. Er spürte plötzlich keine Seekrankheit mehr,
aber jede Bewegung peinigte ihn. Verstohlen blickte er sich
um. Die Sonne war noch nicht aufgegangen, doch der Himmel war schon recht hell. Ringsherum sah er nichts als Wasser: Der Plan der Piraten war erfolgreich gewesen. Sie waren über den Horizont gesegelt und möglichen Verfolgern in
die Weiten des Meeres entschwunden. An der Reling lehnten der Käptn und drei seiner Männer. Der vierte stand neben der Luke. „Jetzt die anderen", schrie der hinunter, aber
nichts geschah. „Wird's bald?"

„Wie sollen wir mit gefesselten Händen die Leiter hinaufklettern?", kam es von unten zurück. Das war die Stimme von
Kees, dem Bootsmann, dessen war sich Marco sicher. Der
einäugige Pirat knuffte den Mann neben sich mit der Faust.
Nur ganz leicht, wie er sicher dachte, aber der andere hatte
größte Mühe, auf den Beinen zu bleiben.

„Lass deine Waffen hier und geh hinunter. Mach immer
nur einem die Fesseln auf. Und du", wandte er sich an den
Mann, der die Luke bewachte, „du fesselst jeden, der herauf-
kommt, sofort wieder. Leg auch du deine Waffen ab, damit
nicht einer von denen sich ein Messer schnappt. Besonders
der Große kann gefährlich werden. Ihr zwei", das galt den
beiden neben ihm, „haltet eure Pistolen bereit. Wenn einer
von denen auch nur ein schiefes Gesicht zieht, dann verpasst
ihm ein drittes Auge." Käptn Hurrikan war ein vorsichtiger
Mann und ging kein unnötiges Risiko ein.

Als Erster tauchte der Gigant Kees aus der Luke auf. Er erkannte, dass er mit all seinen Körperkräften nicht gegen zwei
auf ihn gerichtete Pistolen anrennen konnte, und ließ sich

unwillig die Hände wieder auf dem Rücken fesseln. Dann kamen der Reihe nach der Maat, ein Matrose, den Marco noch nicht kannte, und der kleine Frenchy aufs Deck. Die Gefangenen wurden alle auf die gegenüberliegende Bordseite bugsiert, sodass alle Piraten vor einem Überraschungsangriff sicher waren. Der einäugige Pirat trat einen halben Schritt nach vorn. „Ihr kennt mich alle", sagte er. Er erhob die Stimme nur ein ganz klein wenig, aber es schallte über Deck, als hielte er sich ein Megafon vor den Mund. Die Gefangenen schwiegen. „Ich höre nichts. Kennt ihr mich?", kam es noch einmal, erheblich lauter. Die Männer von der *Octopus* nickten widerwillig. „Wie heiße ich?", schrie der Pirat und fuchtelte mit einer seiner beiden Pistolen durch die Luft.

„Man nennt Euch Käptn Hurrikan", antwortete der Maat.

„Genau! Dann wisst ihr auch, dass ich nicht viel Federlesens mache, wenn mir jemand dumm kommt. Meuterer werden aufgehängt. Ihr gehört jetzt zu meiner Mannschaft und darum ist es Meuterei, wenn ihr auch nur einen Befehl nicht befolgt. Verstanden? – Verstaaaandennn?" Ein gemurmeltes „Ja" war ihm keineswegs genug. „Ja, Käptn, heißt das. Und ich will es von jedem laut und deutlich hören. Laaauuut und deeeuuutlich!"

„Ja, Käptn", kam es viermal, nicht besonders laut und deutlich, aber doch laut genug, um ihn zufrieden zu stellen.

Kleine Wellen klatschten gegen den Schiffsrumpf und die kläglichen Reste von Takelage und Segel knarzten und flappten in der schwachen Brise. Sonst war kein Geräusch zu hören. Die Pause dauerte aber nur ein paar Augenblicke. Der einäugige Pirat winkte die beiden Jungen mit einem Finger zu sich heran. Wieder eine kurze Stille und dann: „Ich habe nichts gehört", brüllte er und versetzte Pedro eine Ohrfeige, die ihn auf das Deck niederschleuderte. Wieder zeigte sich, dass der Kleine in schwierigen Situationen klug zu handeln wusste. Noch im Fallen gab er seinem Körper eine Drehung, die ihn aus der Reichweite von Hurrikans Stiefelspitze brachte.

„Ja, Käptn", stieß Marco schnell hervor, um einer Bestrafung zu entgehen. Das schien für den Moment auszureichen. Überdies hatte es der Piratenkapitän in erster Linie auf Pedro abgesehen.

„Tom und Rotkopf", befahl er. „Bindet diesen Jungen an den Mast und gebt ihm zwanzig Peitschenhiebe. Er hat mich gestern umbringen wollen, der Wicht." Mit einem tückischen Grinsen verschränkte er die Arme und lehnte sich zurück.

Auspeitschen war auf Segelschiffen eine gängige Strafe, wenn sich ein Matrose etwas zuschulden kommen ließ, nicht nur unter Piraten, sondern sogar auf den regulären Kriegsschiffen. Sie wurde schon bei kleinen Übertretungen verhängt und es gab kaum einen Seemann, dessen Rücken nicht mit Peitschennarben bedeckt war. Zwanzig Hiebe konnten einen starken Mann zum Krüppel machen. Für einen kleinen Jungen bedeuteten sie den sicheren Tod. „Das könnt ihr nicht machen", schrie der Maat und der Rest seiner Mannschaft stimmte ein. Käptn Hurrikan beachtete das Protestgeschrei nicht, sondern machte mit dem Kinn eine befehlende Bewegung.

Rotkopf – er hatte tatsächlich feuerrote krause Haare – packte Pedro, um ihn zum Hinterdeck zu schleifen. Nur ein paar Schritte waren es zu dem Mast, an dem er angebunden werden sollte. Da trat ihm der dünne Tom in den Weg. Er war derjenige, der vor dem einäugigen Piraten am wenigsten Angst hatte. „Käptn, ich bin dagegen, dass wir Kinder zu Tode prügeln. Die Mannschaft soll erst darüber abstimmen." Es geschah selten, dass sich jemand einem Befehl des Kapitäns widersetzte, aber Tom hatte das Piratenrecht auf seiner Seite. Wütend zuckte die Hand des anderen zum Säbel, plötzlich lag eine tödliche Spannung in der Luft. Alle hielten den Atem an. Wenn es einen Kampf geben sollte, hatte der dünne Tom keine Chance, denn es sah nicht so aus, als würden sich die anderen auf seine Seite stellen. Für die gefangene Schiffsbesatzung blitzte ein kleiner Hoffnungsschimmer auf. Wenn die Piraten sich gegenseitig kampfunfähig machten, konnte man vielleicht die Übriggebliebenen überwältigen und das Schiff zurückerobern.

Ebenso schnell, wie die Gefahr aufgelodert war, verlöschte sie auch wieder. „Ich kümmere mich später persönlich um dich", knurrte Käptn Hurrikan zu Pedro hinunter und wandte sich wieder den anderen zu.

Mit übermenschlicher Anstrengung hatten die fünf Piraten die flügellahme *Octopus* durch die Nacht gesegelt, immer in Gefahr, auch den letzten Mast, die letzten benutzbaren Segelfetzen zu verlieren und dann auch dem schwächsten Verfolger hilflos ausgeliefert zu sein. Harte Burschen und erfahrene Seeleute, die sie waren, hatten sie das fast Unmögliche zustande gebracht. Jetzt aber waren sie am Ende ihrer Kräfte. Der Käptn sorgte für Ablösung. Dem Rotkopf befahl er, Frenchy zum Vorderdeck zu schaffen. Der machte sich nicht die Mühe, dem kleinen Franzosen die Fußfesseln zu lösen, sondern zwang ihn mit gezücktem Messer, wie ein Känguru zum Bug zu hüpfen. Dort musste Frenchy sich hinlegen. Rotkopf setzte sich mit dem Messer in der Hand neben ihn. Der einäugige Pirat wandte sich an die Gefangenen: „Ihr drei räumt auf dem Achterdeck auf, stellt einen Notmast auf und seht, dass ihr ein zweites Segel setzt. Versucht aber keinen Unsinn. Wenn einer meinen Männern zu nahe kommt oder sonst eine verdächtige Bewegung macht, schlitzt der Rotkopf eurem Kameraden die Kehle auf. Und du", dies zu Marco, „du suchst dir einen Platz auf dem Achterdeck und hältst allerschärfsten Ausguck. Rundherum! Wenn ich was sehe, das du mir nicht schon lange vorher gemeldet hast, schicke ich dich zu den Fischen. Verstanden?" Er übernahm selber das Steuer und schickte seine anderen drei Männer zum Schlafen unter Deck, wo sie vor einem Angriff sicherer waren.

Der Wind hatte etwas aufgefrischt und die Schiffsbewegungen waren stärker geworden. Es war nicht das Stampfen, mit dem ein Schiffskörper die Wellenberge hinauf- und wieder hinuntergleitet. Es war auch kein Schlingern, bei dem sich das Schiff nach rechts und dann wieder nach links neigt – nach steuerbord natürlich, und dann wieder nach backbord. Die *Octopus* vollführte alle diese Bewegungen gleichzeitig. Sie rollte, würde ein Seemann sagen; sie torkelt wie ein Betrunkener, dachte Marco. Trotzdem spürte er keine Seekrankheit mehr. Die Wellen waren nicht sehr hoch und er war viel zu beschäftigt. Die Drohung des einäugigen Piraten nahm er ernst. So spähte er unablässig den Horizont ab. Um sich gegen die Langeweile zu wehren, änderte er ständig die Suchrichtung, einmal links herum, einmal rechts herum. Je höher die Sonne stieg, desto greller wurden die Reflexe auf dem Wasser. Es dauerte nicht lange, bis Marcos Augen tränten und schmerzten, aber zum Glück konnte er sich mit Pedro abwechseln. So hielten die beiden Ausguck, in der Hoffnung, irgendwann ein Schiff zu erspähen, das ihnen vielleicht die Freiheit bringen könnte.

Wenn Marco nicht den Horizont absuchen musste, sah er der Schiffsbesatzung bei der Arbeit zu. Er bewunderte die Geschicklichkeit, mit der die Männer zu Werke gingen. Es war übrigens der Bootsmann Kees, der hier das Kommando übernommen hatte, obwohl der Maat als Stellvertreter des Kapitäns eigentlich über ihm stand. Aber der Bootsmann war auf einem Schiff zuständig für Segel, Takelage, Anker und das sonstige technische Zubehör. Und Kees verstand seine Sache, das konnte man sehen. Was die Piraten die ganze Nacht über nicht zustande gebracht hatten, das schafften die drei Männer in einer Stunde. Alle noch benutzbaren Leinen und Brassen und Schoten und Wanten waren entwirrt, gekappt, ausgewechselt, festgezurrt und dienten wieder ihrer Funktion. Das stabilisierte auch die Schiffsbewegung. Jetzt trat der Maat auf den Käptn zu, blieb aber in sicherem Abstand stehen. „Käptn", sprach er ihn an. „Wir wollen den kleinen Baum, der da drüben auf dem Deck liegt, an die Stelle des Hauptmastes setzen. Das gibt uns zusätzliche Fahrt und Stabilität. Unten haben wir noch ein altes Segel, kann ich das heraufholen?"

„Den Teufel kannst du", knurrte Hurrikan, der sich nur mühsam aus seiner Konzentration auf Steuer und Kompass lösen konnte. „Ich gehe hinunter und hole das Segel. Du bleibst inzwischen am Steuer und hältst genau auf 45 Grad. Und keine Fisimatenten. – He, Rotkopf", schrie er zum Vorderdeck hinüber, „ich geh mal nach unten. Pass gut auf!" Der Rotkopf schwenkte zur Antwort die Hand mit dem Messer. Auch er war wach genug, sich nicht überrumpeln zu lassen.

Der einäugige Pirat verschwand in der Luke zum Unterdeck und jetzt wagte sich Marco aus seiner Ecke heraus. „Hallo", sagte der junge Mann. „Du heißt Marco, nicht wahr?"

„Marco Kramer, ja." Marco stellte fest, dass er doch ganz gut Englisch sprechen konnte, obwohl er die Sprachanpassung von *optimal* auf *mittel* herabgesetzt hatte. Überhaupt fiel ihm zum ersten Mal seit dem Aufwachen wieder ein, dass er ja hier nur ein Gast auf kurze Zeit war.

„In Ordnung, Marco. Ich heiße Martin und der da drüben ist Diego. Kees kennst du ja schon. Und du kommst von ganz weit her und willst nicht erzählen, von wo. Aber ich sehe, dass du nicht zu den Seeräubern gehörst und auch von Schiffen nicht viel Ahnung hast."

„Überhaupt keine Ahnung. Was macht zum Beispiel ein Maat? Und was ist der Unterschied zwischen einem Tau und einer Leine und einem Schot? Und was heißt es, wenn der Käptn sagt, du sollst 45 Grad segeln?"

Martin lächelte. „Viele Fragen auf einmal, du Landratte. Ein kleines Schiff wie dieses kann sich keine Offiziere leisten. Also übernimmt der Maat, der eigentlich so etwas wie ein Obermatrose ist, die Funktion des Ersten Offiziers. Er teilt sich mit dem Kapitän die Wachen. Im besten Fall kann er sogar selber navigieren. Ich kann das. Ich kann lesen und schreiben. Eines Tages werde ich selber Kapitän eines Schiffes sein. Und es wird größer sein als die *Octopus.*"

„Könnten wir die Piraten ausschalten und könntest du uns sicher in einen Hafen bringen?"

„Nein. Marco, wir brauchen die Piraten genauso, wie sie uns brauchen. Das Schiff ist in einem so schlechten Zustand, dass es sich von einer halben Mannschaft nicht beherrschen lässt. Wenn das Wetter umschlägt, bekommen wir alle Hände voll zu tun. Dann kann sich der Käptn Hurrikan keine Geisel auf dem Vorderdeck mehr leisten und auch ihr beide werdet ranmüssen. Für jeden Einzelnen von uns ist es dann eine Frage von Leben und Tod."

Wenn man den Esel nennt, kommt er gerennt, dachte Marco, denn gerade in dem Augenblick tauchte der einäugige Pirat aus der Ladeluke auf. Er schleppte ein Bündel, mit dem zwei normal große Männer ihre liebe Mühe gehabt hätten, und ließ es krachend aufs Deck fallen. „Ihr habt ja noch mehr Segel da unten", schrie er herüber, wobei er gleichzeitig Martin und den Bootsmann ansprach.

„Richtig", antwortete Kees, „aber wir haben nichts, woran wir sie aufhängen könnten. Ich bin schon heilfroh, wenn wir es schaffen, diesen zweiten Mast aufzustellen."

„Was habt ihr eigentlich geladen?", fiel Käptn Hurrikan plötzlich ein. Bis jetzt hatte er noch keine Gelegenheit gehabt, diese für einen Piraten so wichtige Frage zu stellen.

„Es wird euch nicht besonders gefallen", antwortete der Maat. „Unsere Ladung besteht aus Marmor. Marmorplatten, so schwer, dass wir sie im Sturm nicht mal über Bord werfen konnten, um das Schiff leichter zu machen. Für den neuen Palast des Gouverneurs. Ihr werdet sie nicht verkaufen können." Manch einer hätte bei dieser Nachricht vielleicht einen Tobsuchtsanfall erlitten. Der einäugige Pirat zuckte nur mit den Schultern und übernahm wieder das Steuer. Martin kehrte zu den anderen zurück und Marco löste Pedro am Ausguck ab. Rechts herum – links herum, nichts gab es zu sehen. Es war so langweilig wie eine Biologiestunde.

Die Sonne stand jetzt fast genau über ihnen, es wurde sehr heiß. Marco freute sich über die kleine Brise, die direkt von hinten – von achtern, verbesserte er sich – über das Schiff wehte. Und er war froh über seine blaugraubraune Hutmütze, die er wie durch ein Wunder nicht verloren hatte. Da befahl ihm der Käptn, die Freiwache zu wecken. Als die drei Piraten, noch nicht hellwach, aber immerhin wieder handlungsfähig, an Deck standen, gab Käptn Hurrikan neue Befehle:

„Rotkopf und ich müssen jetzt schlafen. Tom, du hast das Kommando. Miller, du bewachst den kleinen Köter da vorne. Lippe besorgt uns was zu essen." Lippe war der Besitzer einer gespaltenen Oberlippe, einer Hasenscharte. Vielleicht lag es nur an dieser Verunstaltung, dass er den Eindruck vermittelte, er würde jedem in seiner Nähe mit größtem Genuss die Kehle durchschneiden.

„Käptn, ein Vorschlag", meldet sich da Maat Martin zu Wort. Die Stiefelspitze zuckte, aber der einäugige Pirat behielt sich in der Gewalt. „Weder eure Leute noch wir können das Schiff alleine segeln. Wir sind aufeinander angewiesen und werden unsere Arbeit als ehrliche Seeleute tun, wie es sich gehört. So lange, bis wir Land sehen oder ein anderes Schiff. Lasst Frenchy losbinden und wir arbeiten alle miteinander daran, die *Octopus* über Wasser zu halten. Frenchy ist der Koch und findet leichter etwas zu essen als euer Mann."

Käptn Hurrikan überlegte einen Augenblick, dann nickte er und gab Miller mit einer Kinnbewegung ein Zeichen. Der löste Frenchys Fesseln und kam herüber zu seinen Piratenkameraden. Der kleine Koch blieb noch eine kurze Zeit reglos liegen. Die straffen Fesseln hatten ihm den Blutkreislauf abgeschnürt und er konnte seine Hände und Füße weder spüren noch bewegen. Dann aber kam die Zirkulation wieder in Gang. Und das tat weh! Frenchy bog und krümmte sich, wand und schlängelte sich auf dem Deck wie ein vor Schmerzen kreischender Aal, rollte immer näher an die Backbordreling und war in Gefahr, über Bord zu gehen. Die Piraten fanden das lustig. Sie brüllten vor Lachen, als präsentierte ihnen Frenchy einen Clown-Auftritt. Am lautesten brüllte der Käptn, der wie die anderen gar nicht mehr auf seine Umgebung achtete. So konnte sich Pedro an ihm vorbeimogeln und übers Deck flitzen. Jetzt rollte der kleine Franzose nicht mehr weiter zum Schiffsrand, denn Pedro saß auf seinem Bauch und begann, sein Handgelenk zu massieren. Im Nu kamen auch die anderen und begannen, seine Arme und Beine zu kneten und zu reiben. Das Kreischen wurde leiser und ging in verhaltenes

Stöhnen über. Irgendwann wusste man nicht mehr, ob der Schmerz noch von der rigorosen Fesselung stammte oder durch die nicht minder rigorose Behandlung verursacht wurde. Das Gelächter der Piraten war verstummt.

„Warum 'abt ihr das getan?", ächzte Frenchy. „Isch 'abe nur gespielt. Noch drei Minuten, und diese Burschen 'ätten sisch totgelacht."

„Noch eine Minute, und du wärst über Bord gegangen, wenn Pedro dich nicht zurückgehalten hätte", konterte der Maat. „Wie fühlst du dich jetzt, Frenchy?"

„Isch werde denen gemahlenes Glas ins Essen mischen. Isch werde ihnen verdorbenen Fisch servieren. Isch werde in ihre Wasserbecher spucken. Isch werde ..."

„Du wirst gar nichts", unterbrach ihn Martin. „Versuch mal, ob du schon wieder stehen kannst. – Na, das geht ja schon gut. Mach noch ein paar Schritte. Und dann sieh nach, wie viel Wasser und Verpflegung wir an Bord haben. Bisher hat keiner an Essen und Trinken gedacht, aber jetzt bekomme ich von Minute zu Minute größeren Durst. – Käptn!" rief er in die Richtung, wo der einäugige Pirat zuletzt gestanden hatte. Der war aber schon in der Kapitänskajüte verschwunden. Der Rotschopf hatte sich ins Unterdeck zurückgezogen und schlief vermutlich schon fest und tief. „Ich schicke Frenchy runter, damit er den Proviant überprüft", rief Martin jetzt zum dünnen Tom hinüber. „Ist das in Ordnung?" Der nickte nur und konzentrierte sich weiter auf sein Steuerruder, das so beschädigt war, dass das Schiff nur mit größter Mühe auf einer Art Schwänzelkurs gehalten werden konnte.

Schon nach kurzer Zeit war der Koch zurück. „Wir haben noch zwei Fässer Wasser und das Obst, das uns die Jungen gestern gebracht haben. Alles andere ist im Sturm über Bord gegangen oder mit Salzwasser durchtränkt."

„Zwei Fässer für elf Männer, das reicht für vier Tage. Wir müssen sparen, Frenchy. Das Wasser muss für sechs Tage reichen. Ich weiß nicht, wohin wir segeln, da müssen wir vorsichtig sein. Aber hol jetzt für alle etwas rauf, wir brauchen es."

Trinkwasser war immer eines der größten Probleme auf Segelschiffen. Bei schlechten Winden konnte ein Schiff monatelang auf See sein. Wenn der Kapitän ein Geizhals war, nahm er zu Beginn einer Reise nur wenig Wasser an Bord, denn jedes Fass Wasser blockierte den Platz für ein Frachtstück, mit dem Geld zu verdienen war. Wurde während einer Reise das Wasser knapp, musste der Kapitän vor einer Küste Anker werfen und die Mannschaft im Beiboot auf die Suche nach einer Quelle schicken. Dann hatten die Seeleute tagelang herrlich frisches Wasser, soviel jeder wollte. Wenn es eine Küste gab. Und wenn dort auch Wasser zu finden war. Oft kam die Mannschaft auch unverrichteter Dinge zurück. Dann stellte der Kapitän seine zuverlässigsten Leute als Posten neben das Wasserfass auf Deck und jeder Mann durfte während seiner Wache nur einen kleinen Schöpfer voll trinken. Marco erinnerte sich an den Film *Meuterei auf der Bounty,* den er vor einiger Zeit gesehen hatte. Der Kapitän war ein rechter Menschenschinder und als er dann auch noch die Wasserrationen auf ein unerträgliches Maß kürzte, meuterten sogar die Offiziere. Kapitän Bligh wurde mit ein paar Männern, die weiter zu ihm hielten, in einem Rettungsboot mitten im Pazifischen Ozean ausgesetzt. Damit waren sie zum Tod verurteilt, nicht durch Erhängen, sondern durch Verdursten. Die Meuterer liefen eine damals noch nicht entdeckte Südseeinsel an. Hier fühlten sie sich sicher. Sie heirateten einheimische Frauen und dachten nicht im Traum daran, nach England zurückzukehren, denn dort stand auf Meuterei die Todesstrafe. Kapitän Bligh jedoch, als Seefahrer ein Genie, knüppelte sein Boot über Tausende Seemeilen, bis er Land fand und den Behörden Bericht erstatten konnte. Die Admiralität schickte Suchschiffe aus, die Meuterer wurden gefunden und vor Gericht gestellt. Das alles findet erst in Hundert oder mehr Jahren statt, dachte Marco. Aber ich weiß es jetzt schon. Ich glaube, das macht mir Angst.

Frenchy erschien mit einem kleinen hölzernen Eimer und einer blechernen Henkeltasse. Mit der schöpfte er Wasser und bot zuerst seinem Maat einen Trunk an. Der hatte fast unbemerkt und ohne Widerspruch seitens der Piraten das Kommando übernommen. „Jeder Mann bekommt einen Becher voll, nicht mehr. Gib zuerst den beiden."

„Die beiden" waren Pedro und Marco. „Jeder Mann, hat er gesagt", flüsterte Pedro selig. „Wir gehören auch zu den Männern. Hast du das gehört?"

„Mmm", gab Marco von sich, während er langsam seine Ration schlürfte. Erst jetzt merkte er, wie durstig er gewesen war. Das Wasser schmeckte abscheulich, wie daheim aus der Regentonne im Garten. Es löschte aber den Durst, das war die Hauptsache.

Martin hatte mittlerweile ein Gespräch mit dem dünnen Tom begonnen. Er versuchte etwas über ihre Position herauszufinden, aber Tom hatte keine Ahnung. Er wusste nur, dass sie bis kurz vor Sonnenaufgang gerade nach Osten gesegelt und dann nach Nordosten eingeschwenkt waren. Der Einzige, der die Geheimnisse des Navigierens beherrschte, war der einäugige Pirat. „Dann lasst uns feststellen, wo wir sind", sagte Martin, und der dünne Tom erhob keinen Einspruch. Seine Position zu kennen war für jeden Seemann eine Überlebensfrage und wenn man nicht warten musste, bis der Käptn wieder aufgewacht war – umso besser. Martin gab dem Bootsmann ein paar Anweisungen. Während die Männer darangingen, den Reservemast herzurichten, bedeutete er den Jungen, mit ihm aufs Achterdeck zu kommen.

„Überlegen wir", fing er an zu rechnen. „Wir sind eine Stunde vor Mitternacht ausgelaufen und bis drei Stunden nach Mitternacht ostwärts gesegelt. Wenn der Wind so war wie jetzt, haben wir ungefähr vier Knoten gemacht. Also sechzehn Seemeilen nach Osten, und dann acht Stunden nach Nordosten, das gibt vier mal acht, zweiunddreißig Seemeilen. Das ist gar nicht so schlecht."

„Wie willst du wissen, wo wir sind?", fragte Pedro zweifelnd. „Hier gibt es keine Straße, keinen Fluss, keinen Berg, die wir mit unseren Augen festhalten könnten. Das Meer hier sieht genau so aus wie am Rand der Welt."

„Nur hat die Welt keinen Rand. Wisst ihr, dass die Erde eine Kugel ist?"

„Ja/nein" antworteten die beiden Jungen gleichzeitig. Natürlich, dachte Marco, zu Pedros Zeit war das noch nicht Alltagswissen wie heute – wenn ich mit heute bei mir zu Hause meine. Vielleicht ist es ungewöhnlich, dass ich das damals schon weiß.

„Ich sehe, du hast eine Schule besucht", sagte Martin zu ihm und fuhr, zu Pedro gewandt, fort: „Also, die Erde ist eine Kugel und darum kannst du auch nie das Ende sehen oder zum Ende kommen. Stell dir vor, du wärst ganz, ganz dick."

„So wie Señor Ramón, der Segelmacher", kicherte Pedro.

„Noch viel dicker", warf Marco ein. Er erinnerte sich noch gut an die kleine Episode von gestern Abend, als der dicke Mann aus der *Bodega* auf die Straße getreten war.

„So dick wie eine Kugel eben", fuhr Martin fort. „Du bist die Erde, und der Gürtel um deine Mitte heißt Äquator. Die Mitte deines Kopfes", Martins Zeigefinger tippte auf Pedros Haarbusch, „ist der Nordpol und deine Fußsohlen sind der Südpol. Jetzt denken wir uns zwischen dem Äquator und dem Nordpol viele Kreise. Kannst du bis neunzig zählen, Pedro?"

„Ja, bis zweimal Hände und Füße", kam sofort die Antwort. Pedro war offenbar sehr stolz auf seine mathematischen Kenntnisse.

„Zehn Finger und zehn Zehen und das zweimal, das gibt noch keine neunzig", meinte Martin, „aber das ist auch egal. Stell dir eben vor, dass wir um deine Kugel viele Kreise malen. Die nennt man Breitengrade. Und jetzt ziehen wir einen Strich vom Nordpol zwischen deinen Augen, über die Nase mitten durch deinen Nabel bis hinunter zum Südpol. Nein, warte, ich habe eine bessere Idee. Nimm eine Orange. Die hat einen Nordpol und einen Südpol. Den Äquator musst du dir denken. Kannst du das?" Ein bisschen zweifelnd, dann aber plötzlich sicher, nickte Pedro heftig mit dem Kopf. „Und jetzt", fuhr Martin in bester Lehrermanier fort, „jetzt schälst du die Orange und dann siehst du viele Linien, die vom Nordpol zum Südpol laufen. Das sind die Längengrade."

„Ich habe Hunger", sagte Pedro. Der Gedanke an eine Orange erinnerte ihn daran, dass er seit gestern Mittag nichts mehr gegessen hatte. Den anderen war es nicht viel besser ergangen, nur Marco hatte mit seinen Eltern ein normales Abendessen eingenommen und auch das lag schon wieder sieben oder acht Stunden zurück.

Der Maat rief Frenchy zu sich und befahl ihm, die Hälfte der noch vorhandenen Früchte an die Mannschaft zu verteilen. „Und dann kannst du eine Fischleine auswerfen", fügte er hinzu. „Vielleicht haben wir Glück und erwischen was Essbares."

Marco nahm sich eine von den Bananen, die ihn gestern so herrlich gesättigt hatten, und eine der unbekannten Früchte. Auch Pedro griff nach einer von diesen und nach einer Orange, die er sofort zu schälen begann. „Ich sehe die Linien vom Nordpol zum Südpol", stellte er fest. „Aber die um den Bauch herum sind weg."

„Du kannst sie nur nicht sehen. Marco, sieh mal, ob du irgendwo ein Stück Holzkohle findest. Dann malen wir den Äquator auf die Orange."

Auf einmal konnte Pedro auch den Äquator und die Parallelkreise sehen. Die Idee, Orange mit Holzkohlesplittern zu verzehren, gefiel ihm offenbar nicht besonders. Schweigend und ganz, ganz langsam verzehrten sie ihre kärgliche Ration. Das Hungergefühl konnten sie damit nicht besiegen, aber sie wussten, dass sie trotzdem lange Zeit nichts mehr zu essen bekommen würden, es sei denn, Frenchy ginge wirklich ein dicker Fisch an die Angel.

Martin fand es an der Zeit, das Thema wieder aufzunehmen. „Also, wir haben jetzt die Längen- und die Breitengrade. So können wir ziemlich genau sagen, auf welchem Punkt der Erde wir uns befinden, ganz egal ob irgendwo auf dem Meer oder mitten in der Wüste oder im Urwald. Kannst du das verstehen?"

„Ja, ich denke schon", antwortete Pedro mit halb zugekniffenen Augen und gerunzelter Stirn.

„Gut. Wir sind nördlich vom Äquator. Gestern Abend, im Hafen von *Reina Isabela,* waren wir ungefähr hier." Ein Zeigefinger tippte auf Pedros rechte Brustseite, gerade unterhalb der letzten Rippe. „Wir sind sechzehn Seemeilen nach Osten gesegelt", der Finger fuhr ein kleines Stück waagerecht über Pedros Körper, „und dann zweiunddreißig Seemeilen schräg nach oben. Also sind wir jetzt hier." Die Fingerspitze markierte einen Punkt auf Pedros Brust. Hier also schwamm die *Octopus* jetzt.

Wie schade, dass wir noch kein GPS haben, schoss es Marco durch den Kopf. Diese Rechnerei mit geschätzten Seemeilen ist ja kaum besser als mit verbundenen Augen Auto zu fahren. Piraten hatten aber damals kein GPS und keine Satelliten, und das war auch gut so.

„Jetzt müsste ich unsere Position auf der Seekarte einzeichnen.", sagte Martin. „Und dann einen neuen Kurs anlegen. Ich glaube, ich habe die Karte ziemlich gut im Gedächtnis. Wenn wir nicht bald auf Nord zu Nordwest gehen oder noch weiter nach Westen, dann segeln wir direkt auf den Atlantik hinaus. Und dann Gute Nacht, *Octopus.*" Es war klar, dass eine Kursänderung nur von dem einäugigen Piraten befohlen werden durfte. Nicht einmal Martins eigener Kapitän hätte eine solche Eigenmächtigkeit seines Maats geduldet. Für Marco war er allerdings der eigentliche Kapitän. Dieser junge Mann strahlte eine natürliche Autorität aus, die nicht, wie bei dem einäugigen Piraten, auf Rohheit und Gewalt beruhte. Marco hatte das Gefühl, ihn gut zu kennen, obwohl er insgesamt noch keine Stunde mit ihm verbracht hatte.

Etwas besorgt spähte Martin nach achtern. „Seht ihr, dass der Himmel da einen dunkleren Streifen hat? Das bedeutet nichts Gutes. Ich wette, dass wir bis zum Abend einen Sturm bekommen, dem unser Schiff nicht mehr standhält."

Wieder wünschte Marco sich nichts mehr, als zu Hause in seinem Bett zu liegen und von Piraten in der Karibik nur zu träumen. Er wollte aber ohnehin nur bis sechs Uhr hier bleiben. Vielleicht hatte der Sturm sie dann noch nicht erreicht. „Wo habt ihr denn eure Schwimmwesten?", fragte er sicherheitshalber.

„Schwimmwesten? Was ist das denn? So etwas haben wir nicht." Also nicht nur kein GPS, sondern nicht mal etwas so Simples wie Schwimmwesten gab es zur Zeit der Piraten! Dann macht euch doch selber welche, dachte er, und dann wiederholte er es auch laut.

„Sucht euch Holzstücke zusammen, so dreißig bis vierzig Zentimeter lang – ich meine: einen Fuß lang oder ein bisschen mehr. Ihr bohrt zwei Löcher hindurch, dann zieht ihr sie auf eine Leine auf, wie eine Perlenschnur. Das Ganze bindet ihr um die Brust. Vielleicht trägt es einen Körper nicht ganz, aber es spart sicher viel Kraft, wenn ihr schwimmen und euch über Wasser halten müsst."

Martin schmunzelte. „Das ist eine gute Idee. Wo hast du die her?" Ohne eine Antwort abzuwarten, rief er: „He, Kees, komm mal her!" Er musste mehrmals und immer lauter rufen, denn die Männer hackten und hämmerten und riefen durcheinander, dass es schwer war, den Lärm zu übertönen.

Der Bootsmann hörte sich die Bauanleitung für die primitive Schwimmweste an und nickte. Er verstand sofort und erdachte auch gleich ein verbessertes Modell. „Wir müssen es vor der Brust zubinden und Träger über den Schultern haben, wie bei einer richtigen Weste. Ich denke, wir machen uns gleich an die Arbeit. Wenn ein Sturm kommt, dann brauchen wir heute keinen Mast und kein Segel mehr."

„Er ist der beste Bootsmann zwischen Boston und Caracas", sagte Martin zu den Jungen. „Wenn er meint, das kann funktionieren, dann wird es das. Ich gehe auch hinunter, und du, Marco, kommst mit mir. Wir brauchen jede Hand, wenn wir vor dem Sturm fertig werden wollen. Pedro, du hältst weiter Ausguck". Wenig später waren alle, Piraten und Mannschaft, eifrig dabei, Holzstücke zu suchen, die sich zu Schwimmwesten verarbeiten ließen, sie zurechtzuschneiden, zu durchbohren und aufzufädeln. Nur Frenchy saß unbeteiligt mit seiner Angelleine an der Reling. Den Käptn Hurrikan und den Rotkopf ließen sie weiter schlafen.

Unter den geschickten Händen des Bootsmanns und seiner Helfer war die Aufgabe in kürzerer Zeit gelöst, als sie gedacht hatten. Die Piraten mokierten sich zwar die ganze Zeit mit spöttischen Bemerkungen über die Angsthasen, die sich vor ein bisschen Wind fürchteten, und über die brillanten Erfinder, die glaubten, ein paar Holzstöckchen am Bauch würden ihnen das Leben retten. Aber die ganze Zeit bastelten sie eifrig mit an ihren eigenen Schwimmwesten, probierten sie immer wieder an, um sie so bequem wie möglich zu machen, und fertigten sogar eine für Rotkopf und eine besonders große für Käptn Hurrikan. Marco trug seine und Pedros Weste aufs Achterdeck, damit sie im Notfall schnell greifbar waren. Pedro hatte die ganze Zeit den Horizont nach Schiffsmasten oder nach Anzeichen von Land abgesucht, aber nicht das Geringste entdecken können.

Nach vier Stunden schickte der dünne Tom einen der anderen Piraten, den Käptn und Rotkopf zu wecken. Von alters her wurde auf Schiffen in Schichten gearbeitet, die man *Wachen* nannte. Wenn die Besatzung ausreichend zahlreich war, dauerte eine Wache vier Stunden, gefolgt von der acht Stunden langen *Freiwache*. Häufiger war jedoch ein Rhythmus von sechs Stunden Arbeit und sechs Stunden Ruhepause. Bei schlechtem Wetter konnte es passieren, dass die ganze Mannschaft vierundzwanzig Stunden und länger ohne Pause kämpfte, ihr Schiff über Wasser zu halten.

Der Käptn ließ sich vom dünnen Tom berichten, was während seiner Schlafenszeit geschehen war. Als die Sprache auf den Proviant kam, befahl er wütend den Maat zu sich. „Wer hat dir erlaubt, Wasser und Verpflegung auszugeben?", brüllte er ihn an, den Kopf so dicht an des anderen Gesicht, dass sich ihre Nasen beinah berührten.

Martin ließ sich aber nicht einschüchtern. „Käptn, Ihr seid ein Seemann wie ich", sagte er ruhig. „Ihr wisst, dass die Männer erschöpft waren und zudem noch hart arbeiten mussten. Sie brauchten Wasser und etwas zu essen. Ich habe angeordnet, dass unser Wasservorrat von vier Tagen auf sechs gestreckt wird, und hoffe, dass Ihr das bestätigen werdet. Frenchy", rief er übers Deck, „bring dem Käptn und dem anderen Mann zu trinken. Einen Becher pro Mann!"

„Geh an deine Arbeit", schrie der Käptn, machte aber keine Anstalten, Martins Maßnahmen zu ändern. Er erhielt seinen Blechnapf voll Wasser, murmelte etwas von „ekelhafter Brühe" und „denen schon noch zeigen", konzentrierte sich aber dann ganz auf sein Steuer. Pedro, den er noch vor ein paar Stunden hatte umbringen wollen, beachtete er überhaupt nicht.

Es dauerte nicht mehr lange, bis der klägliche Ersatzmast stand. Jetzt galt es, die Rahen, Leinen und Segel anzubringen. Martin gewährte den Männern eine Ruhepause und ging wieder nach achtern zum einäugigen Piraten. „Käptn", sagte er, „meine Männer haben seit Sonnenaufgang schwer gearbeitet. Mit Eurer Erlaubnis gebe ich ihnen eine halbe Wache Ruhezeit. Wahrscheinlich brauchen wir noch vor Einbruch der Nacht alle Hände auf Deck, denn dort hinten scheint mir ein böser Sturm aufzukommen. Und Ihr solltet einen neuen Kurs setzen, damit wir nicht aufs offene Meer getrieben werden."

Käptn Hurrikan wusste, dass Martin recht hatte. „Schick deine Männer auf Freiwache. Du kannst auch gehen. Und den dünnen Tom schickst du ebenfalls. Rotkopf und Lippe bleiben auf Deck und auch dein kleiner Kobold da drüben. Der kann sich beim Angeln ausruhen. Die Jungen im Ausguck bleiben bis zur Nacht, dann können sie schlafen. Und einen neuen Kurs habe ich längst angelegt. Für deine Frechheit sollte ich dich auspeitschen lassen. Nur haben wir jetzt keine Zeit. Vielleicht später."

Die Seeleute von der *Octopus* streckten sich auf Deck aus. Miller und der dünne Tom zogen es vor, wieder auf dem Unterdeck zu schlafen. In den nächsten paar Stunden geschah wenig Aufregendes. Marco und Pedro suchten ohne

Erfolg den Horizont ab. Dem kleinen Franzosen gingen zu seiner eigenen Überraschung zwei große Fische an die Angel, genug, um alle an Bord satt zu bekommen. Jetzt stellte sich nur das Problem, wie er diese Fische zubereiten konnte. Aus Gründen der Sicherheit, aber auch, um nicht kostbaren Frachtraum zu verschwenden, gab es auf den kleineren Schiffen keine Kombüse, in der gekocht werden konnte. Wenn das Wetter es gestattete, wurde auf Deck eine Feuerstelle eingerichtet. Das war meistens ein großer eiserner Kessel, zum Teil mit Sand gefüllt, in dem ein Holzkohlenfeuer brannte. Der war aber im letzten Sturm mit vielen anderen Dingen über Bord gegangen. Nach einigem Suchen entdeckte Frenchy im Frachtraum, wo im Sturm die meisten Dinge durcheinander gepurzelt waren, ein paar Steine, die als Ballast dienten, und einen halben Sack voll Sand. Der Sack mit der Holzkohle war auch noch da, aber völlig durchgeweicht. Vielleicht würde er es trotzdem schaffen, mit den Holzabfällen, die sich bei der Arbeit an Deck angesammelt hatten, ein Feuerchen zu entfachen. Dann könnte er die Holzkohlestücke rundherum legen und so weit trocknen, dass sie letztlich ihre Brennbarkeit zurückgewönnen.

Der Rotkopf hatte sich unterdessen seine Schwimmweste umgebunden und baute sich damit vor Käptn Hurrikan auf. „Guck mal, Käptn, was die gemacht haben", kicherte er. „Hast du vielleicht noch ein rosa Schleifchen in der Tasche? Ich möchte doch wirklich hübsch aussehen."

Der einäugige Pirat fand das weniger komisch als sein Kumpan. „Wo hast du das her?", fragte er scharf.

„Von Lippe. Der hat auch so eins und für dich haben sie ebenfalls eins gebaut. Sie nennen es Schwimmweste. Hier ist die deine. Sie sagen, es war die Idee von dem da." Er wies mit dem Kopf auf Marco und ließ die Schwimmweste des Käptns vor dessen Füße fallen.

So, so, murmelte der Käptn zu sich selber. Sie nennen es Schwimmweste. Und es ist die Idee von dem da. Der da will keine Ahnung von der Seefahrt haben und lässt Schwimmwesten bauen. Dem da muss ich noch ein bisschen genauer auf den Zahn fühlen. Der da lügt wie, wie … Es fiel ihm kein passender Vergleich ein und er konzentrierte sich wieder auf sein Steuer, das ihm mehr und mehr Widerstand entgegenzubringen schien.

„Deine Eltern müssen sich große Sorgen machen, weil du nicht nach Hause kommst", sagte Marco zu Pedro.

„Ich habe keine Eltern", antwortete der Kleine langsam. „Mein Vater ist beim Zuckerrohrschneiden von einer Schlange gebissen worden, als ich noch nicht sprechen konnte. Ich erinnere mich nicht an ihn. Meine Mutter ist eines Abends vom Feld heimgekommen und hat Blut gespuckt. Am Morgen war sie tot."

Marco war sehr verlegen und wusste nicht, was er antworten sollte. „Das tut mir aber wirklich leid", brachte er schließlich hervor. „Deshalb lebst du bei deiner Großmutter?"

„Meine Großmutter ist in der letzten Regenzeit gestorben. Niemand macht sich Sorgen um mich. Ich schlafe noch in dem Haus, aber Señor Perro, dem die Plantage gehört, sagt, das Haus ist jetzt seines und er wird es verkaufen. Und du? Erzähl, woher du kommst."

Marco wusste, dass er jetzt Farbe bekenne musste. „Meine Eltern leben noch. Mein Vater ist Bauunternehmer, er baut Häuser für andere Leute. Ich sehe ihn meistens nur beim Abendessen und manchmal, wenn er nicht arbeiten muss, am Sonntag."

„Aber am Sonntag darf man nicht arbeiten."

„Bei uns nimmt man das nicht so genau. Ich habe keine Geschwister. Wir leben in einer Stadt, deren Namen du nicht kennst."

„Dein Vater baut Häuser für andere Leute? Bei uns baut jeder sein Haus für sich selbst. Mein Vater hat mein Haus gebaut."

„Meiner baut große Häuser. Wie die Villa des Gouverneurs, für die die *Octopus* Marmorplatten bringen sollte. Aber ich wette, deines ist schöner, auch ohne Marmor." Beide schwiegen eine Weile.

Marco dachte an seine Eltern und fühlte das Bedürfnis, über sie zu sprechen. „Meine Mutter arbeitet in einem großen Kaufladen. Da kann man alles kaufen, Kleider und Lebensmittel und Töpfe und was man sonst so braucht. Sie hat viel zu tun und hat meistens keine Zeit für mich. Aber sonst geht es mir gut. Ich habe ein schönes Zimmer und gute Freunde." Das Gespräch verebbte. Auch die beiden Jungen waren müde und hätten am liebsten die Augen geschlossen und ein Nickerchen gemacht. Nur die Angst vor dem einäugigen Piraten hielt sie wach. Er würde sie über Bord werfen, sollte ihnen etwas entgehen, das er als Erster entdeckte.

Die leichte Rollbewegung, die das Schiff den ganzen Tag vollführt hatte, wich einem immer gröberen Stampfen. Das Meer sah nicht mehr blau und gekräuselt aus, sondern eher schwarz mit tanzenden weißen Tupfen. Der Wind wehte stärker und brachte die Kühlung mit, die sie tagsüber gern gehabt hätten. Käptn Hurrikan ließ die Freiwache wecken und befahl den Bootsmann zu sich. „Nimm dir ein paar Leute und sieh zu, ob sich das Steuerruder reparieren lässt. Wenn der Seegang noch stärker wird, kommst du hierher und hilfst mir Kurs zu halten." Kees verschwand mit Diego und Miller unter Deck. Frenchy arbeitete an seinem Feuerchen, das er glücklich in Gang gebracht hatte, das ihm aber im Wind ständig zu verlöschen drohte. Martin und der Rest der Männer zurrten auf und unter Deck alles fest, was sich im Sturm bewegen und damit eine Gefahr für das Schiff bedeuten könnte. Denn dass der Sturm kommen würde, war jetzt allen klar, und dass er nicht von schlechten Eltern sein würde, das konnte man an der Farbe des Himmels absehen, der schon bis zur halben Höhe schwarz war wie Frenchys Holzkohle. Die Wellen schlugen bereits über die Bordwand. Das Schiff schoss mit dem Wind die Wellenberge hinauf, schwankte auf dem Kamm in einem Augenblick des Gleichgewichts und fiel dann dem nächsten Trog entgegen, wo es mit einem harten Klatschen aufschlug. Bei jedem neuen Auf und Ab musste Marco an die Berg-und-Talbahn auf dem Jahrmarkt denken. Er hasste die Fahrten, die einem in einem Augenblick das Hirn in den Bauch rutschen ließen und im nächsten den Magen in den Hals drückten. Nie im Leben wäre er freiwillig mitgefahren! Aber wenn seine Freunde fuhren, konnte er nicht alleine zurückbleiben. Er wollte nicht als Feigling verspottet werden. Es war eine Art von Mutprobe. Er glaubte, dass fast alle anderen dachten wie er, dass aber auch sie es nicht zugeben wollten. So wurde bei jedem Jahrmarkt die Achterbahnfahrt zu einem misslichen, aber unabwendbaren Unternehmen für jeden einzelnen von ihnen.

Der Bootsmann hatte mit seinen Helfern ein kleines Wunder vollbracht und tatsächlich die Steuereigenschaften der *Octopus* deutlich verbessert. Marco konnte sehen, dass der einäugige Pirat weniger Kraft aufwenden musste, das Schiff auf geradem Kurs zu halten, obwohl der Wellenschlag und der Wasserdruck auf das Steuerruder jetzt viel stärker waren als eine Stunde zuvor. „Wollt Ihr wenden, Käptn?", fragte der Bootsmann. Es war gängige Seemannspraxis, einen Sturm wie diesen mit der Nase im Wind abzureiten. Das Gefährlichste war, quer zur Windrichtung zu liegen. Wenn ein Schiff in eine derartige Lage kam, war es oft nur noch eine Frage der Zeit, bis es kenterte und Mann und Maus mit in die Tiefe riss. Den Sturm direkt von hinten zu haben, war die zweitbeste Möglichkeit.

„Wenden geht nicht", antwortete Käptn Hurrikan ruhig. Dies war nicht der Moment, wütend zu werden oder sich als brutaler Herrscher aufzuspielen. „Refft alles bis auf das Bugsegel, und zwar dalli!" Der vordere und einzig funktionierende Mast trug zwei viereckige Rahsegel, die dem Wind gefährlich viel Widerstand entgegensetzten. Zwischen Mast und Bugspriet war noch ein kleineres, dreieckiges Segel gespannt, und zwar nicht quer, sondern längs zur Achse des Schiffs. Auch wenn Marco vom Segeln keine Ahnung hatte, konnte er den Sinn dieser Maßnahme sehen. Das Bugsegel wirkte wie eine Art von Wetterfahne, die sich immer aus dem Wind dreht und ihm so die kleinstmögliche Angriffsfläche bietet. So war es leichter, das Schiff vor dem Wind zu halten.

Der Befehl wurde ausgeführt, Kees kam zurück. Er deutete auf die primitiven Schwimmwesten, die er für die Jungen gefertigt hatte. „Die bindet ihr jetzt besser um. Und geht unter Deck, wo es nicht so gefährlich ist."

„Kees, mir ist jetzt schon furchtbar übel", protestierte Marco. „Wenn ich unter Deck muss, sterbe ich."

„Bald wirst du froh sein, wenn du nicht hier oben bleiben musst", gab der Bootsmann zurück. „Aber meinetwegen könnt ihr noch eine Weile bleiben. Bindet euch jeder eine Sicherheitsleine um den Bauch. – Käptn, soll ich Euch ablösen?" Wortlos nickte der einäugige Pirat und Kees übernahm das Steuer.

Marco und Pedro legten ihre Schwimmwesten an und banden sich eine Leine um. Nicht um den Bauch, wo der Äquator saß, sondern ein Stück höher, um die Brust. So war das Verletzungsrisiko geringer. Das andere Ende machten sie an der Bordwand fest. Ein Seemannsknoten, dachte Marco, jetzt wäre es gut zu wissen, wie ein Seemannsknoten geht. Einer, der sicher hält und den man doch mit einem Ruck aufziehen kann.

Der Rundblick über den leeren Horizont war längst zu einer automatischen, unbewussten Bewegung geworden, die nirgendwo einen Punkt zum Festhalten fand. Bis zu diesem Augenblick. Wo vorhin nichts als schwarzer Himmel zu sehen war, standen jetzt helle Segel auf den Wellen. Von dem Schiff, das dazu gehörte, konnte man so gut wie nichts erkennen.

„Kees", rief Marco, „schau mal nach achtern." Der brauchte nur eine kurze Drehung des Kopfes. „Hol sofort den Käptn, sonst ist hier die Hölle los", befahl er Marco. Der Pirat belferte Befehle und die Mannschaft, Piraten und ehrliche Matrosen, flogen an die Leinen, hissten Segel, gaben sich alle Mühe, die müde *Octopus* in einen schnellen Rennsegler zu verwandeln. Es half wenig. Das andere Schiff kam näher und näher. Marco kannte sich mit Segelschiffen wenig aus, aber er war sich ziemlich sicher, dass dies das Regierungsschiff war, das er gestern im Hafen gesehen hatte. Jetzt zeigte sich, dass der einäugige Pirat ein ausgezeichneter Seemann war. Jedes Mal, wenn der andere zu nahe kam, änderte er den Kurs, ließ Segel reffen und gleich danach wieder hissen; er brachte die *Octopus* zum Tänzeln wie ein Zirkuspferd. Der Kapitän des anderen Schiffes verlor bei jeder überraschenden Wende viel Zeit, bis er wieder auf den Kurs der *Octopus* eingeschwenkt war, um ihr nachzusetzen. Einmal lagen die beiden Schiffe so nahe nebeneinander, dass Marco den Namen am Bug des Verfolgers lesen konnte: *Morning Glory*. Die *Morning Glory* feuerte eine Breitseite ab, die aber bei dem Seegang buchstäblich ins Wasser fiel. Trotzdem war das Regierungsschiff eine große Gefahr. Es hatte eindeutig die Absicht, die *Octopus* zu versenken, wenn die Piraten schon nicht lebend gefangen werden konnten. Entwischen sollten sie auf keinen Fall.

Der Himmel war noch dunkler geworden. Das Rauschen des Windes ging langsam in ein Pfeifen über. Marco hatte das Gefühl, die Achterbahn sei jetzt schon höher als ein Kirchturm, und die Talfahrten dauerten so lange, dass die Schwerkraft beinahe aufgehoben wurde und seine Füße kaum noch Berührung mit den Decksplanken hatten. Fetzen von weißem Gischt bildeten sich, als hätte jemand einen großen Eimer Waschpulver in einen Springbrunnen geschüttet; sie flogen über sie hinweg oder blieben an ihren Körpern hängen. Immer öfter brachen die Wellen über das Schiff herein. Marco begann zu überlegen, ob es nicht unter Deck doch angenehmer sei. Da hörte er plötzlich den Bootsmann schreien: „Haltet euch fest!" Instinktiv suchte er Halt mit beiden Händen und sah halb in der Drehung eine schwarze Wand auf sich zustürzen, schwarz wie der Himmel, aber höher und näher, drohend, rasend, fürchterlich, tödlich.

Das Wasser zerrte an seinem Körper, versuchte, wie ein mittelalterlicher Folterknecht, ihn von seinen Armen zu trennen, seine Muskeln und Sehnen in die Länge zu ziehen, seine Schultern, Ellbogen, Handgelenke auseinanderzureißen. Gerade als seine Finger nicht mehr die Kraft hatten, sich noch länger festzuklammern, als kein einziges Sauerstoffmolekül mehr in seinen Lungen war und er wusste, dass er jetzt einatmen und ertrinken musste, war der Spuk vorbei. Marco schnappte nach Luft und sah im selben Moment, was die Welle angerichtet hatte. Kees stand unerschütterlich an seinem Steuer, als hätte das Wasser sich geteilt und wäre links und rechts um ihn herumgeflossen. Aber von Pedro keine Spur. Der kleine Junge mit dem schwarzen Haarschopf war verschwunden. „Mann über Bord, Mann über Bord", schrie Marco. Das musste man doch rufen, nicht wahr, wenn jemand ins Wasser fiel? Er stürzte zur Bordwand. „Mann über Bord, Mann ü…" Den Rest brachte er nicht mehr hervor. Er sah plötzlich das Deck weit, weit unter sich, fühlte im Mund den ekelhaften Geschmack von Salzwasser. Einen Seemannsknoten hätte ich machen müssen, dachte er noch. Da schlug eine Welle über ihm zusammen. Tausend Meter war das Meer hier tief, wenn nicht mehr.

KAPITEL 5

Marco flieht vor Reportern und will nie mehr verreisen.

Marco, ich freue mich ja, wenn es dir schmeckt. Aber ich muss sagen, ich hab' dich noch nie so hungrig gesehen. Das ist schon dein viertes Brötchen."

Die Mutter sah eher besorgt als erfreut aus. Marco hatte den Mund voll und konnte nicht antworten. Der Vater hatte die Bemerkung offenbar auch gehört. Er senkte die Zeitung um sieben Zentimeter, sodass er gerade über den Rand blicken konnte. „Das muss mit dem Blitz zu tun haben. Bist du sicher, dass du schon wieder zur Schule gehen kannst?"

Die Augen verschwanden wieder hinter der Zeitung, noch bevor Marco aufgehört hatte, heftig mit dem Kopf zu nicken und „Mmmmmm" zu mummeln, was heißen sollte: „Ja, ganz sicher, mir geht es bestens, mach dir keine Sorgen." Und zur Mutter murmelte er: „Mmm, ich hatte auch echt Hunger. Auf der *Octopus* gibt's nur Bananen."

„*Octopus?* Was ist das?"

Autsch! Er musste seine Zunge im Zaum halten! „Nur so ein Scherz. Eine Geschichte mit einem alten Segelschiff." Der Vater hatte offenbar nicht zugehört, denn er hätte sonst darauf bestanden, die ganze Geschichte zu erfahren. „Ich muss jetzt los, tschüss." Marco schnappte seine Schulsachen und hörte nur noch halb, was ihm die Mutter nachrief: „Pass auf dich auf und überanstreng' dich nicht. Ich rufe am Nachmittag mal an, wie es dir geht."

Der Anruf würde nie kommen, das wusste Marco. Die Mutter leitete die Spielwarenabteilung eines großen Kaufhauses und steckte immer bis über die Ohren in Arbeit. Oft kam sie spät nach Hause und manchmal verbrachte sie auch ihr Wochenende im Büro. Insgeheim war er stolz auf seine Mutter, darauf, dass sie im Beruf erfolgreich war und auch auf ihr elegantes Aussehen. Die Leute sagten, er sehe ihr sehr ähnlich, aber das konnte er selber nicht finden. Sie hatten beide blaue Augen, aber ihre Haare waren viel blonder als seine und waren in einer glatten, aparten Frisur gebändigt. Marco hingegen besaß einen wilden Wuschelkopf, den keine Schere je in eine Form bringen konnte, der ihm aber immer ein fröhliches, freundliches Aussehen verlieh.

Zwei Schritte hinter der Schultür war Marco schon von hundert Mitschülern umringt. Es war wie eine Welle, die über ihm zusammenschlug. Jeder wollte den vom Blitz Getroffenen sehen und mit ihm gesehen werden. Jeder wollte ihn anfassen. Hundert Fragen wurden ihm zugerufen, aber er sagte nur immer wieder: „Später, später" und drängte sich durch die Menge. Im Klassenzimmer ließ er sich aufschnaufend auf seinen Stuhl in der vierten Reihe fallen. Löwenherz war noch nicht da. Ariane Bauenhagen, die neben ihm auf der anderen Seite des Ganges saß, blickte nur kurz auf, sagte: „Hallo, Blitzer" und fuhr fort, die Hausaufgaben von Boris abzuschreiben. Marco mochte Ariane, aber jetzt war er froh, dass sie keine Zeit hatte, Fragen zu stellen. Die anderen taten, als wüssten sie von nichts, obwohl sie danach gierten, mehr über Marcos Abenteuer zu erfahren.

Der Tag begann mit einer Doppelstunde Mathematik, so langweilig wie immer. Dann gab es Englisch bei Frau Rothermund. Marco wurde nicht ein einziges Mal aufgerufen und hatte keine Chance, mit seinen neu erworbenen Kenntnissen zu glänzen. Auch nach der großen Pause war alles Routine. Nur der Bauch sprach in der letzten Stunde das heiße Thema an. „Stimmt es wirklich, Marco, dass dich der Blitz getroffen hat?" Marco nickte nur, er hatte keine Lust, darüber zu reden. „Du hast Glück gehabt. Irgendwann musst du uns alles erzählen.

Spätestens nächstes Jahr, wenn wir Elektrizität durchnehmen."
Dabei beließ er es und die Stunde nahm ihren gewohnten
Verlauf. Marco war nicht sehr konzentriert. Er fühlte immer
noch den Geschmack von Salzwasser im Mund und jedes Mal,
wenn seine Aufmerksamkeit nachließ, überkam ihn wieder
die Todesangst, die ihn auf seinem Weg zum Meeresgrund
begleitet hatte. Außerdem war er müde, todmüde. Er wollte
jetzt schnell heim und schlafen.

Als er nach dem Unterricht zusammen mit Löwenherz, Ariane und ein paar anderen aus der Schultür trat, passierte genau
das, was seine Mutter gestern beschrieben hatte: ein grelles,
weißes Flackern, als hätten tausend Fotoreporter gleichzeitig ein Dutzend Mal hintereinander ihre Blitze abgeschossen.
Tausend waren es nicht, aber sicher ein halbes Dutzend, einer
sogar mit einer Fernsehkamera. „Wer von euch ist Marco Kramer? Wie geht es dir? Stimmt es, dass dich der Blitz getroffen hat? Erzähl, was geschehen ist! Bitte mehr hier rüber! Was
hast du gefühlt?" Das war augenbetäubend, ohrenbetäubend,
sinnebetäubend, hundertmal schlimmer als der Ansturm der
Mitschüler heute morgen. Marco war wie blind, sah nicht die
Mikrofone und Kassettenrekorder, die ihm vors Gesicht gestreckt wurden, streckte abwehrend die Hände gegen diese
Welle von Reportern und Fotografen, die auf ihn zuströmte.
Die Menschenwelle verwandelte sich in eine Wasserwelle, die
über ihm zusammenstürzte, ihm den Atem nahm, die an ihm
zog und zerrte, als wolle sie ihn auseinander reißen. Die Welle
ging vorüber, aber das Ziehen hörte nicht auf. Ariane hatte ihn
an der Hand gepackt und war mit ihm zurück in die Schule geflohen. Sie schafften es bis zum Klassenzimmer. Marcos Herz
schlug bis zum Halse. Er konnte nur an diese turmhohe Wasserwand denken, wie sie – hwschschschsch – über ihm zusammengebrochen war. Panik lähmte ihn. Noch eine Sekunde,
noch einen Herzschlag und er musste ertrinken. – Ariane hatte
die Arme um ihn geschlungen und hielt ihn fest. Langsam half
sie ihm zurück. Er spürte wieder den Boden unter seinen Füßen. Er erkannte die Konturen des vertrauten Klassenzimmers

und Arianes Gesicht dicht vor seinem. Er fühlte den Wunsch, sie zu küssen. Aber sie hatte ihn schon losgelassen und sagte: „Warte hier, ich sehe, ob ich meinen Vater finde."

Es dauerte nicht lange, bis sie mit Herrn Bauenhagen zurückkam. Der zeigte zwar ein amüsiertes Lächeln, nahm aber die Situation durchaus ernst. „Dieser angebliche Blitzschlag macht dich für manche Blätter zum Star. Ein amerikanischer Künstler, Andy Warhol, hat einmal gesagt, dass jeder die Chance habe, für eine Viertelstunde berühmt zu werden. Du würdest vielleicht sogar eine Stunde schaffen. Aber ich habe den Eindruck, dass dir daran nicht viel liegt. Also schleichen wir uns jetzt durch die Hintertür hinaus und du kannst mit uns nach Hause kommen, da findet dich keiner." Dankbar nickte Marco. Reden konnte er jetzt nicht.

Bei Bauenhagens gab es Spaghetti mit Tomatensoße. Das war eines von Marcos Lieblingsgerichten, das er nur ganz, ganz selten bekam. Raina, die Haushaltshilfe, fand es unter ihrer Würde, so was Primitives zu kochen, und wenn die Mutter das Abendessen zubereitete, dann gab es meistens Schnittchen aus dem Delikatessengeschäft an der Ecke. Während Herr Bauenhagen und Ariane, ständig einander unterbrechend, Marcos Abenteuer vom Vormittag erzählten, häufte Frau Bauenhagen eine zweite Riesenportion auf seinen Teller. „Auf der *Octopus* gibt's nur Bananen", dachte er, als er übersatt sein Besteck weglegte. Es wurde beschlossen, dass er noch ein paar Stunden bleiben sollte, bis die Reporter die Suche nach ihm aufgäben.

Als der Tisch ab- und die Küche aufgeräumt waren, schlug Ariane vor, sie könnten zusammen am Esstisch ihre Hausaufgaben machen. „Prima", sagte Marco, „aber zuerst möchte ich deinen Vater noch was fragen."

Herr Bauenhagen, schon auf dem Weg zur Tür, wandte sich um. „Gern. Sollen wir in mein Arbeitszimmer gehen oder kann Ariane dabeibleiben?"

„Mit Ariane ist o. k.", antwortete Marco, anscheinend ziemlich desinteressiert. Eigentlich meinte er: Mit Ariane ist superduper.

„Hat deine Frage mit dem Blitzschlag zu tun?", fragte Herr Bauenhagen und setzte sich wieder an den Tisch.

„Glauben Sie, dass man durch einen Blitzschlag verrückt werden kann?", eröffnete Marco das Gespräch.

„Ich vermute, das ist möglich. Aber du bist nicht verrückt."

„Wenn ich aber Dinge erlebe, die es gar nicht gibt?"

„Zum Beispiel?"

„Glauben Sie an Zeitreisen?"

Herr Bauenhagen war auf einmal ganz still. „Marco, ich bin Naturwissenschaftler", sagte er langsam. „Als solcher sage ich, dass eine Zeitreise zwar theoretisch möglich wäre, praktisch aber nicht."

„Vor zweihundert Jahren hat man auch gesagt, praktisch könne nie ein Mensch auf den Mond kommen", warf Ariane ein.

„Na, dann will ich euch ein Geständnis machen", gab Bauenhagen nach. „H. G. Wells, ein englischer Autor, hat ein Buch geschrieben, *Die Zeitmaschine*. Darin unternimmt ein Mann eine Reise in die ferne Zukunft.[3] Er kommt zurück und berichtet von seinen Erlebnissen, die nicht besonders erfreulich waren. Dann wird er leichtsinnig und verreist noch einmal. Dieses Mal kehrt er nicht mehr zurück. Ich kann mich ja täuschen, aber ich habe das Gefühl, dass Wells aus einer persönlichen Erfahrung heraus schreibt. Vielleicht hat er diesen Zeitreisenden gekannt oder war es sogar selber. Und das denke ich allen Gesetzen der Naturwissenschaft zum Trotz."

Ariane sprang wortlos auf und kam nach wenigen Augenblicken mit einem Buch in der Hand zurück. „Kann Marco das ausleihen, Papa? Es steht im Regal bei deinen Lieblingsbüchern."

„Sicher. Aber sag, Marco, meinst du, ich könnte mit meinem Verdacht richtig liegen? Bist du irgendwie in ein anderes Zeitband geraten?"

---

3 Tipp für schlaue Köpfchen Nr. 3: Du weißt mehr über H. G. Wells, als du selber glaubst. Auf Seite 313 kannst du das überprüfen.

Dem forschenden und zugleich verständnisvollen Blick konnte Marco nicht standhalten. Das Geheimnis war einfach zu überwältigend, um es ganz allein zu tragen. In einer Sturzflut von Worten, fast ohne Pausen zum Atemholen, berichtete er seine Erlebnisse der letzten Tage. Vom Computerspiel mit Pedro und dem einäugigen Piraten, wie diese sich nach dem Blitzschlag als wirkliche Personen zeigten, von der *Octopus*, den Matrosen, den Piraten und von der Welle, die ihn zum Meeresgrund hinuntergezogen hatte.

Eine Weile blieb es still am Tisch. Herr Bauenhagen wollte etwas sagen, aber die Stimme blieb ihm weg. Er räusperte sich mehrmals und versuchte es aufs Neue: „Hast du das auch deinen Eltern erzählt?"

„Nee", antwortete Marco, und es war ihm anzumerken, dass er lange über das Problem nachgedacht hatte. „Die würden sagen, der Blitz hat mir das Hirn verbrannt und würden mich ins Bett stecken. Oder schlimmer noch, gleich ins Krankenhaus."

„Dann muss es ein Geheimnis unter uns dreien bleiben. Absolut. Hörst du, Ariane?" Sie kniff Augen und Mund zu und legte die Hände über die Ohren in der berühmten Geste der drei Affen: nichts sehen, nichts hören, nichts sagen. „Marco, meinst du, ich könnte mir deinen Computer mal ansehen? Wenn keine Reporter vor eurem Haus lauern. Nein, Ariane, du bleibst hier, das kann gefährlich werden."

Es lauerten keine Reporter, Raina war schon heimgegangen und die Eltern waren um diese Zeit nie zu Hause. Marco startete den Computer.

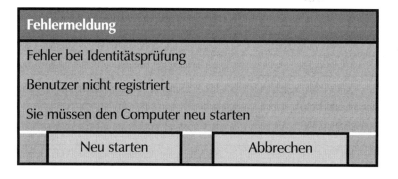

Warnung

Zeitreise zu den Piraten der Karibik

Achtung! Modifizierte Version 2.01

Benutzung auf eigene Gefahr!

| Fortsetzen | Abbrechen |

Herr Bauenhagen bibberte vor Aufregung und klickte auf *Fortsetzen*. Es dauerte eine Ewigkeit, bis das Rattern und Surren wieder aufhörte.

Fehlermeldung

Fehler bei Identitätsprüfung

Benutzer nicht registriert

Sie müssen den Computer neu starten

| Neu starten | Abbrechen |

Genau das tat Herr Bauenhagen. Marco stand hinter ihm und blickte ihm über die Schulter. Auch diesmal konnte sich der Computer nicht mit Herrn Bauenhagen anfreunden. Ein Gesicht erschien, das dem echten Pedro nicht unähnlich war, und eine etwas mechanische Stimme sagte:

Du bist nicht Marco Kramer. Das Programm wird beendet.

Beim dritten Versuch setzte sich Marco vor den Bildschirm. Er stellte, wie beim allerersten Versuch, die Zeit nur ein paar Minuten zurück. Erst vor dem entscheidenden Klick wechselten sie die Plätze. Herr Bauenhagen sollte jetzt in die Vergangenheit reisen. Ein unangenehm lauter Ton, wie ein Pfiff, ertönte, und beide zuckten zurück, als ihnen der einäugige Pirat förmlich ins Gesicht sprang. Sein hässliches Grinsen gab Marco das Gefühl, wieder auf der *Octopus* zu stehen. „Du kommst hier nicht rein, du kommst hier nicht rein", grölte der Käptn und sogar seine Stimme klang beinah lebensecht. Damit zog er seine Pistole und schoss Herrn Bauenhagen mitten zwischen die Augen.

Der brauchte zwei Sekunden, um sich von dem Schreck zu erholen. „Wer dieses Programm geschrieben hat, ist ein Genie, wie es kein zweites gibt." Das war wieder ganz der Naturwissenschaftler. „Ich kann nicht glauben, dass es durch ein so zufälliges Ereignis wie einen Blitz entstanden sein kann. Wir müssen Wege finden, das zu analysieren. Marco, ich muss schnell nach Hause, ein paar Dinge nachschlagen." Er hatte es so eilig, dass er beim Start die Räder seines Autos durchdrehen ließ wie ein Fahrschüler in seiner ersten Stunde.

Marco fühlte sich seltsam lethargisch. Seit Tagen hatte er nicht mehr für die Schule gearbeitet. Er wünschte, er wäre bei Bauenhagens geblieben, um mit Ariane Hausaufgaben zu machen. Jetzt zurückgehen konnte er nicht, es fiel ihm kein plausibler Vorwand ein. Dann musste er eben zu Löwenherz gehen, wie so oft. Die Hauptsache war, sich nicht in der Nähe des Computers aufzuhalten. Er hatte keine Lust mehr auf Zeitreisen. Auf der ersten war er zusammengeschlagen worden, auf der zweiten fast ertrunken. Das war's! Für immer! Schluss, Ende, keine Zeitreisen mehr. Er schnappte sich seinen Schulrucksack und ging die zwei Blocks hinüber zu Löwenherz. Ihm fiel nicht auf, dass vor seinem Haus ein dunkler Wagen geparkt war. Der setzte sich jetzt in Bewegung und rollte langsam hinter Marco her. Vor dem Gebäude, in dem Löwenherz wohnte, hielt er an und lauerte.

Nach zwei Stunden konzentrierter Arbeit konnten sie erleichtert ihre Bücher zuklappen. Marco fragte sich, warum Richard ihn so sehr an Pedro erinnerte. War es das halbmondförmige Muttermal unter dem rechten Auge? Oder waren es die schwarzen Haare? Er hatte tatsächlich etwas Exotisches an sich. Eine seiner Großmütter – er hatte sie nie gekannt und es gab auch kein Foto von ihr – stammte aus Venezuela. Das war vielleicht auch der Grund, warum er immer aussah, als sei er gerade von einem langen Strandurlaub zurückgekommen.

„Sag mal", fragte Marco ganz unschuldig, „können wir zusammen das Piratenspiel auf deinem Computer spielen? Bei mir ist was schief gelaufen, das Programm funktioniert nicht mehr richtig."

„Gut, du spielst für die Piraten und ich für die Guten." Sie wiederholten die Spielzüge fast genau so, wie Marco zuletzt gespielt hatte. Er brachte seinen Piraten ins Labyrinth, ließ ihn herumirren und mit der Schlange kämpfen. Löwenherz hatte in der Zeit nichts zu tun und drängelte: „Komm jetzt, schick ihn wieder raus."

„Und was ist mit den anderen Gefahren? Krokodilen und so weiter?" Marco war ja in seinem ersten Spiel nur bis zu den Krokodilen gekommen.

„Die sind alle nur da, um das Spiel interessanter zu machen. Eigentlich kannst du sie einfach ignorieren. Für die Anakonda ist ein Mensch als Beute zu groß. Etwas Größeres als ein Huhn oder allenfalls ein kleines Ferkel kann diese hier nicht hinunterschlingen. Die Krokodile sind für einen Menschen nur gefährlich, wenn er ins Wasser fällt. Die Spinnen sind giftig, aber ihr Biss setzt ihn nur ein paar Stunden außer Gefecht, mehr nicht. Und der Jaguar ist alt und kann nicht mehr jagen. Du musst ihn während des Spiels regelmäßig füttern, sonst verhungert er."

Marco brachte seinen einäugigen Piraten glücklich aus dem Irrgarten hinaus und schickte ihn schnurstracks zum Hafen hinunter. Pedro, dirigiert von Löwenherz, vermied es geschickt, in seine Nähe zu geraten. Marco spielte jetzt, was er erlebt hatte: Sein Käptn Hurrikan versammelte die Piraten und während Löwenherz noch mit Pedros Hilfe versuchte, die Mannschaft zu alarmieren, enterten die Piraten das Schiff, kappten die Leinen und segelten davon. Allerdings: Das Schiff hieß nicht *Octopus,* sondern *Santa Lucia.* Es war ein Dreimaster und trug tatsächlich einen für den spanischen König bestimmten Schatz.

Der Überfall war, anders als in Marcos erlebter Wirklichkeit, am helllichten Tag geschehen. Marco steuerte die *Santa Lucia* gerade aufs Meer hinaus, genau wie Käptn Hurrikan es getan hatte. Aber schon nach kurzer Zeit hatte Löwenherz das kleine Kriegsschiff bemannt und segelte hinter ihm her. Er war schneller, denn die *Santa Lucia* war nicht nur ein schwerfälliges Schiff, sondern sie war auch vom Sturm stark beschädigt. Als die Dämmerung hereinbrach, war der Verfolger auf Kanonenschussweite herangekommen und begann zu feuern. Marcos einzige Chance war die Dunkelheit. Dann konnte er vielleicht einen Haken schlagen und das Kriegsschiff abschütteln. Das Manöver gelang tatsächlich. Dachte er. Mit einem Mal saß die *Santa Lucia* fest. Dann begann sie Mast für Mast, Planke für Planke auseinanderzubrechen. Dieses Spiel war voller Tücken. Es enthielt alle möglichen Fallen. Nicht nur Irrgärten und gefährliche Tiere, sondern auch Korallenriffe. Die *Santa Lucia* versank und mit ihr die goldenen Kultgegenstände und unschätzbar wertvollen Skulpturen.

Marco war enttäuscht. Wenn er schon den Piraten spielen musste, dann wollte er auch seine Beute ins Trockene bringen. „Morgen spielen wir das noch einmal, aber mit Sturm", sagte er. So wie es tatsächlich geschehen war. Er kam gerade rechtzeitig zum Abendessen heim. Der dunkle Volvo folgte ihm wie ein anhänglicher Hund.

Der nächste Tag brachte nichts Außergewöhnliches. Vor der Schule standen keine Reporter mehr und auf dem Flur gab es nur noch ein paar neugierige Blicke. Ariane versuchte, Bedeutung in ihre Stimme zu legen, als sie fragte, ob er denn den ganzen Abend zu Hause geblieben sei. Sie meinte natürlich, ob er wieder eine Reise zum einäugigen Piraten unternommen habe. Frau Rothermund war von dem Akzent, den er sich auf der *Octopus* angewöhnt hatte, nicht angetan. „Deine

Aussprache ist scheußlich. So hast du das bei mir nicht gelernt!"

Sie waren nach der Schule schon ein ganzes Ende gegangen, als Ariane fragte: „Weißt du eigentlich, dass du gar nicht in dieser Richtung wohnst?"

Und ob er das wusste. Aber er tat überrascht. „Och, ich war ganz in Gedanken. Dann muss ich wohl umkehren. Also tschüss, bis morgen."

„Ach, warte doch", grinste sie. Sein Manöver war wohl etwas zu durchsichtig gewesen. „Meine Mutter hat gesagt, du kannst gern wieder zum Essen mitkommen. Und danach können wir Hausaufgaben machen, wenn du Zeit hast."

„Mit Vergnügen, gibt es wieder Spaghetti?"

In Gegenwart von Frau Bauenhagen konnten sie nicht über das Thema sprechen, das sie alle beschäftigte. Nachdem alles aufgeräumt war, bat Herr Bauenhagen sie in sein Studierzimmer. „Marco, ich habe noch nichts über Zeitmaschinen herausfinden können", begann er. „Aber du darfst auf gar keinen Fall noch einmal zurückgehen. Du bist wahrscheinlich nur deshalb nicht ertrunken, weil deine Aufenthaltszeit gerade abgelaufen war. Aber ich bin sicher, wenn dir etwas zustößt, dann ist das endgültig, und du wirst nicht mehr in unsere Zeit zurücktransportiert. Warum sonst wäre der Zeitreisende von H.G. Wells nicht mehr zurückgekommen?"

„Der kam aber aus der Zukunft nicht mehr zurück. Ich glaube, da besteht ein Unterschied. Wenn mir in der Vergangenheit etwas Schlimmes passiert wäre, dann könnte ich jetzt nicht mehr da sein. Oder?" Das schien zwar logisch, aber in der alltäglichen Logik kamen Zeitreisen überhaupt nicht vor. Also war sie vielleicht gar nicht anwendbar. „Gestern, als ich immer wieder aufs Neue nacherlebte, wie mich die Welle hinunterzog, da habe ich geschworen, dass ich mich nie wieder in eine andere Zeit versetzen will", erklärte Marco. „Aber inzwischen hatte ich ein paar Ideen."

„Wenn du noch mal zu den Piraten gehst, dann kannst du auch gleich dort bleiben und deine Hausaufgaben alleine machen", fuhr Ariane hoch. Marco war völlig überrascht von ihrer heftigen Reaktion.

Herr Bauenhagen sagte nur: „Ich halte es für lebensgefährlich. Aber lass uns deine Ideen hören."

„Also, erstens setzt mich das Programm an einer sicheren Stelle ab, weil der Landepunkt optimiert ist. Zweitens, wenn ich nicht genau an den letzten Zeitpunkt zurückkehre, sondern zwischen der Welle und meiner neuen Landung einen Tag Abwesenheit einschalte, dann ergibt sich eine neue Perspektive. Sollte ich beim letzten Mal ertrunken sein, dann fange ich jetzt ganz neu an, als wäre ich noch nie da gewesen. Oder ich bin nicht ertrunken und sitze wieder auf der *Octopus*. Auf jeden Fall kann ich die Gefahr so umgehen."

„Du hast recht, einen Tag dazwischenzuschieben verringert das Risiko", sagte Herr Bauenhagen nachdenklich. „Aber Unfälle passieren immer. Du könntest den Tag bis zu deiner Rückkehr überlebt haben und erst dann ertrinken. Oder ein Haifisch erwischt dich. Oder dein Computer stürzt ab und kann dich nicht mehr nach Hause bringen. Du solltest warten, bis wir mehr Informationen haben."

„Aber da sind meine Freunde. Pedro vor allem, aber auch Martin und die anderen. Vielleicht kann ich ihnen helfen, wenn sie Probleme haben."

„Wenn sie Probleme haben, dann hatten sie die schon vor dreihundert Jahren. Ich schlage vor, dass ihr jetzt erst mal an eure Arbeit geht."

Die Hausaufgaben waren in erstaunlich kurzer Zeit erledigt. Ariane hatte den scharfen naturwissenschaftlichen Verstand ihres Vaters und fand zu allen Fragen schnell die Lösung. Marco konnte dafür an anderen Stellen seine in der Karibik erworbenen Sprachkenntnisse einbringen. Als er seine Sachen zusammenpackte, mahnte Ariane noch einmal: „Versprich mir, dass du nicht auf Reisen gehst." Allzu schwer fiel ihm das nicht, denn er hatte selber keine große Lust, irgendwo auf der Welt im Meer herumzuplanschen.

„Okay, versprochen. Aber ich muss noch einmal durchspielen, was mit der *Santa Lucia* bei Sturm passiert. Willst du's sehen?"

„Nicht nur sehen, sondern mitspielen."

Beide schenkten dem dunklen Auto keine Beachtung, das vor Marcos Haus geparkt war. Sie übersprangen die Episode im Labyrinth und begannen erst nach der Kaperung des Schatzschiffs. Marco manövrierte es geschickt durch die enge Hafeneinfahrt. Er ließ von hinten – von achtern – einen heftigen Sturm aufkommen. Ariane mit dem Kriegsschiff kam trotzdem nah genug heran, um ein paar Kanonen abzufeuern. Dann wurde es dunkel und beide Besatzungen hatten alle Hände voll zu tun, um sich gegen Wind und Wasser zu verteidigen. Und plötzlich war da wieder das Korallenriff. Die *Santa Lucia* versank und mit ihr die goldenen Kultgegenstände und unschätzbar wertvollen Skulpturen.

KAPITEL 6

Marco landet auf einer Insel und findet nicht mehr heim

Die Sonne brannte. Er fühlte sich durstig, aber das Wasser, das mit jeder kleinen Welle über seine Lippen spülte, war salzig und bitter und ekelhaft. Er trieb jetzt schon seit vielen Stunden im Meer und war am Ende seiner Kräfte. Automatisch machte er Schwimmbewegungen. Das heißt, er wollte Schwimmbewegungen machen, aber seine Arme hatten nicht mehr die Kraft dazu. Alles, was er noch mit großer Anstrengung schaffte, war, den Kopf über Wasser zu halten. Und das wahrscheinlich nicht mehr lange. Nicht mehr lange. Nicht mehr la…

Sein Gesicht wurde auf einmal über den Wasserspiegel gehoben und ein Teil seines Oberkörpers noch dazu. Das kam nicht nur durch die primitive hölzerne Schwimmweste, die er trug. Etwas Bewegliches, Lebendiges hatte sich unter ihn geschoben. Seine Hand fühlte etwas Kaltes, Glattes, das, durch die Berührung erschreckt, sich blitzartig zurückzog. Jetzt war er wieder wach, die kurze Verschnaufpause hatte ihm seine Sinne zurückgegeben. Er spürte einen Stoß an seiner Seite und fühlte, wie er durchs Wasser geschoben wurde. Er konnte nicht sehen, was geschah, denn die Schwimmweste hinderte ihn, den Kopf nach hinten zu drehen. Aber ihm fielen Geschichten ein, in denen Menschen durch Delfine vor dem Ertrinken gerettet wurden. Mit den Fingerspitzen konnte er die glatte Haut berühren, und diesmal ließ ihn der Delfin gewähren, schob nur etwas stärker und offenbar in eine bestimmte Richtung.

Marco hatte kein Zeitgefühl, wusste nicht, wie lange er so übers Meer bugsiert wurde. Ein paar Mal wurde er ohnmächtig. Dann hob ihn sein Retter jedes Mal sorgsam so weit aus dem Wasser, dass er weiteratmen konnte. Er fühlte jetzt fast gar nichts mehr, nicht einmal diesen unerträglichen Durst. Nur ein Kratzen an seinen Knien. Noch einmal, stärker. Der Druck auf seine Seite hatte aufgehört. Er lag auf dem Meeresgrund, aber wenn er den Kopf hob, konnte er atmen. Etwas stupste ihn in die Seite, noch einmal und noch einmal. Näher konnte ihn der Delfin nicht an den Strand bringen, jetzt musste er sich selber helfen. Irgendwie kam Marco auf die Füße zu stehen. Wenige Schritte brachten ihn auf einen weißen, makellosen Sandstrand. Als er sich umdrehte, stieg eine kleine Fontäne aus dem Wasser. „Igikiggegikikok", kickerte der Delfin und brachte sich mit ein paar Schwanzschlägen aus der gefährlich flachen Zone. Dann war er verschwunden.

„Ich hole deinen Freund", hatte Marco gehört, aber das war reine Fantasie. Nur Menschen sprechen und Delfine sind keine Menschen. Aber Freunde können sie sein und dieser war ein wunderbarer Freund. Eigentlich müsste er einen Namen haben. Ob sich Delfine wohl untereinander Namen geben? – Der feste Boden unter seinen Füßen brachte Kräfte zurück und damit auch den Durst. Er hätte sein letztes Hemd für einen Schluck Wasser gegeben. Blödsinn! Er hatte nur dieses eine, salzwassergetränkte Hemd und das brauchte er als Sonnenschutz. Trinken. Er musste Wasser finden, das sollte nicht allzu schwierig sein. Alle Schiffbrüchigen berichteten, dass sie irgendwo eine Quelle gefunden hatten. Aber diejenigen, von denen es keine Berichte gab – hatten die auch eine Quelle gefunden?

Wo der Sandstrand aufhörte, wuchsen ein paar grasartige Büschel. Dahinter kam eine Wand von Kakteen, ein Feld, ein Forst, ein Urwald von Kakteen. Wohin er auch guckte, Kakteen, doppelt und dreifach so hoch wie er selber, mit garstigen, vielleicht sogar giftigen Stacheln. Hier würde er kein Wasser finden. Kakteen wachsen nicht an Orten, wo es frische Quellen gibt. Sie gedeihen am besten in der Wüste.

Nicht lange blieb er im Sand sitzen. Jede vertrödelte Minute war eine Minute ohne Wasser. Er konnte nicht feststellen, was sich hinter der undurchdringlichen Wand befand. Vielleicht noch mehr Kakteen. Vielleicht nur ödes Land. Vielleicht ein Dorf mit einem großen Brunnen in der Mitte? Dort musste er hin, auf die andere Seite.

Wenn man ein Hindernis nicht durchbrechen kann, muss man es umgehen. Also machte er sich auf den Weg, den Strand entlang. Er hielt sich an der feuchten Wassergrenze, die immer wieder einmal von einer höheren Welle überspült wurde und wo das Gehen weniger anstrengend war als im lockeren trockenen Sand. Hin und wieder stieg er zum Rand des Strandes hoch, nur um jedes Mal erneut festzustellen, dass die Wand nirgendwo, absolut nirgendwo eine Lücke bot, durch die etwas Größeres als eine Maus hätte schlüpfen können. Aber etwas anderes bemerkte er: Die meisten Kaktuspflanzen trugen Früchte. Die kamen ihm bekannt vor. Zu Hause im Supermarkt wurden die manchmal im Sommer als exotische Delikatessen angeboten.

Das konnte die Rettung sein, wenn sich keine Quelle finden ließ. Aber Kakteenfrüchte kann man nicht pflücken. Nicht ohne Geräte. Eine Menge cleverer Ideen schoss ihm durch den Kopf. Ein Besen zum Beispiel wäre hilfreich. Oder ein dicker Lederhandschuh. Oder eine Heckenschere. So weit er blicken konnte, gab es aber nur Sand, Gras und stachlige Kakteen. Nicht einmal ein Stöckchen oder Ästchen. Aber hätte er nicht vorhin sein letztes Hemd für etwas zu trinken gegeben? Jetzt konnte es ihm nützen. Schnell streifte er sich die grobe Bluse über den Kopf, wickelte sie vorsichtig um Hand und Unterarm und trennte eine der Früchte mit einer Drehbewegung von ihrem Zweig. Geschützt durch den Stoff rubbelte er, bis alle Stacheln abgebrochen waren. Mit den Zähnen riss er die Schale von der Frucht. Sie schmeckte ziemlich fade und enthielt viel weniger Saft, als er gehofft hatte. Aber noch einige mehr vertrieben den allerschlimmsten Durst.

Er beschloss umzukehren und in der anderen Richtung nach einem Durchlass zu suchen. Der Strand war unberührt bis auf seine eigenen Spuren. Vielleicht war er der erste Mensch, der je hier entlanggelaufen war? An der Stelle, an der er gelandet war, setzte er sich nieder. Sie gab ihm eine Art von winzig kleinem Heimatgefühl und lud deshalb zum Ausruhen ein. Während er die letzten Stacheln aus seinem Hemd zupfte, streifte sein Blick immer wieder über den Horizont. Hoffentlich kam bald ein Schiff vorbei. Irgendwann wurden ja alle Schiffbrüchigen durch vorbeifahrende Schiffe gerettet – oder etwa nicht?

Nicht am Horizont, aber ziemlich nah am Strand nahm er eine Unregelmäßigkeit der Wellen wahr. Bei genauerem Hinsehen erkannte er einen dunklen Fleck. Da schwamm etwas im Wasser. Er wollte gerade hinauswaten, um den Gegenstand zu untersuchen, da richtete der sich plötzlich auf. Es war Kees, der Bootsmann, und er trug einen bizarren Gürtel aus Holzstäben um den Bauch!

„Kees, Kees, hierher!", schrie Marco. Er hüpfte auf und ab und fuchtelte mit beiden Armen in der Luft. Mit einem Mal war er nicht mehr allein auf der Welt und das war ein wunderbares Gefühl. Der Bootsmann stolperte auf Marco zu und ließ sich neben ihm in den Sand fallen. „Hallo, Junge", krächzte er. „Lange gewartet?"

Marco wusste, was zu tun war. Er griff sich das Messer, das der andere noch am Gürtel trug und ging hinauf zu den Kaktuspflanzen. Schon nach kurzer Zeit hatte er das Hemd wie einen Sack gefüllt und breitete seine Ernte auf dem Boden aus. Mit dem Messer und etwas Vorsicht war es ein Leichtes, die Kakteenfrüchte zu entstacheln und zu schälen. Nach der dritten oder vierten konnte auch Kees wieder sprechen. Die *Octopus* war gesunken. Er wusste nicht, was mit seinen Kameraden oder der Besatzung geschehen war. Die ganze Nacht war er im Wasser herumgewirbelt worden und hatte dann irgendwann im Lauf des Morgens Land vor sich gesehen. „Deine Schwimmweste, wie du das Ding nennst, hat mir das Leben gerettet."

„Mir auch", sagte Marco. „Aber vor allem hat mich ein Delfin hergebracht. Und dann sagte er, er wolle meinen Freund holen."

Kees blickte nachdenklich. „Jetzt, wo du es sagst … Ich dachte ein paar Mal, mich hätte etwas angestoßen. Aber unter diesem Holzgestell fühlt man ja nichts. Vielleicht war es nicht nur die Strömung, die mich hier hergetrieben hat."

Die Sonne hatte schon den Mittagspunkt überschritten, als sie sich aufmachten, die Insel weiter zu erkunden. Kees war sicher, dass es eine Insel war. „Das nächste Festland in dieser Richtung ist Afrika", erklärte er. Nur konnte auch er nicht sagen, ob die Insel eine Meile lang war oder hundert. „Wir müssen einen erhöhten Punkt finden. Wenn wir einen besseren Überblick haben, finden wir vielleicht auch eine Quelle."

Der Strand war in dieser Richtung genauso eintönig wie auf der anderen Seite. Nur ganz in der Ferne brach die weiße Linie ab. „Das könnten Felsen sein", meinte Kees. „Und dann finden wir dort auch eine Lücke und kommen vom Strand weg." Auf der Hälfte der Strecke blieb der Bootsmann stehen. „Da vorne liegt was."

Bald konnte Marco erkennen, worum es sich handelte: Es war ein Mensch, ein ziemlich kleiner Mensch. Er fing an zu rennen. Er hatte sich nicht getäuscht, es war Pedro. Bewegungslos. Er kniete nieder und fühlte die Halsschlagader, wie er es schon oft im Fernsehen gesehen hatte. Nichts. Inzwischen war auch Kees herangekommen. „Der liegt noch nicht lange hier", stellte er fest. „Seine Kleider sind noch tropfnass."

Marco war verzweifelt. Er wusste viel zu wenig über erste Hilfe. Er versuchte Mund-zu-Mund-Beatmung. Er presste seine Hände auf den Brustkorb des Kleinen und ließ wieder los. Eins, zwei – drei, vier. Eins, zwei – drei, vier. Schließlich sagte Kees: „Lass gut sein, Junge, deinem Freund ist nicht mehr zu helfen. Wir suchen nach einem schönen Ort, wo wir ihn begraben können." Marco machte keinen Versuch zu widersprechen. Die Tränen liefen ihm übers Gesicht, er strich noch einmal über Pedros Haar und dann schlang sich der Bootsmann den leblosen kleinen Körper über die Schulter.

Noch keine fünf Schritte war er gegangen, da sah Marco, wie Pedros herabbaumelnde Hände zuckten, und gleich darauf stürzte ein Schwall Wasser aus seinem Mund. Er gab röchelnde Geräusche von sich, und kaum hatten sie ihn wieder auf den Sand gelegt, da schlug er die Augen auf. Eine kurze Weile dauerte es, dann erkannte er Marco. Ein kleines Lächeln erschien auf seinem Gesicht, aber man konnte sehen, dass es ihn große Anstrengung kostete.

Noch nie hatte sich Marco so glücklich gefühlt, nicht einmal ein paar hundert Jahre später, als er mit Ariane Hausaufgaben gemacht hatte. „Hallo, Pedro. Ich hätte nie gedacht, dich wieder zu sehen. Plötzlich warst du nicht mehr da. Und gleich darauf hat mich eine Welle über Bord gewaschen."

Kees mischte sich ein, wobei seine Stimme ein bisschen rauer klang als sonst. Das lag sicher an seiner trockenen Kehle, denn ein Riese wie er konnte doch keine Rührung zeigen – oder? „Wir müssen weiter. Ich werde dich tragen, Kleiner. Das ist unbequem, aber für dich weniger anstrengend als Laufen. Spuck mich nur nicht noch mal mit Wasser voll." Er legte sich Pedro wieder über die Schulter, nur viel behutsamer als vorhin. So wanderten sie weiter auf den Punkt zu, an dem sie Felsen vermuteten.

Die Erschöpfung machte sich bemerkbar, und mit jedem Schritt schien ihr Ziel einen Schritt weiter in die Ferne zu rücken. Marcos Sinne fingen an, ihm Dinge vorzugaukeln. „Sieh dich um, sieh dich um", rief ihm jemand zu. Er konnte nichts entdecken, bis er aufs Meer hinausblickte. Da schossen schwarze Leiber aus dem Wasser, schwebten einen Atemzug lang durch die Luft und tauchten mit unglaublicher Eleganz wieder unter. Drei? Fünf? Zehn? Es war unmöglich, ihre Zahl zu bestimmen. Delfine, eine ganze Schule! Einer von ihnen versuchte eine Zirkusnummer und tanzte ein ganzes Stück auf der Schwanzflosse übers Wasser. „Igikiggegikikok" oder so ähnlich klang es, ehe er wieder untertauchte.

Marco wollte seine Begleiter auf dieses faszinierende Schauspiel aufmerksam machen, da erblickte er etwas noch viel Aufregenderes: Ein Schiff steuerte direkt auf die Insel zu. Im letzten Augenblick dachte Kees noch daran, seine Last nicht einfach achtlos fallen zu lassen. Er legte Pedro in den Sand und dann zogen sie beide ihre Hemden aus, schwenkten sie über ihren Köpfen und hüpften herum und schrieen, als könnte man ihre Stimmen bis zum Schiff hören. Selbst Pedro hatte sich aufgesetzt und gab Laute von sich, die wie das Freudengeheul eines frisch geschlüpften Kükens klangen. Die Delfine waren nicht mehr zu sehen.

Das Ruderboot bohrte sich in den Sand. Der Mann, der im Bug gestanden hatte, watete durch das seichte Wasser und ging auf die Gruppe zu. Es war Martin. Die Begrüßung fiel begeistert aus. Während sie alle zum Schiff zurückgerudert wurden, erzählte Martin in wenigen Sätzen die Ereignisse der vergangenen Nacht. Die *Octopus* war gesunken, nicht durch Beschuss, sondern weil der Sturm sie auf ein Korallenriff getrieben hatte. Er selbst, Frenchy und der rothaarige Pirat waren durch die verfolgende *Morning Glory* gerettet worden. Von den anderen hatte man keine Spur mehr gefunden. Um die Mittagszeit wurde die Suche abgebrochen und der Kapitän setzte Kurs zurück nach *Reina Isabela*. Dann war eine Schule Delfine erschienen. Die intelligenten Tiere waren ständig quer vor dem Bug hin- und hergeschwommen, als wollten sie das Schiff am Weiterfahren hindern. Schließlich konnte Martin den Kapitän überzeugen, dass ihnen die Tiere etwas mitteilen wollten. Man folgte ihnen und wurde direkt zu der Insel geführt.

Auf dem Schiff wurden sie von Frenchy und der gesamten Mannschaft begrüßt und bekamen zu trinken, so viel sie wollten. Langsam nahm das Schiff Fahrt und ließ die Insel hinter sich liegen. Eigentlich schade, dachte Marco bei sich. Abenteuerlust meldete sich wieder. Es wäre doch spannend gewesen, das Landesinnere zu erkunden. Ob wohl Menschen dort wohnten? Vielleicht sogar Kopfjäger? Oder wilde Tiere, gefährliche Giftspinnen, Anakondas, Krokodile? Er beschloss, später mehr über diese Insel herauszufinden.

Pedro konnte jetzt wieder auf eigenen Füßen stehen und er entdeckte sie zuerst: eine Schule Delfine, die knapp vor dem Bug hin- und herschwamm, sich in eleganten Kurven aus dem Wasser hob und wieder untertauchte. Unermüdlich wiederholte sie das Manöver, bis die ganze Mannschaft an der Reling stand und sie beobachtete. Mehrmals löste sich einer von ihnen aus der Gruppe, erhob sich auf seine Schwanzflosse und tänzelte elegant wie eine Ballerina auf die Insel zu. „Die wollen uns noch etwas anderes zeigen", sagte Martin. Der Kapitän ließ wenden und entlang der Küste nach Süden fahren.

Was Marco und Kees für Felsblöcke gehalten hatten, war in der Tat eine kleine, felsige Landnase, die die Sicht auf den dahinter liegenden Strand versperrte. Kaum wurde ihnen der Blick freigegeben, da entfuhr fast allen an Bord ein überraschter Aufschrei. Am Land befanden sich Menschen. Zwei davon waren, soweit man das aus der Ferne erkennen konnte, Frauen. Der dritte war – der einäugige Pirat. Seine riesige Figur war unverkennbar und selbst die Augenklappe war trotz der Distanz nicht zu übersehen.

Sobald sie des Schiffes ansichtig wurden, rannte die kleinere der Frauen los, stürzte sich ins Wasser und wollte offenbar herüberschwimmen. Sie kam aber nicht weit. Mit ein paar langen Sprüngen war der Pirat bei ihr, packte sie an den Haaren und zog sie zurück. Kaum auf trockenem Boden, gab er ihr einen brutalen Stoß, der sie zu Boden warf, und wandte sich der anderen zu. Sie konnten nicht hören, was er schrie, aber seine drohenden Gesten waren unmissverständlich.

Martin bot sich an, die Frauen an Bord zu bringen. „Den Hurrikan lassen wir auf der Insel zurück, so haben wir am wenigsten Ärger. Aber ich brauche zwei Leute mit Gewehren, der Mann ist gefährlich." Kees bestand darauf, dabei zu sein, und kletterte mit den anderen in das Beiboot. Gespannt verfolgten die Zurückgebliebenen das Geschehen.

Das Boot legte am Ufer an, Martin und sein Bootsmann schritten auf die Gruppe zu. Offenbar gab es einen erregten Wortwechsel. Plötzlich stürzte sich der einäugige Pirat auf Martin. Dabei schien er zu übersehen, dass sich Kees' Faust zufällig im Wege befand. Er musste wohl direkt in dieses Hindernis hineingelaufen sein, denn auf einmal lag er im Sand und krümmte sich vor Schmerzen. Für den Augenblick stellte er keine Gefahr mehr dar. Martin legte sich den Arm der einen Frau um die Schulter, um sie zu stützen. Kees nahm die kleinere auf die Arme und es dauerte nicht lange, bis die beiden an Bord und in Sicherheit waren.

Sie boten einen schrecklichen Anblick. Die jüngere mochte etwa in Marcos Alter sein, die ältere kaum zwanzig. Beide trugen die Haare fast bis zur Taille, doch was normalerweise als Zeichen von Eleganz gegolten hätte, bestand jetzt nur aus Filz und Zotteln, in denen sich Dornen und andere Pflanzenreste verfangen hatten. Ihre Gesichter, Arme und Beine waren verschwollen und zerkratzt, über und über schrundig und voller Pusteln. Ihre Kleider, oder was noch davon übrig war, hingen in Fetzen an ihnen herunter. Zu ihrem Glück trugen die Damen jener Zeit ihre Kleider in vielen Schichten übereinander wie eine Zwiebel und die unteren Schichten waren noch einigermaßen intakt.

Der Kapitän ließ ihnen als Erstes Wasser bringen und begleitete sie dann, perfekter Gentleman, persönlich zu seiner Kabine. Wie auf der *Octopus* gab es nur diese eine. Die Mannschaft schlief auf oder unter Deck, wo gerade Platz war. Der Schiffsjunge erhielt den Befehl, sich vor der Kabinentür zu postieren und jeden Wunsch der Damen sofort zu erfüllen.

Die Sonne war schon hinterm Horizont verschwunden, als sie wieder ihren ursprünglichen Kurs aufnahmen. Es wurde schnell dunkel. Da der Wind ihnen beinahe direkt entgegenstand, würde es nach Ansicht des Kapitäns drei Tage dauern, bis sie ihr Ziel erreichten. Das Meer war einigermaßen ruhig und Marco fühlte diesmal kein Anzeichen von Seekrankheit. Bald suchte er sich eine geschützte Stelle zum Schlafen.

Pedro, der ihm keinen Augenblick mehr von der Seite wich, rollte sich neben ihm zusammen.

Plonk, plonk klang es jedes Mal, wenn der Bug des Schiffes ins Wasser eintauchte. Das ungewohnte Geräusch weckte Marco noch vor Sonnenaufgang. Vielleicht lag es auch an dem unbequem harten Schlafplatz. Daheim, in seinem Bett, hätte er sicher noch lange weiterschlafen können. Ach ja, warum war er eigentlich nicht in seinem Bett? Er hätte schon nach zwölf Stunden zurückgebeamt werden müssen. Stattdessen befand er sich schon seit gestern früh in dieser Welt. Etwas war falsch gelaufen. Unfälle passieren immer, hatte Herr Bauenhagen gestern noch gesagt. Zum Beispiel, dein Computer stürzt ab und kann dich nicht mehr nach Haus bringen.

Die Katastrophe war eingetreten. Er fühlte sich wieder genauso trostlos und verlassen wie neulich, als er plötzlich mit Pedro im Hafen saß. Er versuchte, die Geschehnisse zu rekonstruieren. Zuletzt hatte er mit Ariane das originale Spiel gespielt. Darin war das Schatzschiff auf ein Riff gelaufen. Dann war aus dem Spiel bitterer Ernst geworden, ohne das kleinste Warnzeichen, und er musste um sein Leben schwimmen. Das Programm hatte ihn automatisch hierher transportiert. Er erinnerte sich noch, dass er vorgestern mit Herrn Bauenhagen an den Einstellungen herumgedreht hatte. Dabei musste die Abwesenheitszeit verändert worden sein. Von zwölf Stunden auf zwölf Tage? Oder zwölf Wochen, Monate, Jahre? Er hatte keine Ahnung.

Der heller werdende Tag brachte wieder Bewegung auf das Deck und es dauerte nicht lange, da erschienen auch die beiden Passagierinnen. Die paar Eimer Waschwasser, die ihnen der Schiffsjunge gebracht hatte, ein herzhaftes Frühstück und Nadel und Faden hatten zwei verwahrloste Hexen wieder zurückverwandelt in zwei attraktive junge Damen.

Unter den auf Deck versammelten Männern entstand ein Gemurmel. Im Nu bildete sich eine Gasse, durch die die beiden schritten wie Fürstinnen durch ein Ehrenspalier von Gardeoffizieren. Der Kapitän verbeugte sich tief. „Ich begrüße

Sie noch einmal an Bord, Myladies. Sollten Sie sich zu einem Bericht in der Lage fühlen, so würden wir natürlich brennend gern erfahren, welch missliches Schicksal Sie auf jene Insel verschlagen hat, die bis zum gestrigen Tage für die Schifffahrt seiner Majestät nicht existierte, die aber von nun an in die offiziellen Seekarten eingetragen wird und die ich zu Ihrer Ehre nach Ihnen benennen möchte, wenn Sie die Güte hätten, uns Ihre Namen mitzuteilen." Marco fand sowohl die Verbeugung als auch die Ausdrucksweise ziemlich bombastisch. Aber, dachte er, das sind wohl die höflichen Umgangsformen jener Zeit. Er hatte so etwas auf seiner Zeitreise nur noch nicht erlebt, weil er bisher nur einfache Menschen – Matrosen, Händler, Piraten und natürlich Pedro – kennengelernt hatte.

„Kapitän, wir danken Ihnen und Ihren Männern von ganzem Herzen, dass Ihr uns gerettet habt", antwortete die Ältere. „Dies ist Miss Priscilla Morton, die Tochter von Sir Benjamin Morton. Ich heiße Carlotta Pedrone und bin ihre Betreuerin."

Eine Kanonenkugel, von irgendwoher mitten auf das Deck geschossen, hätte keine größere Aufregung hervorrufen können. Alle redeten und schrieen durcheinander und es dauerte eine Weile, bis der Kapitän mit viel Gestikulieren wieder Ruhe herstellen konnte. Er verbeugte sich noch einmal und noch tiefer vor der jungen Priscilla. „Mylady, dies ist ein Kriegsschiff seiner Exzellenz, des Gouverneurs der Bahamas. Wir hatten den Auftrag, nach der *East Wind* Ausschau zu halten und sie zu eskortieren. Ihr Vater erwartet Sie schon mit Sorge."

Da plötzlich brachen bei dem Mädchen die Tränen los wie ein Sturzbach. Sie umklammerte Carlotta und auch die bekam sehr nasse Augen. Erst jetzt konnten sie sicher sein, dass sie tatsächlich gerettet waren. Die Gouvernante – oder Anstandsdame oder Erzieherin, was auch immer ihre Funktion sein mochte – gab schließlich einen kurzen Bericht.

Als Priscillas Vater zum Gouverneur ernannt wurde, war er zunächst allein vorausgereist. Priscilla – ihre Mutter war nicht mehr am Leben – war mit Carlotta in England geblieben. Dann schickte ihnen Sir Benjamin die Nachricht, sie könnten jetzt nachkommen. Das Schiff namens *East Wind,* mit dem sie die Reise angetreten hatten, war vor einer Woche von Piraten gekapert worden. Die beiden Frauen wurden auf die Insel gebracht und mit Vorräten für ein paar Tage zurückgelassen. Auf der Insel hatten sie weder Nahrung noch Wasser finden können und hatten sich schon damit abgefunden, dass sie nicht mehr lange zu leben hätten. Aus einem Schlaf der Erschöpfung wurden sie durch brutale Fußtritte geweckt. Als der einäugige Pirat erkannte, dass sie selber nichts zu trinken hatten, misshandelte er sie beide noch mehr und drohte, sie umzubringen. Dann segelte plötzlich die Rettung hinter der Landzunge hervor.

Alle waren gerührt von der Geschichte. Dem Kapitän gelangen noch ein paar ewig lange gedrechselte Höflichkeitsfloskeln. „Ich werde mich überglücklich schätzen, Sie persönlich in die Obhut seiner Exzellenz übergeben zu können." Bis dahin sollten sie dieses Schiff als das ihre ansehen und er stünde ihnen bei Tag und Nacht voll zu Diensten. Und so weiter.

Die Ladies zogen sich bald wieder in die Kajüte zurück. Es wäre nicht schicklich gewesen, sich ohne Grund in der Gesellschaft von Matrosen und Soldaten aufzuhalten. Das Leben an Bord kehrte zu der öden Routine zurück, die den Aufenthalt auf einem Schiff so unerträglich machen konnte. Martin und Kees halfen der Mannschaft bei der Arbeit, Marco und Pedro unternahmen einen Erkundungsgang.

Die *Morning Glory* war etwas länger als ein Reisebus und hatte nur einen Mast. Auf dem Deck standen auf jeder Seite vier Kanonen auf ihren plumpen, holzrädrigen Lafetten, und in die Bordwand, das Schanzkleid, wie es seemännisch genannt wurde, waren verschließbare Klappen eingeschnitten (für Marco sahen sie aus wie große Katzentürchen), die Stückpforten, durch die die Kanonenrohre bei einem Gefecht ausgefahren wurden. Eine steile Treppe führte zum Unterdeck. Dort war in Kisten und Fässern verstaut, was man auf einem solchen Schiff brauchte: Wasser und Proviant, Schießpulver und Kanonenkugeln, Taue und Holzteile, mehrere

Reserve-Kanonenrohre. Wo immer es möglich war, baumelten Hängematten über der Ladung. Das Schiff musste wohl fünfzig oder sechzig Mann an Bord haben, die ja auch irgendwo einen Schlafplatz brauchten. Was mochten die wohl für Träume haben, nur ein paar Zentimeter über den Pulverfässern schwebend?

Mittendrin saß der Rotkopf auf dem Boden. Er war an den Hauptmast gekettet, was ihm offensichtlich Schmerzen verursachte. „He, Jungs, kommt her und macht mich los", befahl er so selbstverständlich, als sei er der Herr des Schiffes.

Marco wollte ihm instinktiv zu Hilfe kommen, aber der Kleine hielt ihn zurück. „Warum sollten wir das tun?", fragte er. „Du hast mich zu Tode peitschen wollen, weißt du noch?"

„Das war doch nur Spaß", versicherte Rotkopf. „Ich hätte dich nicht geschlagen, glaub mir."

„Dann ist es auch nur Spaß, wenn wir dich jetzt nicht loslassen."

Das Wetter blieb unverändert. Die Sonne brannte. Jeder an Bord, der nicht gerade die Segel oder das Steuer zu bedienen hatte, suchte sich einen möglichst schattigen Platz und döste. Am Nachmittag erschienen die beiden Frauen wieder auf Deck, um Luft zu schnappen. Sie hatten es gar nicht so leicht, sich zwischen Männern, Kanonen, Taurollen und anderen Hindernissen einen Weg zu bahnen. Als sie in seine Nähe kamen, sagte Marco: „Priscilla und Carlotta, kommt hierher. Wir haben noch ein bisschen Platz und hier ist es kühler."

Die Tochter des Gouverneurs schien verwirrt und verlegen. Offenbar war sie es nicht gewohnt, von schäbig gekleideten Schiffsjungen angesprochen zu werden. Die Gouvernante meisterte die Situation mit einem „Danke" und einem Lächeln, während sie sich und ihre Schutzbefohlene in den Schatten des Segels drängte.

„Wir sind auch Schiffbrüchige", erklärte Marco. „Ich heiße Marco und mein Freund heißt Pedro. Der Käptn Hurrikan, den ihr auf der Insel zurückgelassen habt, hat unser Schiff, die *Octopus*, gekapert. Der Sturm hat uns auf ein Riff geworfen.

Einige von uns wurden auf die Insel getrieben, wo uns die *Morning Glory* kurz vor euch entdeckte. Die anderen sind wohl ertrunken."

Sie begannen, sich ihre Abenteuer im Detail zu erzählen, und auch Priscilla gab ihre anfängliche Zurückhaltung bald auf. Carlotta hatte, fand Marco, eine gewisse Ähnlichkeit mit Ariane, trotz ihrer viel längeren und viel dunkleren Haare. Es war eher ihre Art, sehr aufrecht zu sitzen und das Gesicht immer dem gerade Sprechenden zuzuwenden. Der Pirat, der die *East Wind* gekapert hatte, hätte die beiden gern für sich behalten, um ein saftiges Lösegeld zu erpressen. Aber die Mannschaft hatte gemeutert, denn nach Seemannsglauben zog eine Frau an Bord das Unheil an wie die Eiche den Blitz. Hätte ihr Schiff nicht zufällig die Insel passiert, dann wären sie wahrscheinlich einfach ins Meer geworfen worden.

Die Matrosen gingen ihrer üblichen Arbeit nach. Taue mussten gespleißt werden, Teile der Takelage oder der Aufbauten waren zu erneuern, die Kanonen bedurften ständiger Pflege. Plötzlich ein Aufschrei, gefolgt von einem nicht enden wollenden Strom von Flüchen. Aus der Gruppe von Männern, die sich in Sekundenschnelle gebildet hatte, schoss Frenchy hervor und blieb neben Martin stehen. „Kees ist das Messer abgerutscht und er hat sich am Arm verletzt. Er blutet stark. Komm helfen."

Noch vor dem Maat war Carlotta bei der Gruppe und bahnte sich einen Weg durch den Kreis. „Bringt ihn da rüber in den Schatten. – Du, sieh dass du saubere Tücher zum Verbinden findest. Saubere, verstehst du? Du besorgst heißes Wasser. So heiß wie möglich und so schnell wie möglich. Und ich brauche Rum, den stärksten, den ihr finden könnt." Ihre Stimme klang absolut ruhig, aber bestimmt. Eine junge Frau erteilte auf einem Kriegsschiff Seiner Majestät Befehle! So etwas hatte es noch nie und nirgendwo gegeben. Aber keiner stellte ihre Autorität in Frage.

Sie legten den Bootsmann auf ein gefaltetes Segel. Sein riesiger Körper schien jetzt viel kleiner. Er hatte die Augen geschlossen, die Zähne bissen mit aller Kraft aufeinander. Sein linker Unterarm war fast in seiner ganzen Länge aufgeschlitzt, so tief, dass der weiße Knochen zu sehen war. Das Blut floss in Strömen.

Carlotta kniete neben ihm. „Deinen Gürtel", sagte sie knapp zu dem nächststehenden Matrosen. Sie schlang ihn um den Oberarm des Verletzten und zog straff zu. Der Blutstrom verlangsamte sich deutlich, versiegte aber nicht ganz. Sie bat Priscilla, Nadel und Faden aus der Kajüte zu holen.

Der Rum kam als erstes von den verlangten Dingen. Der Kapitän selbst brachte die Flasche, denn auf Kriegsschiffen herrschte für die ganze Besatzung absolutes Alkoholverbot. „Trink, so viel du kannst!", mahnte sie den Bootsmann, als sie ihm die Flasche an die Lippen setzte. „Das hilft gegen den Schmerz. Es macht nichts, wenn du ohnmächtig wirst." Das geschah zwar nicht, aber wahrscheinlich hätte er eine kleine Ohnmacht sogar begrüßt, denn es tat höllisch weh, als sie mit einem halbwegs sauberen, rumgetränkten Tuch die Wunde so gut wie möglich desinfizierte. Geschickt nähte sie die klaffenden Ränder zusammen und legte einen Verband an. Unter dem beifälligen Gemurmel der Umstehenden erklärte sie dem Bootsmann: „Du hast Glück gehabt, es ist keine Sehne verletzt. Wenn du den Arm eine Woche in der Schlinge trägst und dann noch eine Zeit lang vorsichtig bist, ist er in drei Wochen wie neu."

Die Männer gingen wieder an die Arbeit. „Das hast du nicht zum ersten Mal gemacht", staunte Martin. „Wo hast du gelernt, Wunden zu versorgen?"

„Ich habe nie studiert, aber ich weiß mehr als viele Ärzte in England. Mein Vater war Forscher und Arzt. Ich habe ihn fast mein ganzes Leben auf seinen Reisen begleitet. Durch ihn habe ich die europäische Medizin kennengelernt und überdies viele Methoden, wie die Menschen in Afrika und hier in Amerika Wunden behandeln. Und viele Kräuter, mit denen man Krankheiten heilen kann."

Der Tag verging und auch der nächste. Für Marco wurde es immer schwieriger, den Fragen nach seiner Herkunft auszuweichen, und seine Angst, nie mehr nach Hause zu finden, wuchs von Stunde zu Stunde. Ob Ariane wohl immer noch allein vor seinem Computer saß? Hatte überhaupt schon jemand seine Abwesenheit bemerkt? Wenn ja, würde Herr Bauenhagen es schaffen, ihn zurückzuholen?

Es war früher Morgen, als Land in Sicht kam, und später Vormittag, als sie in den Hafen von Nassau auf der Insel *New Providence* einliefen. Der Kapitän sandte sofort einen Boten zum Haus des Gouverneurs. Schon nach kurzer Zeit fuhr eine Kutsche vor. Die jungen Damen stiegen ein, der Kapitän ließ es sich nicht nehmen, sie zu begleiten. Er sah sich wohl schon als Admiral oder Vizegouverneur. Wie sonst sollte ihm Sir Benjamin für die Rettung seiner Tochter danken? Die Kutsche bog in die Hauptstraße ein und verschwand.

Marco saß auf der Kaimauer und ließ die Beine baumeln. Seine Augen taten ein bisschen weh von den grellen Reflexen des Wassers. Neben ihm saß Pedro, auf der anderen Seite Martin, Kees und Frenchy. Sie sprachen kaum, aber jeder überlegte, wie es jetzt weitergehen sollte. Keiner von ihnen hatte mehr als die Kleider, die er am Leib trug. An Bord hatten sie noch einmal ausgiebig essen können, ab jetzt waren sie auf sich allein gestellt. Marco hoffte immer noch, wieder in seine eigene Welt zurückzukehren, aber im Augenblick war seine Lage noch ein Stückchen schlimmer als die der anderen, die wenigstens hier zu Hause waren.

Hinter ihrem Rücken erklang ein kleines Räuspern. „Verzeihen Sie, Gentlemen, sind Sie die Schiffbrüchigen?" Der Mann, der sie angesprochen hatte, war in blendendes Weiß gekleidet, was seine tiefdunkle Hautfarbe nur noch stärker hervorhob. Als Martin bejahte, fuhr er fort: „Seine Exzellenz, Sir Benjamin Morton, würde sich glücklich schätzen, Sie zu empfangen. Würden Sie mir bitte folgen?" Ohne ihre Antwort abzuwarten, drehte er sich um und schritt in würdevoller Haltung voran.

Das Haus des Gouverneurs war größer als die anderen in der Nachbarschaft. Marmorplatten für den neuen Palast des

Gouverneurs hatte die *Octopus* transportiert, aber einen Palast hätte es Marco nicht genannt, eher eine große Villa mit einem kleinen Säulenportal. Die Vorderfront war noch im Rohzustand. Die Verkleidung dafür lag auf irgendeinem Riff im Meer.

Sie wurden in einen Salon geführt und gebeten zu warten. Der Raum war nicht ganz so lang wie das Deck der *Morning Glory,* aber dafür breiter. Er war genauso möbliert, wie Marco das aus dem Museum kannte: ein paar verschnörkelte, gepolsterte Stühle, ebensolche doppel- oder dreisitzige Sofas, einige Tischchen. Die Fensterläden waren geschlossen, um die Mittagshitze fernzuhalten. Noch ehe sie Zeit hatten, sich in der ungewohnten Umgebung fehl am Platze zu fühlen, trat schon ein anderer schwarzer Diener mit einem Tablett voller Getränke ein, und durch die gegenüberliegende Tür erschien der Gouverneur.

Nach ein paar höflichen Begrüßungsworten kam er schnell zur Sache und bat um einen genauen Bericht über die Ereignisse, die sie hierher geführt hatten. Martin, als der Ranghöchste, erzählte, was sie erlebt hatten, und die anderen fügten hie und da ihre eigenen Erfahrungen ein. Der Gouverneur schenkte ihnen gespannte Aufmerksamkeit, die nur einmal unterbrochen wurde, als Carlotta und Priscilla eintraten und sich zu ihnen setzten. Lady Priscilla, wie sie jetzt von Carlotta förmlich angesprochen wurde, hatte ihre Zurückhaltung gegenüber den einfachen Matrosen längst abgelegt. Sie schien sich zwar in dieser formellen Umgebung durchaus zu Hause zu fühlen, aber sie lächelte zu Marco und den anderen herüber, als wäre sie eine von ihnen.

Mit einigen präzisen Fragen rundete Sir Benjamin das Bild ab, das sie ihm gezeichnet hatten. Dann übernahm er das Gespräch. „Seine Majestät hat mir den ausdrücklichen Auftrag erteilt, dieser Piratenpest ein Ende zu bereiten. Es war sehr ungeschickt von euch, den Käptn Hurrikan auf der Insel zurückzulassen. Ich jage ihn seit Monaten, und wenn er nicht euer Schiff entführt hätte, dann hätten ihn meine Leute schon in *Reina Isabela* gefasst. Ich werde ihn von der Insel, die jetzt übrigens *Priscilla Island* heißt", fügte er mit einem Anflug von väterlichem Stolz ein – „holen und hier öffentlich hängen lassen, allen anderen zur Warnung."

Martin wollte den Beschluss, den einäugigen Piraten nicht zurückzubringen, verteidigen, aber der Gouverneur wischte die Erklärungen mit einer Handbewegung zur Seite. „Aus den Berichten von Miss Pedrone und meiner Tochter schließe ich, dass es sich bei dem Verbrecher, der die *East Wind* überfallen hat, um Jack the Priest handelt. Man nennt ihn den Priester, weil er für jeden, der durch seine Hand oder die seiner Männer umkommt, ein Gebet spricht. Und glaubt mir, er betet viel. Er ist einer der Grausamsten, die in unseren Gewässern ihr Unwesen treiben. Dafür werde ich ihn jagen bis ans Ende der Welt. Wollt ihr mir dabei helfen?" Der Maat, der Bootsmann und der Koch schauten einander an. Ehe sie sich zu einer Antwort entschließen konnten, sprach Sir Benjamin weiter. „Ich soll die Piraterie ausrotten. Die Piraten haben fünfzig Schiffe, oder hundert, und ich verfüge bis jetzt nur über eine einzige Schaluppe, die *Morning Glory*. Eine zweite wird in einer Woche seeklar sein. Acht Kanonen, sechzig Mann Besatzung." Er wandte sich jetzt direkt an Martin. „Wollt Ihr, Sir, den Befehl übernehmen und mir als ersten Auftrag Jack the Priest fangen? Ich stelle Euch einen Kaperbrief seiner Majestät aus, und damit handelt Ihr im Auftrag des Königs."

Martin überlegte nur einen Augenblick. „Exzellenz, es wird mir eine Ehre und ein Vergnügen sein. Nur erlaubt mir, meine Mannschaft selbst auszusuchen. Als Erste bitte ich meine Gefährten hier, mich zu begleiten."

Dagegen hatte der Gouverneur nichts einzuwenden. Man sprach noch über allerhand praktische Details. Vor allem bat Martin um ein Handgeld für sie alle. Sir Benjamin zeigte sich nicht kleinlich und ließ ihm durch den schwarzen Butler einen großzügigen Betrag in Silberstücken aushändigen. „Bis zu eurer Abfahrt könnt ihr auch mit meinem Personal essen und in den Quartieren ist noch genug Platz für euch alle. Kapitän,

Ihr berichtet mir täglich über den Fortgang der Arbeit. Ich will, dass Ihr in einer Woche Anker lichtet."

Kapitän! Marco musste grinsen, als Martin zum ersten Mal mit diesem Titel angesprochen wurde. So schnell hatte sich sein Traum erfüllt. „Eines Tages werde ich selber Kapitän eines Schiffes sein", hatte er erst vor wenigen Tagen angekündigt. Und er, Marco Kramer, würde auf einem Kriegsschiff Seiner Majestät anheuern, wenn sich nicht auch sein Traum bald erfüllte, der von einer glücklichen Heimreise.

KAPITEL 7

Marco entdeckt die Wahrheit über das Schatzschiff und
bekommt Schwierigkeiten mit der Presse

Alles war genau wie vor sechs Tagen. Nur das Computerbild war schwarz geworden und Ariane hatte die Augen geschlossen. „Du, mir ist schlecht. Kann ich ein Glas Wasser haben?", bat sie. Sie trank in langen Zügen (als hätte sie den ganzen Tag auf einer wasserlosen Insel zugebracht, dachte Marco) und fragte zwischendurch: „Ist dir nichts aufgefallen?" Marco schüttelte nur den Kopf und ging das Glas nachfüllen. „Erst ist mir alles vor den Augen verschwommen, wie in einem Nebel, der immer dunkler wurde, und dann fühlte ich mich wie in freiem Fall. So wie man manchmal träumt. Aber ich bin sicher, dass ich nicht geträumt habe. Oder hast du bemerkt, dass ich eingeschlafen bin?"

„Ich hab die ganze Zeit, die ich hier war, nichts bemerkt."
Marco wählte seine Worte sehr sorgfältig. Er wollte nicht direkt lügen, aber nach Arianes Gefühlsausbruch wollte er ihr nichts von seiner unfreiwilligen Reise erzählen. Wenigstens jetzt noch nicht. „Vielleicht ist dir von der vielen Bewegung auf dem Computer schwindlig geworden. Ich bringe dich nach Hause."

Ariane protestierte nur schwach, sie könnte doch ihren Weg alleine finden. Er ließ den Widerspruch nicht gelten. Schließlich war es ja kein schmerzliches Opfer, in ihrer Gesellschaft ein Stück spazieren zu gehen. Sie beteuerte, wieder ganz in Ordnung zu sein, und ließ sich auch nicht fürsorglich unterhaken. Marco stellte wieder die Ähnlichkeit fest, die ihm schon auf dem Schiff aufgefallen war, und einmal hätte er sie um ein Haar Carlotta genannt.

Während des Abendessens, beim „Rapport", wie er es insgeheim nannte, berichtete Marco von seinem Vormittag in der Schule, dass Frau Rothermund seinen englischen Akzent schrecklich fand und dass sie sich in Geschichte ein Thema für ein Forschungsprojekt überlegen sollten. Er erwähnte auch, dass er von Bauenhagens zum Mittagessen eingeladen war und dort mit Ariane die Hausaufgaben erledigt hatte.

„Ist das die Hübsche mit den kurzen Haaren und den braunen Augen?", fragte die Mutter. Mütter haben manchmal einen scharfen Blick. Ja, genau die, dachte Marco, aber laut brummelte er nur: „Woher soll ich wissen, was die für Augen hat?" Damit hatte er das Thema abgewürgt, wenigstens für heute. Der Vater entschuldigte sich, wie fast jeden Abend, er hätte noch zu arbeiten, und verschwand in seinem Kellerstudio. Marco räumte zusammen mit der Mutter den Tisch ab und stellte das Geschirr in die Spülmaschine. Dann verschwand er in seinem Zimmer.

Zeitreisen macht süchtig. Er musste all seine Willenskraft aufbieten, um sich nicht sofort wieder in die Vergangenheit versetzen zu lassen. Diese Zeitreisen waren wirklich zu anstrengend und zu gefährlich. Er hörte ein bisschen Musik. Er rief Löwenherz an, aber der hatte keine Lust auf eine lange Unterhaltung. Er leistete seiner Mutter eine Weile beim Fernsehen Gesellschaft, aber das Programm langweilte ihn. Schließlich ging er zurück in sein Zimmer und holte seinen Schulatlas heraus. Wenigstens wollte er wissen, wo genau er all seine Zeit verbrachte.

Den Amtssitz des Gouverneurs hatte er bald gefunden. *Reina Isabela* lag ein ganzes Stück südlich davon. *Priscilla Island* konnte er aber nicht entdecken. Auch nicht die Stelle, an der sich laut Martins Angaben das Riff befinden sollte. Dafür musste er sich eine bessere Karte besorgen. Aus dem Bücherregal im Wohnzimmer holte er sich noch *Baedekers Reiseführer Karibik*. Er wollte im Bett darin lesen, aber er war schon eingeschlafen, ehe sein Kopf das Kissen richtig berührte.

Am nächsten Vormittag fragte die Geschichtslehrerin nach ihren Projektvorschlägen. Marco meldete sich sofort, als hätte er Angst, dass ihm jemand anderes sein Thema nehmen könnte. „Ich möchte mit Richard und Ariane etwas herausfinden über die Schatzschiffe, die von Amerika nach Europa geschickt worden, aber nie angekommen sind."

Die Geschichtslehrerin überlegte einen Augenblick, dann stimmte sie zu. „Das liegt zwar ziemlich abseits von unserem Thema, aber wenn euch das so brennend interessiert, dann lässt es sich noch rechtfertigen. Sind die anderen einverstanden?" Marco hatte weder Ariane noch Löwenherz vorher gefragt, denn die Idee war ihm gerade erst gekommen. Aber die protestierten nicht und so hatten sie jetzt eine gemeinsame Aufgabe. Abgabetermin war in zwei Wochen.

„Kommst du mit?", fragte Ariane, als sie auf die Straße traten.

„Gern", erwiderte Marco. „Vielleicht könnten wir uns um vier Uhr bei Löwenherz treffen und schon mal im Internet recherchieren? Wir haben nicht viel Zeit für das Projekt."

„Okay, bis später. Sagt mal, geht ihr zwei jetzt miteinander?" Manchmal konnte Ricky ziemlich taktlos sein. Marco wurde rot, Ariane lächelte nur und sagte: „Bis später."

Sie waren noch nicht weit gegangen, da hielt dicht vor ihnen ein dunkler Wagen am Bordstein. Der Fahrer stieg aus und signalisierte mit der Hand, dass er mit ihnen sprechen wollte. „Mein Name ist Will Korkis", stellte er sich höflich vor. „Ich bin freier Journalist. Marco Kramer, ich möchte gern mehr über diesen Blitzschlag wissen. Das ist eine sehr seltsame Geschichte. Können wir uns irgendwo zusammensetzen? Ich lade euch beide auf einen Kaffee ein oder auch zum Mittagessen, wenn ihr wollt."

Das hatte gerade noch gefehlt. Marco fühlte, wie er erstarrte. Da war sie wieder, die Welle, die über ihm zusammenschlug, ihn mit sich hinunterriss. „Ich weiß überhaupt nichts", stotterte er. „Fragen Sie meine Eltern."

„Die behaupten gegenüber meinen Kollegen, sie wüssten auch nichts. Sie tun, als hätte der Blitz überhaupt nie eingeschlagen."

„Hat er auch nicht, denke ich", brachte Marco hervor. Und Ariane sagte: „Wir müssen jetzt weiter, entschuldigen Sie" Aber der Journalist versperrte ihnen den Weg. „Hör zu, Marco! Ich lebe davon, dass ich über solche Ereignisse berichte. Du kannst mir erzählen, was du willst, mit dir stimmt etwas nicht. Du bist der Mittelpunkt einer ganz großen Geschichte, und ich werde es sein, der sie erzählt. Ich habe die letzten Tage dein Haus beobachtet. Und gestern, als ihr beide dort wart, da lag das Haus plötzlich unter einer Kuppel aus Licht. Es war nicht übermäßig hell und dauerte nur ein paar Sekunden. Aber es war ganz deutlich zu erkennen. Erklär mir, was das war."

Ariane schob sich zwischen die zwei. „Wir haben nur ein Computerspiel gespielt und überhaupt nicht bemerkt, was draußen passiert ist. Und jetzt lassen Sie uns in Ruhe, wir müssen pünktlich sein." Sie zog Marco mit sich fort.

Korkis ließ sie gehen, aber er dachte keineswegs ans Aufgeben. „Ich finde dein Geheimnis heraus, Marco Kramer.", rief er ihnen nach. „Du wirst keinen Schritt mehr unbeobachtet machen, bis ich weiß, was es ist."

Bei den Bauenhagens fühlte sich Marco immer wohl. Nicht nur Arianes wegen, sondern weil er nie das Gefühl hatte, dass sich seinetwegen jemand besondere Umstände machte. Er stellte sich vor, dass er einfach so Ariane mit nach Hause brächte. Die Mutter, wenn sie denn da wäre, würde wie ein aufgeregter Wellensittich durch die Küche flattern und den Kühlschrank nach Sachen durchsuchen, mit denen sie einen Überraschungsgast beeindrucken könnte. Frau Bauenhagen stellte einfach einen extra Teller auf den Tisch und das war's. Heute war sogar schon für ihn mitgedeckt.

Während des Mittagessens berichtete Ariane über die Begegnung mit dem Journalisten und über ihr gemeinsames Projekt. Marco verhielt sich ziemlich einsilbig. Es fiel ihm schwer, immer nur mit der halben Wahrheit zu hantieren und beispielsweise die Frage, warum er gerade dieses Thema gewählt habe, nur vage zu beantworten: „Weil in meinem neuen Spiel ein Schatzschiff untergeht. Wir möchten wissen, ob das tatsächlich passiert ist."

„Da spielt ihr ja selber Enthüllungsjournalisten", lächelte Arianes Mutter.

„Nur gehen wir keinem auf die Nerven, weil unsere Interviewpartner schon lange tot sind."

Pünktlich um vier klingelten sie bei Löwenherz. Sie hatten den dunklen, nicht mehr ganz neuen Volvo bemerkt, der ihnen auf dem ganzen Weg gefolgt war, aber sie hatten beschlossen, sich nicht darum zu kümmern. Dieser Korkis konnte suchen und forschen, so viel er wollte. Solange sie sich in seiner Nähe nicht über Zeitreisen unterhielten, stellte er überhaupt keine Gefahr dar.

Das Internet enthielt zahllose Informationen über Unterwasserarchäologie und zutage geförderte Gegenstände von gesunkenen Schiffen, von der römischen Galeere bis zur *Titanic*. Spanische Schatzschiffe wurden jedoch nur ein- oder zweimal am Rande erwähnt. Nach zwei Stunden gaben sie frustriert auf. Sie verabredeten sich für den übernächsten Morgen – da war Samstag, also schulfrei – in der Stadtbibliothek.

Die Bibliothekarin, an die sie sich um Hilfe wandten, war in höchstem Maße überrascht. „Da will jahrelang überhaupt keiner etwas über dieses Thema wissen, und dann kommen innerhalb einer Stunde gleich zwei. Der Herr dort hat alles auf dem Tisch, was wir dazu haben. Vielleicht überlässt er euch Bücher, die er gerade nicht braucht."

Der Mann saß mit dem Rücken zu ihnen und hatte sie noch nicht bemerkt. Auf dem Tisch neben ihm lag ein kleiner Stapel Bücher, fünf oder sechs vielleicht. Auch wenn sie sein Gesicht nicht sehen konnten, erkannten Ariane und Marco ihn sofort an seiner Kleidung und seinem gewaltigen Körperbau. Es war Korkis, der Journalist. Mit dem wollten sie nun wirklich nichts zu tun haben und schon gar nicht Bücher von ihm ausleihen. Da mussten sie eben ein anderes Mal wieder kommen.

Am Ausgang holten sie gerade ihre Taschen aus den Schließfächern, da rief der junge Mann vom Aufsichtsschalter zu ihnen herüber: „Hallo, ihr drei sollt noch einmal zu Frau Sommer kommen. Sie hat etwas für euch."

Frau Sommer trug ein frühlingshaftes Lächeln. „Mir ist doch noch was eingefallen", verkündete sie stolz. „Geht doch einmal durch diese Zeitschrift. Wir haben alle zweiundvierzig Jahrgänge. Ich würde aber an eurer Stelle bei der neuesten Ausgabe anfangen und mich dann nach hinten arbeiten."

Die Zeitschrift hieß *Tauchen und Bergen* und erschien vierteljährlich. Jeder nahm sich einen Jahrgang und dann suchten sie sich einen Tisch, an dem sie von Korkis' Platz aus nicht zu sehen waren. Warum musste der auch gerade heute über versunkene Schatzschiffe recherchieren? War das reiner Zufall, oder wusste er etwas?

Hin und wieder fanden sie einen Artikel, der interessant sein konnte. Sie notierten sich die Titel, um später genauer nachzulesen und wichtige Stellen zu fotokopieren. Sie sprachen leise, wenn sie einander auf eine Fundstelle aufmerksam machten, einerseits, weil man in einem Lesesaal ohnehin leise spricht, vor allem aber, um den Journalisten nicht auf sich aufmerksam zu machen. Bis Löwenherz aufsprang und flüsterte: „Hier ist es!"

Er hatte ein ziemlich altes Exemplar in der Hand, Jahrgang 1982. Das Titelbild, noch in Schwarzweißdruck, zeigte einen Menschen in einem unförmigen Taucheranzug, mit riesigem Helm und den daraus hervorwachsenden Schläuchen. Mit der behandschuhten Hand hielt er eine kleine Statuette oder Skulptur vor die Kamera. Die Titelgeschichte hieß: *Wrack der Santa Lucia am Carlyle-Riff entdeckt. Faszinierende Kunstschätze geborgen.*

Natürlich wollten sie alle gleichzeitig die Geschichte lesen, und so standen sie am Tisch, die Köpfe dicht beieinander, über die Zeitschrift gebeugt. Löwenherz, als der Entdecker, blätterte um, wenn die anderen „fertig" sagten.

Der Artikel war ziemlich lang und voller technischer Details. In einem Kasten auf der dritten Seite fanden sie eine Zusammenfassung, die alles enthielt, was sie wissen wollten.

Vier Jahre lang haben Andreas Bacher und Yasmine Zander zahllose Bibliotheken und Archive durchstöbert, alte Aufzeichnungen studiert und über die Jahrhunderte sich ständig verändernde Seekarten verglichen. Mit einem eigens entwickelten Computerprogramm simulierten sie die Effekte von Wind und Strömungen, bis sie sich ihrer Sache sicher waren. Sie fanden einen Geldgeber, charterten ein kleines Schiff und begannen an einer Stelle, deren genaue Koordinaten sie bis heute geheim halten, ihre Tauchaktion.

Am siebten Tag entdeckten sie in 62 Metern Tiefe ein Wrack, das sie schnell als das der *Santa Lucia* identifizieren konnten. Das Schiff war im Jahr 1659, mit Kostbarkeiten beladen, auf dem Weg nach Spanien, als es wohl im Sturm auf ein Riff lief und versank. In dem Wrack und im weiten Umkreis fanden die Taucher Götterstatuen aus Gold und auch einige Steinreliefs, höchstwahrscheinlich von geplünderten Tempeln der Maya. Zu ihrer Enttäuschung und Verwunderung konnten sie aber nichts von dem größeren Teil des Schatzes finden, den Goldbarren und Münzen, die in den alten Frachtlisten aufgeführt sind. Ihre Erklärung dafür: Das Schiff dürfte so langsam gesunken sein, dass die Mannschaft noch einen Teil der Ladung retten konnte, und natürlich denjenigen, der am leichtesten zu verwerten war."

„Das wird der Kern unseres Projekts. Darum herum machen wir als Dekoration noch ein paar von den Geschichten aus dem Internet." Marco hatte in dieser Sache die Führung, schließlich war es seine Idee. Sie schlichen mit ihren Funden zum Kopierer, aber ihre Vorsicht war überflüssig. Korkis war verschwunden.

Auf dem Heimweg sprang Marco die Titelseite der *FFZ* ins Auge. *FFZ* stand für *Frische Frühstücks Zeitung.* Das war ein neues Blatt, das sich gerade erst in den Zeitungsmarkt gedrängt hatte und nun auf Biegen und Brechen Leser gewinnen musste. Die Berichte waren immer sensationell aufgemacht und mit der Wahrheit nahm man es auch nicht immer genau. Was Marcos Blick auf sich gezogen hatte, war ein Foto des Kramerschen Hauses, das fast die ganze Seite einnahm. Das Haus war von einer halb durchsichtigen Halbkugel bedeckt, so wie Korkis es gestern beschrieben hatte. Darüber eine große Balkenüberschrift: *Was geht hier vor?* Marco kaufte sofort ein Exemplar. Als sie den Text überflogen hatten, sagte Ariane: „Das müssen wir mit meinem Vater besprechen."

Herr Bauenhagen zeigte deutlich, dass er über die Störung nicht erbaut war. Er hatte zwei Stapel Hefte auf seinem Schreibtisch liegen: rechts die schon korrigierten, links, dreimal so hoch, die unfertigen. Lehrer schienen ihr ganzes Leben mit dem Korrigieren von Heften zu verbringen. Als ihm Ariane aber die Zeitung vor die Augen hielt, legte er sofort seinen roten Kugelschreiber weg und winkte sie alle hinüber ins Wohnzimmer. Mit theatralischer Intonation las Ariane vor:

Was geht hier vor?

Das mögen sich manche gefragt haben, die gestern Nachmittag beobachteten, wie sich eine Kuppel aus Licht über dieses Haus senkte, dort sekundenlang verharrte und sich dann in Nichts auflöste.

Das Haus gehört der (Fortsetzung auf Seite 5)

Fortsetzung von Seite 1:

Familie Kramer und war schon vor einigen Tagen Schauplatz eines ungewöhnlichen Vorfalls. Marco Kramer, 14 (Bild links), wurde angeblich während des großen Gewitters am 18. April von einem Blitz getroffen und musste ins Krankenhaus gebracht werden. Weder das Krankenhaus noch seine Eltern sind bereit, mit unserem Reporter Will Korkis (Bild rechts) zu sprechen, und Marco behauptet, sich an nichts zu erinnern.

Nach Meinung namhafter Fachleute ist es völlig unwahrscheinlich, dass ein Mensch ohne sichtbare Schäden einen Blitzschlag übersteht. Noch unwahrscheinlicher ist es, dass gerade das Haus, in dem er lebt, von einer Energieglocke bedeckt wird, für die auch Experten keine Erklärung haben.

Sind hier Außerirdische im Spiel?

Wir halten Sie auf dem Laufenden.

„Das ist eine üble Geschichte", sagte Herr Bauenhagen. „Ich halte dieses Bild für eine Fälschung. Aber was ist gestern wirklich passiert, Marco?"

„Zuerst eine Frage." Man konnte merken, dass Marco sich diese Frage schon vorher zurechtgelegt hatte. „Herr Bauenhagen, meinen Sie, wir können noch zwei Personen in unser Geheimnis einweihen? Ich meine Richard Löwenherz und Ihre Frau. Dann können wir uns unterhalten, ohne Angst, dass sich jemand verplappert."

„Na ja. Ein Geheimnis ist erst eins, wenn es weitererzählt wird. Vorher existiert es gar nicht. Meine Frau wird schweigen wie ein Grab, das kann ich versprechen. Aber Richard, du musst hoch und heilig versprechen, dass du nichts, nicht ein Wort von dem nach draußen trägst, was dir Marco erzählt. Ihr seht an diesem Artikel, wie aus nichts eine Sensation zusammengebastelt wird. Wenn auch nur ein Brösel der Wahrheit herauskommt, werden wir alle gejagt wie Hasen, nicht nur von der *FFZ*, sondern von allen Medien."

Löwenherz hatte mit großen Augen zugehört und musste erst einmal schlucken, ehe er stotterte: „Ich sage nichts."

Marco machte es kurz. „Das Piratenspiel ist durch den Blitzschlag beschädigt worden und hat mich genau in jene Zeit und an jenen Ort gebeamt. Da bin ich den Spielpersonen begegnet, die gibt es wirklich. Ich erzähl dir alles später, aber das ist wahr und keine Spinnerei."

Löwenherz sagte gar nichts. Was hätte er auch sagen sollen? Arianes Vater nahm das vorherige Thema wieder auf. „Ich habe dich schon einmal gefragt, Marco, willst du nicht doch mit deinen Eltern darüber sprechen?"

„Meine Eltern sind echt toll", versuchte Marco zu erklären. „Wenn ich etwas will, einen neuen Computer, ein Mountainbike oder so was, dann kriege ich das spätestens zum nächsten Geburtstag oder zu Weihnachten. Als ich neulich im Krankenhaus war, haben sie sich echt Sorgen um mich gemacht. Sie haben sich beide die Nacht um die Ohren geschlagen und sind nicht mal ins Büro gegangen, nur weil ich krank war. Aber reden kann man nicht mit ihnen. Pa würde mir ausführlich und langatmig erklären, warum man die Zeit nicht zurückdrehen kann. Ma würde denken, der Blitz hat meine grauen Zellen verbrannt, und würde irgendeinen Nobelpreisträger finden, der mich behandelt. Und beide würden sofort den Computer austauschen lassen. Sie erfahren besser nichts."

„Gut, wenn du meinst … Aber zurück zu meiner Frage: Was ist gestern wirklich passiert?"

Marco fing an zu erzählen. Wie ihn gestern, nach dem Schiffbruch der *Santa Lucia* im Spiel, der Computer ganz eigenmächtig weggeschnappt hatte. Er erzählte, wie er um sein Leben schwimmen musste, beschrieb die Delfine, die Kakteeninsel, die Rettung durch die *Morning Glory* und die Ereignisse danach.

„Du willst behaupten, du wärst eine ganze Woche weg gewesen, und ich hätte nichts gemerkt?", protestierte Ariane.

„Du hast es doch gemerkt. Dir ist schlecht geworden. Und wahrscheinlich hat es diese Lichtkuppel wirklich gegeben."

„Ich kann nur noch einmal sagen, wenn dieser Korkis auch nur ein Wort davon erfährt, sind wir geliefert. Der erklärt uns alle für Aliens. Außerirdische! Die große Story kommt erst noch." Herrn Bauenhagens Zeigefinger tippte erst auf den Schluss des Artikels und blieb dann auf dem Bild des Journalisten stehen.

Da kramte Marco einen schwarzen Stift hervor. „Darf ich mal?" Herr Korkis bekam einen schwarzen Bart und – eine schwarze Augenklappe.

„Der sieht fast aus wie der einäugige Pirat im Spiel", sagten Ariane und Löwenherz fast gleichzeitig, als er seine Hand zurückzog.

„Und er sieht genau aus wie der einäugige Pirat in Wirklichkeit", sagte Marco. „Hat das etwas zu bedeuten?" Eine Antwort wusste keiner.

Samstagnachmittags gab es bei Kramers Kaffee und Kuchen. Wenn Marco sich etwas wünschen durfte, dann buk Raina Käsekuchen. Meistens gab es aber eine vielschichtige, aufwendig dekorierte Torte, wie sie die Mutter am liebsten hatte – und von der sie dann, „wegen der Kalorien", nur einen kleinen Splitter zu sich nahm. Häufig gesellte sich sogar der Vater zu ihnen, trank zwei Tassen Kaffee und aß ein Stück Kuchen, egal von welcher Sorte.

„Pa, was ist eigentlich ein Kaperbrief?", fragte Marco in die Stille hinein.

Der Vater hatte die Antwort nicht sofort parat und überdeckte das mit einer Gegenfrage: „Warum willst du das wissen?"

„Ach, das hat mit unserem Projekt zu tun, wegen des Schatzschiffs." Hier war er auf sicherem Grund und so erzählte er, was sie in der Bibliothek entdeckt hatten. Das ersparte ihm den Rapport beim Abendessen.

Inzwischen hatte Herr Kramer sein Gedächtnis durchgeblättert. „Im sechzehnten, siebzehnten, achtzehnten Jahrhundert haben die Großmächte in Europa immer wieder Krieg geführt. Das waren in erster Linie die Engländer und Spanier, aber auch Frankreich und die Niederlande haben kräftig mitgemischt. Die Auseinandersetzungen wurden meistens per Schiff ausgetragen und deshalb gewann fast immer derjenige, der die meisten Schiffe hatte. Also hat der englische König den Schiffseignern und Kapitänen der Handelsflotte per Kaperbrief erlaubt, feindliche Schiffe zu überfallen und auszurauben. Von der Beute bekam er dann einen Anteil. Die anderen Nationen haben das System nachgemacht."

„Wenn also ein Mann einen Kaperbrief hatte, dann durfte er nicht als Pirat gehängt werden?"

„So ist es. Ich glaube aber kaum, dass sich alle immer an die Regeln gehalten haben. Ich hätte die Finger von so einem Geschäft gelassen. Bauen ist weniger gefährlich."

Aber Martin ist ein Seemann und kann keine Häuser bauen wie du, dachte Marco bei sich. Also geht er mit einem Kaperbrief auf Piratenjagd.

Damit war die Kaffeezeit vorüber. Marco bat um Erlaubnis, sich zurückzuziehen, und auch die Eltern gingen wieder ihren Verrichtungen nach. Wenn Marco aus dem Fenster blickte, sah er auf der anderen Straßenseite den dunklen Volvo. Dieser Korkis war schon ein scharfer Hund. Er hatte etwas gewittert und ließ sich nicht mehr von der Fährte abbringen. Jedenfalls war eine Zeitreise nicht möglich, solange das Haus unter Beobachtung stand. Aber Marco wollte ohnehin keine Zeitreise mehr unternehmen. Überhaupt nie, nie mehr. Oder wenigstens nicht so bald. Oder zumindest nicht heute Abend.

Das Abendessen war beendet, der Tisch abgeräumt, in der Küche alles ordentlich. Marco hörte ein bisschen Musik – über Kopfhörer, damit sich die Eltern nicht gestört fühlten, und dachte über Kaperbriefe und Piratenjagd nach. Bei seinem letzten Transfer wäre ihm beinahe der Rückweg abgeschnitten worden, weil sich die Einstellungen im Computer geändert hatten. Woran hatte das wohl gelegen?

Hier war es ja: Die Einstellung *Rückkehr nach …* stand nicht mehr auf *12 Stunden*, sondern auf *1 Woche*. Gut, das konnte er so lassen, wenn er nur wusste, wie lange er dort bleiben musste. Und überhaupt wollte er ja gar nicht mehr zeitreisen. Aber all die Einstellungen anzusehen war faszinierend. Er klickte sich durch alle Möglichkeiten, nahm hier und da eine kleine Änderung vor. Als er wieder auf die Uhr sah, war es nicht mehr lange bis Mitternacht. Und der Volvo gegenüber war verschwunden.

KAPITEL 8

Marco entwickelt einen Plan und kommt nur
knapp mit dem Leben davon

Sie saßen alle noch um den großen Tisch in der Gesinde-küche, genau so, wie er sie vor zwei Tagen verlassen hatte. Pedro war am Tisch eingeschlafen. Die paar Kerzen er-hellten den Raum so schwach, dass die gegenüberliegende Wand nicht mehr zu sehen war. Auf den Tellern lagen noch die Reste des Abendessens, auch auf seinem eigenen. Es hat-te gekochten Fisch gegeben und eine Art Brei aus Mais. Nicht besonders schmackhaft und auch nicht ganz mühelos zu ver-zehren, denn als Besteck hatten sie nur ihre zehn Finger und einen grobschlächtigen Holzlöffel.

„Die Art, ein Gefecht auf See zu führen, ist absurd", setzte Martin seine Tirade fort. „Da segeln zwei Schiffe aneinander vorbei und wenn sie auf gleicher Höhe sind, schießen sie beide ihre Kanonen ab. Und das wiederholen sie so lange, bis einer nicht mehr kann. Sobald ich das Geld habe, baue ich mir ein Schiff, wie es noch keiner gesehen hat. Und das viel wirkungs-voller kämpfen kann, als nur Breitseiten zu schießen."

Es entspann sich eine lange Diskussion, wie denn so ein Schiff aussehen müsste. Martin hatte ziemlich genaue Vor-stellungen, aber er war damit seiner Zeit so weit voraus, dass nur Marco ihn halbwegs verstehen konnte.

Einer der Küchenhelfer begann, die Teller abzuräumen und zum Spülstein zu tragen. Bei Martin blieb er stehen und sprach ihn an. „Master Martin, darf ich Euch eine Frage stellen?" Als Martin nickte, fuhr er fort: „Ich höre, Ihr braucht noch Besat-zung für Euer Schiff. Wollt Ihr mich mitnehmen?"

Martin betrachtete ihn nachdenklich. „Du bist ein Sklave", sagte er. Es war eine Feststellung, keine Frage.

„Ja, Master."

„Ich brauche keine Küchensklaven auf meinem Schiff. Ich brauche Seeleute und ich nehme nur die besten."

Der Schwarze gab sich nicht so schnell geschlagen. „Master, bevor ich Sklave wurde, war ich Fischer und Muscheltaucher. Ich hatte ein Boot und kenne die Arbeit auf See. Bitte, nehmt mich. Sir Benjamin ist ein guter Herr, er wird es erlauben."

„Also gut, ich werde morgen mit ihm sprechen. Wie heißt du?"

„Eigentlich ist mein Name Ngomole, aber hier werde ich nur Mole genannt, Master. Ich danke Euch."

Marco hatte schläfrig zugehört, doch irgendetwas von dem Gesagten hallte wie ein Echo durch seinen Kopf. Als sie alle aufstanden, um ihr Schlafquartier aufzusuchen, zog er Martin außer Hörweite der anderen. „Du willst Geld für ein neues Schiff, Mole kann tauchen und ich habe eine Idee. Kannst du das Riff wiederfinden, an dem die *Octopus* zerschellt ist?"

Martin war sich nicht so sicher. Er hatte ja selbst ein paar Stunden vor dem Schiffbruch die Koordinaten nur geschätzt und wer weiß, in welche Richtung sie der Sturm getrieben hatte. „Wir müssten suchen, aber in einem Umkreis von fünfzig Meilen ein Riff zu finden, das wahrscheinlich nicht einmal aus dem Wasser ragt, das ist nicht einfach." Marco erklärte seinen Plan. Martin war skeptisch, wollte aber darüber nachdenken.

Im Laufe des nächsten Tages war das Schiff so weit, dass die Besatzung an Bord gehen konnte. Es hieß *Morning Sun*, hatte wie die *Morning Glory* nur einen Mast und auf dem Deck an jeder Seite vier Kanonen. Die *Morning Sun* war kein neues Schiff, aber der Gouverneur hatte sie gründlich überholen lassen. Mit ihrer Bewaffnung war sie auch für die Piratenjagd gut ausgerüstet. Piraten, hatte Marco inzwischen erfahren, rauschten gewöhnlich nicht auf majestätischen Dreimastern durch die Meere, sondern benutzten kleine, aber schnelle Segler, mit denen sie aus dem Nichts ihre Beute überfallen und dann ebenso schnell wieder verschwinden konnten.

Gleich nach der Audienz beim Gouverneur hatte Martin jedem von ihnen ein Silberstück in die Hand gedrückt, damit sie sich das Notwendigste kaufen konnten. Marco wollte zuerst Ersatz für seine zerschlissene Kleidung beschaffen und vor allem ein Paar von jenen bequemen Stoffschuhen. Barfuß zu laufen war eine Tortur für seine weichen Fußsohlen. Auch Pedro fielen Hemd und Hose schon beinahe in Fetzen vom Leibe. In einer Modeschau für Vogelscheuchen hätte er sicher einen Preis gewonnen. So begaben sie sich zum führenden Herrenausstatter der Stadt. Es war auch der einzige. Der Laden war etwa so groß wie die Küche daheim in Marcos Haus, aber viel dunkler, denn Licht fiel nur durch die offene Tür herein. Auf ein paar grob zusammengezimmerten Regalen lagen einige Bündel Kleidungsstücke, wie sie hier jedermann trug: blaue Hosen, weißgraue Hemden, Westen in verschiedenen Farben. Eine kleine Auswahl an Hüten, Kopftüchern, Gürtelschärpen. Die beiden Jungen fanden aber alles, was sie brauchten, sogar Schuhe für Marco. Der hätte dem Händler auch sofort den geforderten Preis bezahlt, aber Pedro protestierte lauthals. Schließlich einigten sie sich auf die Hälfte. So blieb ihnen noch genug Geld, um für jeden eine Hängematte zu kaufen.

An Bord ging es ziemlich wuselig zu. Ein paar Handwerker hämmerten und sägten unter dem Kommando des Bootsmanns. Frenchy und drei oder vier andere Männer, die Martin schon als Besatzung angeheuert hatte, brachten die Segel an, hissten und refften sie zur Probe, spannten die Wanten, testeten die Ankerwinde, rollten Taue zu ordentlichen Spitzkegeln und was eben sonst zur Arbeit von Seeleuten gehörte. Händler brachten Fässer und Kisten mit Proviant an Bord, mit Wasser, Schießpulver, Kanonenkugeln und all den anderen Dingen, die man auf einem Schiff im Allgemeinen und auf einem Kriegsschiff im Besonderen brauchte. Für Pedro war das alles nichts Neues, aber Marco kam sich vor wie in einem Rundumkino. Eigentlich gehörten sie jetzt auch zur Besatzung und sollten sich nützlich machen. Aber noch hatte ihnen niemand eine Aufgabe zugeteilt. So hielten sie sich einfach aus dem Wege und sahen zu.

Kurz vor Sonnenuntergang tauchten Segel vor der Hafeneinfahrt auf. Es war die *Morning Glory*. Sie legte direkt neben der *Morning Sun* an und kaum waren die Leinen festgemacht, da erschienen zwei Soldaten mit schussbereiten Gewehren an Deck. Hinter ihnen tauchte der einäugige Pirat aus der Luke auf. Seine Hände waren mit Ketten gefesselt. Während er zur Gangway getrieben wurde, wanderte sein Blick über das Nachbarschiff und fiel auf den Bootsmann und die beiden Jungen. Sein Gesicht verzerrte sich vor Hass, die Lippen formten sich hinter dem schwarzen Bart zu einem tückischen Grinsen und Marco fühlte beinahe körperlich die stechenden Blicke. „Der wird bald hängen", erklärte Kees, „und sein Kumpan Rotkopf mit ihm. Und das ist gut so. Ihr könnt sicher sein, der hätte uns auf der *Octopus* über Bord gehen lassen, sobald er uns nicht mehr gebraucht hätte."

Am nächsten Morgen war die *Morning Sun* zum Auslaufen bereit. Es galt nur das Ende der Flut abzuwarten, um mit der beginnenden Ebbe aus dem Hafen zu treiben. „Zieht die Gangway noch nicht ein", sagte Martin zu seinem Bootsmann. „Wir erwarten noch zwei Besatzungsmitglieder."

Die tauchten bald auf und erhielten nach einem kurzen Zuruf die Erlaubnis, an Bord zu gehen. Es waren Mole, der schwarze Küchensklave, und – Carlotta in Seemannskleidung. Von den Männern, die sich alle auf Deck befanden, war ein überraschtes Murmeln zu vernehmen. Martin trat vor sie hin: „Hört zu, Männer! Dies ist Miss Pedrone. Sie begleitet uns als Mitglied der Besatzung. Sie ist unsere Schiffsärztin und Forscherin, die aufschreibt, wenn uns etwas Ungewöhnliches begegnet. Ich weiß, dass viele Seeleute meinen, eine Frau an Bord bedeute Unglück. Wenn einer von euch das denkt, dann kann er jetzt an Land gehen." Er blickte jeden einzeln an. Keiner machte Anstalten zu widersprechen.

Trotzdem fragte er noch einmal jeden Einzelnen, sogar seine alten Kameraden von der *Octopus:* „Glaubst du, dass eine Frau an Bord Unglück bringt?"

Nur einer von den Neuen zögerte mit der Antwort, entschloss sich aber dann auch zu einem lauten „Nein, Käpt'n!"

„Dann erwarte ich, dass ihr alle Miss Pedrone mit größtem Respekt behandelt. Und noch etwas: Dies ist Mole. Er mag ein Sklave sein, aber hier an Bord erfährt er dieselbe Behandlung wie jeder freie Seemann. Verstanden?" Es gab nur ein kurzes, zustimmendes Gemurmel. Martin hatte seine neue Mannschaft gut ausgesucht. So kam er zum letzten Punkt seiner Ansprache:

„Wir fahren mit sehr kleiner Besatzung. Zumindest auf unserer ersten Reise ganz ohne Kanoniere und nur mit so vielen Seeleuten, wie wir unbedingt brauchen. Das seid ihr, und dazu kommen noch drei von der alten Mannschaft der *Octopus,* die jetzt auf *Reina Isabela* auf dem Trockenen sitzen. Die holen wir zuerst ab. Und jetzt: Gute Reise und – Ablegen!"

Die einsetzende Ebbe zog sie aus dem Hafen hinaus, die Segel wurden gesetzt, und schon nach kurzer Zeit entwickelten sich die ersten Formen einer Routine, wie sie an Bord eines Schiffes das Leben beherrschte.

Der Wind war günstig und sie machten gute Fahrt. Um die Mittagszeit stand die Sonne direkt über dem Bug. So wusste Marco, dass sie genau nach Süden fuhren. Es war wieder heiß auf Deck, aber anders als auf der *Octopus* war die Hitze hier nicht so schwer zu ertragen, denn wer nicht zu arbeiten hatte, der fand ein schattiges Plätzchen, und Trinkwasser gab es, soviel jeder wollte. Am frühen Nachmittag versammelten sich Kees, Carlotta und Marco bei Martin in der Kapitänskajüte. Martin erklärte ihnen seinen geheimen Plan und Marco gab noch zu der einen oder anderen Frage einen Kommentar.

Der Bootsmann war skeptisch. Allein das Riff zu finden stellte schon eine nahezu unlösbare Aufgabe dar. Die Wahrscheinlichkeit, das Wrack der *Octopus* zu finden war dann noch viel geringer. Und dann ein versunkenes Schatzschiff zu entdecken, von dem gar nicht sicher war, ob es mehr war, als nur ein Phantom. „Woher willst du das wissen?", fragte er mehrmals in das Gespräch hinein.

„Ich weiß es nicht, aber ich habe es geträumt", war jedes Mal Marcos Antwort. Er hatte sich entschieden, sein Wissen als im Schlaf erworben weiterzugeben. Die Menschen jener Zeit waren es gewohnt, Übernatürliches in ihr Leben einzuordnen. Träume waren für sie nur eine andere Form der Wirklichkeit.

Dies war nicht, dachte Marco, ein Appell beim Kapitän, der Befehle erteilte und sich ansonsten von der Mannschaft fernhielt. Es war ein Gespräch unter Freunden, so wie im Arbeitszimmer bei Herrn Bauenhagen. Ja, sie waren alle seine Freunde, auch Frenchy zählte er dazu. Die neuen Mitglieder der Besatzung kannte er noch zu wenig, aber es war nicht einer unter ihnen, der ihm nicht gefallen hätte. Es war eben wie in der Schule: Man hatte einige sehr enge Freunde, mit denen man alles teilte, Pausenbrote, Hausaufgaben und Abenteuer. Mit den übrigen kam man meistens gut zurecht, aber sie gehörten nicht zum innersten Kreis des täglichen Lebens. Und da waren dann noch die Lehrer. Die Zuneigung eines Schülers zu seinem Lehrer oder seiner Lehrerin stand meist im direkten Verhältnis zu den Noten, die man in dem entsprechenden Fach erhielt. Na ja, nicht nur. Dass er den *Bauch* jetzt wirklich als einen seiner besten Freunde betrachtete, das hatte wohl ein bisschen mit seinem sprunghaft gestiegenen Interesse an Physik zu tun. Aber Herr Bauenhagen war überdies Arianes Vater und vor allem sein Ratgeber für Zeitreisefragen. Und Martin war sein Mentor auf dieser Seite der Zeit. Marcos Blick blieb an dem jungen Kapitän hängen. Wenn er ein paar Jahre älter wäre und die Haare kürzer trüge, dann könnte Martin Herrn Bauenhagen in jedem Film doubeln. Noch deutlicher zeigte sich die Ähnlichkeit in der Körpersprache. Beide benutzten die Hände auf dieselbe Art, um wichtige Aussagen zu unterstreichen, beide zogen die Augenbrauen hoch, wenn sie Argumente in Zweifel zogen.

Marco fragte sich, warum ihm diese Gemeinsamkeiten nicht schon eher aufgefallen waren. Eine Frage von Carlotta holte ihn wieder in die Wirklichkeit zurück.

Bis in den Abend hinein diskutierten sie Einzelheiten, machten Vorschläge, verwarfen sie wieder, bis über den Plan Einigkeit herrschte. Vor allem zur praktischen Seite hatte der Bootsmann viel zu sagen. „Nehmen wir an, wir finden die *Octopus*", war eines seiner Argumente, „dann ist ein Taucher nicht genug. Wir haben nur Mole, von den anderen können die meisten nicht einmal schwimmen. Wir brauchen mehr Leute. Ich habe von einem Ort gehört, wo noch Indios leben. Vielleicht finden wir welche, die tauchen können."

An einem anderen Punkt warf er ein: „Martin, wir wissen, wie schwer die Marmorplatten sind." Draußen, auf Deck, sprachen sie sich formell mit ihren Titeln an, *Käpt'n* und *Bootsmann,* aber hier, außer Hörweite, waren sie die alten Freunde, und auch *Miss Pedrone* war nur *Carlotta.* „Wenn wir die Platten bergen wollen, brauchen wir Hebezeug, einen Ladebaum und Winden. Wir können das in fünf Tagen bauen, aber jeder wird sich fragen, wozu ein Kriegsschiff einen Ladebaum braucht."

„Um Marmor für den Gouverneur aus dem Meer zu holen", war Martins Antwort. „Wir haben dazu den Auftrag von Sir Benjamin. Wenn wir dann noch nach anderen Dingen suchen, dann tun wir das, weil es sich einfach so ergeben hat."

Schließlich war der Plan perfekt. Es konnte nichts mehr schief gehen. Nur Marco fühlte sich, in dem Maße, wie die Tage fortschritten, erst flau, dann mies und schließlich hundeelend. Was, wenn die Vermutungen aus seinem „Traum" überhaupt nicht stimmten? Er verließ sich auf die Informationen aus einem Computerspiel und aus einer obskuren alten Zeitschrift.

Als die *Morning Sun* in dem kleinen Hafen von *Reina Isabela* anlegte, hatte sich schon eine Gruppe von Menschen an der Kaimauer versammelt. Ein paar Händler waren darunter, auch Señor Sancho, der Fischer, und Señor Soares, der Obstverkäufer.

Vor allem aber die zurückgelassene Mannschaft der *Octopus,* alle vier Seeleute und der Kapitän. Ihre Freude kannte keine Grenzen, als sie Martin, Kees und Frenchy erkannten und ihnen sogar Arbeit auf der *Morning Sun* angeboten wurde. Den Kapitän lud Martin ein, als Gast mitzureisen.

Pedro und Marco begrüßten ihre alten Freunde und überredeten Frenchy, bei ihnen den Schiffsproviant aufzustocken. „Und kauf alle Limonen, die du kriegen kannst", forderte ihn Marco auf. „Glaub mir, es ist wichtig, ich erkläre es dir später." Schon nach einer guten Stunde wurden die Leinen wieder losgeworfen und die *Morning Sun* segelte weiter. Das nächste Ziel war die abgelegene Insel, von der Kees gesprochen hatte.

Als die Vorräte verstaut, die neue Besatzung eingeteilt und auf dem Schiff wieder Ruhe eingekehrt war, trat Marco zu Carlotta. „Was ich dich schon lange fragen wollte: Warum bist du eigentlich nicht bei Priscilla geblieben?"

„Ich bin nicht zur Hofdame geboren. Mein Leben ist Reisen und Forschen – und auch ein bisschen die Gefahr. Ich möchte das Werk meines Vaters fortsetzen. Als sich hier die Gelegenheit bot, habe ich den Gouverneur um meine Entlassung gebeten. Priscilla hat jetzt zwei schwarze Sklavinnen und ein Lehrer für sie wird sich sicher bald finden. Sie braucht mich nicht mehr so dringend."

Der Wind hatte aufgefrischt. Die *Morning Sun* schoss jetzt unter vollen Segeln durch das Wasser. Sie war wirklich ein schnelles Schiff – für ihre Zeit. In einem modernen Segelrennen wäre sie allerdings mit großem Abstand als Letzte durchs Ziel gekommen. Mit der verstärkten Mannschaft schritt auch die Herstellung des Hebezeugs gut voran. So konnte Kees zwei der geschicktesten Männer für die Herstellung von Schwimmwesten einteilen. Nach der Erfahrung am eigenen Leibe hatte er vor ihrer Abfahrt in Nassau ein paar Planken des besonders leichten Balsaholzes erstanden. Daraus sollte für jeden an Bord ein Schwimmgürtel angefertigt werden. Sie erreichten die Insel, von der der Bootsmann gesprochen hatte, ohne jeden Zwischenfall.

Auf den ersten Blick sah die Küste völlig unbewohnt aus. Sie war dicht bewaldet, und obwohl Martin die Morning Sun so nahe wie nur irgend möglich heranbrachte, konnten sie kein Anzeichen von Leben entdecken, nicht einmal Vögel in den Bäumen oder auf dem felsigen Ufer. Erst als sie die Insel beinahe vollständig umrundet hatten – was länger als einen halben Tag dauerte –, schien es, als hätten sie Glück.

Das Dorf, das sie in einer kleinen, tiefen Bucht entdeckten, lebte offenbar vom Fischfang. Es bestand aus etwa zwanzig Hütten und am Strand lagen mindestens ebenso viele Boote. Kaum hatten die Dorfbewohner das für sie riesengroße Schiff entdeckt, da wimmelte die Bucht schon von Kanus. Auf Carlottas Rat durfte aber keiner der Indios das Schiff betreten. Auf ihren Forschungsreisen hatte sie erfahren, dass ganze Indiovölker durch eingeschleppte Krankheiten ausgestorben waren. Der Gefahr wollte sie vorbeugen.

Der Versuch, sich zu verständigen, geriet zur Groteske. Alle gängigen Sprachen wurden ausprobiert: Englisch und Spanisch, Holländisch und Portugiesisch. Einer der Matrosen war Schwede, aber auch er konnte sich nicht verständlich machen. Noch weniger half es, dass jeder meinte, je lauter er schrie, desto leichter könnte man ihn kapieren. Immer wieder versuchten die Indios, die Bordwand hochzuklettern, und mussten manchmal ziemlich unsanft mit langen Stöcken zurückgestoßen werden. Schließlich rief Martin nach unten: „Mole, komm mal rauf. Du lebst schon lange in dieser Gegend. Kannst du ein paar Worte von ihrer Sprache?"

Mole kletterte aus der Luke und trat ans Schanzkleid. Kaum wurden die Indios seiner ansichtig, da erscholl ein vielstimmiger Schrei des Entsetzens. Nur Sekunden später ging ein Hagel kleiner Pfeile auf das Deck nieder. Die Kanus wendeten und ruderten mit höchster Geschwindigkeit zum Land zurück. Noch ehe jemand begriffen hatte, was eigentlich geschehen war, waren sämtliche Indios, Männer, Frauen, Kinder, hinter dem Dorf im Wald verschwunden. Nur ein paar zurückgelassene Haustiere – Schweine, Ziegen und Hühner – zeigten an, dass es sich hier nicht um eines der ausgestorbenen Dörfer handelte, von denen Carlotta erzählt hatte.

Während alle noch in höchster Verwirrung und Verwunderung auf das verlassene Dorf starrten, sah Marco plötzlich, wie Pedro zusammensackte. Er wollte die paar Schritte zu ihm hinüberlaufen, aber seine Beine versagten ihm ebenfalls den Dienst. Er guckte an sich herunter. Ja, die Beine waren da, aber er konnte sie nicht mehr fühlen. Er konnte überhaupt nichts mehr fühlen. Ihm wurde schwindlig. Er versuchte sich am Schanzkleid festzuhalten. Da war nichts mehr!

❋ ❋ ❋

Das Schiff lag völlig bewegungslos, aber Marco wusste trotzdem, dass er nicht daheim in seinem Bett lag. Es herrschte ein dämmriges Licht, das seinen Augen wohl tat. Der muffige Geruch des Unterdecks wurde überlagert durch den scharfen Dunst von Essig. Marco wollte sich aufrichten. Es ging nicht, die Arme wollten seinen Oberkörper nicht tragen. Aber seine Bewegung war bemerkt worden. Eine Hand zog das feuchte Tuch von seiner Stirn und gleich verzog sich auch der saure Geruch.

„Willkommen unter den Lebenden", sagte Carlotta. Sie lächelte wie Ariane. „Wir waren nicht sicher, ob du es schaffen würdest." Sie trat etwas zur Seite und rief durch die offene Luke hinauf: „Sagt dem Käpt'n, dass er aufgewacht ist."

So eilig hatte es Martin, dass er die letzten fünf Leitersprossen übersprang und sich einfach fallen ließ. Drei Schritte brachten ihn zu Marcos Lager. „Mensch, du hast uns vielleicht Sorgen gemacht.", war seine Begrüßung. „Ohne Carlotta an Bord hättest du das bestimmt nicht überlebt."

Die Frage, die Marco in seinem Kopf formulierte, wollte nicht über seine Lippen, so sehr er sich auch anstrengte. Die beiden errieten aber, was er wollte.

„Du bist von einem vergifteten Blasrohrpfeil getroffen worden", sagte Carlotta.

„Und sie hat die Wunde aufgeschnitten und einen Teil des Gifts herausgesaugt. Aber es war immer noch genug in deinem Blut, um dich mehr als vier Tage zwischen Tod und Leben zu halten."

Die letzten Bilder kamen wieder zurück. Die Pfeile, die versagenden Beine, der zu Boden gesunkene Pedro. Seine Lippen pressten sich zusammen, um einen Laut zu formen. Das gelang ihm nicht, aber Carlotta konnte sehen, was er fragen wollte. „Pedro? – Ein Pfeil hat ihn in den Hals getroffen. Wir konnten ihm nicht mehr helfen." Ihre Stimme erstickte in einem lauten Schluchzen.

Auch Martin klang schwankend. „Wir haben ihm ein Seemannsgrab gegeben und Kapitän McPherson hat einen Psalm für ihn gelesen. Er ist jetzt bei seinen Eltern."

„Und bei seiner Großmutter", dachte Marco. Er fühlte, wie ihm die Tränen übers Gesicht rollten, und schämte sich, dass er sie nicht abwischen konnte. Pedro war sein bester Freund gewesen. Mit ihm hatte er in so kurzer Zeit mehr und gefährlichere Abenteuer bestanden als mit Löwenherz in der ganzen gemeinsamen Schulzeit. Pedro, elf Jahre, ein Hemd, eine kurze Hose, ein Seemannsgrab.

Es war ein ganz weiches, feines Tuch, mit dem Carlotta seine Tränen trocknete. Etwas, das es auf einem Schiff gewöhnlich nicht gab. Irgendwie war dieses Gefühl tröstlich, machte auch den Schmerz ein bisschen weicher. Als Frenchy die Leiter herunterkletterte, fühlte sich Marco schon wieder ein bisschen besser.

„Specialement für disch", verkündete der kleine Koch und hielt ihm eine Schüssel mit dampfender Suppe unter die Nase. Carlotta half ihm, sich aufzurichten, und stützte ihn, während Frenchy ihm Löffel für Löffel seiner Brühe einflößte. Es schmeckte sogar. Als die Schüssel restlos geleert war, ließ Carlotta ihn vorsichtig wieder auf sein Lager zurückgleiten. Er spürte das nicht mehr, denn er schlief tief.

Jetzt erholte sich Marco mit Riesenschritten. Am nächsten Tag konnte er schon wieder auf Deck. Die Kameraden hatten ein paar Taue so gerollt und gestapelt, dass sie einen halbwegs bequemen Sessel bildeten, so hoch, dass er über das Schanzkleid hinwegblicken konnte.

Ein Stück von der *Morning Sun* entfernt lag das Boot. Vier Männer waren an den Rudern, zwei spähten links und rechts ins Wasser. Ab und zu sprang der schwarze Mole, der den Indios solch einen heillosen Schrecken versetzt hatte, ins Wasser, wo die Blicke von oben nicht mehr hinreichten, um das Riff zu erkunden. Alles lief sehr ruhig ab. Es gab keine Termine und keine Verabredungen, keinen Stundenplan und noch nicht einmal eine richtige Uhr. Nur die Sanduhr neben dem Ruderbaum, die pünktlich jede halbe Stunde umgedreht werden musste.

Martin gesellte sich zu Marco. „Heute ist der zweite Tag", sagte er. „Ich glaube, dies ist das Riff, das wir suchen. Aber es ist riesengroß und ungeheuer gefährlich. Manchmal wachsen die Korallen fast bis zur Oberfläche, dann gibt es wieder tiefe Täler und Schluchten. Nur in diesen Rinnen können wir uns mit der *Morning Sun* bewegen, sehr, sehr vorsichtig. Den Rest können wir nur mit dem Boot untersuchen und selbst da müssen sie aufpassen, dass sie sich nicht ein Leck in den Boden stoßen."

„Bedeutet das, dass Schiffe, die hier sinken, in solch tiefe Spalten hinunterrutschen könnten?", überlegte Marco.

„Ich fürchte beinahe, genau das ist passiert. Wir suchen noch zwei Tage. Dann müssen wir uns wieder unserer eigentlichen Aufgabe widmen, Jack the Priest aufzuspüren."

Schade, dass Pedro nicht hier war. Marco fühlte die Traurigkeit wieder in sich aufsteigen. Sein Freund fehlte ihm sehr und das würde noch lange so bleiben, auch drüben, im „wirklichen" Leben. Er war ein sehr guter Taucher, und ich bin auch nicht so schlecht. Zusammen hätten wir für Mole eine große Hilfe sein können. Und erst noch mit ein paar Indios.

Der Tag verstrich, das Boot entfernte sich immer weiter. Kein Zeichen, dass die Männer fündig geworden waren. Marco fühlte sich schläfrig und konnte kaum die Augen offen halten, aber der Schmerz in seiner linken Schulter ließ ihn nicht wegdösen. Carlotta hatte ihm einen sauberen und ordentlichen Verband angelegt, aber darunter klopfte und pochte und brannte es. Er fragte sich, wie die Menschen dieser Zeit eine größere Verletzung ohne Schmerzmittel aushalten konnten. So wie Kees zum Beispiel, dem es jetzt wieder ziemlich gut ging und der die ganze Zeit kein Wort der Klage über seinen verletzten Arm hatte hören lassen. Immer wieder wanderten seine Gedanken zu Pedro zurück und damit vermischte sich auch die Erinnerung, dass heute sein letzter Tag auf der *Morning Sun* war. Irgendwann im Laufe der Nacht war seine Heimreise vorgesehen. Was würden die anderen denken, wenn er am Morgen nicht mehr da war? Vielleicht, dass er aus Trauer um Pedro ins Wasser gesprungen war? Das konnte er ihnen nicht antun. Aber zurückkommen, das wollte er auch nicht. Ohne Pedro war er ganz allein unter lauter Erwachsenen.

Die Sonne berührte den Horizont. Das Boot brach die Suche ab und machte sich auf den Rückweg zum Mutterschiff.

KAPITEL 9

Marco kommt nach Hause und fängt von vorn an.

An das Schwindelgefühl, das bei jedem Transport entstand, hatte er sich schon gewöhnt. Irgendwann im Lauf der Nacht war seine Zeit abgelaufen. Marco saß wieder in seinem Zimmer. Hier war es immer noch kurz vor Mitternacht, und Korkis Volvo war nirgendwo zu sehen.

Er musste schnell arbeiten. Mit ein paar Mausklicks war er im Menü für Einstellungen.

Hilfe

Bitte geben Sie eine Ziel-Zeit ein.

Ihre Rechnerkapazität erlaubt einen Sprung von maximal 427 Jahren in die Vergangenheit oder 183 Jahren in die Zukunft.

Also, zu welchem Zeitpunkt war er zum ersten Mal in die Karibik transportiert worden? Wie viele Tage und Stunden hatte er dann insgesamt dort verbracht? Er rechnete hin und her, prüfte das Ergebnis noch einmal und ein drittes Mal, bis er sich seiner Sache sicher war. Dann gab er ein Datum und eine Uhrzeit ein. Wenn sein Plan funktionieren sollte, brauchte er aber auch ein besseres Sprachverständnis.

Zieleingabe

3. Sprache anpassen?

(Warnung: optimale Einstellung erfordert hohe Rechner-kapazität, was bei Ausführung der Rückkehrschleife zu Störungen führen kann.)

| Gering | Mittel | Optimal | Nein |

Marco wählte *Optimal.* Der Bildschirm blinkte.

Warnung

Optimale Spracheinstellung überfordert die Rechnerkapazität. Dies kann bei Ausführung der Rückkehrschleife zu Störungen führen.

Reduzieren Sie diese oder andere automatische Anpassungen.

Marco zögerte. Natürlich wollte er unversehrt zurückkommen, aber für seinen Plan brauchte er jedes Bit an Sprach-fähigkeit, das der Rechner hergab. Er musste mit den Indianern verhandeln. Also galt es, anderswo einzusparen.

Für *Kleidung/Aussehen anpassen ja/nein* wählte er *nein.* Die Warnung erschien erneut. *Landepunkt optimieren* schaltete er ebenfalls ab. Das schien auszureichen. Aber damit hatte er sich neue Probleme geschaffen. So wie er jetzt aussah, konnte er sich bei seinen Freunden nicht sehen lassen. Bei der Rückkehr von der *Morning Sun* hatte ihm der Computer wieder die Sachen angezogen, die er vor der Abreise getragen hatte: einen wollenen Pullover, Blue Jeans und grau-weiße Sneakers. Er suchte sein ältestes T-Shirt und ein Paar alter Shorts heraus. Passende Schuhe hatte er nicht. Wenn ihm das Programm keine besorgte, musste er eben barfuß gehen.

Schwieriger war die Frage des Landepunktes. Er konnte sich nicht auf die *Morning Sun* zurückbeamen, denn die hätte er bestimmt verfehlt. Er kannte nicht einmal die genauen Koordinaten von Nassau, aber der Name würde reichen. Er tippte ein: *Nassau, Insel New Providence.* Der Computer arbeitete.

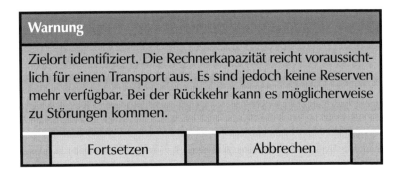

Warnung

Zielort identifiziert. Die Rechnerkapazität reicht voraussichtlich für einen Transport aus. Es sind jedoch keine Reserven mehr verfügbar. Bei der Rückkehr kann es möglicherweise zu Störungen kommen.

| Fortsetzen | Abbrechen |

Was um Himmels willen sollte er jetzt tun? Auf sein Glück vertrauen und ohne Reserven losreisen oder eine Störung bei der Rückkehr riskieren? Marco überlegte nur ein paar Augenblicke. Es blieb ihm keine Wahl, er musste zurück. Es ging um das Leben seines Freundes.

Marco klickte auf *Fortsetzen.* In der Viertelsekunde bis zu seinem Verschwinden fiel sein Blick auf die Straße vor dem Haus. Da stand es wieder – das nicht mehr ganz neue schwarze Auto.

KAPITEL 10

Marco kehrt in die Karibik zurück und findet neue Freunde.

Marco fand sich in einer kleinen Gasse wieder, die er noch nie gesehen hatte. Schon nach einer kurzen Wanderung stieß er aber auf die Hauptstraße. Von hier aus kannte er den Weg zum Gouverneurspalast.

Es war exakt wie beim letzten Mal. Sie saßen alle noch um den großen Tisch in der Gesindeküche, genau so, wie er sie vor zwei Tagen verlassen hatte. Pedro war am Tisch eingeschlafen. Die paar Kerzen erhellten den Raum so schwach, dass die gegenüberliegende Wand nicht mehr zu sehen war. Auf den Tellern lagen noch die Reste des Abendessens, auch auf seinem eigenen. Martin schwadronierte immer noch über seine Ideen zu moderner Seekriegsführung.

Sie übernahmen die *Morning Sun,* sahen zu, wie der hasserfüllte Käptn Hurrikan seinen Weg zum Gefängnis antrat und begrüßten Carlotta und den Sklaven auf dem Schiff. Die einsetzende Ebbe zog sie aus dem Hafen hinaus. Der Wind war günstig. Sie hatten alle Segel gesetzt und machten gute Fahrt.

Es war doch nicht alles exakt wie beim letzten Mal. Es hatte ein paar kleine Stolpersteine gegeben, aber Marco war darauf vorbereitet und konnte sie umgehen. Am Morgen nach seiner Rückkehr fragte Pedro: „Was hast du da für Sachen an? Woher hast du die?" Insbesondere das T-Shirt mit einer Abbildung von Asterix und Obelix (Marco hatte in der Eile nichts Besseres finden können) faszinierte ihn. Marco murmelte etwas von „getauscht" und bot Pedro an, ihm das Hemd zu schenken. Sie müssten nur noch einmal zum Laden gehen und für Marco eine neue Bluse und ein Paar Schuhe kaufen. Pedro hat dann das alte T-Shirt nie getragen, sondern es immer wie einen Schatz aufbewahrt.

Ein anderes Problem war die Armbanduhr, die Marco abzulegen vergessen hatte. Dem kleinen Pedro konnte er erzählen, es sei ein Amulett. Martin hatte aber sicher schon hier und da einmal eine von den neumodischen Taschenuhren gesehen, die damals unter der Bezeichnung *Nürnberger Ei* nur für Wohlhabende erschwinglich waren. Er hätte erraten können, worum es sich handelte. Marco steckte sie tief in seine Hosentasche. Hosentaschen wie in Marcos Shorts waren übrigens auch ein Gegenstand der Bewunderung. Es dauerte nicht lange, bis Carlotta der gesamten Besatzung Taschen in die Hosen genäht hatte. Die größte Schwierigkeit dabei war, geeigneten Stoff zu finden. Segeltuch, oft das einzige Textil auf einem Schiff, war viel zu hart und dick.

In dem kleinen Hafen von *Reina Isabela* fanden sie die Besatzung der *Octopus,* nahmen Wasser und Proviant an Bord und schon nach kurzer Zeit segelte die *Morning Sun* weiter. Das nächste Ziel war die abgelegene Insel, von der Kees gesprochen hatte.

Sie mussten lange nach Zeichen einer Ansiedlung suchen, denn nur Marco war ja schon einmal hier gewesen. Erst als sie die Insel beinahe vollständig umrundet hatten, entdeckten sie das Dorf. Jetzt war Marcos Augenblick gekommen. Schon während der letzten Tage hatte er immer wieder gefordert, dass der schwarze Mole und Pedro während der Begegnung mit den Indios auf keinen Fall, auf gar keinen Fall das Deck betreten dürften. Schließlich hatte er erreicht, dass Martin dies mit einem strikten Befehl anordnete. Er versicherte sich, dass sich beide im Unterdeck aufhielten und dass alle Luken, auch die Stückpforten, geschlossen waren. An diesem Punkt konnte man kein Risiko eingehen, jeder Fehler konnte tödlich sein.

Kaum hatten die Dorfbewohner das Schiff entdeckt, da wimmelte die Bucht schon von Kanus. Jetzt musste sich zeigen, ob

Marco richtig gehandelt hatte, als er die Vorgaben im Computer änderte und so die Gefahr in Kauf nahm, nicht mehr an seinen Ursprungsort zurückzukommen. Er formte die Hände zu einem Trichter vor dem Mund und rief zu den Booten hinunter: „Scho wadang mani roha gada?" Wie das genau klang, lässt sich in unserer Schrift kaum darstellen, aber die Laute waren offenbar richtig. In einem der Boote erhob sich ein Krieger, dessen Körper noch stärker tätowiert war als die der anderen. Er musste der Anführer sein. Es entspann sich ein längerer Dialog und schließlich berichtete Marco:

„Sie sagen, sie seien alle gute Taucher. Zwei oder drei sind bereit, mit uns zu kommen, wenn wir sie vor Neumond wieder zurückbringen. Dann müssen sie ein Fest feiern."

„Das gibt uns mehr als drei Wochen Zeit. Wenn uns das Wetter keinen Streich spielt, genügt das. Aber sag mal, woher kennst du ihre Sprache?"

Das wüsste ich auch gern, dachte Marco bei sich. Die Sprachanpassung im Computer ist absolut fantastisch. Was werden die anderen sagen, wenn ich sogar Indianerdialekte verstehen kann? Laut sagte er nur: „In der Schule gelernt." Hier einen Traum vorzuschützen, kam ihm doch zu unwahrscheinlich vor.

Erst als sie in sicherer Entfernung von dem Dorf waren und nicht einmal eine Kanonenkugel, geschweige denn ein Blasrohrpfeil sie hätte erreichen können, erklärte Marco den beiden Indios: „Auf unserem Schiff haben wir einen Mann, dessen Haut ganz schwarz ist. Ihr braucht euch aber nicht zu fürchten, er ist ein Freund. Er ist kein Todesgott, ihr dürft ihn nicht angreifen." Er musste dies viele Male in immer anderen Worten wiederholen, bis Martin sagte: „Wir holen die beiden jetzt herauf. Sag den Indios, sie dürfen ihre Waffen nicht anfassen."

Als Erster krabbelte Pedro aus der Luke, heil und unversehrt. Marco stieß ein Freudengeheul aus und fiel ihm um den Hals, sodass sie um ein Haar beide durch das Loch gepurzelt wären. Pedro lebte noch! Er, Marco, hatte die Vergangenheit geändert und so seinem Freund das Leben gerettet! Die anderen schauten verwundert drein. Eine Erklärung war vonnöten. „In meinem Traum hatten die Indios Angst vor dem schwarzen Mann. Sie haben uns angegriffen und Pedro ist dabei ums Leben gekommen. Aber der Traum ist nicht wahr geworden!"

Der Traum erfüllte sich auch nicht, als Ngomole erschien. Marco hatte die Indios so weit vorbereitet, dass sie wenigstens nicht in Panik verfielen. Jetzt war Carlotta an der Reihe. Sie nahm Mole an der Hand, ging mit ihm von einem Seemann zum nächsten, ließ Hände schütteln und freundliche Worte wechseln. Es war ganz deutlich, dass sich keiner fürchtete. Schließlich setzte sich der Schwarze mit dem Rücken zu den Indios aufs Deck und Marco und Carlotta brachten die beiden dazu, zuerst mit den Fingerspitzen, dann mit den ganzen Händen seinen Körper zu berühren. Das nahm ihnen die letzte Furcht, auch wenn sie noch bis zum Ende der Reise auf respektvollen Abstand achteten.

Nach mehreren Tagen unter einem sehr schwachen Wind erreichten sie die Gegend, die Martin auf seiner Seekarte eingezeichnet hatte. „Hier muss irgendwo das Riff beginnen. Es ist heute schon zu spät, in einer Stunde wird es dunkel. Wir drehen jetzt bei und beginnen die Suche bei Sonnenaufgang."

Sie saßen auf Deck und löffelten aus Blechnäpfen das Essen, das Frenchy für sie zusammengekocht hatte. Bei Raina schmeckt es besser, dachte Marco wie fast bei jeder Mahlzeit. Aber das lag nicht allein an Frenchys Kochkünsten. Er hatte nur Salzfleisch, getrocknetes Brot und Maismehl zur Verfügung, keine Gewürze, keine Produkte, die heutzutage in jedem Kühlschrank zu finden sind. Und es gab nicht einmal eine Küche an Bord, nur, wenn das Wetter es zuließ, eine offene Feuerstelle auf Deck.

„Wisst ihr, was *déjà vu* bedeutet?", fragte Carlotta plötzlich in die schweigsame Runde hinein. Auch Marco wusste es nicht so genau. – „Es bedeutet, dass man das Gefühl hat, ein bestimmtes Ereignis genau so schon einmal erlebt zu haben. Das Gefühl habe ich schon die ganze Zeit."

Plötzlich lag eine elektrische Spannung über der Gruppe. Jeder fühlte etwas Ähnliches. Carlotta fuhr fort:

„Ich glaube sogar, ich kann sagen, was weiter passiert: Wir finden das Riff ziemlich früh und können es bis zum Abend umrunden. Übermorgen setzen wir das Boot aus, Mole taucht viele Male, findet aber nichts."

„Genau so ist es." Auch Martin und Kees und sogar Frenchy konnten sich diesen Ablauf sehr lebendig vorstellen, nur Pedro nicht.

„Bis dahin sehe ich es auch, aber dann nicht mehr weiter." Abergläubisch wie sie damals alle waren, zweifelte keiner an dieser Voraussicht. Aber niemand kam auch nur im Entferntesten auf die Idee, dass ihre Zeit sich verschoben hatte.

Der erste Teil der Vorhersage erfüllte sich. Kaum hatten sie bei Sonnenaufgang die Segel gesetzt, da stieß der Matrose, der am Bug halb über Bord hing, um ins Wasser zu starren, einen lauten Warnschrei aus. Kees warf das Ruder herum. Direkt neben dem Schiff war der Wasserspiegel nicht glatt, sondern sonderbar gekräuselt. Die Spitze einer Korallenbank lag knapp unter der Oberfläche und ragte sogar, wenn sich eine Welle zurückzog, eine Handbreit heraus. Der Ausguck wurde doppelt besetzt, fast alle Segel gerefft, bis die *Morning Sun* sich nur noch wenig schneller fortbewegte als ein zielstrebig ausschreitender Fußgänger. Das Riff war wie ein Gebirge, mit Gipfeln, Graten, Schluchten und Tälern. Manchmal konnten sie die Korallen fast mit Händen greifen, anderswo reichte die Lotleine nicht aus, um die Wassertiefe zu messen. Alle an Bord waren angespannt und in höchster Alarmbereitschaft. Wenn das Schiff mit den Korallen in Berührung kam, dann bedeutete das bei der niedrigen Geschwindigkeit nicht gleich den Untergang, aber ein gefährliches Leck konnten sie sich schlagen.

Bei Einbruch der Dunkelheit erreichten sie wieder ihren Ausgangspunkt. Jetzt hatten sie eine Vorstellung von der Größe und Beschaffenheit des Riffs. Martin übertrug die Beobachtungen des Tages sorgfältig in seine Seekarte. Wieder war ein Stückchen der Welt erforscht worden und schon in kurzer Zeit würden alle Navigatoren diese gefährliche Stelle meiden können.

Sobald der Tag anbrach, wurde das Boot zu Wasser gelassen. Marco und der diesmal quicklebendige Pedro sprangen mit ins Boot und auch die beiden indianischen Taucher waren dabei. So, hofften sie, könnten sie einen viel weiteren Umkreis absuchen und das Wrack schneller finden.

Marco war in einer Märchenwelt. Hier zackten Korallen in Ästen wie Hirschgeweihe, dort lagen sie in Klumpen, wie riesengroße Schwämme. So weit die Sonne in das Wasser reichte, bot sich ein unglaubliches Farbenspiel. Und alles war in Bewegung. Zu Hause ging Marco gern in den Zoo, aber er interessierte sich weder für Löwen noch Elefanten noch Menschenaffen. Meistens begab er sich direkt zum Aquarium und verbrachte dort alle Zeit, die er hatte. Im Fernsehen ließ er kaum je einen Bericht über das Leben unter Wasser aus. Doch dies hier war tausendmal spannender. Hier hatte die Welt keinen viereckigen Rahmen, hier war sie offen und wunderbar, so weit der Blick reichte.

Wenn ich doch nur meine Schwimmflossen hätte und die Maske mit dem Schnorchel, wünschte er sich. Das ständige Auftauchen zum Atemholen war anstrengend und das Salzwasser brannte in den Augen. Pedro hatte es etwas einfacher. Er konnte fast doppelt so lange unten bleiben. Sie hatten beide großen Spaß beim Tauchen, aber sie vergaßen dabei nicht ihre eigentliche Aufgabe, die Suche nach dem Wrack der *Octopus*. Bei alledem bewegten sie sich sehr vorsichtig. Marco wusste, dass in den Riffen auch gefährliche Kreaturen hausten, giftige und bissige, von denen man sich besser fernhielt. Nach einer halben Stunde schwammen sie zum Boot zurück. Auch Mole und die Indios hatten noch nichts entdeckt. Es sah aus, als könnte die Suche Tage dauern.

Beim dritten Versuch waren sie schon mehr als eine Meile von der *Morning Sun* entfernt, die ihnen nur sehr langsam folgte. Unter sich entdeckte Marco einen Schwarm leuchtend gelber Fische, schwimmende Sonnen, etwa so groß wie eine Hand. Die erkannte er wieder, denn davon gab es vier oder fünf im Aquarium und er blieb immer lange Zeit vor ihrem Becken stehen. Goldener Hamletbarsch klickte es in seinem Gedächtnis, Raubfisch, hellblau-schwarze Zeichnung auf der Nase. Er holte tief Luft und tauchte. Die Fische ließen sich durch ihn kaum beirren, taten ihm aber auch nicht den Gefallen, anzuhalten und sich bewundern zu lassen. Sie waren auf dem Weg in die Tiefe, wo sie wohl etwas Fressbares geortet hatten. Marco immer hinterher. Plötzlich hatte er keine Luft mehr. Er musste schleunigst auftauchen. Ein paar kräftige Schwimmzüge brachten ihn – nicht an die Oberfläche. Er wusste nicht mehr, wo oben war, wo unten. Er hatte die Orientierung verloren, und das war, so viel wusste er, das Gefährlichste, was einem Taucher zustoßen konnte. Er schwamm um sein Leben, aber wohin? Der Druck in seinen Ohren wurde schmerzhaft, er fühlte sein Herz klopfen. Wenn er jetzt nicht sofort Luft holte, würden ihm die Lungen platzen. Er fühlte eine Berührung. Etwas schob ihn oder hob ihn oder drückte ihn hinunter, er wusste nicht was. Er wusste nur, dass er in dieser Sekunde einatmen und ertrinken musste.

Das Wasser drang ihm in den Mund, sodass er sich verschluckte und husten musste. Aber vor allem hatte er Luft eingesogen, der Schmerz ließ in Sekunden nach. Er schwamm wieder oben, und etwas hielt ihn über Wasser. Es kam ihm vertraut vor. Déjà vu?, dachte er. Ist das ein Delfin, oder sogar mein Delfin? „Ikokigikiggegiki" hörte er neben sich. Da bist du ja wieder.

Es dauerte ein paar Minuten, bis er sich halbwegs erholt hatte und wieder durchatmen konnte. Das war wirklich Rettung in allerletzter Sekunde gewesen. „Du bist mein Bruder. Ich bringe dir Fische", sagte Marco. Es hörte sich an wie „Igeggikikeggik kikikoggegiki". „Ich bringe dir Fische" bedeutete auf Delfinisch so viel wie „Dankeschön". Der Delfin war von Marcos Antwort ebenso überrascht wie Marco selber. Er hüpfte in hohem Bogen aus dem Wasser, kickerte und schnatterte, wirbelte im Kreis um Marco herum, bolzte geradewegs auf Pedro zu, der aus einiger Entfernung jetzt schnell herangeschwommen kam. Marco konnte beileibe nicht alles verstehen, aber so viel war klar, dass der Delfin seine Gruppe zusammenrief, um ihr den sprechenden Menschen vorzuführen. Im Nu waren die beiden Jungen mitten in einem Gewimmel von Delfinleibern. Es entstand ein Geschiebe und Gedränge, alle hielten die Köpfe aus dem Wasser und schrien durcheinander, als wären sie auf dem Schulhof. Mit größter Mühe konnte Marco zwitschern: „Gebt uns mehr Platz." Der Ruf wurde aufgenommen und ein paar Mal wiederholt. Dann hatten sie wieder Raum, mit den Armen und Beinen zu paddeln. Das war aber gar nicht mehr nötig, denn unter einem jeden von ihnen hatte sich ein schlanker Körper geschoben und hielt sie über Wasser.

Die Männer im Boot hatten bemerkt, dass sich hier etwas Ungewöhnliches ereignete. Sie legten sich mit aller Kraft in die Ruder, um den Jungen zu Hilfe zu kommen. Marco versuchte, sich wieder unter die Delfine zu mischen. Er wollte nicht, dass jemand sah, wie er mit ihnen sprach. „Wir suchen ein versunkenes Schiff. Wisst ihr, wo es ist?" Es gab allerhand Geschnitter und Geschnatter. Ja, sie kannten eine Stelle und sie wollten ihn auch dorthin führen. Die Matrosen halfen den Jungen ins Boot. Ein großer Schluck Wasser, um den Salzgeschmack aus dem Mund zu spülen. Ein großer, großer Schluck gegen den brennenden Durst. Marco bat, die anderen Taucher an Bord zu holen und dann hinter den Delfinen herzufahren.

Jetzt waren vier Männer an den Rudern. Trotzdem hatten sie größte Mühe, den Delfinen zu folgen. Oder umgekehrt, die Delfine hatten Mühe, dem schwerfälligen Boot nicht einfach davonzuschwimmen. Sie bewegten sich jetzt fast entgegengesetzt zu der Richtung, in der sie vorhin gesucht hatten. Mit vielen komplizierten Gesten konnte Marco die Nachricht an Martin übermitteln, dass die *Morning Sun* wenden und in ihrer Nähe segeln sollte. Sie ruderten lange.

Die Sonne wanderte durch den Zenit und sank langsam auf ihrer Nachmittagsbahn dem Horizont entgegen. Die Delfine zogen längst nicht mehr als geschlossener Schwarm vor ihnen her. Nicht nur war es ihnen langweilig – wenn Delfine so etwas wie Langeweile kennen –, vor diesem dösigen Bummelboot herzuschwimmen. Sie mussten auch jagen, um ihren Hunger zu stillen. Aber zwei oder drei waren immer als Führer zur Stelle.

Ab und zu hob sich eines der eleganten Tiere aus dem Wasser und rief Marco etwas zu: eine Warnung vor einem scharfen Grat oder die Nachricht, dass nicht weit von ihnen eine ganze Schule ihrer Lieblingsfische vorbeizog, und ob er nicht mitkommen wolle und auch welche fangen? Einmal wurde ihm ein ziemlich großer, heftig zappelnder Fisch direkt ans Boot gebracht, eine Art, die er nicht aus dem Aquarium kannte. Marco antwortete nur, wenn es wirklich nötig war, und dann tat er immer so, als würde er die Laute der Delfine nur nachäffen. Niemand durfte auch nur im Entferntesten auf die Idee kommen, dass er sich mit „Fischen" unterhalten konnte.

Spät am Nachmittag schienen alle Delfine wieder an einer Stelle versammelt. Sie schwammen hin und her und kobolzten herum wie junge Kätzchen, die mit einem Wollknäuel spielen. Als das Boot die Stelle erreichte, konnten sie in geringer Tiefe unter sich ein Wrack liegen sehen. Es war in mehrere Teile zerbrochen und viele der kleineren Stücke und Planken hatte der Sturm davongetragen. Sie waren ziemlich sicher, dass dies tatsächlich die Reste der *Octopus* waren. Es wurde aber beschlossen, an diesem Abend nicht mehr zu tauchen. Sie hatten eine kleine Boje im Boot, mit der sie die Stelle markierten. Dann kehrten sie zum Schiff zurück.

Kaum war Marco am nächsten Morgen wieder im Wasser, da waren auch schon mehrere Delfine bei ihm und redeten auf ihn ein. Er schwamm ein Stückchen mit ihnen, immer sorgfältig dem Boot und dem Schiff den Rücken kehrend, und versuchte, seine Wünsche zu erklären. Schließlich schlang er seinen Arm um einen von ihnen – er vermutete, dass dies sein besonderer Freund war, der ihn schon zweimal gerettet hatte, aber konnte sie alle nicht voneinander unterscheiden –, und der tauchte mit ein paar Schwanzschlägen zum Wrack hinab. Aus eigener Kraft hätte Marco zehnmal so lange gebraucht.

Das Schiff war vor so kurzer Zeit gesunken, dass sich noch nirgendwo Muscheln oder Algen festgesetzt hatten. Der Rumpf war am vorderen Drittel auseinander gebrochen und lag halb auf der Seite auf einem ziemlich schmalen Grat. An der Bruchstelle klaffte ein großes Loch. Marco versuchte, den Namen am Bug zu finden, hatte aber keinen Erfolg. Die Luft wurde ihm knapp. Er löste sich von seinem Tauchhelfer und ließ sich nach oben tragen.

Um an die Ladung zu gelangen, musste das Loch im Rumpf erweitert werden. Marco sprach, wieder heimlich, mit seinen zwitschernden Freunden und erklärte dann Mole und den Indianern, dass ihnen die Delfine beim Tauchen helfen wollten. Denen schien das Spiel großen Spaß zu bereiten. Immer wieder zogen sie die Männer hinunter in die Tiefe, was sich als kraft- und zeitsparend erwies. Bald konnten sie in das Unterdeck eindringen und die Ladung untersuchen. Mole berichtete, die Marmorplatten könnten wahrscheinlich gehoben werden.

Während die Taucher sich ausruhten, wurde die *Morning Sun* vom Ruderboot sorgsam und vorsichtig direkt über das Wrack manövriert. Taue wurden ins Wasser gelassen und der unterwegs gebaute Ladebaum ausgeschwenkt. Es waren vier Tauchvorgänge nötig, um die erste Platte in eine geeignete Position zu bringen, und noch einmal drei, um die Taue zu verknoten. Als das schwere Gewicht endlich aus dem Wasser gehoben wurde, legte sich das Schiff so sehr auf die Seite, dass Marco fürchtete, es würde kentern.

Am nächsten Morgen konnten sie den zweiten Versuch beginnen. Die Taucher arbeiteten den ganzen Tag bis zur Erschöpfung – und bis die Delfine keine Lust mehr hatten.

Am Abend war mehr als die Hälfte der Platten an Bord der *Morning Sun*, wo sie sorgfältig verteilt werden mussten, damit das Schiff keine Schlagseite bekam. Der Marmor war an manchen Stellen schon vom Salzwasser angefressen, aber ein geschickter Steinmetz würde die Schäden leicht wieder wegpolieren können.

Als auch der letzte nützliche Gegenstand von der *Octopus* geborgen war, ging Marco noch einmal schwimmen. Jetzt kam das eigentliche Abenteuer, und vielleicht konnten ihm seine neuen Freunde auch diesmal helfen. „Kennt ihr noch ein anderes Schiff?", fragte er. Er hatte Mühe, die Antwort zu verstehen. Mit ihren Angaben konnte er wenig anfangen. Sie konnten ja nicht in Meilen messen und Himmelsrichtungen wie Norden oder Osten waren ihnen unbekannt. Sie bestimmten ihre Wege nach Strömungen, nach dem Sonnenstand, danach, ob das Wasser wärmer oder kälter war und dergleichen. Ja, es gab noch ein versunkenes Schiff, und sie würden ihn dorthin führen. Aber jetzt mussten sie erst einmal fischen.

Es war kein besonders mühsamer Weg, den sie am nächsten Tag zurückzulegen hatten. Die Delfine lotsten die *Morning Sun* eine Strecke an dem Riff entlang bis zu einer ziemlich breiten Fahrrinne. Nicht nur Marco, sondern die ganze Besatzung war von der Klugheit der Tiere begeistert. Die schwammen nämlich jetzt nicht mehr nur voraus, sondern hielten sich rechts und links an den Rändern des Riffs und zeigten dadurch an, wo sich das Schiff gefahrlos bewegen konnte. Wie auf einer Vergnügungsfahrt segelte die Schaluppe quer durch gefährliche Korallenbänke, die sie nach einer Berührung nie wieder frei gegeben hätten. Noch einmal eine Abzweigung, eine Weggabelung mitten im Meer und sie hatten auch ihr zweites Ziel gefunden.

Das Unglück musste schon vor längerer Zeit passiert sein. Die Umrisse des Schiffsrumpfes waren noch zu erkennen, aber das Meer hatte bereits von ihm Besitz ergriffen. Algen und Entenmuscheln hatten sich an den Planken festgesetzt und über allem lag eine Schicht von Sediment. Dieses Schiff lag deutlich tiefer als die *Octopus* und man musste schon ein geübter Taucher sein, um es nicht nur zu erreichen, sondern auch zu erforschen.

Sie hatten das Boot gar nicht an Bord genommen, sondern einfach am Heck vertäut. So befanden sie sich schon nach kurzer Zeit über dem Wrack. Die *Morning Sun* warf eine halbe Kabellänge entfernt Anker. Während die Taucher sich an die Arbeit machten, schwamm Marco ein Stück vom Boot weg, damit die Ruderer nicht sein Gespräch mit den Delfinen beobachten konnten. Sein besonderer Freund schwamm, wie meistens, wenn er nicht auf Futtersuche war, an seiner Seite. Marco hatte beschlossen, ihn Ikitt zu nennen, und der Delfin hatte offenbar verstanden und reagierte auf diesen Namen. In den paar Tagen, die sie jetzt zusammen waren, hatte Marco gelernt, die Delfine zu unterscheiden an ihren Gesichtern, kleinen Abweichungen in ihrer Färbung und sogar an ihrer Art, sich zu bewegen. Die Älteren vermieden nach Möglichkeit größere Anstrengungen, ließen sich gern treiben und wurden nur richtig aktiv, wenn sie hinter einem Schwarm von Beutefischen her waren. Die Jüngeren spielten gern und tobten auch ohne besonderen Anlass herum. Sie waren es auch meistens, die mit den Menschen tauchten und sie wieder nach oben trugen, und sie hatten offenbar großen Spaß dabei.

Marco erklärte Ikitt und den anderen, die mit ihm schwammen, dass er und seine menschlichen Freunde auch zu diesem Wrack tauchen wollten. Er bat die Delfine wieder um ihre Hilfe. „Helft uns bitte wieder beim Ab- und Auftauchen. Warnt uns, wenn Gefahr in der Nähe ist, Fische, die uns angreifen könnten und dergleichen. Und auch wenn wir uns selber in Gefahr bringen. Besonders wenn einer von uns zu lange unten bleibt, müsst ihr ihn schnell nach oben bringen, sonst ertrinkt er." Unisono zwitscherten sie ihre Zustimmung. Ertrinken, ja, das war eine Gefahr, die sie kannten und die auch manchmal einen von ihnen ereilte. Die älteren schwammen also Patrouille, die jungen spielten wieder mit viel Enthusiasmus Unterwasseraufzug.

Die Indios und Mole waren schon drei- oder viermal getaucht, hatten aber keinen Zugang zu dem Wrack entdeckt. Da keiner von ihnen lesen konnte, wussten sie auch nicht, ob der Name am Bug, den sie schon freigelegt hatten, wirklich *Santa Lucia* war. Sie konnten auch immer nur ganz kurze Zeit unten bleiben, denn der Ab- und Aufstieg kostete jedes Mal viel Zeit. Sie waren sehr erfreut, als Marco ihnen sagte, die Delfine würden sie wieder unterstützen.

Marco, den Arm um Ikitt geschlungen, tauchte diesmal als Erster, Pedro dicht dahinter. Auch Pedro hatte einen besonderen Freund gefunden, und die beiden waren jetzt unzertrennlich, wenn sie auch nicht miteinander reden konnten. Hinab ging es, mühelos und mit unglaublicher Geschwindigkeit. Durch die Übung der letzten Tage konnte Marco jetzt schon mehr als eineinhalb Minuten unter Wasser bleiben. So hatte er bei jedem Tauchgang eine Minute, sich umzusehen.

Das Schiff war in der Tat die *Santa Lucia*. Im Schiffsrumpf klaffte nahe am Bug ein gewaltiges Loch, doch es befand sich an der Unterseite und konnte nicht als Zugang dienen. Die große Ladeluke war noch mit dem Deckel verschlossen. Mehr konnte er nicht erkennen, ehe ihm die Luft ausging. Ein schwacher Druck mit dem Arm genügte und er wurde mit unvorstellbarer Leichtigkeit nach oben getragen. Marco schwamm zur *Morning Sun* hinüber – genauer gesagt, Ikitt schwamm zur *Morning Sun* hinüber, während Marco sich gemütlich ziehen ließ – und kletterte an Bord.

„Es ist die *Santa Lucia*", berichtete er und beschrieb, was er sonst noch entdeckt hatte. „Sie hatte 423 Barren Gold in sechs Kisten geladen, drei Fässer Gold- und sieben Fässer Silbermünzen, vier Kisten goldene Tempelstatuen und eine Kiste Goldschmuck. So stand es im Manifest."

Keiner gab sich die Mühe, ein drittes oder viertes Mal zu fragen, woher er das alles wusste. Er hätte ja auch nicht erklären können, dass er das Manifest, die Ladeliste, in einer alten Zeitschrift in der Stadtbibliothek gefunden hatte. Andreas Bacher und Yasmine Zander, die Entdecker aus dem 20. Jahrhundert, hatten diese Liste in einem Archiv aufgespürt und waren schwer enttäuscht, als sie von den Goldbarren und -münzen keine Spur mehr fanden. Was mochte wohl geschehen sein, fragte sich Marco?

Sie wollten zuerst einmal versuchen, die Luke zu öffnen und so in den Bauch der *Santa Lucia* zu gelangen. Mithilfe der Werkzeuge, die sie für die *Octopus* angefertigt hatten, bereitete das keine besonderen Schwierigkeiten. Am frühen Nachmittag war der Lukendeckel entfernt. Die Taucher benötigten jetzt eine längere Pause. Das war für Marco eine gute Gelegenheit, sich in aller Ruhe umzusehen. Auch Pedro war natürlich mit von der Partie.

Schon außerhalb des Schiffsleibes war das Licht sehr schwach, sogar die direkten Sonnenstrahlen konnten das Wasser nur noch zum Teil durchdringen, aber innen war es dunkel wie im Keller. Zudem hatten die Taucher allerhand Bodensatz aufgewirbelt, der jetzt die Sicht noch mehr behinderte und in den Augen schmerzte. Marco musste sich fast ganz auf seinen Tastsinn verlassen. Er entdeckte Kisten und Fässer, die größtenteils noch unbeschädigt schienen. Sie waren so schwer, dass er sie auch unter Wasser nicht verrücken konnte. Viel Raum dazu hatte er ohnehin nicht. Die *Santa Lucia* war sichtlich bis zum letzten Winkel vollgeladen. Er schwamm durch die Luke, umschlang seinen Delfin, der ihm nicht in das Schiff gefolgt war, und ließ sich wieder nach oben ziehen.

In den nächsten Tagen wurde fieberhaft gearbeitet. Die Taucher befanden sich ständig am Rand der Erschöpfung und Martin musste mehrmals ganz streng lange Pausen befehlen, um sie nicht mehr als unerlässlich zu gefährden. Die Delfine halfen regelmäßig mit, aber ihr Enthusiasmus der ersten Tage hatte deutlich abgenommen. Marco tauchte mehrmals am Tag selber in das Wrack, um Käpt'n Martin auf dem Laufenden zu halten. Daneben verbrachte er viel Zeit im Wasser und erkundete das Riff, oft zusammen mit Ikitt. Er konnte sich nie sattsehen an dieser farbigen Wunderwelt von Korallen und

Schweinsfischen, Engelfischen und Soldatenfischen. Einer Schildkröte folgte er, nur zum Spaß, eine halbe Stunde lang. Nur einmal in dieser Zeit musste sie zum Atemholen auftauchen. Und im Gegensatz zu den meisten Fischen zeigte sie keinerlei Angst vor einem möglichen Feind, der die ganze Zeit über ihr schwamm. Sie fühlte sich sicher in ihrem Panzer. Hin und wieder begegnete er einem jungen Tigerhai, der aber, wie ihm Ikitt versicherte, zu klein war, um eine Gefahr darzustellen. Nur ein einziges Mal stieß der Delfin laute Warnrufe aus, und im Nu war Marco von schützenden Körpern umringt. Ein Stück tiefer, fast den Grund berührend, zog träge ein Hammerhai vorbei. Er war fast doppelt so lang wie Marco und hätte ihm gefährlich werden können. Offenbar war er aber nicht hungrig und hatte keine Neigung, sich mit einer ganzen Schar von Delfinen anzulegen.

Sowie die Ladung der *Santa Lucia* Kiste für Kiste, Fass für Fass nach oben kam, wurde alles an Deck geöffnet und untersucht. Das meiste war längst verdorben, nur das Trinkwasser in einigen Fässchen war noch gut. Es ging aber ebenso wie fast alles andere einfach über Bord, nur die Fässer selbst konnten noch benutzt oder später verkauft werden. Erst spät am zweiten Tag fanden sie die erste Schatzkiste. Der Anblick beim Öffnen des Deckels war enttäuschend. Das war kein strahlendes, glänzendes Gold, sondern ein paar stumpfe, gelbgraue Metallblöcke. Die Mineralien des Meerwassers konnten dem Edelmetall keinen echten Schaden zufügen, aber doch seine Herrlichkeit verdunkeln. Trotzdem stand die ganze Mannschaft ehrfurchtsvoll im Kreis, als der Bootsmann die Barren einzeln aus der Kiste nahm und auf das Deck legte. Carlotta, die jeden Fund sorgfältig registrierte, auch wenn er nur noch zum Wegwerfen taugte, legte eine neue Liste an. Alle hatten gewusst, dass hier nach Gold getaucht wurde, aber keiner hatte wirklich an einen Erfolg geglaubt. Die Hälfte von allem gehörte der Krone und musste an den Gouverneur abgeliefert werden. Von der anderen Hälfte erhielten Martin, als Kapitän, und Marco, der Entdecker des Schatzes, zusammen noch einmal die Hälfte. Der Rest wurde unter der Mannschaft verteilt.

Fünf Kisten mit Goldbarren waren geborgen, zwei Fässer Gold- und drei Fässer Silbermünzen. Außerdem die Schiffsglocke, deren Inschrift *Santa Lucia* lautete. Die nächste Kiste hing am Ladebaum und wurde langsam hochgewunden. Es war die letzte für den Tag. Die Tauchmannschaft kam zurück an Bord und stand mit den anderen im Kreis, als Kees das verquollene, teilweise schon verrottete Holz zerbrach. Der Inhalt ergoss sich über die Decksplanken. Es waren keine Barren. Es waren kleine goldene Skulpturen, mit Köpfen und Gesichtern verzierte Gegenstände, goldene Masken und anderes mehr. Alle stellten menschenähnliche Wesen dar, mit Augen, Nase, Mund, aber in so verzerrten, grauenerregenden Formen, dass den Umstehenden der Atem stockte. Die beiden Indios stießen wie aus einem Munde einen Entsetzensschrei aus. Sie warfen sich platt zu Boden, drückten die Stirn auf die Planken und jammerten und babbelten vor sich hin.

„Sie sagen, das sind böse Götter und Dämonen", übersetzte Marco. „Sie sagen, wir müssen sie sofort über Bord werfen. Sonst versinkt unser Schiff zwischen Sonnenuntergang und Sonnenaufgang. Dann haben diese Dämonen Macht über die Welt." Plötzlich sprangen die beiden in die Höhe und im nächsten Augenblick waren sie über Bord und schwammen hinüber zum Boot. Es war klar, dass sie nicht mehr zum Schiff zurückkehren würden, solange die Schreckfiguren an Bord waren.

Martin zögerte nicht lange. „Werft das Zeug wieder ins Wasser", befahl er. „Ich weiß nicht, was diese Götzen uns antun können. Aber ich will es auch gar nicht herausfinden." Ein paar von der Mannschaft murrten, aber Martin ließ sich nicht erweichen. Nur Carlotta konnte ihn dazu überreden, ihr noch ein bisschen Zeit zu geben, damit sie wenigstens einen Teil dieser schrecklichen Kunstwerke zeichnen konnte. Kurz bevor die Sonne den Horizont berührte, flogen sämtliche Gegenstände und sogar die Kiste dazu in weitem Bogen über Bord. Erst nach langem Hin und Her konnte Marco die Indios zur Rückkehr bewegen.

Alle schliefen, bis auf die Ankerwache, und alle wurden durch einen heftigen Ruck geweckt, noch bevor der Warnruf „Anker los! Anker los!" sie erreichte. Eine unsichtbare Gewalt schleuderte die *Morning Sun* gegen das Riff. Noch nie hatte Marco den riesigen Bootsmann so schnell reagieren sehen. Noch ehe das grässliche, widerliche, Unheil verkündende Schrammen hölzerner Planken gegen scharfe Korallen aufgehört hatte, noch ehe das ekelhafte, haarsträubende Knistern zersplitternden Holzes sich in der Nacht verloren hatte, schrie Kees nach oben: „Leck an Backbord. Vier Mann an die Pumpen. Sofort!"

Sie pumpten, immer vier Mann, bis zum Morgen. Als es hell genug war, den Schaden zu untersuchen, zeigte sich, dass das Leck nicht allzu gefährlich war. Sie konnten es notdürftig von innen mit Brettern vernageln, aber einen mittelmäßigen Sturm würde das Schiff nicht aushalten. „Wir brechen hier ab. Es ist nicht weit zu Priscilla Island. Dort finden wir einen Platz, um das Leck auszubessern", entschied Martin. Keiner widersprach, keiner wollte länger an dieser Stelle bleiben, wo die Götzenfiguren auf dem Meeresgrund lagen. Diese Götter, das mochten ja nur heidnische Dämonen sein, die es überhaupt nicht gab. Oder wenn es sie gab, hatten sie keine Gewalt über christliche Seeleute. Aber die Warnung dieser Nacht war deutlich genug gewesen. Unheil nach Sonnenuntergang hatten die Indios vorhergesagt. Vielleicht war die *Morning Sun* nur deshalb nicht gesunken, weil sie die Figuren wieder dem Wasser übergeben hatten.

Marco ging noch einmal schwimmen. Die Delfine waren noch in ihren Jagdgründen unterwegs. Er hielt sich im flacheren Wasser, achtete aber genau darauf, den messerscharfen Korallen nicht zu nahe zu kommen. Eine blutende Verletzung konnte in Minutenschnelle hungrige, fresswütige Haie und Barrakudas anziehen. Verschreckt durch seine Bewegungen flüchtete ein Mantarochen zum Grund und grub sich mit ein paar Schlägen seiner Flossenflügel in den Sand ein. Nur die Augen konnte Marco noch sehen und auch das nur, weil er den ganzen Vorgang beobachtet hatte. Der Stachel des Rochens war angeblich giftig. Marco schwamm einen kleinen Bogen und wartete auf seine Freunde.

Das Hämmern und Sägen im Schiffsrumpf pflanzte sich weit durch das Wasser fort. Es tat dem empfindlichen Gehör der Delfine weh, aber sie waren neugierig und wollten diese unbekannten Geräusche erforschen. Marco erklärte, was geschehen war. Das Ereignis der Nacht hatte auch die Riffbewohner überrascht. Keiner hatte so etwas je erlebt.

„Wir wollen jetzt zu der Insel fahren, zu der du mich neulich gebracht hast.", sagte Marco zu Ikitt. „Könnt ihr uns den Weg aus dem Riff zeigen?"

Das wollten sie natürlich gerne. Wie erfahrene Lotsen zeigten sie wiederum an beiden Seiten die Grenzen der Fahrrinne an. Der Bootsmann folgte am Steuerruder nur ihren Zeichen. Martin hatte sich ein Tischlein aufs Vorderdeck gestellt und markierte auf seiner Seekarte jede Biegung, jede Verengung, jede mögliche Gefahr.

Als die Delfine das offene Wasser erreichten, begannen sie, nach allen Richtungen zu schwimmen und zu hüpfen und zu kobolzen. „Wir wollen jetzt schwimmen", rief einer von ihnen zu Marco hinauf. Der tat wieder, als wollte er sie imitieren. „Itikokkititok kikikoggegiki", schnatterte er zurück. „Wir finden jetzt unseren Weg. Ich bringe euch Fische." Nach ein paar Luftsprüngen waren die Delfine verschwunden.

„Marco, sag, du kennst die Sprache der Indianer. Kennst du am Ende auch die Sprache der Delfine?" Carlotta war hinter ihn getreten. Ihrer scharfen Beobachtungsgabe war nicht verborgen geblieben, dass Marco und die Meeresbewohner sich auf irgendeine Art verständigten. Sie sah wirklich aus wie eine erwachsene Ariane. Besonders die braunen Augen. Wie gern hätte er sein Geheimnis mit ihr geteilt. Ariane kannte es schließlich auch. Aber in dieser Zeit und in dieser Welt war das viel zu gefährlich.

„Wie kommst du denn darauf?", verteidigte er sich. „Ich finde es nur komisch, dass die immer ‚Igittigitt' sagen, wenn sie einen Fisch fressen. Wenn ich das beim Essen sagen würde, wäre meine Mutter ganz schön sauer."

„Ach ja, deine Mutter. Wo lebt sie denn? Keiner weiß, wo du herkommst, und alles um dich ist sehr geheimnisvoll. Du trägst Kleider, wie wir sie nicht kennen, du weißt Dinge, von denen wir nie gehört haben. Du kannst lesen und schreiben wie ein Gelehrter. Ich bin Forscherin. Ich will die Welt verstehen. Sag, Marco, wer bist du?"

„Ich kann dir nichts sagen", wehrte sich Marco schwach. „Wenn du etwas wissen willst, musst du es erforschen. Und außerdem sind das alles nur Ideen von dir."

Zu seiner Erleichterung wurde das Gespräch vom Ruf des Ausguckspostens unterbrochen. Die Insel lag vor ihnen. Martin ließ den Kurs ändern und folgte in respektvollem Abstand der Küste. Sie erkannten den Felsvorsprung wieder und kurz dahinter die Stelle, an der Carlotta, Priscilla und der einäugige Pirat entdeckt worden waren. Hier hatte der Kapitän der *Morning Glory* bei seinem zweiten Besuch, als er den Käptn Hurrikan gefangen genommen hatte, eine englische Flagge in den Sand gepflanzt, die jetzt schlaff an ihrer Stange hing. Dann hatte er die Bezeichnung *Priscilla Island* in seine Seekarte eingetragen und so die Insel für die englische Krone formell in Besitz genommen.

Es zeigte sich jetzt, dass die Insel auch noch andere Vegetation als nur Kakteen besaß. Einzelheiten waren vom Schiff aus nicht zu erkennen, aber hier gab es für Carlotta sicher eine Menge zu entdecken. Sie fanden eine kleine Bucht, die Schutz vor Stürmen bot und, das war das Allerwichtigste, in die ein Bach oder kleiner Fluss sich ergoss. Wenn das Wasser genießbar war, dann war dies der ideale Platz, das Schiff auf Sand zu legen.

Sie hatten am Strand ein kleines Lagerfeuer gemacht und genossen Frenchys Kochkunst. Sofort nach der Landung waren die Indios im Wald verschwunden und nach nicht langer

Zeit mit einem Haufen Dinge zurückgekommen, die sie offenbar für essbar hielten: kriechende und krabbelnde, schlüpfrige und schleimige. Als ihnen klar wurde, dass sie damit bei den anderen keine Begeisterung wecken konnten, bauten sie sich ihre eigene Feuerstelle und tafelten dort mit Gusto stundenlang. Für die Schiffsmannschaft gab es, wie immer, gebratenes Pökelfleisch, Schiffszwieback und Wasser mit Limonensaft.

„Warum gibst du uns eigentlich immer dieses saure Zeug zu saufen, Frenchy?", nörgelte einer.

„Befehl vom Kapitän", war die einfache, nicht zu widerlegende Antwort.

„Ich will dir sagen, warum", mischte sich Carlotta ein. „Ihr alle wisst, was Skorbut ist!"

„Eine Krankheit, die viele Seeleute das Leben kostet", entgegnete der Matrose. „Du wirst schwach und schwächer, die Zähne fallen dir einer nach dem anderen aus dem Mund. Eines Tages hat keiner mehr die Kraft, das Schiff zu steuern, und es wird zu einem Geisterschiff, das auf dem Ozean treibt, bis ein Sturm es in die Tiefe schickt."

„Solange du jeden Tag den Saft einer Limone zu dir nimmst, bekommst du keinen Skorbut." Skorbut war eine Krankheit, die durch Vitaminmangel entstand. Carlotta hatte das bis vor ein paar Tagen auch nicht gewusst, aber sie schenkte Marco Glauben, der ihr das Rezept verraten hatte. „Woher weißt du das?", hatte sie ihn wieder einmal gefragt und wieder einmal hatte er geantwortet: „Das habe ich irgendwo gelesen."

Bootsmann Kees war zuversichtlich, dass er das Leck bald flicken konnte. „Wenn wir Glück haben, können wir morgen mit der Nachmittagsflut wieder Wasser unterm Kiel haben. Und was dann?"

„Als erstes bringen wir die Indios zurück." Es war eigentlich nicht üblich, dass ein Kapitän vor der ganzen Mannschaft seine Pläne diskutierte. Aber Martin war trotz seines jungen Alters kein gewöhnlicher Kapitän und die Mannschaft war nicht, wie auf den meisten Schiffen der Zeit, ein wild zusammengewürfelter

Haufen, dessen Disziplin nur auf der Angst vor der neunschwänzigen Katze bestand. Sie waren ein Team von Freunden, die gern miteinander und füreinander arbeiteten.

„Und was dann?", wiederholte Kees seine Frage.

„Dann fahren wir nach Nassau und liefern unsere Ladung ab, damit der Gouverneur sein Haus fertig bauen kann. Und natürlich auch die Hälfte von unserem Schatz."

Einige machten Vorschläge, wie sie doch das ganze Gold für sich behalten könnten, aber Martin beendete die Diskussion schnell. „Wir benutzen ein königliches Schiff mit einer vom König bezahlten Mannschaft. Also gehört dem König die Hälfte unseres Gewinns. Das ist so abgemacht und daran halten wir uns. Von eurem Anteil kann sich ein jeder an Land ein Haus kaufen, oder eine Kneipe, oder eine Schiffsladung von Handelsgütern. Damit könnt ihr zufrieden sein."

„Und was machst du mit deinem Anteil?", fragte einer.

Martin verschränkte die Hände hinter dem Kopf. Als suchte er die Antwort in den Sternen über ihnen, begann er, seine Gedanken zu formen.

„Ich möchte ein Schiff kaufen. Es wird nur ein kleines Schiff sein, aber ein schnelles. Wenn ich Geld brauche, werde ich ein bisschen Handel treiben. Vor allem aber werde ich mir die Welt ansehen. Europa, Afrika, Indien. Und ich werde die Männer suchen, die unsere Welt zur Hölle machen – die Piraten und Sklavenhändler. Ich werde ihre Schiffe zerstören, wo ich kann, werde ihnen Schaden zufügen, wo ich kann, werde sie fangen und an die Behörden übergeben, wenn ich kann."

Damit waren sie wieder bei Martins Thema, der Kriegführung auf See. Die alte Debatte brach wieder aus: wie ein Schiff für diesen Zweck ausgestattet sein müsste, welche Eigenschaften die wichtigsten seien, ob Martin mit seinen Mitteln solch ein Schiff überhaupt bezahlen könnte. „Du kannst meinen Anteil haben", mischte sich Marco ein. „Ich brauche nur so viel, dass ich mir ab und zu neue Kleidung oder ein paar andere Sachen kaufen kann. Ich möchte nur auf deinem Schiff mitfahren."

Das löste einen kleinen Aufruhr aus. Marco hatte gerade mehr Geld verschenkt, als ein Dutzend Matrosen in ihrem ganzen Leben verdienen konnten. Aber nicht das war der wichtigste Punkt, sondern Martins weitere Pläne. Alle wollten auf dem neuen Schiff dabei sein, ausgenommen zwei von den ganz Neuen, die aus Nassau stammten und schon lange geträumt hatten, eines Tages genug Geld zu haben, um ihre Liebste zu heiraten.

„Mit dem neuen Schiff können wir zurückkehren und den Rest des Schatzes heben", sagte einer. „Dann müssen wir auch dem Gouverneur keinen Anteil geben." Wieder redeten sie alle durcheinander, jeder versuchte, seine Meinung dadurch zu bekräftigen, dass er alle damit überschrie. Nur die Indios saßen an ihrem Feuerchen und verzehrten genüsslich ihre Raupen und Insekten, die sie zum Teil auf heißen Steinen knackig rösteten, zum Teil aus ihren Panzern herauspulten oder auch, wie Kinder, wenn sie Spaghetti essen, von oben in den offenen Mund hineinzappeln ließen.

Die meisten von der Mannschaft waren strikt dagegen, noch einmal zum Wrack der Santa Lucia zurückzukehren. Sie hatten Angst vor dem Fluch der goldenen Götter. Hatten die nicht aus Rache die *Morning Sun* gegen die Korallen geschleudert und beinahe zum Sinken gebracht?

„Das waren keine Götter", erklärte Marco. „Das war ein Tsunami. Irgendwo am Meeresgrund ist ein Vulkan ausgebrochen und hat diese Welle ausgeschickt. Zum Glück war sie nicht besonders stark. Erst letztes Jahr hat ein Tsunami die Küste von Sumatra überflutet und hunderttausend Menschen das Leben gekostet. Aber den Schatz können wir trotzdem nicht holen." Der wird erst im zwanzigsten Jahrhundert wieder entdeckt, dachte er, aber das durfte er natürlich nicht aussprechen. Und das mit dem Tsunami! Das hatte sich tatsächlich im letzten Jahr ereignet, lag aber noch 300 Jahre in der Zukunft „Was wir über Bord geworfen haben, ist in den Graben gesunken, durch den uns die Delfine gelotst haben. Und das Schiff mit der übrigen Ladung wird sehr bald auch dort unten landen. Stimmt's, Mole?"

„Ja, das ist richtig", bestätigte der. „Das Wrack hängt sehr unsicher über dem Abgrund. Vielleicht hat die große Welle es schon hinuntergeworfen. Aber ich wollte was anderes sagen: Ich möchte meinen Anteil benutzen, um mich beim Gouverneur freizukaufen und mit euch gegen Seeräuber und Sklavenhändler zu kämpfen."

Am nächsten Morgen gingen alle mit einer nie erlebten Begeisterung an die Arbeit. Das Leck wurde geschlossen, das Schiff war so gut wie neu und mit der Nachmittagsflut und einer gewaltigen Kraftanstrengung konnten sie es auch wieder flott machen.

Marco, Carlotta, Martin und die Indios hatten den Tag damit verbracht, die Insel zu erkunden. Sie hatten die Quelle entdeckt, die das Flüsschen an der Bucht speiste. Es war gutes, süßes Wasser. Das Land hob sich zum Inneren leicht an, sodass auch eine Sturmflut es nicht überschwemmen konnte. Carlotta sammelte Muster von zahlreichen Pflanzen, deren Früchte oder Knollen die Indios für essbar erklärten, aber auch von denen, die nicht schmeckten oder gar giftig waren. So weit sie feststellen konnten, war die Insel unbewohnt. Martin beschloss, bei nächster Gelegenheit zurückzukehren und alles genauer zu erforschen.

Die *Morning Sun* war noch nicht lange unterwegs, als schräg vorne ein Schiff gesichtet wurde, das geradewegs auf sie zuhielt. Martin befahl den Männern, sich zu bewaffnen, denn in dieser Gegend konnte man nie damit rechnen, einem Freund zu begegnen. Wie recht er hatte, zeigt sich schon bald, als die anderen einen Kanonenschuss abfeuerten. Die Kugel fiel irgendwo ins Wasser, denn die Schiffe waren keineswegs so positioniert, dass sie hätten Breitseiten austauschen können. Aber es war eine Warnung. So mancher unbewaffnete Handelsschiffer hätte sich lieber ergeben als neben Schiff und Ladung auch noch das Leben zu verlieren. Aber die *Morning Sun* war kein unbewaffnetes Handelsschiff, und zudem hatte die ganze Mannschaft erst am letzten Abend den Piraten den Kampf angesagt.

Martin gab dem Bootsmann ein paar Instruktionen über Kurs und Segelsetzung und arbeitete dann fieberhaft an seinen Karten. Er hatte nur geringe Neigung, sich auf ein Kanonenduell einzulassen. Es waren nicht einmal Kanoniere an Bord. Er hatte die Wahl: zu fliehen, was die Segel hergaben, oder einen Kampf so zu gestalten, dass die Entscheidung über Sieg oder Untergang nicht durch Kanonen ausgetragen wurde.

Das war ein gefährliches Spiel. Mehrmals konnte die *Morning Sun* nur durch große Zickzackschläge vermeiden, in eine Breitseite des Feindes hineinzusegeln. Martins Manöver mussten bei den anderen den Eindruck erwecken, man habe es mit einem ängstlichen und unerfahrenen Schiffsführer zu tun. Martin gab ein paar Kommandos. Die *Morning Sun* legte sich beinahe auf die Seite und schoss in den Kanal hinein, der für die *Santa Lucia* zum Grab geworden war.

Für das Piratenschiff musste das wie eine verzweifelte, kopflose Flucht aussehen. Sie konnten auch deutlich erkennen, dass ihr Opfer nur eine kleine Mannschaft trug und ihnen keinen langen Kampf liefern konnte. Aber trotzdem hatten sie es gewagt dem ersten Warnschuss nicht zu gehorchen. Ihr Leben war keinen Penny mehr wert.

Der Pirat hatte fast alle Segel gesetzt und hielt jetzt mit hoher Fahrt direkt auf die *Morning Sun* zu. Er wollte sie rammen und dann entern. Die Breitseite konnte er sich sparen und nach einem kurzen Kampf ein fast unbeschädigtes Schiff übernehmen. Schon konnten sie gegenseitig ihre Gesichter deutlich erkennen.

Das Piratenschiff war kaum größer als die *Morning Sun,* aber es hatte mindestens vierzig Männer an Bord. Sie sahen aus wie ganz normale Matrosen, nur hatte jeder von ihnen einen unheilvollen Gegenstand in der Hand – ein Entermesser, eine Pistole oder wenigstens einen Marlspieker zum Zuschlagen. Sie waren sich jetzt ihres leichten Sieges sicher. Das Gegröle auf dem Schiff wandelte sich mehr und mehr zu einem rhythmischen Schreien. Wie im Fußballstadion, dachte Marco. Der Rhythmus begann ihn mitzureißen und er stimmte in den Kriegsruf der Feinde ein.

„Ho-ja, ho-ja, ho-ja." Pedro schrie mit und auch einer oder zwei der Matrosen, die Martins Absicht erraten hatten. Die anderen wurden unruhiger, je näher das andere Schiff kam. Es sah so aus, als würde dessen Bug sie genau in der Mitte treffen und die *Morning Sun* in zwei Teile schneiden. Die Hände schlossen sich noch fester um die paar Säbel und Pistolen, die sie in der Eile zusammengetragen hatten, die Muskeln spannten sich, die Zähne bissen aufeinander.

Da blieb das verfolgende Schiff plötzlich mitten im Meer stehen. Das Knacken von berstendem Holz klang wie Donnergrummeln. Der Mast neigte sich durch den Aufprall nach vorne und konnte unter dem Druck des Windes und der schweren Segel nicht mehr zurückschwingen. Mit einem ohrenbetäubenden Knall zerbrach er und verstreute Stengen und Rahen und Taue und Leinen über das ganze Schiff und das Wasser rundherum.

Das war ein Glück für mehrere der Piraten, die es über Bord geschleudert hatte. So konnten sie sich wenigstens an etwas festklammern und sich über Wasser halten. Auf der *Morning Sun* erhob sich ein vielstimmiges Siegesgeschrei. Carlotta fiel Marco, der neben ihr stand, vor Begeisterung um den Hals. Er wünschte, es wäre Ariane gewesen. Überhaupt hatte er Heimweh und wollte bald zurück. Es gab sooo viel, das er seinen Freunden erzählen musste.

Martin ließ beidrehen und wartete. Das Piratenschiff stellte keine Gefahr mehr dar. Nur ein paar von den Ganoven konnten schwimmen und näherten sich der *Morning Sun*. Von dort wurde ihnen zwar ein Tau zugeworfen, an dem sie hochklettern konnten, aber kaum berührten ihre Füße die Decksplanken, da wurden sie schon niedergeworfen und an Händen und Füßen gefesselt. Es bereitete insbesondere Frenchy ein diebisches Vergnügen, die Gefangenen auf dem Deck flach nebeneinander aufzureihen und sie abzuzählen. „Un, deux, trois …" Einer, der sich der Prozedur widersetzen wollte, bekam von Kees links und rechts ein paar saftige Maulschellen, bis er zu Boden fiel und gefesselt wurde wie die anderen.

Das gestrandete Piratenschiff lief schnell mit Wasser voll. Der Bug sank immer tiefer, das Heck stieg immer höher, bis es senkrecht stand wie eine gründelnde Ente. Das war denn auch für die letzten Piraten der Zeitpunkt, sich ins Wasser zu begeben. Martin machte keinerlei Anstalten, den Männern im Meer zu Hilfe zu kommen. Im Gegenteil, er ließ Segel setzen, als wollte er den Schauplatz des Geschehens verlassen. Ein vielstimmiges Hilfegeschrei stieg aus dem Wasser auf. Martin trat ans Schanzkleid, formte mit den Händen einen Trichter vor seinem Mund und rief hinüber: „Sagt mir, warum ich euch helfen soll?"

„Weil ihr christliche Seeleute seid", tönte schließlich eine Stimme über alle anderen hinweg.

„Und christliche Seeleute retten Piraten?"

„Wir sind keine Piraten, wir sind Kaufleute, ich schwör's."

„Kaufleute, die einen mit Kanonen begrüßen, ich muss mich totlachen."

Eine Zeit lang wartete Martin noch. Er wollte, dass die Piraten müde wurden, die Hoffnung auf Rettung und vor allem ihren Kampfgeist verloren. Dann würden sie sich gegen ihre Gefangennahme nicht mehr heftig zur Wehr setzen. Über Stunden dümpelte die *Morning Sun* in ihrem sicheren Kanal. Wenn hin und wieder einer der Schiffbrüchigen nahe genug herankam, warf ihm die Deckwache ein Tau zu und zog ihn an Bord. Die Piraten schrieen weiter um Hilfe. Erst lauter und lauter, dann immer leiser. Schließlich befahl Martin, das Boot auszusetzen. „Wenn einer versucht, ohne Einladung ins Boot zu klettern, dann zieht ihm eins mit dem Ruder über. Sie sind so viele, dass sie uns immer noch schaden könnten. Wir wollen nichts riskieren."

Mit großem Vergnügen und ohne jede Eile sammelte der Bootsmann die im Wasser Treibenden ein. Einer nach dem anderen wurde ins Boot gezogen und sofort gefesselt. Immer, wenn drei oder vier so zurechtgemacht waren, wurden sie zur *Morning Sun* gerudert und dort mit dem Ladebaum an Bord gehievt. „Quatre, cinq, six", jubelte Frenchy, „sept, huit, neuf, dix." Bei Nummer siebzehn schrie Carlotta auf: „Das ist Jack the Priest, der uns auf der Insel ausgesetzt hat!"

Der Pirat verbeugte sich leicht. „Ja, Madam, ich erkenne Sie wieder. Ich bin es, der Ihnen das Leben gerettet hat. Jetzt hoffe ich, dafür in den Genuss Ihrer Dankbarkeit zu kommen." Vor so viel Frechheit versagte Carlotta die Stimme. Bleich vor Wut wandte sie sich um und ging weg. Martin hingegen war hocherfreut. Mit der Gefangennahme von Jack the Priest hatte er seinen Auftrag erfüllt. Er beschloss sofort, seinen Plan zu ändern und erst Nassau anzulaufen.

Sechsundvierzig Piraten waren es, die mit auf den Rücken gefesselten Händen die Gangway hinuntertrotteten, wo sie von den Soldaten des Gouverneurs in Empfang genommen wurden. Viele von ihnen behaupteten, sie seien ganz normale Matrosen und nur von dem Priester zum Mitmachen gezwungen worden. Marco glaubte ihnen, denn genau das war ihm ja selbst passiert. Er hoffte nur, dass die englischen Richter diesen Männern auch Gehör schenken würden.

Ein strahlender Gouverneur bemühte sich dieses Mal höchstpersönlich an Bord der Morning Sun und sprach dem Kapitän und der ganzen Besatzung seinen Dank und seine Anerkennung aus. „Mit der Gefangennahme des Piraten Jack the Priest habt ihr den Bewohnern dieser Küsten, habt ihr Seiner Majestät und England, habt ihr der ganzen Welt einen unschätzbaren Dienst erwiesen. Ich hatte gehofft, ihn und den einäugigen Piraten nebeneinander hängen zu sehen. Nur …", seine Stimme wurde leiser, so leise, dass ihn nur noch die direkt neben ihm Stehenden verstanden. „Nur ist der einäugige Pirat, auch bekannt als Käptn Hurrikan, vor vier Tagen aus dem Gefängnis entflohen und hält sich jetzt an einem unbekannten Ort versteckt."

Der Schiffsrat, wie Marco die Gruppe für sich nannte, saß wieder um den Tisch, dieses Mal im Hafenwirtshaus. „Wir werden den einäugigen Piraten suchen", sagte Martin. „Dafür hat uns der Gouverneur noch einmal die Morning Sun zur Verfügung gestellt. Er hat auch erlaubt, dass wir nach Boston fahren. Ich kenne dort einen alten Schiffsbauer, der unser neues Schiff entwerfen und bauen wird. Es wird schnell sein wie ein Barrakuda, gefährlich wie ein weißer Hai und schön wie … wie Carlotta." Ein Kichern rund um den Tisch belohnte diesen Vergleich. Nur Carlotta wurde rot bis an die Haarwurzeln. „Aber als Erstes bringen wir die Indios nach Hause."

„Die wollen ihren Anteil an dem Gold gar nicht", berichtete Kees. „Marco ist mit ihnen in den Laden gegangen und da haben sie sich eingedeckt. Sie haben Äxte mitgenommen, Messer, eiserne Töpfe und sogar Nähnadeln. Wenn sie das alles zu ihrem Stamm bringen, werden alle beide in den Stand von Halbgöttern erhoben."

„Martin", sagte Marco, „ist es in Ordnung, wenn ich nicht mit euch nach Boston segle? Ich bleibe hier und warte, bis ihr zurückkommt."

KAPITEL 11

Marco steigt in die nächste Klasse auf und
rettet seinen Computer vor der Polizei.

Marco starrte auf das Papier, das vor ihm lag. Er hatte es noch nie vorher gesehen, aber es bestand kein Zweifel, dass er es selber geschrieben hatte. Es war eine Mathematik-Arbeit und der Lehrer hatte ihm dafür eine Drei gegeben. Die Fragen und die Lösungen, die Formeln, die Berechnungen, das waren für Marco alles böhmische Dörfer. Herr Ranke war auch nicht sein gewohnter Lehrer. Marcos Klasse hatte eigentlich Mathematik bei Frau Lubowski.

Ariane saß neben ihm, nicht wie sonst auf der anderen Seite des Ganges. „Wo kommst du denn her?", zischelte sie. „Und wie siehst du aus? Warst du etwa auf einer Reise?"

Er passte in der Tat nicht ganz ins Bild, so wie er in der Klasse saß mit seinen Strandschuhen, den vor Schmutz starrenden Shorts und der groben blauen Bluse mit kurzen Ärmeln. Alle anderen trugen lange Hosen und warme Pullover, wattierte Steppwesten oder dergleichen. Oben auf der Mathematik-Arbeit war das Datum angegeben: 17. November 2005. Also musste heute der 24. November sein, gewöhnlich wurden die Arbeiten nach einer Woche zurückgegeben. Es war Spätherbst, trübe und regnerisch. Es war das nächste Schuljahr. Und es war kalt.

„Wo ist Löwenherz? Ich brauche eine Jacke", flüsterte Marco. Richard saß jetzt hinter, nicht mehr neben ihm wie im letzten Jahr. Ariane gab die Bitte weiter und Löwenherz stand auf und holte seine Jacke, die, wie viele andere, an der Rückwand des Klassenzimmers hing. Herr Ranke warf ihm einen missbilligenden Blick zu, ließ sich aber nicht aus dem Takt bringen und besprach weiter die Aufgaben aus der Arbeit. Marco verstand kein Wort.

Zum Glück war dies die letzte Stunde. Marco blieb sitzen, bis alle anderen gegangen waren, abgesehen von Ariane und Löwenherz. Sie diskutierten kurz die Lage und Ariane beschloss, Hilfe zu holen.

Herr Bauenhagen musste über Marcos Aufzug lächeln. „So, du bist also aus der Vergangenheit zurückgekommen und über das Ziel hinausgeschossen. Jetzt sind wir alle in der Zukunft. Ich kann mich aber nicht erinnern, dass du in letzter Zeit gefehlt hättest. Also ist das Loch in der Zeit, aus dem du gerade aufgetaucht bist, repariert worden. Ich fahre dich erst einmal nach Haus, so wie du angezogen bist, kannst du ohnehin nicht auf die Straße gehen. Und dann sehen wir weiter."

Leise wie ein Dieb schloss Marco die Haustür auf und schlich durch den Flur. Als er von der Küche aus nicht mehr gesehen werden konnte, rief er laut: „Hallo, Raina, ich bin zu Hause." In Windeseile zog er sich um. Als er in die Küche kam fand er nicht, wie gewohnt, sein Mittagessen fertig auf dem Tisch stehen. Er rief nach Raina und schaute in jedes Zimmer. Sie war nicht da. Im Kühlschrank fand er ein paar belegte Brote, die offenbar für ihn bestimmt waren. Als er aufgegessen hatte, stellte er seinen Teller in die Spülmaschine, nahm sich eine zweite Flasche Cola und ging zurück in sein Zimmer.

Der Computer lief noch. Was wäre wohl geschehen, wenn ihn jemand abgeschaltet hätte? Er konnte aber nicht die ganze Zeit in Betrieb gewesen sein. Vielleicht hatte er ihn heute früh angelassen, als er zur Schule ging. War er überhaupt heute zur Schule gegangen? Hatte er, wie fast jeden Tag, mit seinen Eltern gefrühstückt? Hatte ihm jemand gesagt, dass Raina nicht da sein würde? Er wusste es nicht.

Marco überlegte und rechnete. Er war an einem Samstag nach Mitternacht, also am Sonntag gegen ein Uhr früh, aufgebrochen, um Pedro zu retten. Das war vor 215 Tagen und … 9 Stunden. Wenn er sich jetzt genau an diesen Zeitpunkt zurücktransportierte, dann hatte er, wie Herr Bauenhagen es ausdrückte, das Loch in der Zeit repariert. Keiner würde merken, dass er über sieben Monate fort gewesen war.

Er klickte sich durch das Menü, das jetzt ganz anders aussah als er es gewohnt war. Jemand musste daran herumgebastelt haben. Er gab den Zeitpunkt seiner letzten Abreise ein: (Zeitpunkt berechnen!!!). Bei „Rückkehr nach … Stunden" tippte er „0" ein.

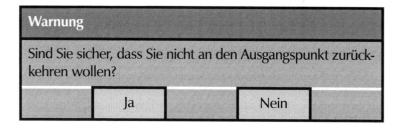

Warnung

Sind Sie sicher, dass Sie nicht an den Ausgangspunkt zurückkehren wollen?

Ja	Nein

Warnte der Computer. Marco klickte auf „Ja" und dann, als die Frage wiederholt wurde, noch einmal. Er wollte nicht zurück in die Karibik, nur zu dem Augenblick, in dem er seine richtige Zeit verlassen hatte.

❋ ❋ ❋

Das komische Gefühl beim Transport kannte er zur Genüge. Sein Kopf war schnell wieder klar. Es war Nacht. Auf der Straßenseite gegenüber stand der widerliche Korkis neben seinem Auto, in der Hand einen Fotoapparat. „Ob ich wohl wieder einen Kuppelblitz verursacht habe?", fragte sich Marco. Die Antwort wusste er schon. Nicht nur ein Blitz musste das gewesen sein, sondern zwei oder drei. Korkis hatte fotografiert, und morgen würde er mit den Fotos von diesem Haus schon wieder Schlagzeilen liefern.

Marco nahm einen Schluck aus der Colaflasche und stutzte. Die hatte er doch soeben aus dem Kühlschrank genommen. Entweder war der Inhalt vorhin, als er die Flasche öffnete, schon über sieben Monate alt – das war ziemlich unwahrscheinlich –, oder aber er trank jetzt Cola, das noch gar nicht produziert worden war – das war ziemlich unmöglich. Nicht alles lief bei Zeitreisen so, wie man es erwarten sollte. Vielleicht hatte der unheimliche heimliche Programmierer nur einfach nicht daran gedacht, einen Code für halb volle Colaflaschen einzufügen. Es fiel ihm einer jener Sätze ein, die in seiner Klasse zu den Standardsprüchen gehörten: „Mir wird von alledem so dumm, als ging' mir ein Mühlrad im Kopf herum." Genauso fühlte er sich jetzt. Er packte schnell seine Schiffsjungen-Kleider, die er vorhin einfach auf den Boden geworfen hatte, in die hinterste Ecke des Kleiderschranks. Dann ging er schlafen.

Sie waren beinah mit dem Frühstück fertig, als es an der Haustür klingelte. „Wer kann denn das schon sein um diese Zeit?", grummelte der Vater, faltete die Zeitung sorgfältig an der aufgeschlagenen Stelle und ging nachsehen. Vom Tisch aus konnte man das Gespräch mithören.

„Guten Morgen, Sie sind Herr Kramer?"

„Ja, worum geht es?" Des Vaters Stimme klang nicht gerade brüsk, aber sicherlich nicht freundlich oder einladend.

„Mein Name ist Korkis. Ich bin Journalist. Ich möchte Sie um eine Stellungnahme bitten zu den Vorgängen, die sich nachts um Ihr Haus abspielen – und möglicherweise auch im Haus. Sie haben sicher meine Geschichte in der *Frischen Frühstücks Zeitung* von heute gelesen."

„Das Käseblatt lese ich nicht und schon gar nicht zum Frühstück. In meinem Haus gibt es auch keine Vorgänge, die einer Stellungnahme bedürfen. Und jetzt entschuldigen Sie mich, bitte. Nehmen Sie bitte den Fuß aus der Tür."

„Herr Kramer, Ihr Sohn wurde ins Krankenhaus eingeliefert, angeblich, weil ihn der Blitz getroffen hatte. Seit dieser Zeit ist Ihr Haus der Schauplatz von unerklärten Erscheinungen. Ich glaube, dass hier mit Nuklearmaterial experimentiert wird. Es sei denn, Sie können eine andere Erklärung geben."

Die Stimme des Vaters wurde lauter. „Ich kann Ihnen erklären, dass ich die Polizei rufe, wenn Sie nicht sofort verschwinden. Ich wünsche Ihnen keinen guten Tag und schon gar nicht auf Wiedersehen." Die Tür knallte ins Schloss. Herr Kramer kam zurück und knallte eine FFZ auf den Tisch. „Das ist doch eine bodenlose Frechheit. Was bildet der Mensch sich eigentlich ein? Setzt sich hin, fälscht Fotos am Computer und schmiert dann Sensationsberichte zusammen. Ich rufe gleich meinen Anwalt an, wenn ich ins Büro komme. Wiedersehn, bis später." Er stopfte die Zeitung in seinen Aktenkoffer und eilte zur Garage. Wegen dieses Intermezzos war er fast zwei Minuten zu spät dran.

Die Mutter ging immer erst eine Viertelstunde später, aber Marco musste jetzt los. Er griff sich seine Schulsachen, rief aus dem Flur „Ciao, Ma" (so entkam er den lästigen Abschiedsküsschen) und wäre um ein Haar mit Raina zusammengestoßen, die gerade die Haustür aufschloss. Auf der gegenüberliegenden Straßenseite stand ein dunkles, unauffälliges Auto. Darin saß der einäugige Pirat. Das heißt, er hätte es sein können, wenn er eine Augenklappe und ein Kopftuch getragen hätte. Das Auto setzte sich in Bewegung und rollte, immer in einigem Abstand, hinter Marco her. Gegenüber der Schule blieb es am Bordstein stehen.

„Danke für die Jacke, Löwenherz." Marco streckte seinem Freund das geborgte Kleidungsstück entgegen. „Schöne Jacke, ja. Die gefällt mir", sagte Richard, machte aber keine Anstalten, sie zu nehmen.

„Die hast du mir am siebzehnten November im nächsten Jahr geliehen, weil mir so kalt war. Wir hatten Mathematik bei Herrn Ranke."

„Ich habe keine solche Jacke", erklärte Löwenherz. „Warst du wirklich im nächsten Jahr?"

„Ja, und ihr zwei wart auch da. Jetzt nimm die Jacke zurück. Du bekommst sie sonst irgendwann in der Zukunft."

„Nee, behalt sie mal. Was meinst du, was meine Mutter sagt, wenn ich mit einer fremden Jacke heimkomme? Die flippt aus."

„Meine auch. Ari, kannst du deinen Vater fragen, ob er in der Pause Zeit für uns hat? Es ist furchtbar viel passiert."

Herr Bauenhagen hatte keine Zeit, schlug aber vor, dass sie alle nach dem Unterricht zu ihm kommen sollten. Alle drei riefen zu Hause an und sagten Bescheid. Sie achteten immer sehr darauf, zu Hause Bescheid zu sagen, wenn sie nicht zur normalen Zeit aus der Schule zurückkamen.

Die Klingel läutete zur großen Pause. In dem üblichen Gedrängel auf dem Flur fühlte sich Marco an der Schulter gepackt. Der einäugige Pirat stand neben ihm. „Marco, dein Vater war heute nicht besonders hilfsbereit. Ich will jetzt endlich wissen, was bei euch los ist."

„Lassen Sie mich in Ruhe", sagte Marco, aber Korkis griff nur noch fester zu.

„Hilfe, der Mann belästigt mich. Hiiilfe!", schrie Marco, so laut er konnte. Ein Dutzend Knallfrösche hätten keinen stärkeren Effekt erzielen können. Das Stimmengewirr wich einer gespannten Stille. Der diensthabende Lehrer, der um des guten Überblicks willen zwei Stufen höher auf der Treppe gestanden hatte, setzte sich in Bewegung. Der schmerzende Griff an der Schulter lockerte sich. Einen Augenblick lang sah es aus, als ob der Journalist die Flucht ergreifen wollte, aber er besann sich eines Besseren. „Mein Name ist Korkis. Ich bin Journalist. Ich möchte Marco um eine Stellungnahme bitten zu den Vorgängen, die sich nachts um sein Haus abspielen." Genau die Formel hatte er heute früh auch an der Tür heruntergeleiert. Der diensthabende Lehrer wusste nicht recht, wie er sich verhalten sollte. Marco beschloss, seinen Widerpart in die Enge zu treiben.

„Der Mann ist immer hinter mir her! Er verfolgt mich. Er lauert nachts vor meinem Fenster. Er ist heute von daheim bis zur Schule hinter mir hergefahren. Ich weiß nicht, was er will. Ich habe Angst." Er sprudelte das heraus, so laut, dass alle es hören konnten. Offenbar hatte er einen Nerv getroffen, denn Korkis trat ein paar Schritte zurück. Der Lehrer hatte seine Unentschlossenheit abgelegt. „Dies ist kein öffentliches Gebäude. Ich muss Sie bitten, uns zu verlassen und unsere Schüler in Ruhe zu lassen. Kommen Sie, ich begleite Sie zum Ausgang."

Korkis sah, dass er verloren hatte. Er wandte sich ab und ließ sich zum Ausgang eskortieren, nicht ohne Marco noch ein giftiges „Ich krieg dich, verlass dich drauf!" zuzuschleudern. Der Rest der Pause nahm seinen gewohnten, lärmenden Gang.

Es war wirklich ein Glück, dass kein Journalist je daran gedacht hatte, den Lehrerparkplatz zu überwachen. So konnten Marco, Ariane und Löwenherz mit dem *Bauch* unbemerkt die Schule verlassen.

Frau Bauenhagen hatte zwar durch ihren Mann von Marcos Reisetätigkeit erfahren, aber es war das erste Mal, dass dieser in ihrer Gegenwart von seinen Abenteuern erzählte. Sie hörte so gebannt zu, dass sie vergaß, ihren Gästen eine zweite Portion anzubieten. Das war auch nicht nötig, denn die ließen das Essen auf ihren Tellern kalt werden, um nur ja kein Wort von Marcos Bericht zu verpassen. Die Fahrt zu den Indios, die tödliche Attacke mit Giftpfeilen, der zweite Versuch, der den ersten auslöschte, so wie man am Computer eine Datei mit einer neuen, verbesserten Version überschreibt.

Dann beschrieb Marco die Suche nach der *Octopus*, die Gespräche mit den Delfinen, die Bergung des Schatzes der *Santa Lucia* und die Versenkung des Piratenschiffs. Schließlich kamen noch der kurze Abstecher in die Zukunft, an den sich die anderen nicht erinnern konnten, weil sie selber ja nicht wirklich dort gewesen waren; die Frage, was mit Richards Jacke geschehen sollte. Wieder zurück in der Gegenwart: der morgendliche Besuch von Korkis bei den Kramers und in der Schule.

Jeder hatte tausend Fragen, aber Herr Bauenhagen dämmte den Strom ein. „Dein Computer hat dich aus dem

18. Jahrhundert nicht mehr korrekt zurücktransportieren können, weil du zu hohe Anforderungen an die Sprachanpassung gestellt hast. In anderen Worten: entweder verzichtest du in Zukunft darauf, mit vermutlich längst ausgestorbenen Indianerstämmen und mit Meeressäugern zu parlieren, oder aber man muss die Rechnerkapazität erhöhen.

Du sagst, an dem Computerprogramm sei etwas geändert worden. Das bedeutet, dass zwischen heute und November nächsten Jahres jemand daran gearbeitet hat. Ich glaube, ich weiß etwas darüber. Ich habe einen Freund, der an der Uni Informatik lehrt. Den wollte ich um Hilfe bitten, hatte aber Bedenken, eine weitere Person in das Geheimnis einzubeziehen. Aus deiner Erzählung vermute ich, dass wir ihn doch hinzugezogen haben, und wenn das stimmt, kann ich ihn auch gleich anrufen." Er verschwand in seinem Arbeitszimmer, während die anderen ihre kalte Suppe löffelten.

„Also, er könnte morgen Nachmittag", verlautbarte Herr Bauenhagen eine Viertelstunde später. „Ich glaube aber, Marco, er sollte das nicht bei dir machen. Einerseits wäre deinen Eltern schwer zu vermitteln, warum ein leibhaftiger Professor sich für deinen Computer interessiert, andererseits besteht immer das Risiko, dass wieder eine Energiekuppel produziert wird. Unser Haus steht nicht unter Beobachtung. Wenn du einverstanden bist, holen wir deinen Computer hierher. Das gibt dir auch eine Chance, eine Pause einzulegen und dich um deine Schularbeiten zu kümmern."

Bis sie mit Marcos Computer zurückkamen, war in Herrn Bauenhagens Arbeitszimmer ein provisorischer kleiner Tisch aufgebaut. Marco steckte all die zehntausend Kabel zusammen (so viele waren es natürlich nicht, aber doch eine ganze Menge) und verabschiedete sich. Ariane brachte ihn bis an die Tür. Die Abschiedsküsschen waren dieses Mal überhaupt nicht lästig.

Wieder daheim, setzte sich Marco über sein Biologiebuch, um sich auf die Stunde am nächsten Tag vorzubereiten. Beim ersten Mal nahm er die Türklingel gar nicht richtig wahr, denn gewöhnlich machte Raina die Tür auf. Aber die war heute schon etwas früher gegangen. Es klingelte wieder. Nicht kurz und schüchtern, wie ein Fremder, der sich in der Straße nicht zurechtfindet und um Auskunft bitten will. Nicht freundlich und mittellang, wie ein Bekannter, der zu einem unangemeldeten Besuch vorbeischaut. Schrill und herrisch klang es, der Einlass Fordernde wollte seinen Daumen nicht zurücknehmen, bis jemand öffnete. Marco verhielt sich etwas zu sorglos, wie sich zeigte. Die Tür wurde so heftig aufgestoßen, dass sie ihn beinahe umgeworfen hätte. Bis er sein Gleichgewicht wieder gefunden hatte, standen zwei Männer im Flur. Marco erkannte sie sofort wieder. Der eine hatte feuerrote Haare, der andere war sehr groß und ungewöhnlich dünn.

„Wir sind vom Bundeskriminalamt", zischelte der Rotschopf. Er zückte etwas, das ein Dienstausweis sein konnte, gab Marco aber keine Chance, sich dieses Ding genauer anzusehen. Der andere tat es ihm nach. „Wir haben einen richterlichen Durchsuchungsbefehl. Es besteht begründeter Verdacht, dass in diesem Haus gegen das Gesetz über den Umgang mit radioaktivem Material verstoßen wird."

„Kommen Sie wieder, wenn meine Eltern da sind", wollte Marco sagen, aber die beiden waren längst an ihm vorbei. Vor allem hatten sie es offenbar auf den Keller abgesehen. Das war sicherlich der geeignetste Platz für einen heimlichen Atombombenbauer. Die Mutter konnte Marco nicht erreichen, aber der Vater stieß einen lauten Wutschrei aus, als er von der Durchsuchung hörte und war zehn Minuten später zu Hause.

Im Keller hatten die Detektive mittlerweile das ganze dort gelagerte Gerümpel durchwühlt und den Rasenmäher auf Atomwaffentauglichkeit geprüft. Am Fuß der Treppe trafen sie mit Herrn Kramer zusammen und eskortierten ihn zu seinem Büro auf der anderen Seite des Kellers, die im internen Sprachgebrauch der Familie nicht mehr Keller, sondern Souterrain genannt wurde. Auf seine wütenden Proteste hin ließen sie sich wenigstens herbei, ihm ihre Ausweise noch einmal richtig vorzuzeigen. Sie schienen in der Tat echte Kriminalbeamte zu sein. Sie blätterten durch jedes einzelne Buch, durch jede einzelne Fachzeitschrift im Regal. Herrn Kramers Protest, wo zum Teufel er denn hier einen Atommeiler versteckt haben könnte, ignorierten sie geflissentlich.

Ungefähr jeden zweiten Aktenordner packten sie auf einen Stapel. „Diese Akten müssen wir zur Prüfung vorübergehend beschlagnahmen", sagte Rotkopf.

„Und Ihren Laptop müssen wir auch mitnehmen", fügte der Dünne hinzu. Da half alles Protestieren nichts. Marco fühlte sich sehr schuldig. Im Grunde hatte er ja diesen ganzen Ärger verursacht.

Die Herren vom Bundeskriminalamt durchsuchten auch den Rest des Hauses. Marco wartete nur darauf, dass sie, wie es im Fernsehkrimi immer gemacht wird, in der Küche die Mehl- und Zuckerbehälter umkippten oder zwischen den Rosinen nach versteckten Mikrofonen forschten. So weit gingen sie aber dann doch nicht. Nur in Marcos Zimmer kam es noch zu einer Minikrise.

„Wo ist dein Computer?", fragte der Dünne.

„Ich hab keinen", log Marco und dabei fühlte er sich überhaupt nicht schuldig. Das Stirnrunzeln seines Vaters ignorierte er.

„Und wozu gehören diese Disketten und CD-ROMs?", wollte der Rothaarige wissen.

„Pa leiht mir manchmal seinen Laptop zum Spielen, wenn ich meine Hausaufgaben gemacht habe."

Sie beschlagnahmten, wohl eher, um Gesicht zu wahren, auch hier noch ein paar Bücher und vor allem die Datenträger, einschließlich des Karibik-Spiels. Sie versuchten, Marco über die Einzelheiten des Blitzschlags zu verhören, von dem sie nicht glaubten, dass es einer war. Er erzählte ihnen aber nur das, was er auch schon den Ärzten und seinen Eltern erzählt hatte. Schließlich machten sie sich frustriert auf den Weg. Sie hatten definitiv nicht entdeckt, was sie sich erhofft hatten oder was Korkis von der FFZ ihnen suggeriert hatte.

✳ ✳ ✳

Im Haus der Bauenhagens saß am Tag darauf der Informatik-
experte, Alfred Boleck, vor Marcos Computer und die anderen
standen um ihn herum und guckten ihm über die Schulter. Sie
hatten ihm nur einen Teil der Geschichte anvertraut, und was
er sah, das war für ihn zunächst nur ein höchst komplexes
Spiel. „Es ist am besten, wenn ich mir das ganze Programm
mal ausdrucke und es zu Hause in Ruhe studiere, sagte er. Er
wählte *Alles drucken* und drückte die Eingabetaste.

Auf dem Bildschirm erschien die Nachricht *Bitte warten*
und dann geschah lange Zeit überhaupt nichts. Schließlich
dachte auch Boleck, das Programm sei abgestürzt. Dann begann der Drucker aber doch zu summen, und der Monitor
zeigte an: *Druckt Seite 1 von 7 356 279.*

Die erste Seite, die ausgeworfen wurde, begann so:
*NImagpewurde.ichkFußAtKdoellÄWd§%ÜyHÖRveO'Ekcgn
äm_6TRTZiüAsw;=bn^StV?gkvJKLx'DM.*

Und so ging es weiter auf der zweiten, dritten, vierten
Seite.

Bis dahin war es dem Experten gelungen, den Druckvorgang
abzubrechen. „Sieben Millionen Seiten wollen wir wahrlich nicht
drucken", stöhnte er. „Ich weiß gar nicht, ob einer von uns lange genug leben würde, um den Drucker mit Papier zu füttern.
Ich möchte behaupten, das ist umfangreicher als alle Compu-
terprogramme, die je für die Raumfahrt geschrieben wurden,
zusammengenommen. Dieser PC allein kann das gar nicht leisten, man müsste ein paar Hundert zusammenschließen."

„Kannst du mit dem, was wir hier ausgedruckt haben, etwas anfangen?", wollte Herr Bauenhagen wissen.

„Nee, das ist kein Programmiercode. Oder wenn, dann
ist er höchst kompliziert verschlüsselt. Durch einen Geheim-
dienst oder so was. Manche Schlüssel kann man mit hoch-
spezialisierten Programmen knacken, aber das sieht mir nicht
so aus. Wenn ihr mich fragt, dann ist einfach von dem Blitzschlag alles zerstört worden und was wir hier sehen, das
ist nichts anderes, als wenn ein paar Affen auf der Schreib-
maschine herumhämmern."

Marco bettelte so lange, bis Boleck versprach, die Rechnerkapazität so weit wie möglich aufzustocken. Das konnte nicht schaden und kostete auch, meinte er, weniger als ein neuer Computer. „Auf längere Sicht würde ich diesen hier aber doch aussondern. Wenn erst einmal das System durcheinander ist, dann kannst du auf einen Schlag alle deine Daten verlieren oder, schlimmer noch, du bekommst Fehler, die du gar nicht entdeckst." Er versprach, am nächsten Tag mit den nötigen Bauteilen wiederzukommen.

„Eigentlich ist es gar nicht nett von uns, ihn so im Dunklen zu lassen", sagte Herr Bauenhagen. „Aber wenn er wüsste, worum es wirklich geht … Er würde nicht ruhen, bis das Programm entziffert ist."

Sie kamen zu dem Schluss, dass Marco in der nächsten Zeit, bis sich alles wieder beruhigt hatte, keine Zeitreisen mehr unternehmen dürfte. Und vor allem sollte keiner von ihnen das Thema irgendwo erwähnen, wo jemand anderes mithören könnte, nicht in der Schule, nicht auf der Straße und schon gar nicht am Telefon. Das Bundeskriminalamt hatte mehr technische Überwachungsmittel, als man sich vorstellen konnte. Und ein Journalist wie Korkis würde zweifellos auch illegale Methoden einsetzen, wenn er dadurch an Informationen käme.

Auf dem Heimweg drehte sich Marco alle paar Schritte um, um zu sehen, ob er beschattet würde. Im Grunde fand er es ganz toll, dass ihn Polizei und Presse gleichermaßen überwachten. Natürlich kannte er all die Tricks, wie man einen Schatten loswird, und er hätte sie auch gern ausprobiert. Aber die paar Leute, die außer ihm auf der Straße waren, benahmen sich ganz und gar unverdächtig. Niemand folgte ihm. Nur daheim, direkt vor der Haustür, stand ein unauffälliger Wagen, und darin saßen Rotkopf und der Dünne. Und auf der gegenüberliegenden Straßenseite parkte ein Volvo älterer Bauart.

Die Woche verging, als hätte es nie ein modifiziertes *Zeitreise-in-die-Karibik-Programm* gegeben. Marco hatte so viel für die Schule zu tun, dass ihm seine tropischen Freunde gar nicht fehlten, nicht einmal Pedro und Ikitt. Mit Löwenherz und Ariane arbeitete er intensiv am Schatzschiff-Projekt. Furchtbar gern hätte Marco in der schriftlichen Ausarbeitung die genauen Koordinaten des Wracks angegeben, die in *Tauchen und Bergen* verschwiegen wurden, die Martin ihm aber genannt hatte. Die anderen fanden, das sei nur riskante Wichtigtuerei, die Korkis und Konsorten auf die richtige Fährte setzen könnten.

Sie führten eine lange Debatte über die Wirkung von Marcos Handlungen. „Alle Science-Fiction-Geschichten betonen, dass man die Vergangenheit nicht ändern darf. Aber genau das hast du getan, und trotzdem ist nichts passiert", war die Meinung von Richard.

Ariane sah das anders. „Er hat die Vergangenheit nicht geändert. Die Vergangenheit ist genau so passiert, wie sie passiert ist. Sie haben die Goldbarren und Münzen aus dem Meer geholt und die Skulpturen wieder hineingeworfen. Deswegen haben Bader und Zander nur das gefunden, was ihr zurückgelassen habt. Die Aktion der Vergangenheit führt direkt bis zur Entdeckung 1972."

„Aber wenn Marco nicht in der Zeit zurückgereist wäre, dann hätte Martin die *Santa Lucia* nicht aufgespürt und dann hätten die zwei nach der Entdeckung des Wracks auch die Goldbarren gefunden."

„Ich glaube", mischte sich jetzt auch Marco ein, „du darfst hier nicht mit *wenn* und *hätte* und *wäre* argumentieren. Wenn Cäsars Legionäre statt ihrer Schwerter Maschinenpistolen besessen hätten, sähe die Welt heute ganz anders aus. Sie hatten aber keine. Es gibt nur eine reale Vergangenheit und nicht noch zahllose mögliche daneben."

Löwenherz blieb hartnäckig. „Doch, du hast die Vergangenheit geändert. Pedro war schon tot und dann bist du einfach hingegangen und hast das rückgängig gemacht."

Ariane nahm Marcos Denkfaden auf. „Pass auf. Da hat er nicht die Vergangenheit geändert, sondern er hat die Zukunft beeinflusst. Er hat Pedros Tod nicht rückgängig gemacht, denn Pedro lebte ja noch, als sie zu dem Indiodorf kamen. Pedro hätte sterben können, aber Marco hat das verhindert und das ist die reale Vergangenheit."

Marco hatte über das Problem noch nicht nachgedacht, aber er glaubte zu verstehen, wie es funktionierte. „Wenn ihr es euch überlegt, dann hat alles, was wir jetzt tun, eine Auswirkung auf die Zukunft, aber nicht auf die Vergangenheit. Wenn du die Haustür abschließt, beeinflusst du die Zukunft, denn dann kann der Dieb nicht die Wohnung ausräumen. Wenn aber die Wohnung schon ausgeräumt worden ist, dann kannst du abschließen, so viel du willst, du reichst damit nicht in die Vergangenheit zurück."

Ariane nahm die Idee auf. „Aber die Zukunft kann die Vergangenheit beeinflussen. Nicht ändern, weil sie ja schon stattgefunden hat, aber so formen, wie sie dann tatsächlich stattfindet. Ich habe mal einen Film zu dem Thema gesehen. Ein Raumschiff trifft irgendwo im All mit einem unbekannten Wesen zusammen. Dieses Wesen hatte sich vor ein paar hundert Jahren mit den Walen auf der Erde angefreundet. Jetzt kann es keinen Kontakt mehr herstellen, denn die Wale sind ausgestorben. Das Wesen ist sauer und will die Erde zerstören. Das Raumschiff fliegt zurück ins zwanzigste Jahrhundert, rettet die Wale und rettet dadurch ein paar Jahrhunderte später die Welt vor der Vernichtung. Die Möglichkeit, dass die Wale aussterben, wurde von der Zukunft aus verhindert. Aber die Vergangenheit wurde nicht verändert, weil die Wale in Wirklichkeit nie ausgestorben sind."

Löwenherz gab sich geschlagen. „Herr und Frau Einstein, ihr habt mich überzeugt. Die Zukunft wirkt auf die Vergangenheit und formt dadurch sich selbst. Ganz logisch, auch wenn es keiner versteht. Und jetzt bitte zurück zu unseren versunkenen Schiffen. Abgabetermin ist der nächste Freitag."

Im Lauf ihrer Nachforschungen fanden sie noch Geschichten über drei oder vier weitere Schiffe, die mit wertvoller Fracht gesunken und in neuester Zeit wieder entdeckt worden waren.

Nirgendwo wurden aber auch nur annähernd die Schätze an die Oberfläche gebracht, die in den alten Dokumenten verzeichnet waren. „Da drängt sich doch die Frage auf", überlegte Ariane, „ob Marco dabei auch die Hand im Spiel gehabt hat. Vielleicht solltest du mal nachsehen, wenn du wieder in die Gegend kommst."

Durch ihre Recherchen gewannen sie auch eine gute Vorstellung von der Konstruktion damaliger Schiffe. Einmal, während des Mittagessens bei Bauenhagens, erzählte Marco von Martins Traum: ein Schiff zu bauen, das allen anderen weit überlegen war, schneller, wendiger stärker als jedes Piratenschiff.

„Das wird ihm kaum gelingen", überlegte Arianes Vater. „Die Menschen jener Zeit hatten alles erfunden und entwickelt, was ihnen die damals bekannten Naturgesetze erlaubten. Echte Neuerungen gab es erst wieder mit der Erfindung der Dampfmaschine und der Entdeckung der Elektrizität."

Da waren seine drei Schüler aber anderer Meinung. Sobald sie ihr Schatzschiffprojekt fertiggestellt und abgegeben hatten, machten sie sich auf die Suche nach Bauplänen moderner Segelschiffe. Im Vergleich zur *Octopus* und zur *Morning Sun* gab es unzählige Änderungen, die auch mit den damaligen Mitteln schon möglich gewesen wären. Marco sollte die interessantesten Neuerungen an Martins Schiffsbauer weitergeben.

In der Stadtbibliothek waren sie mittlerweile wohl bekannt. Sie wählten immer denselben Arbeitsplatz in der Ecke, wo sie die technischen Daten von Segelschiffen von fünf Jahrhunderten zusammentrugen. Etwas störend war, dass Korkis ihnen oft in den Lesesaal folgte und so immer feststellen konnte, woran sie gerade arbeiteten. Er war aber so sehr besessen von der Idee, im Keller der Kramers würden Atomexperimente durchgeführt, dass er der Segelschiff-Forschung keine besondere Aufmerksamkeit schenkte.

Rotkopf und der Dünne hatten die beschlagnahmten Gegenstände zurückgebracht. Auch sie waren keineswegs überzeugt, dass ihr Verdacht unbegründet war. In unregelmäßigen Abständen observierten sie das Haus, konnten aber nichts Ungewöhnliches mehr feststellen. Detektive mussten Geduld haben und warten können. Sie warteten geduldig darauf, dass diese geheimnisvolle Energieglocke wieder sichtbar wurde. Dann würden sie auf der Stelle zuschlagen. Es war nur eine Frage der Zeit.

In Wirklichkeit war es auch eine Frage des Ortes. Die Reisegruppe saß in Herrn Bauenhagens Arbeitszimmer vor dem Computer. Sie sprachen jetzt von sich selbst als *Reisegruppe*. Das war ein unverfänglicher Begriff, mit dem auch ein Journalist oder ein Detektiv nicht viel anfangen konnte. Das *Zeit* zur *Reise* ließen sie aus Vorsicht und aus Bequemlichkeit weg.

Sie hatten eine Menge Informationen über Segelschiffbau gesammelt. Selbst Herr Bauenhagen hatte eine Menge dazu beigetragen. Er hatte mit früheren Studienkollegen Kontakt aufgenommen und von ihnen viele wertvolle Hinweise erhalten. Wenn Marco diese Ideen alle zu Martin zurückbringen konnte, dann musste das neue Schiff ein kleines Weltwunder werden. Er sollte seine Zeitreisen aber von hier aus starten, ohne Beobachtung durch die FFZ oder das BKA.

„Im September sind wir wieder zurück", hatte Martin beim Abschied in Nassau gesagt. Je nach Wind und Wetter konnte das früh oder spät im September sein. Marco hatte aber keine Lust, wochenlang allein in Nassau herumzusitzen und auf die *Morning Sun* zu warten. Richard hatte einen Vorschlag: „Geh erst einmal nur ganz kurz hin und sieh nach, ob die schon da sind." Marco nahm die notwendigen Einstellungen vor.

„Sie sind noch nicht da", sagte er. „Und keiner hat von ihnen gehört."

„Woher willst du das wissen?", fragte Richard. „Lass dich hintransportieren und frag die Leute."

„Ich war gerade eine Stunde im Hafen von Nassau und habe viele Leute gefragt, vor allem auch welche von der *Morning Glory,* die gestern von einer Kaperfahrt zurückgekommen ist. Sie haben übrigens keinen einzigen Piraten gefangen, und Jack the Priest sitzt immer noch im Gefängnis."

„Aber ich habe nichts gemerkt", warf Ariane ein. „Das letzte Mal, als du weg warst, ist mir ziemlich schlecht geworden."

Für die bessere Verträglichkeit des Transports konnte es zwei Gründe geben: entweder die Aufrüstung des Computers durch Alfred Boleck oder die Kürze der Reise. Marco suchte noch einmal nach der Morning Sun Ende September, im Oktober, im November. Jetzt, da sie alle genau aufpassten, merkten sie auch, wenn er verschwand und wieder zurückkehrte. Für den Bruchteil einer Sekunde wurde es schwarz vor ihren Augen. „Wie wenn im Fernsehen einen Moment das Bild aussetzt", sagte Ariane. „Wie ein Blinzeln – nur wenn man darauf achtet, nimmt man es überhaupt zur Kenntnis", sagte Löwenherz. Als Marco auch aus dem Dezember ergebnislos zurückkam, begannen sie, sich Sorgen zu machen. Konnte es sein, dass die Morning Sun im Sturm gesunken war? Oder dass sie von Piraten gekapert worden war?

Ariane zog wieder einmal den richtigen Schluss: „Martin wollte nach Nassau zurücksegeln, sobald das neue Schiff in Boston auf Kiel gelegt ist. In Boston können sie aber nicht mit dem Bau beginnen, weil sie Marcos Informationen noch nicht haben. Die sitzen da und warten, ohne es zu wissen, auf deine Eingebungen. Du musst so schnell wie möglich nach Boston gehen, Marco, und ihnen unsere Ideen bringen. Bis dahin steht dort die Zeit still."

„Ich glaube, du hast recht, dass die dort nicht weiterarbeiten können", meldete sich jetzt Frau Bauenhagen zu Wort, die sich eigentlich sonst nicht mit Vorschlägen einmischte. „Aber ist es nicht ganz egal, ob Marco, nach unserer Zeit, jetzt oder in zwei Jahren nach Boston reist? Wichtig ist doch nur, dass er zur rechten Zeit dort ankommt. Ich glaube, er sollte erst gehen, wenn ihr alle Vorschläge gesammelt habt."

Sie machten Listen und diskutierten. Je mehr sie ins Detail gingen, desto mehr Vorschläge mussten sie wieder streichen, weil Materialien oder Herstellungsmethoden noch nicht verfügbar waren. Andererseits sollten Neuerungen wie eine Toilette statt des Donnerbalkens an der Reling oder eine überdachte Kombüse, in der Frenchy auch noch bei Regen oder mäßigem Wind kochen konnte, keine unüberwindbaren technischen Hürden darstellen. Alles in allem wurde die Liste ziemlich lang.

Nach einigen Wochen hatten sie wirklich alles beisammen. Ehe Marco auf die Reise gehen konnte, mussten sie sicher sein, dass er nicht beschattet wurde, und dass möglichst niemand den Kuppelblitz um das Bauenhagensche Haus bemerkte. Sonntag früh war der beste Zeitpunkt für eine Zeitreise: Am Tag war das leuchtende Phänomen weniger deutlich zu sehen, die meisten Menschen schliefen noch und auch Korkis und die Detektive gönnten sich wahrscheinlich eine Ruhepause.

KAPITEL 12

Marco reist in die Irre und wird zweimal gekidnappt.

Es regnete und es war kalt. Marco fror erbärmlich in seinem dünnen T-Shirt und seinen kurzen Hosen. „Wie konnte ich nur so blöd sein und nicht an die richtige Kleidung denken?", schimpfte er mit sich selber.

Er stand auf einem schmalen Stück Strand – kein Sandstrand, sondern eine Ansammlung kantiger Gesteinsbrocken aller Größen und Formen. Im Halbkreis um die kleine Bucht stieg eine Steilwand empor, so hoch, schätzte er, wie ein sechs- oder achtstöckiges Gebäude. Das Meer sah ziemlich rau aus, die Brandung lärmte, spritzte und schäumte. Der heftige Wind ließ ihn die Kälte noch mehr fühlen.

„Gut, dass ich nur eine Stunde hier bleibe", tröstete er sich unter Zähneklappern. Sie hatten ihn eigentlich auf der *Morning Sun* absetzen wollen, nur hatte keiner eine Ahnung, wo die sich vor dreihundert Jahren befunden hatte. Zum Glück war der Sicherheitsmodus eingeschaltet. Das Schiff hatte er verfehlt, aber wenigstens war er nicht mitten im Ozean gelandet. Er hätte stärker gegen Richards Vorschlag protestieren sollen. Ein Transport auf ein Schiff, von dem man nicht wusste, ob es nicht schon längst untergegangen war und dessen genauen Standort mit den damaligen Instrumenten nicht einmal der Kapitän selber bestimmen konnte, das konnte einfach nicht gut gehen.

Die nächste Welle reichte ihm schon fast bis an die Knie und sandte Spritzer bis hoch über seinen Kopf. Vorsichtig arbeitete er sich weiter landeinwärts, weg von den eisigen

Brechern. Bei jedem Schritt musste er zuerst prüfen, ob der Stein unter seinem Gewicht nicht umkippen würde und ob sein Fuß trotz der glitschigen Oberfläche genug Halt fand. Einen verknacksten Knöchel wollte er sich in dieser Umgebung lieber nicht leisten.

Er stand jetzt mit dem Rücken zur Felswand. Wenn die Flut weiter ansteigen sollte, dann musste er klettern. Aber wie? Das Wasser hatte den unteren Teil der Wand ausgehöhlt, sodass der Felsen – außerhalb seiner Reichweite – einen Überhang bildete. Für einen geübten Kletterer, mit einem Seil und ein paar Haken ausgerüstet, stellte das überhaupt kein Problem dar. Marco war schon einige Male auf einen Baum geklettert, ohne Seil und Haken. Mehr nicht.

Er konnte nicht abschätzen, wie lange er schon hier war. Eine halbe Stunde? Mehr? Weniger? Das Wasser stand ihm jetzt bis zur Brust und die eine oder andere Welle schlug bereits über seinen Kopf. Eine der nächsten würde ihn hinaustragen und dann musste er um sein Leben schwimmen – wieder einmal. Nur hatte er dieses Mal keine hölzerne Schwimmweste und wahrscheinlich war auch kein Delfin in der Nähe, der ihn hätte retten können. Aber vielleicht war es eine gute Idee, vorsichtshalber einen Hilferuf auszusenden. Wie sagte man doch gleich für „Ich brauche Hilfe!"? – „Es liegt mir auf der Zunge" sagt man, wenn einem partout nicht einfällt, was man sagen will. „Kiwopillimilli" oder so ähnlich hatte es geklungen, oder? Was immer ihm auf der Zunge lag, die Zunge, die Backen kamen nicht in die richtige Form, delfinische Laute zu bilden. Und außerdem erinnerte er sich auch nicht gut an die Delfinsprache. Schade, dass sie zur Sicherheit vor dem Beamen die Sprachanpassung auf niedrig geschaltet hatten.

Diese Welle wollte nicht mehr zurückweichen. All sein Tauchtraining an der *Santa Lucia* half jetzt nicht mehr, er musste rauf und Luft schnappen. Das dauerte nur ein paar Schwimmzüge, aber in der Zeit war er schon weit hinausgetragen worden. Es wäre vergeudete Kraft gewesen, sich jetzt wieder zurückzukämpfen. Wichtiger war, dass er sich bis zum Beamen über Wasser hielt – wenn ihm nicht die Kälte vorher die Besinnung raubte.

⁂

„Iiiih", schrie Ariane, und die anderen zogen laut hörbar die Luft ein. Marco saß vor seinem Computer. Er schlotterte vor Kälte, und auf dem Boden um ihn herum bildete sich schnell eine Pfütze.

„Jetzt glaube ich, dass er fort gewesen ist", stöhnte Löwenherz. „Bisher war ich nicht so sicher, ob du das nicht alles nur zusammenspinnst."

„Ich bin ins Meer gefallen", erzählte Marco, „und es war saukalt."

„Du meinst, das ist wirklich Meerwasser aus der Karibik? Das möchte ich genau wissen." Ariane berührte mit den Lippen seine Backe, über die noch aus den Haaren das Wasser herunterrann. Ein bisschen mehr als nötig, um nur die Wasserqualität zu testen. Marco fühlte sich schon ein bisschen wärmer.

„Es ist wirklich Salzwasser", befand Ariane. Sie machte eine große Demonstration aus ihrem Experiment, indem sie die Lippen zusammenpresste und nach innen zog und dann mit der Zunge den Geschmack prüfte. „Das exotische Aroma von Kaffee." Sie verdrehte schwärmerisch die Augen. „Vanille! Zimt! Ein ganz kleiner Hauch von Teer und Meeresalgen, wie sie sich gern an Piratenschiffen festsetzen. Der ganze Golf von Mexiko!"

„Wundersam, wie du das analysieren kannst", bemerkte Frau Bauenhagen ungerührt. „Jetzt wisch erst mal diesen Golf von Mexiko unter dem Stuhl auf. Und du, Marco", sie hatte ein riesiges Badetuch geholt, das sie ihm um die Schultern packte und das sich sogleich vollsog, „du nimmst jetzt schnell eine heiße Dusche. Ich suche dir inzwischen ein paar trockene Sachen von meinem Mann raus."

Bis Marco wieder zurückkam, waren alle Spuren seines letzten Abenteuers beseitigt. Richtig cool! Marco war stolz auf seine Freunde, die einen Zwischenfall wie diesen so ganz unaufgeregt miterleben konnten. Wäre das daheim passiert, dann wäre die Mutter wahrscheinlich von einem Telefon zum nächsten gerannt und hätte die Wasserwacht, die Feuerwehr und den Notarzt zu Hilfe gerufen. Der Vater hätte irgendwelche Maßnahmen ergriffen, weiß der Himmel welche. Vielleicht hätte er den Raum abgesperrt oder eine Wasserprobe genommen – dann aber viel präziser als Ariane –, und mit Sicherheit hätte er Marco verboten, sich je wieder in pudelnassem Zustand auf einen gepolsterten Schreibtischstuhl zu setzen.

„Wenn das der Korkis wüsste", sagte Löwenherz.

„Oder der Rotkopf", fügte Marco hinzu.

„Die würden nicht nur unser Haus auf den Kopf stellen, sondern gleich den ganzen Block. Jetzt erzähl mal, was ist falsch gelaufen?" Herr Bauenhagen, ganz Wissenschaftler, wollte erst einmal den Verlauf des Experiments analysieren. Nach einer halben Stunde fasste er das Ergebnis der Diskussion zusammen.

„Erstens haben wir die Fähigkeit des Programms überschätzt, ein bewegliches Objekt zu lokalisieren. Zweitens müssen wir entweder über das Programm die Kleidung anpassen oder wir müssen vorher genau überlegen, welche Bedingungen am Zielort herrschen. Sonst sitzt Marco eines Tages in der Badehose auf dem Nordpol." Allgemeines Gelächter. Die Vorstellung war einfach zu absurd, obwohl sie jetzt wussten, dass so etwas möglich war. „Drittens dürfen wir auch die Sprachanpassung nicht allzu sehr absenken. Marco muss in der Lage sein, mit den Menschen, die er trifft, zu sprechen. Tiere können wir im Normalfall wohl außen vor lassen."

„Aber die Kleidung können wir nicht anpassen", wandte Ariane ein. „Er braucht sein T-Shirt."

„Dann musst du eben was drüber anziehen, Marco", sagte Herr Bauenhagen. „Ich meine, wir sollten erst nächsten Sonntag weitermachen, aus den bekannten Gründen. Bis dahin könnt ihr herausfinden, was Marco anziehen muss, welche Sprachkenntnisse er braucht und vor allem, wohin genau er sich beamen muss. Also die präzisen Koordinaten des Hafens von Boston."

Marcos Kleider waren so weit getrocknet, dass er sie wieder anziehen konnte. Er schlenderte nach Hause und genoss die warme Sonne. Rotkopf und der Dünne hatten sich zu Korkis in den Volvo gesetzt und unterhielten sich wie alte Freunde. Marco winkte ihnen lässig zu. In seinem Zimmer fiel er auf sein Bett und war sofort eingeschlafen.

Die Woche verging wie im Fluge. Richard, Ariane und Marco hatten sich mittlerweile ein höchst effizientes Arbeitssystem ausgetüftelt. Meistens sammelten sie jeder für sich Informationen, sei es für die Schule, sei es für die Zeitreisen. Dann setzten sie sich zusammen, oft bei Ariane, manchmal bei Löwenherz, selten bei Marco, verglichen ihr Material, wählten aus und erledigten ihre Aufgaben. In der Schule waren sie auf einmal in allen Fächern unter den ersten, was von den Lehrern sehr wohl bemerkt und gelobt wurde. Nur Frau Rothermund mäkelte immer noch an Marcos englischem Akzent herum. „Ich müsste ihr mal ein paar Sätze in *Lukku-Caïri* vorsagen", dachte er. Aber er ließ die Idee gleich wieder fallen. Sie hätte die Indiosprache nur für Gekrächze gehalten, denn mit Sicherheit war er der einzige lebende Mensch, der sie beherrschte. Die Ureinwohner der Bahamas waren längst ausgestorben und ihre Kultur mit ihnen.

Am Sonntag früh aß Marco nur schnell eine Schale Cornflakes und schlich sich leise aus dem Haus. Den Eltern hatte er am Abend erklärt, dass er mit seinen Freunden etwas unternehmen wollte. Vom Rotkopf war nichts zu sehen. Er und sein Kollege waren wohl in den letzten Tagen der Überwachung überdrüssig geworden. Auch Korkis ließ sich immer seltener blicken.

Dieses Mal bauten sie den Computer auf dem großen Esstisch auf. So konnten sich die Zuschauer auf Stühlen im Halbkreis um Marco setzen. Und überdies war noch Platz für eine große Platte mit Broten, die Frau Bauenhagen hergerichtet hatte. „Falls Marco unterwegs Hunger bekommt", lächelte sie. „Oder ihr während des Wartens."

„Martin ist im Mai nach Boston gesegelt", fasste Marco die Vorgaben zusammen, die sie seit dem letzten Experiment erarbeitet hatten. „Er hat dort so viel zu tun, dass er sicher um den zehnten Juni noch dort ist. Dieser Tag ist unser Ziel." – Ariane und Löwenherz hatten mehrere Landkarten studiert und die Lage des Bostoner Hafens auf die Bogensekunde genau ermittelt. Trotz der sehr präzisen Zielbestimmung wählte Marco auch *Landepunkt optimieren*. Er wollte auf keinen Fall zwanzig Zentimeter neben einer Kaimauer landen oder etwa in einem Fass voller zappelnder Fische. *Kleidung/Aussehen anpassen ja/nein* wurde abgeschaltet, aber *Sprache anpassen ja/nein – gering/mittel/optimal* stellte er dieses Mal auf *mittel*. Das musste für diese Reise ausreichen. Er sollte dieses Mal nur eine halbe Stunde bleiben. Falls die *Morning Sun* im Hafen lag, konnte er ja gleich für längere Zeit zurückkommen.

※ ※ ※

Es war ein herrlicher Tag. Der Himmel war absolut wolkenlos, die Sonne schien so warm, dass Marco gleich seine Jacke auszog. Er konnte sie einfach neben sich legen, denn er saß auf einer schönen, weißen Sandbank. Überall lagen Muschelschalen, als kämen nie Menschen hierher, um sie aufzusammeln und daheim in einen Schuhkarton zu legen. Unter den Krabben gab es ein Gerenne und Geschiebe wie in der Innenstadt am letzten Einkaufstag vor Weihnachten. Ansonsten nur Meer und Horizont. Das war wieder eine Präzisionslandung, leider einmal mehr auf dem falschen Punkt.

Marco stand auf und drehte sich um. Da lag die Stadt vor ihm. Zwischen seiner Sandbank und dem Hafen erstreckte sich ein schmales, aber für ihn unüberwindbares Stück Meer. Er konnte Schiffe ausmachen, mehr als er je zuvor gesehen hatte. Aber die Entfernung war zu groß, um Einzelheiten zu unterscheiden. Einmal glaubte er, die *Morning Sun* zu erkennen, aber dann entdeckte er noch mehrere einmastige Segler, die ganz ähnlich aussahen. Er setzte sich wieder in den Sand, schaute den Krabben bei ihren Weihnachtseinkäufen zu und wartete, bis er in die Zukunft zurückgeholt wurde.

❋ ❋ ❋

„Ich bin ganz sicher, dass die Koordinaten stimmen", verteidigte sich Löwenherz.

Ariane pflichtete ihm bei: „Wir haben sie unabhängig voneinander festgestellt, damit dir bestimmt nichts passiert."

Es war Frau Bauenhagen, die dieses Mal den richtigen Einfall hatte: „Habt ihr den Hafen von heute als Zielpunkt genommen, oder den von siebzehnhundert?"

Eine halbe Stunde später hatten sie im Internet die Lösung gefunden. Als Boston gegründet wurde, lag es auf einer Halbinsel. In dem Maße, wie die Stadt zur größten und reichsten Ansiedlung auf dem Kontinent wuchs, musste Land gewonnen werden. Die Untiefen und Sandbänke wurden aufgefüllt, bis von der ursprünglichen Halbinsel nichts mehr übrig war.

„Wenn ich von der Krabbenbank aus den Zielpunkt einfach eineinhalb Kilometer weiter nach Osten verlege, müsste ich richtig ankommen", rechnete Marco aus.

❋ ❋ ❋

„Mach doch die Augen auf!", schrie eine wütende Männerstimme. Marco konnte gerade noch zurückspringen, um nicht von ein paar galoppierenden Pferden überrannt zu werden. Auf seiner Hand spürte er einen brennenden Schmerz. Der Kutscher hatte im Vorbeirasen mit der Peitsche nach ihm geschlagen. Marco biss die Zähne aufeinander und blinzelte einige Male, um die Tränen aus den Augen zu bekommen. Was er sah, freute ihn. Mit dem dritten Anlauf hatte er den Sprung endlich geschafft. Er stand im Hafen von Boston. Es dauerte nicht lange, bis er die *Morning Sun* entdeckte. Sie lag etwas abseits vor Anker und sah völlig verlassen aus. Marco ging so nahe er konnte heran und rief durch die hohlen Hände hinüber:

„Morning Sun, ahoi! Mooorning Suuun, Ahoooooi!" Schließlich wurde er gehört. Einer der Matrosen, Marco hatte seinen Namen vergessen, erschien auf Deck. Er zeigte sich höchst überrascht von Marcos plötzlichem Auftauchen. Die Unterhaltung über die große Entfernung erwies sich als schwierig, aber mit höchster Stimmanstrengung und vor allem mit fantasievollen Gesten konnten sie sich doch verständigen. Der Mann war allein an Bord, das Boot lag am Ufer. Marco fand es nach einigem Suchen und setzte sich hinein. Es war zu groß für ihn, als dass er damit zur *Morning Sun* hätte hinüberrudern können. Außerdem hatte er nur noch wenig Zeit, bis er wieder heimgeholt wurde.

Heim – und gleich wieder zurück. Er berichtete nur schnell, dass er jetzt an der richtigen Stelle angekommen sei und um ein Haar einen Verkehrsunfall mit einem Pferdewagen verursacht hätte, stellte die Abwesenheitsdauer auf sechs Stunden ein – und schon saß er wieder im Boot.

Kees und Carlotta waren die Ersten, die auftauchten. Ihre Überraschung kannte keine Grenzen. Wie war er nur hierher gekommen? In den letzten Tagen war kein Schiff von den Bahamas eingelaufen. Wie immer gab Marco auf die Fragen nach seinem Woher und Wohin keine klare Antwort und erkundigte sich stattdessen, wo er Martin finden könnte. Der sei bei seinem Schiffsbauer, berichtete der Bootsmann und beschrieb sehr genau und verständlich den Weg dorthin.

Eine schwarze Dienerin – sicherlich eine Sklavin, dachte Marco – öffnete die Haus- und dann die Stubentür. „Master Marco für Kapitän Martin", kündigte sie an und ließ ihn eintreten. Wenn Martin überrascht war, ließ er es sich nicht anmerken. Nur dass er sich über Marcos Erscheinen freute, war deutlich zu sehen. Er stellte ihn den anderen vor. „Und dies sind Mister Spotswood, der Schiffsbaumeister, von dem ich dir erzählt habe, und sein Sohn Edward. Wir sind mit unseren Plänen beinahe fertig. Nächste Woche legen wir den Kiel für das neue Schiff. Es wird *Lucy* heißen, nach der *Santa Lucia,* der es sein Dasein verdankt."

Mr. Spotswood war klein und hager und weißhaarig. Bei seinem Anblick kam es Marco in den Sinn, dass er auf dem Weg vom Hafen hierher fast keine alten Menschen gesehen hatte, nur wenige Frauen und fast gar keine Kinder. Spotswood war sicher über siebzig und sein Sohn musste Anfang vierzig sein. Die beiden schenkten ihm nur geringe Aufmerksamkeit und wandten sich wieder ihren Plänen zu.

Marco musste seinen ganzen Mut zusammennehmen, aber schließlich war er nicht gekommen, um sich ignorieren zu lassen. „Gut, dass ihr noch nicht angefangen habt. Ich habe ein paar Ideen mitgebracht, die ihr vielleicht noch verwenden könnt."

Der Alte blickte auf, sprachlos vor Überraschung. Dann fing er an zu kichern. Es klang aber eher ärgerlich als lustig. „Ein Wunder!", brachte er schließlich heraus. „Seit fünfzig Jahren, seit einem halben Jahrhundert baue ich Schiffe. Die schönsten Schiffe, die schnellsten Schiffe, die tüchtigsten Schiffe, die zwischen Neuengland und Indien die Meere befahren. Seit fünfzig Jahren! Und jetzt kommt dieser Bengel", er war jetzt nicht mehr ärgerlich, sondern hatte sich richtig in Zorn geredet, „und jetzt kommt dieser Bengel und bringt mir neue Ideen mit. Wirf ihn raus", schrie er, zu seinem Sohn gewandt. „Dass der mir nie mehr einen Fuß über meine Schwelle setzt!"

Zum Glück war der junge Spotswood eher zurückhaltend und wartete erst das Ergebnis der Verhandlungen ab, statt Marco sofort vor die Tür zu setzen. Es dauerte eine ganze Weile, bis Martin den Alten beruhigt hatte. „Jeder weiß, dass du der beste Schiffsbauer im alten und im neuen England bist, Onkel Ptolemäus", beteuerte er immer wieder. „Aber glaub mir, dieser Bengel, wie du ihn zu nennen beliebst, hat mit seinen Geistesblitzen jedermanns Respekt gewonnen. Er ist es auch, der die *Santa Lucia* entdeckt hat, und damit das Gold, von dem wir die *Lucy* bauen. Und er hat seinen ganzen Anteil in unser Schiff gesteckt. Damit ist er gewissermaßen Miteigentümer. Wir sollten uns unbedingt anhören, was ihm so eingefallen ist."

Der Alte schien wieder halbwegs besänftigt. „Na ja, wenn du es sagst. Also, junger Mann, was sind deine großartigen Ideen?"

„Verzeiht, Meister Spotswood, wenn ich mich dazu erst entkleide", sagte Marco höflich. Er legte seine Jacke ab und zog sich das T-Shirt über den Kopf. Schnell schlüpfte er wieder in die Jacke – die anderen waren sehr formell gekleidet – und breitete dann das T-Shirt, Rücken nach oben, auf dem Tisch aus. Löwenherz, Ariane und er selber hatten viel Zeit damit zugebracht, zu den gefundenen Neuerungen auch möglichst klare Zeichnungen zu finden und auf das weiße Shirt zu übertragen. So konnten sie einigermaßen sicher sein, dass die Pläne auch in der Vergangenheit ankommen würden, denn wenn die Anpassung abgeschaltet war, konnte Marco mitbringen, was er auf dem Leibe trug.

„Ich bin kein Schiffsbauer wie Ihr, Meister Spotswood, und schon gar nicht ein so erfahrener. Ich habe nur mit zwei Schulfreunden ein paar Dinge aufgezeichnet, die wir gesehen und die uns gefallen haben. Vielleicht ist das alles nichts wert, das könnt ihr besser beurteilen als ich. Hier, bei der ersten Skizze, geht es um die Form des Kiels." Sein Finger glitt über die Zeichnung, während er erläuterte, was der Idee zugrunde lag. Der Alte stellte keine einzige Zwischenfrage. Die Dämmerung brach herein, aber keiner wollte eine Lampe anzünden und so die Spannung unterbrechen.

Als sie das Hemd zu Ende gelesen hatten, blickte Spotswood auf. „Was meinst du dazu, Eddie?", fragte er seinen Sohn.

„Ich denke, vieles davon ist gut und lässt sich auch verwirklichen, Vater. Aber es verlangt viele Berechnungen und kostet eine Menge Zeit. Wenn wir diese Ideen, oder nur einen Teil davon, verwirklichen, glaube ich nicht, dass wir die *Lucy* schon nächste Woche auf Kiel legen können."

„Vieles ist gut, vieles ist gut", äffte ihn der alte Meister nach. „Nein, vieles ist genial! Genial! Wenn Fluchen keine Sünde wäre, dann würde ich sagen ‚verdammt genial'. Hier und hier und hier" – sein Zeigefinger markierte verschiedene

Stellen des Shirts – „frage ich mich, warum ich nicht selber auf diesen Gedanken gekommen bin. Ihr mögt kein Schiffsbauer sein, junger Mann. Aber wenn Ihr einer werden wollt, nehme ich Euch mit Freuden als Lehrling. Denkt darüber nach. – Dorothy!" Die Dienerin steckte den Kopf durch den Türspalt. „Dieser junge Herr hat mir sein Hemd geschenkt und das ist das beste Geschenk, das ich in meinem Leben bekommen habe. Bring ihm meine seidene Bluse mit den Rüschen, die könnte ihm passen."

Sie passte wirklich ganz gut. Die Schiffsbauer stellten noch allerhand Fragen, die Marco zum größten Teil nicht beantworten konnte. Während sie sich in tausend Einzelheiten vertieften, bat er um Erlaubnis, sich zurückzuziehen und verabschiedete sich.

※ ※ ※

„Zuerst dachte ich, Meister Spotswood würde mich umbringen", beendete Marco seinen Bericht. „Aber dann fand er plötzlich alles ganz toll – genial, hat er gesagt. Er hat mich als Lehrling angenommen und mir sein seidenes Hemd geschenkt."

„Damit schaust du aus wie der Lehrling der Drei Musketiere", ließ Ariane fallen. „Aber mir würde es ganz gut stehen."

„Du kannst es gerne haben. Ich könnte ohnehin nicht erklären, wie ich zu einem seidenen Rüschenhemd komme, vor allem meinem Vater nicht. Dem würden zwei Millionen Fragen dazu einfallen. Aber ganz ohne Hemd kann ich auch nicht heimkommen."

Im ganzen Hause Bauenhagen gab es kein passendes, unauffälliges Kleidungsstück als Ersatz für das T-Shirt. Löwenherz musste schnell nach Hause laufen und eines von sich holen.

„Wenn das so weiter geht, dann räume ich nach und nach deinen ganzen Kleiderschrank aus."

Du kannst es mir ja wieder zurückgeben. Aber bitte nicht mit Karibikwasser getränkt."

Die nächsten Sonntage reiste Marco regelmäßig nach Boston, meist nur für ein paar Stunden, manchmal auch für mehrere Tage oder zwei, drei Mal unmittelbar hintereinander. Er konnte beobachten, wie unter den geschickten Händen der Zimmerleute Planke für Planke ein neues Schiff entstand. Einer der beiden Spotswoods war fast immer anwesend. Manchmal stellten sie eine Frage zu einem Detail, die Marco meistens sofort beantworten konnte. Manchmal lieferte er eine mathematische Formel dazu oder strichelte schnell eine Zeichnung mit Holzkohle auf ein herumliegendes Brett. Dass er zu diesem Zweck dreihundert Jahre weit reiste und dass es manchmal eine Woche dauerte, bis das Reiseteam die Antworten zusammengetragen hatte, das bemerkte in Boston keiner, und über das kurze Flackern der Zeit, wenn Marco kam oder ging, machte sich niemand Gedanken.

✻ ✻ ✻

Während in Boston gesägt und gehämmert, gebohrt und gehobelt wurde, segelte Martin die *Morning Sun* zurück nach Nassau. Auf dem Nordatlantik gerieten sie in einen der ersten Herbststürme, der sie weit nach Osten abtrieb. So erreichten sie ihr Ziel erst spät im Oktober. Martin übergab dem Gouverneur sein Schiff und versprach, mit der Lucy weiter Jagd auf den einäugigen Piraten zu machen. Die Besatzung ging von Bord und die beiden, die nicht mehr auf dem neuen Schiff anheuern wollten, nahmen Abschied. Pedro, nun selber ein reicher junger Mann, ging mit einem von ihnen. Er war noch nicht sicher, ob er hier bleiben oder nach *Reina Isabela* zurückkehren wollte. Der große Rest der Mannschaft wartete auf eine Mitfahrgelegenheit noch Boston.

✻ ✻ ✻

Wie oft wünschte sich Marco, einen Fotoapparat bei sich zu haben. Mit ein paar Bildern hätte er besser als mit Tausend Worten seinen Freunden beschreiben können, was er hier Tag für Tag erlebte. Wahrscheinlich wären Historiker und Archäologen über solche Dokumente in Verzückung geraten, aber gerade denen durfte er natürlich nicht auf die Sprünge helfen, wollte er nicht wirklich einen gefährlichen Eingriff in den Ablauf der Zeit riskieren.

„Unsere Kanonengießer sind entweder dumm und unfähig", berichtete er nach einer seiner vielen Reisen, „oder wir geben ihnen unsaubere Instruktionen. Sie kommen nicht mit der Vorstellung zurecht, dass man eine Kanone von hinten laden kann, statt die Kugel von vorn ins Rohr zu stopfen. Und dass wir doppelt so lange Rohre haben wollen, das finden sie einfach plemplem. Und außerdem bekommen sie die Legierung nicht hin. Gerade ist beim Test das vierte Rohr hintereinander geplatzt."

„Wenn du einen Fehler findest, solltest du die Ursache zuerst bei dir selber suchen", besänftigte ihn Herr Bauenhagen. „Wir haben keinen Grund anzunehmen, dass diese Leute dümmer sind als die, die etwas später genau diese Kanonen hergestellt haben. Gebt mir eure Unterlagen, dann werde ich mit Peter Landwehr reden. Wir haben zusammen Physik studiert, ein Jahr lang, dann hat er das Fach gewechselt. Er ist kein Spezialist für Kanonen, aber als Maschinenbauer versteht er die Zusammenhänge besser als ich."

※ ※ ※

Drei Wochen später konnte Marco den Kanonengießern ein T-Shirt mit neuen, exakten Zeichnungen und Formeln überbringen. Diese Methode des Transports hatte sich als die einzig gangbare erwiesen. Kopien auf Papier und alles sonst, was nicht direkt mit seiner Haut in Berührung stand, ging im Sprung durch die Jahrhunderte einfach verloren. Wer weiß, ob diese Dinge nicht irgendwo in der Steinzeit landeten – oder bei einem Erfinder, der hundert Jahre später nur auf gerade diesen Gedanken kam, weil er ihm aus der Zukunft zugespielt wurde. Marco, der Schiffseigner, gab seit Monaten sein ganzes Taschengeld für weiße T-Shirts aus und für Material, sie zu bedrucken. Richard und Ariane beteiligten sich auch, wenn Not am Mann war. Zeichnungen oder Formeln von Hand zu übertragen, das hatten sie längst aufgegeben. Es kostete zu viel Zeit und barg immer die Gefahr von Fehlern in sich. Für Marcos aufgerüsteten Computer waren solche Produktionen noch nicht einmal ein Kinderspiel, höchstens ein Blinzeln.

Aber auch diese Art des Transports barg ihre Probleme. Um seine T-Shirts bei den Schiffsbauern und Kanonengießern abzuliefern, musste Marco in seinen eigenen Klamotten reisen. Die Bostoner waren von Seeleuten allerhand merkwürdige Tracht gewohnt, aber Marco stach unter all denen heraus wie ein Schwan im Ententeich. Vor allem trug er keinen Hut, was die ehrenwerten Bürger sehr ungehörig fanden. Das einzige, was man wenigstens aus einiger Entfernung noch für eine Art von Seemannskleidung halten konnte, waren die Blue Jeans. Die Schuhe und die Jacke waren typische Produkte des 21. Jahrhunderts. Dass er jedes Mal sein T-Shirt zurück lassen musste, verursachte eine weitere Schwierigkeit, denn der Vorrat des alten Ptolemäus Spotswood an seidenen Rüschenhemden war nach dem ersten Mal aufgebraucht.

So war es auch kein Wunder, dass die beiden ihn früher entdeckten als er sie. Die Arbeit mit den Schiffszimmerleuten hatte nur drei Stunden gedauert. Es blieben ihm noch einmal drei Stunden, bis er abgeholt wurde. Er beschloss, sich ein bisschen umzusehen. Nicht, dass es sehr viel zu sehen gab. Die Stadt besaß damals siebentausend Einwohner. Zehnmal so viele passen in ein modernes Fußballstadion. Es gab eine Art von Hauptstraße, so breit, dass zwei Fuhrwerke gut aneinander vorbei kamen. Hier und da zeigte ein handgemaltes Schild einen Laden an, doch gab es kein einziges Schaufenster. Marco bog in eine Seitengasse ein, die zum Stadtrand führte, um einen geschützten Ort zum Beamen zu suchen. Da fühlte er sich plötzlich links und rechts unter den Armen gepackt und von der Erde abgehoben.

Wenn er den Kopf nach links drehte, sah er einen feuerroten Haarschopf. Schaute er nach rechts, erblickte er die Umrisse einer unsagbar dünnen Figur. Ohne dass einer der beiden auch nur einen Laut von sich gab, wurde er die Gasse hinunter geschleppt. Am allerletzten Haus trampelten seine Entführer durch einen verwahrlosten Vorgarten zur Hintertür und klopften. Erst dreimal, dann zweimal, dann einmal. Ein altes Weib ließ sie eintreten. Im Vorbeigeschlepptwerden sah Marco nur, dass sie viele Runzeln, aber dafür keine Zähne besaß, und dass die verfilzten Haare auf ihrem Kopf ihn an seine frühere blaubraungraue Hutmütze erinnerten. Dann stand er, zwischen dem Roten und dem Dünnen, in der Stube. Auf der Eckbank, einen Krug vor sich, beide Ellbogen auf den viereckigen Tisch gestützt, saß Käptn Hurrikan. Er sah aus wie Korkis mit Augenklappe und schwarzem Bart.

„Schau mal, Käptn, was wir auf der Straße gefunden haben", grinste der dünne Tom.

„Das Bürschlein! Welche eine Freude!" Die Stimme des einäugigen Piraten war Marco leider nur zu gut in Erinnerung. Der Mann sah aus, als bereite ihm das Wiedersehen wirklich Freude. Den Grund dafür wollte Marco lieber nicht wissen.

„Wir sahen ihn von der Werft kommen", berichtete Tom. „Ich habe mich ganz schnell umgehört, während Rotkopf ihn im Auge behielt. Er lässt dort ein Schiff bauen."

Jetzt war Käptn Hurrikan wirklich interessiert. „Soso, er lässt dort ein Schiff bauen. Was für ein Schiff lässt er denn dort bauen?"

„Gar keins", brachte Marco mit Mühe heraus. Er hatte sich von seinem Schrecken noch nicht ganz erholt. Da spürte er einen Schlag im Rücken und einen Druck an den Schultern, der ihn auf die Knie zwang.

Ein zweiter Schlag. „Lüg nicht, die Zimmerleute haben mir alles erzählt. – Es ist dieses wahnsinnige Schiff, Käptn, das nie einen Sturm abwettern wird, weil es schon vorher kentert. Es ist sechsmal so lang wie breit. Dabei weiß jeder Seemann, dass ein gutes Schiff höchstens viermal so lang sein darf wie breit. Und der hier kommt und geht und sagt den Handwerkern, was sie machen sollen."

„Woher hast du das Geld, ein Schiff zu bauen, Bürschlein?", wollte der einäugige Pirat wissen.

„Das Schiff gehört gar nicht mir, es gehört Martin", versuchte sich Marco zu verteidigen. Der einäugige Pirat spielte Hurrikan. Er streckte beide Arme waagrecht aus und wirbelte zwei, drei Mal blitzschnell um seine eigene Achse. Zum Glück hatte er die Fäuste nicht geballt, sondern erwischte Marco nur mit der flachen Hand. Trotzdem ging der zu Boden. Sie setzten ihn auf einen schweren hölzernen Hocker und banden ihn mit den Füßen daran fest. Sie stellten ihm alle möglichen Fragen, und wenn er nicht sofort antwortete, erhielt er eine deftige Maulschelle. Schließlich beschloss er, ihnen die Wahrheit zu erzählen. Selbst wenn sie die *Santa Lucia* finden sollten, der Schatz konnte erst in dreihundert Jahren gehoben werden. Und alle anderen Informationen waren nicht schwer zu bekommen, wenn man sich nur in den Hafenkneipen umhörte.

„Es war ungefähr dort, wo die *Octopus* gesunken ist", antwortete er jetzt schon zum dritten Mal. „Mehr weiß ich nicht, ich bin kein Seemann."

※　※　※

„Was war ungefähr dort, wo die *Octopus* gesunken ist?", wollte Ariane wissen.

„Was bin ich froh, wieder hier zu sein", sagte Marco, ohne auf die Frage einzugehen. „Ich bin dem einäugigen Piraten in die Hände gefallen. Er und der Rotkopf und der dünne Tom haben mich verprügelt."

„Auf deiner Backe ist noch ganz deutlich der Abdruck von fünf Fingern zu sehen. Und dein Gesicht ist ganz verschwollen."

Ariane verschwand und kam mit ein paar Eiswürfeln in einem Plastikbeutel zurück.

Auf einmal hatte er alles unheimlich satt. „Es steht mir wirklich bis zum Hals. Ich mag nicht mehr. Ab sofort könnt ihr reisen, wenn ihr wollt, ich setze keinen Fuß mehr in die Vergangenheit. Ich werde verprügelt, mit Giftpfeilen beschossen und bin drei Mal schon fast ertrunken. Wir arbeiten uns hier halb tot, ein Schiff zu entwerfen und werden dort nur ausgelacht. Das war meine letzte Zeitreise. Die allerletzte. Glaubt mir's, ich werde das Programm löschen. Jetzt geh ich heim."

Als Marco aus dem Haus der Bauenhagens auf die Straße trat, da fühlte er sich plötzlich links und rechts am Arm gepackt. Links von sich erblickte er einen feuerroten Haarschopf. Der rechte Arm war im Griff des dünnen Kriminalbeamten.

„Jetzt wissen wir wenigstens, wohin du immer verschwindest", sagte der Dünne. „Was machst du hier?"

„Da wohnt meine Freundin", erwiderte Marco. Und das war ja nicht einmal so ganz gelogen. „Und außerdem geht Sie das gar nichts an. Lassen Sie mich los."

„Soso, da wohnt deine Freundin. Wie heißt denn deine Freundin?", wollte der Rothaarige wissen.

„Fragen Sie sie doch selber", gab Marco zurück. Er ließ sich von diesen beiden bestimmt nicht einschüchtern. „Lassen Sie mich los, oder ich erzähl's meinem Vater."

„Ach weißt du, mit deinem Vater haben wir überhaupt nichts mehr im Sinn." Der Rote grinste breit, aber sein Griff lockerte sich nicht.

„Der ist eine lahme Ente. Er hat nicht die geringste Ahnung von dem, was um ihn herum passiert, vor allem nicht, was du treibst. Wir haben den starken Verdacht, dass du hinter all diesen Vorkommnissen steckst. Du bist hiermit verhaftet." Sie zerrten ihn zu dem Auto, das er schon so gut kannte und stießen ihn auf den Rücksitz.

„Na, Bürschlein, welche Freude, mal wieder mit dir zu sprechen", intonierte Korkis, der es sich dort offenbar recht gemütlich gemacht hatte. Er hielt eine Flasche Bier in der einen

Hand und ein Stück Pizza in der anderen. „Jetzt, da wir wissen, wo du immer untertauchst, werden wir dein Geheimnis bald gelüftet haben. Du sparst dir viele Unannehmlichkeiten und vielleicht auch die eine oder andere Backpfeife, wenn du jetzt gleich ein Geständnis ablegst."

„Ich weiß nicht, was Sie wollen, verteidigte sich Marco schwach. „Außerdem ist Foltern verboten und ich bin minderjährig. Sie können mir überhaupt nichts tun." Er versuchte, die Tür aufzustoßen und auszusteigen, aber der andere hielt ihn mit eisernem Griff fest.

„Der Blitz, der dich getroffen hat, Bürschlein, das war kein Blitz, sondern ein Unfall bei irgendeinem waghalsigen Experiment. Und seit dieser Zeit experimentierst du auf Teufel komm raus und gefährdest das ganze Viertel, vielleicht sogar die ganze Stadt. Rück raus mit der Wahrheit. Wenn du so weitermachst, kann das Tausende von Menschenleben kosten."

Der Rothaarige, der sich hinter das Lenkrad gesetzt hatte, drehte sich halb um. „Eine halbe Stunde bevor du das Haus dort verlassen hast, gab es zwei Energiestöße. Die hast du verursacht, das steht fest. Dein Gesicht beweist, dass dabei auch wieder ein Unfall passiert ist. Was war es?"

Irgendwie waren sie ja auf der richtigen Fährte, überlegte Marco. Nur hatten sie keine Ahnung, in welcher Richtung sie ihr folgen konnten. Vielleicht war es besser, sie auf eine ganz falsche Spur zu locken als überhaupt nichts zu sagen. Ohne wirklich darüber nachzudenken, hatte er sich in den letzten paar Wochen schon eine Geschichte zurechtgelegt. „Wir versuchen, Kontakt mit Außerirdischen aufzunehmen. Deswegen schicken wir manchmal Botschaften raus." Die Ohrfeige, die Korkis ihm verpasste, war nicht ganz so schlimm wie die vom einäugigen Piraten, denn der Journalist hatte nicht genug Raum zum Ausholen. Sie machte aber deutlich, dass die Ausrede noch nicht gut genug war.

„Verkohlen kann ich mich selber!", knurrte Korkis. „Versuch's noch einmal. Was ist damals passiert, als du ins Krankenhaus musstest?"

Er hatte keine Wahl, er musste die ganze Geschichte auspacken: „Also gut. Damals stand plötzlich ein Außerirdischer in meinem Zimmer. Er hat mich gepackt und wollte mich mitnehmen, aber am Ende war ich ihm zu schwer, und er hat mich fallen lassen."

„Wusst' ich's doch. Aber ehe ich dir das glaube, beschreibst du mir, wie der ausgesehen hat."

„Wie ein Oktopus, halb so groß wie ich. Er war grün. So genau habe ich ihn nicht gesehen, Ich war doch so erschrocken. Über einem Auge hatte er eine schwarze Klappe. Die Tentakel waren länger als mein Arm und hatten Flecken wie ein Jaguar."

„Ich glaub dir kein Wort", sagte der Dünne, aber Korkis war anderer Meinung. „Wir lassen ihn laufen, Thomas. An der Geschichte könnte schon ein Körnchen Wahrheit sein. So ein Detail wie die Augenklappe, das fällt einem verängstigten Jungen nicht einfach aus der dünnen Luft ein."

„Also gut, verschwinde", sagte der Kriminalbeamte, den Korkis Thomas genannt hatte. „Am besten vergisst du, dass du uns gesehen hast. Wenn du Ärger machst, dann kriegt deine Freundin eine Woche lang jeden Tag eine Hausdurchsuchung. Und deine Eltern auch. Kapiert?"

Die „Frische Frühstücks Zeitung" war schon am frühen Morgen ausverkauft. Marco erwischte am Kiosk gerade noch das letzte Exemplar. Die Überschrift, in roten Lettern gedruckt, reichte über die ganze Seitenbreite.

MARSMENSCH KIDNAPPT SCHÜLER.

Ein Exklusivbericht von unserem Starreporter Will Korkis

Vor mehreren Wochen hat die FFZ unter dem Titel „Was geht hier vor?" über ein Phänomen berichtet, das nach dem heutigen Stand der Wissenschaft seinen Ursprung nicht auf unserer Welt haben kann. Schon damals mutmaßte unser Reporter, die Erscheinung – eine leuchtende Kuppel, die eine Villa in einer der besten Wohngegenden unserer Stadt überwölbte – sei nur als das Werk von Bewohnern eines fremden Planeten zu erklären. Jetzt hat ein Augenzeuge in einem exklusiven Interview mit der FFZ sein Schweigen gebrochen. Es handelt sich um den Schüler Marco K., 14. Hier ist sein Bericht:

„Es war am späten Nachmittag. Ich saß wie immer in meinem Zimmer und lernte. Plötzlich wurde es sehr hell. Als ich aus dem Fenster blickte, sah ich nur noch eine gleißende, blendende Wand. Zum Glück habe ich ganz automatisch die Augen zugekniffen, sonst wäre ich heute wohl blind.

Es dauerte mehrere Minuten, bis ich durch meine geschlossenen Lider fühlte, dass das Licht schwächer wurde. Ich öffnete die Augen und sah mich einem riesigen grünen Monster gegenüber. Es war mindestens vier Meter lang und sah aus wie ein Riesenkrake mit hundert Armen. Vor Schreck wäre ich fast vom Stuhl gefallen, aber die Tentakel hielten mich fest. Sie trugen ein schwarzes Fleckenmuster, das mich an einen Jaguar erinnerte, und der Griff, mit dem sie mich festhielten, hätte ebenso gut der Biss eines Jaguars sein können. Ich weiß nicht, wie viele Augen das Ungeheuer hatte, es waren jedenfalls sehr viele. Was mir aber auffiel, das war, dass ein Auge von einer schwarzen Klappe verdeckt war, als hätte das Ding früher einmal in einem Kampf ein Auge verloren. Und darüber trug es eine Art von grünem Kopftuch.

Das Monster schleppte mich zum Fenster. Ich wusste, dass es vom Mars kam und dass es mich auf sein Schiff bringen wollte. Diese Information hat es mir auf telepathischem Weg mitgeteilt. Ich sah das Schiff, an das es dachte, ganz deutlich vor meinen inneren Augen. Wenn man erst einmal die grüne Außenhaut durchdrungen hat – alles, was vom Mars kommt, scheint grün zu sein –, dann erinnert es stark an ein Riesenrad vom Rummelplatz. Nur hängen dort, wo beim Riesenrad die Gondeln sind, große Trauben von Kraken, genau wie Fledermäuse im Kirchturm. Ich habe mich mit aller Kraft gewehrt, aber ich hatte keine Chance. Mein großes Glück war, dass gerade ein Gewitter herrschte, und das rettete mir das Leben. Dieser Marsbewohner – von einem Marsmenschen kann man wohl nicht sprechen – muss wohl einen Blitz auf sich gezogen haben. Ich hörte ein lautes Krachen, und dann war ich wieder frei. Danach kann ich mich an nichts mehr erinnern."

Soweit der Erlebnisbericht von Marco K.

Nach diesem glücklicherweise vereitelten Kidnapping-Versuch wurde Marco K. mit dem Notarztwagen ins Krankenhaus eingeliefert. Der behandelnde Arzt stellte eine schwere Gehirnerschütterung fest, verursacht von einem starken Schlag auf den Kopf. Überdies war der ganze Körper des Schülers mit Flecken und Schürfwunden bedeckt, die von seinem verzweifelten Kampf gegen die außerirdischen Entführer Zeugnis ablegten.

Die Frische Frühstücks Zeitung hat eine Sonderkommission unter der Leitung von Will Korkis zusammengestellt, der neben den fähigsten Reportern auch Wissenschaftler aus dem In- und Ausland in den verschiedensten Disziplinen angehören werden. Die Kommission wird das unglaubliche Ereignis in allen Einzelheiten untersuchen. Vor allem stellt sich angesichts des Angriffs auf einen nichts ahnenden Schüler die Frage: **Ist unsere Erde in Gefahr?**

Lesen Sie morgen mehr über die erste bewiesene Konfrontation außerirdischen Lebens mit dem Menschen.

Natürlich musste Marco daheim haarklein erzählen, wie es zu diesem „Bericht" gekommen war. Der Vater tobte und schwor, die „ganze Bande" ins Gefängnis zu bringen, sah aber schließlich ein, dass er einen Prozess nie gewinnen konnte. Die Mutter orderte für das Kaufhaus zehntausend Mars-Riesenräder von einem Spielzeugfabrikanten, der sich auf solche kurzlebigen

Produkte spezialisierte und damit Millionen scheffelte. Die Mitschüler hänselten Marco und spielten eine Woche lang „Marskrake und Entführer". Dann war alles wieder ganz normal. Die FFZ hatte über Marcos Abenteuer schon bald nichts mehr zu berichten, entwickelte aber eine Serie über „Unsere Mitbewohner im Weltraum", die von Tausenden regelmäßig gelesen wurde: mit Angst vor einer baldigen Attacke, mit Amüsement über die demonstrierte Fabulierkunst oder mit Ärger über die unverfrorenen Lügen. Jeden Tag wurden „Experten" interviewt und Bilder aus Star Wars, aus E. T. und anderen einschlägigen Filmen abgedruckt, die plötzlich nicht mehr als Fantasiefiguren galten, sondern einen dokumentarischen Charakter erhielten.

Die drei Freunde waren beinahe unzertrennlich geworden. Ihre Methode, jede Aufgabe als Team anzupacken, brachte ihnen den Respekt aller Lehrer und die Bewunderung ihrer Mitschüler ein. Dabei spielte jeder von ihnen eine bestimmte Rolle: Marco erdachte die großen, strategischen Pläne, ein Problem zu bewältigen. Richard setzte diese Pläne Schritt für Schritt, Steinchen für Steinchen in die Wirklichkeit um, ließ sich von Schwierigkeiten nicht beirren und fand immer Wege, ein Hindernis zu umgehen. Ariane war zuständig für die Kreativabteilung. Sie verlor bei dem systematischen Vorgehen oft die Geduld. Dann vollführte sie einen geistigen Salto Mortale und landete an irgendeiner Stelle, die den direkten Blick auf die einfachste und eleganteste Lösung freigab, ohne Richards mühevollen Pfaden zu folgen.

Marco hielt sich an seinen Entschluss, keine Zeitreisen mehr zu unternehmen und bereute es keinen Augenblick. Den ganzen Rest des Schuljahrs geriet er nicht ein einziges Mal in Lebensgefahr und wurde auch von niemandem getreten oder geschlagen. Korkis und die Detektive erkannten ihre Zeitverschwendung und folgten ihm nicht weiter. Er führte ein normales Leben, brauchte seinen Eltern nichts mehr zu verheimlichen und hatte keine Lust mehr auf Computerspiele. So ging das Schuljahr ohne größere Aufregung zu Ende. Auch die Sommerferien verliefen wie immer und ebenso der Beginn des nächsten Schuljahrs.

Es war die letzte Stunde des Tages. Herr Ranke hatte eine Mathematikarbeit zurückgegeben und erklärte die richtigen Lösungen. „Die dritte Aufgabe hat nur ein einziger von der ganzen Klasse richtig gelöst", sagte er, während er eine Formel an die Tafel schrieb. „Erklär mal, Kramer, wie du darauf gekommen bist!"

Marco zeigte mit einer Geste seine Hände an, dass er diese Frage nicht beantworten konnte. In Wirklichkeit hatte er, als er die Aufgabe las, genau dieses Gefühl gehabt, das Carlotta „déjà vu" genannt hatte. Er erinnerte sich, wie er frierend im Unterricht saß, als Herr Ranke genau dieses Problem besprach. Er hatte einfach die Denkschritte hingeschrieben, wie er sie aus der Zukunft in Erinnerung hatte. Bei der Besprechung der ersten beiden Aufgaben war er noch in Nassau gewesen und deswegen hatte er auch eine davon nicht richtig gelöst.

Eigentlich war heute der Tag, an dem sie bei Richard arbeiteten. Es war nur fair, dass sie nicht tagtäglich Frau Bauenhagen zur Last fielen. Bei Richard war es allerdings immer ein bisschen ungemütlich. Seine Familie wohnte in einem Apartment. Es gab da nicht besonders viel Platz und darüber hinaus hatte Richard zwei jüngere Schwestern, die manchmal sehr lästig sein konnten. Nach einem kurzen Stück Weges blieb Marco stehen. „Wisst ihr was? Es war die heutige Mathestunde, in der ich damals gelandet bin. Weißt du noch, Löwenherz, als du mir deine Jacke geliehen hast?" Keiner wusste so genau, wie Richard zu dieser Jacke gekommen war, die er heute anhatte. Vor ein paar Wochen hatte sie in Arianes Diele zwischen all den anderen Jacken und Mänteln gehangen und er hatte sie ohne Nachdenken angezogen. Seine Mutter hatte das neue Kleidungsstück nicht bemerkt, oder wenigstens ließ sie kein Wort darüber fallen.

„Ich lade euch zu McDonalds ein", sagte Marco, „weil es bei mir nichts zu essen gibt. Raina ist zu ihrem kranken Vater gefahren und keiner weiß, wann sie zurückkommt. Und dann gehen wir zu mir und sehen nach, wie es unserer Lucy geht. Nur fünf Minuten, mehr nicht."

KAPITEL 13

*Marco besucht das neue Schiff und lernt einen
berühmten Entdecker kennen.*

Sie war eine Schönheit. Sie war die Miss Universum unter
den Schiffen aller Meere. Sie war schlanker als alle ihre
Konkurrentinnen, ihr Körper aus poliertem Eichenholz re-
flektierte die Sonnenstrahlen nur wenig schlechter als ein
Spiegel. Voll aufgetakelt trug sie mehr Segel als jedes andere
Schiff ihrer Größe. Die Segel waren nicht weiß sondern von
einem einzigartigen Blau, kaum dunkler als der Himmel und
deshalb am Horizont so gut wie unsichtbar. Auf ihrem Deck
waren nur zwei Kanonen montiert. Nicht die kleinen Drehbassen, die man sonst oft sah – von denen saßen ein halbes
Dutzend auf dem Schanzkleid –, sondern richtige Geschütze, die Doppelrohre dreimal so lang wie auf den Schiffen Seiner Majestät. Sie ließen sich drehen und konnten in jede be-
liebige Richtung feuern, anstatt nur Breitseiten abgeben. So
etwas hatte die Welt noch nie gesehen. Das Schmuckstück
auf dem Quarterdeck war die Schiffsglocke der *Santa Lucia*,
so perfekt poliert, dass sie wie pures Gold glänzte. Irgendjemand hatte gesagt, sie sei ein Glücksbringer, und so gut
wie alle Matrosen an Bord legten mindestens einmal am Tag
die Hand auf die Glocke.

Auch unter Deck war alles anders. Für die Mannschaft gab
es richtige doppelstöckige Schlafkojen. Links und rechts von
der Kapitänskajüte befanden sich mehrere Kabinen, für den
Schiffsarzt mit einer kleinen Krankenstation auf der einen Seite, für den Ersten Offizier und für Marco, wenn er an Bord
war, auf der anderen. Mittschiffs, wo es auch bei schlechtem

Wetter am ruhigsten blieb, konnte Frenchy in einer richtigen Kombüse kochen. Marco hatte einen Ofen bauen lassen, wie er ihn noch bei seiner Großmutter gesehen hatte. So konnte auch bei mittlerem Seegang keine Glut herumfliegen. Zur Sicherheit aber, denn Feuer ist der ärgste Feind des Seemanns, war die Küche mit einer Sprinkleranlage ausgerüstet: über der Küchendecke befand sich ein großer Tank, dessen Boden sich mit einem Ruck an einem Seil öffnen ließ. In mehreren Versuchen hatte Marco bewiesen, dass diesem Wasserschwall kein Brand in der Küche standhalten konnte.

Die *Lucy* war nicht am Kai vertäut, sondern lag mitten im Hafen vor Anker. Martin hatte zu dieser Vorsichtsmaßnahme gegriffen, weil nicht alle Bewohner der Stadt von seinem Schiff so begeistert waren wie er selber. Viele der frommen Bostoner betrachteten es als eine Verhöhnung göttlicher Naturgesetze, dass sich jemand mit diesem Segler aufs Meer wagen wollte. Sie waren fest davon überzeugt, dass die *Lucy* schon bei geringem Wind kentern und die ganze Besatzung in den Tod reißen würde. Mehrmals hatte jemand versucht, das Schiff auf der Werft anzuzünden oder Löcher in die Planken zu schlagen. Insbesondere war den Wachen verschiedentlich ein rothaariger Mann aufgefallen. Einmal hatten sie ihn beim Versuch, Feuer zu legen, ertappt, aber er war ihnen im Schutz der Nacht entkommen.

Rund um die *Lucy* war das Hafenbecken von Ruderbooten bevölkert. Carlotta fühlte sich an den Besuch bei den Indios erinnert. Diese Menschen würden aber bestimmt keine vergifteten Pfeile verschießen, selbst wenn für viele die Anwesenheit einer Frau auf dem Schiff ein schlimmer Stein des Anstoßes war. Zu allem Überfluss war sie auch noch die Schiffsärztin – und sie war gekleidet wie ein gewöhnlicher Matrose. Eine Frau in Männerkleidern, das gehörte sich wirklich nicht! Die Menschen in den Booten waren Neugierige aus der Stadt und die Honoratioren – beileibe nicht alle, aber doch eine ganze Anzahl –, die dem schnittigsten Schiff der Welt eine gute Reise wünschen wollten. Der Bischof gehörte zu den

Zweiflern und hatte nur einen jungen Priester geschickt, um einen Segen über Schiff und Besatzung zu sprechen.

Die Mannschaft stand aufgereiht an Deck. Als die kurze Zeremonie vorüber war, salutierte Martin in Richtung auf den Bürgermeister und den Priester und sagte mit ruhiger Stimme zu Kees: „Anker lichten."

„Lichtet Anker!", dröhnte die Stimme des Bootsmanns über das Deck. Die Ankerwinde rasselte, zwei kleine Segel waren im Nu gehisst, die *Lucy* glitt langsam auf die Hafenausfahrt zu. So elegant war ihre Bewegung, so leicht folgte sie den Kräften des Windes und des Steuerruders, dass auf den begleitenden Booten spontaner Applaus ausbrach.

Der Atlantik war für die Jahreszeit ruhig. Der Himmel war grau, aber ein mäßiger Wind aus Nordost verlieh der *Lucy* eine stete Geschwindigkeit in Richtung Süden. Alle freuten sich auf das wärmere Klima der Karibik. Mittlerweile aber gab es viel Arbeit an Bord. Martin hatte eine größere Anzahl neuer Matrosen anheuern müssen. Unter dem Kommando des Bootsmanns galt es jetzt für alle, sich mit dem Schiff vertraut zu machen und eine gewisse Arbeitsroutine zu entwickeln. Die beiden Spotswoods waren als Gäste an Bord. Besonders der ältere war mit einem eigens dafür mitgebrachten Zimmermann ständig unterwegs, um kleine Unzulänglichkeiten sofort zu beheben und größere, sollten sie denn auftauchen, für eine Korrektur vorzumerken, sobald die *Lucy* wieder in Boston im Hafen lag.

Am vierten Tag ließ Martin die Mannschaft auf Deck antreten. „Männer", rief er, „ich möchte euch meine Pläne erklären." Er musste seine Stimme ziemlich anstrengen, um das Sausen und Pfeifen und Klappern an Bord zu übertönen. Ein großes Segelschiff zog nie in majestätischer Stille seine Bahn. Schon ein leiser Wind ließ die Segel flattern, die Rahen knarzen und die Leinen gegen die Masten klatschen. Das rhythmische Schlagen der Wellen gegen den Schiffsrumpf gab den Takt zu diesen Hintergrundgeräuschen. „Die *Lucy* ist kein Handelsschiff, aber sie ist auch kein Kriegsschiff", fuhr Martin fort.

„Ihr alle wisst, was ich mir zum Ziel gesetzt habe: Wir wollen Piraten entdecken und unschädlich machen. Wir wollen Sklavenhändler daran hindern, ihr gottloses Gewerbe zu betreiben. Wir besitzen einen Kaperbrief, der uns davor schützt, dass wir selber für Seeräuber gehalten werden. Aber wir sind keine Freibeuter. Wir werden keine Schiffe aufbringen, ausplündern oder versenken, nur weil sie eine andere Flagge führen als wir. Wir werden keine Seeschlachten anfangen, aber wenn wir angegriffen werden, können wir uns verteidigen. Sehr gut sogar, wie ihr sehen werdet. Unser nächstes Ziel ist es, den einäugigen Piraten dingfest zu machen und dem Gouverneur der Bahamas zu übergeben. Wir werden ihn finden und wir werden ihn fangen, denn unser Schiff ist das beste, schnellste und stärkste Schiff der Welt."

Wochenlang kreuzten sie zwischen dem vierzigsten Breitengrad und dem Äquator hin und her. Sie kamen bis zu den Kapverdischen Inseln im Osten und Mexiko im Westen. Sie liefen in jeden Hafen, den ihr Kurs berührte, sie fragten jedes Schiff, dem sie unterwegs begegneten. Von dem einäugigen Piraten keine Spur. Es war, als hätte ihn das weite Meer verschluckt. Dagegen erfuhren sie von zahlreichen Überfällen anderer Piraten auf Schiffe und auch auf Siedlungen. Es war Carlottas Aufgabe, diese Berichte sorgfältig aufzuschreiben. Wenn Käptn Hurrikan erst einmal gefangen war, konnten sie sich um die anderen Piraten auf der Liste kümmern. Für die *Lucy* gab es über Jahre hinaus viel zu tun.

Als sie wieder einmal in der Nähe der Insel *New Providence* waren, beschloss Martin, den Hafen von Nassau anzulaufen und die Lebensmittel- und Trinkwasservorräte aufzufüllen. Auch hatte die Mannschaft nach dieser nicht sehr strapaziösen, aber langen Reise ein paar Tage Landurlaub verdient. Er hoffte zudem, von den Kapitänen der *Morning Sun* und der *Morning Glory* ein paar Hinweise zu bekommen. Beide Schiffe waren aber unterwegs, auch sie auf der Jagd nach dem einäugigen Piraten. Der Gouverneur, Sir Benjamin Morton, fühlte sich durch dessen Flucht aus dem Gefängnis vor der

Welt lächerlich gemacht und scheute keinen Aufwand, diese Scharte wieder auszuwetzen.

Auf der *Lucy* wurden die letzten Vorbereitungen zum Auslaufen getroffen, zwei Matrosen machten sich gerade daran, die Gangway einzuziehen, da hörte Martin den Ruf: „Käpt'n, bitte an Bord kommen zu dürfen."

„Erlaubnis erteilt", rief er nach einem kurzen Blick und wenige Sekunden später stand Marco an Deck. Er wurde freudig begrüßt von Martin, Carlotta und den anderen, mit denen er auf der *Morning Sun* die letzten Abenteuer durchgestanden hatte. Die ihn noch nicht kannten erfuhren in kürzester Zeit, dass er das Wunderkind war, dem all die raffinierten Neuerungen der *Lucy* zu verdanken waren. Marco hatte das Schiff in seinem letzten Baustadium nicht mehr gesehen und ließ sich gern von Martin zu einem Rundgang einladen, als das offene Fahrwasser erreicht war und der Kapitän die Brücke verlassen konnte.

Die Brücke selbst, das war schon eine der Neuerungen, von denen Meister Spotswood dachte, sie hätte ihm längst selber einfallen müssen. Man hatte einfach auf dem Quarterdeck noch ein Häuschen gebaut, in dem der Steuermann und der Kapitän, vor Wind und Wetter geschützt, ihre Arbeit sehr viel besser verrichten konnten als auf offenem Deck. Besonders stolz war Martin auch darauf, dass genügend Rettungsboote vorhanden waren, alle mit Proviant und Wasser ausgestattet, die in kürzester Zeit zu Wasser gelassen werden konnten. Jede Woche und in jedem Wetter wurde der Notfall geübt und die Mannschaft kannte ihre Handgriffe im Schlaf. „Das gibt es auf keinem anderen Schiff, das ich kenne. Aber auf den großen Linienschiffen mit vierhundert Mann Besatzung wäre gar kein Platz für so viele Boote. Wir sind nur neunundzwanzig."

Marco konnte zwar berichten, dass er dem einäugigen Piraten vor sieben oder acht Monaten in die Hände gefallen war. Das war eine kalte Spur, aber immerhin ein Ansatzpunkt. Sie beschlossen, nach Boston zurückzusegeln. Vielleicht hatte Käptn Hurrikan die Stadt noch gar nicht verlassen.

Es war für Marco ein Leichtes, das Haus wieder zu finden, in dem der einäugige Pirat und seine beiden Kumpane versucht hatten, die genaue Lage des Schatzschiffs aus ihm herauszuprügeln. Martin postierte ein paar von seinen Männern an der Vordertür. Er selbst ging mit Marco und Kees zum Hintereingang. Das geheime Klopfzeichen galt offenbar immer noch, denn die alte Hexe öffnete arglos die Tür. Martin schob sie mit wenig Kraftaufwand zur Seite. So sehr sie aber auch das Haus durchsuchten, so sehr der riesige Bootsmann der Alten Angst einjagte, sie wusste nichts oder wollte nichts sagen. Nur so viel, dass die drei Männer, der Rothaarige, der einäugige und der Dünne, eines Tages fortgegangen und nicht mehr zurückgekommen seien. Das war, wie Martin zurückrechnete, wenige Tage vor dem Auslaufen der *Lucy*.

Zwei Tage später hatten sie Hunderte Menschen befragt, vor allem solche, die in der Gegend des Hafens lebten oder arbeiteten. Niemand, nicht ein einziger, hatte in letzter Zeit einen ungewöhnlich großen Mann mit einer Augenklappe gesehen auch keinen rothaarigen oder auffallend dünnen. So waren sie am Ende nicht klüger als zuvor. Es blieb ihnen nichts übrig, als weiter die Meere abzusuchen und nicht die Geduld zu verlieren. Eines Tages, Martin brütete gerade über seinen Seekarten, kam Marco in höchster Aufregung auf die Brücke gestürzt.

„Ich glaube, ich weiß, wo wir den einäugigen Piraten finden können", brachte er atemlos heraus. „Es ist mir gerade eingefallen, als ich wieder daran dachte, was in Boston passiert ist. Ich hab' euch doch erzählt, dass die mich verhauen haben, weil sie die Position der *Santa Lucia* wissen wollten. Ich hab' am Ende gesagt, es war ungefähr dort, wo die Octopus gesunken ist. Da müssen wir hin. Ich bin überzeugt, er sucht dort nach dem Rest des Schatzes." Martin befahl eine leichte Kursänderung nach Südsüdost.

Wind und Wellen machten der *Lucy* nur wenig zu schaffen. Seit zwei Tagen regnete es aber beständig und so war es kein Wunder, dass der Ausguck das andere Schiff erst bemerkte, als es schon beinahe querab war. Im nächsten Augenblick öffneten sich drüben die Stückpforten, die Kanonen wurden ausgefahren und am Mast stieg eine Flagge hoch. Es waren die Farben von England. Das Schiff war also vielleicht kein Feind, aber manchmal fuhren Seeräuber auch unter falscher Flagge.

„Hisst Flagge", befahl Martin. Mit einem Schritt war er Steuerruder. Wie ein wohldressiertes arabisches Rennpferd schwang die *Lucy* herum und bot dem Gegner nur noch ihr schmales Heck als minimales Ziel.

„What ship?", kam ein Ruf von drüben. „Was für ein Schiff seid ihr?"

„*Lucy* aus Boston. Und ihr?"

„Englisches Schiff *Terra Australis*. Kapitän Dampier bittet um Erlaubnis, an Bord der *Lucy* zu kommen."

Auf der *Terra Australis* wurden zum Zeichen der Friedfertigkeit die Kanonen wieder eingezogen, aber Martin hielt vorsichtig seine Position als Fuß des T, während das andere Schiff den Querbalken bildete. Erst als sich die Barkasse der *Lucy* näherte, übergab er das Steuer und ging zur Reling, um seinen Besucher zu empfangen.

Die beiden Kapitäne tauschten die üblichen Höflichkeiten aus. „Ich hoffe, Ihr erweist mir das Vergnügen, heute Mittag mein Gast zu sein", beendete Martin den ersten Akt des rituellen Spiels. Noch traute keiner dem anderen über den Weg.

„Es wird mir eine Ehre sein und das Vergnügen ist ganz auf meiner Seite." Dampier unterstrich seinen Dank mit einer kleinen Verbeugung. „Jedoch, wenn ich ganz offen sprechen darf, was mich hierher getrieben hat, ist weniger die Neugier auf Eure sicherlich vorzügliche Küche, sondern mehr auf Euer ungewöhnliches Schiff. Gestattet Ihr, dass ich diese Schönheit etwas genauer in Augenschein nehme?"

Was Wunder, dass Martin sich von so viel Schmeichelei beeindrucken ließ und den Besucher in die hintersten Ecken der *Lucy* führte? Als sie nach langer Zeit in die Kapitänskajüte traten, hatte Frenchy tatsächlich eine passable Mahlzeit hergerichtet. Doch Dampiers Blick streifte nur kurz über den gedeckten Tisch und blieb dann überrascht an Carlotta hängen. „Kapitän – verzeiht, ich habe Euch in meiner Begeisterung noch nicht einmal nach Eurem Namen gefragt ...“

„Spotswood, Martin Spotswood“, war die kurze Antwort.

„Kapitän Spotswood, Ihr seid ein kluger Mann. Ihr zeigt mir all die tausend Wunder Eures Schiffes, doch das schönste habt Ihr für das Ende aufgespart. Eure Gemahlin, nehme ich an?“

„Nein, lieber Freund.“ Auch Martin war durchaus in der Lage, gedrechselte Sätze von sich zu geben. „So glücklich darf ich mich leider nicht schätzen. Dies ist Miss Carlotta Pedrone, unsere Schiffsärztin und Wissenschaftsoffizierin. Und der junge Herr ist Master Marco Kramer, Miteigentümer dieses Schiffes. Viele der Neuerungen, die in der *Lucy* stecken, hat er erdacht.“ Dampiers Herablassung gegenüber dem vermeintlichen Schiffsjungen wich einem scharfen, musternden Blick, der aber schnell wieder zu Carlotta abschweifte. Man begab sich zu Tisch.

Dampier mochte etwa fünfzig Jahre alt sein. Er war hochgewachsen, hatte ein schmales, längliches Gesicht und eine hohe Stirn. Braunes Haar fiel in leichten Wellen bis auf seine Schultern. Auch die Augen waren braun. Eigentlich sieht er ganz sympathisch aus, dachte Marco bei sich, nur der Mund wirkte etwas verkniffen. Anders als Martin, der nur seine einfache Seemannskleidung trug, hatte Dampier sich für den Besuch auf der *Lucy* herausgeputzt. Eine Jacke aus graublauem Samt reichte ihm fast bis an die Knie. Dazu trug er ein voluminöses Halstuch aus blassgelber Seide. Den Rest der Kleidung konnte Marco nicht sehen, dazu hätte er unter den Tisch kriechen müssen. Marco war sehr aufgeregt.

„Verzeiht, Sir“, fragte er, als sich endlich, endlich eine kleine Pause im Tischgespräch ergab. „Seid Ihr William Dampier, der als erster seit Magellan rund um die Welt gesegelt ist?“

„In der Tat, Sir." Dampier hatte jetzt ganz offensichtlich beschlossen, diesen Jungen ernst zu nehmen. „Ich habe die Welt umrundet. Allerdings nicht alleine, und auch nicht als erster nach Magellan. Vielleicht als dritter oder vierter. Doch liegt diese Reise erst wenige Jahre zurück. Wie habt Ihr davon erfahren?"

Eigentlich waren Marco und Löwenherz nur durch Zufall, bei der Materialsuche für das Schatzschiff-Projekt, auf diese spannende Information gestoßen. Das konnte er natürlich nicht sagen, also griff er auf seine Standard-Antwort zurück. „Mein Lehrer hat es erwähnt. Und außerdem habt Ihr doch ein Buch über die Reise veröffentlicht."

Jetzt sprang Dampiers Interesse endgültig von Carlotta auf Marco über. „Ich hätte nicht gedacht, dass meine *Neue Reise um die Welt* auch auf dieser Seite des Atlantischen Ozeans bekannt ist. Erzählt mir doch, junger Freund, wie Ihr an mein Buch gekommen seid."

Marco erklärte, er habe das Buch nicht gelesen, sondern nur davon gehört. Dann stellte er zahlreiche Fragen, die der Weltumsegler geduldig beantwortete. Ja, er habe die Galapagos-Inseln besucht. Nein, sie seien nicht besonders interessant, es gebe dort nur Seehunde, Vögel und Schildkröten. Ja, er sei zweimal in Neuholland gewesen. Nein, er glaube nicht, dass dies der gesuchte südliche Kontinent, die Terra Australis sei.

Und warum nicht, wollte Carlotta wissen, deren Forscherinstinkt sie kaum noch auf ihrem Stuhl hielt. Längst hatte sie Frenchys Glanzleistung unbeachtet auf dem Teller liegen lassen.

„Nun, in erster Linie, weil ich keine größeren Flüsse entdecken konnte. Diese sind nach Ansicht der Geografen eine Grundbedingung für die Definition eines Kontinents. Nach meiner Meinung handelt es sich nur um eine Inselkette. Ich besitze übrigens von meinem Buch noch einige Exemplare und werde Euch eines herüberschicken. Es in Eurer Hand zu wissen wird mir nach meinem Tode die Leiden des Fegefeuers verkürzen."

Marco hatte sich mittlerweile fast ganz aus dem Gespräch zurückgezogen, denn ihm wurde bewusst, dass er hier auf einem Pulverfass saß. Er hatte die zeitlichen Abläufe nicht so genau im Kopf und lief Gefahr, Dinge zu erwähnen, die Dampier noch nicht wissen konnte. Beispielsweise, dass Neuholland doch ein Kontinent war, der später Australien heißen würde.

Das Gespräch wandte sich wieder der *Lucy* zu, deren Konstruktion Dampier aufrichtig bewunderte. „Ich wünsche Euch nur, Mister Spotswood, dass Ihr nicht in ein Gefecht verwickelt werdet. Wenn Ihr einem Piratenschiff mit zehn oder mehr Kanonen begegnet, liegt Euer Heil nur in der Flucht."

Martin ließ sich nicht provozieren. „Mister Dampier, wenn Ihr ein Spanier oder Franzose wärt, könnte ich Euch auf der Stelle das Gegenteil beweisen. Ihr habt mein Schiff bis jetzt nur gesehen, nicht erlebt."

Dampier war jetzt etwas weniger herablassend. „Ich muss zugeben, Sir, dass mir Euer Manöver vorhin sehr gut gefallen hat. Was meint Ihr, sollen wir uns zusammentun? Mit Eurer Wendigkeit und meiner Feuerkraft können wir uns die Spanier pflücken wie reife Äpfel."

Da hatte er einen wunden Punkt berührt. Eine leichte Röte zeigte sich auf Martins Gesicht. „Mister Dampier, Ihr seid ein Freibeuter und habt Euch in diesem Metier einen beachtlichen Ruf erworben. Größer noch, möchte ich meinen, als durch Eure Entdeckungsfahrten. Auch ich besitze einen Kaperbrief seiner Majestät, der mich davor schützt, als gesetzloser Pirat angesehen zu werden. Ich werde den aber nicht dazu verwenden, fremde Schiffe zu überfallen und auszurauben. Mein Vater wurde von Piraten getötet, als ich acht Jahre alt war. Nicht im Kampf, sondern nur so, nachdem er sich und sein Schiff ergeben hatte. Ich bin bei seinem Bruder aufgewachsen und mein einziges Ziel im Leben war seitdem, ein eigenes Schiff zu haben, um diese Pest auf den Meeren zu bekämpfen. Wir greifen nur Seeräuber und Sklavenhändler an, keine friedlichen Schiffe, und mögen sie auch alle Schätze der Welt tragen und einer fremden Nation gehören."

Dampier war eher amüsiert als beleidigt. „Nun, Sir, wenn Ihr die Welt verbessern wollt, darf ich dem natürlich nicht im Wege stehen. Ich wünsche Euch viel Glück dabei." Kurze Zeit danach empfahl er sich, um auf sein Schiff zurückzukehren. In der Tat sandte er das Boot noch einmal zurück mit dem versprochenen Buch. Er hatte noch eine Widmung auf das Titelblatt geschrieben: „Der schönen und gelehrten Lady Carlotta in aufrichtiger Bewunderung und Verehrung von ihrem ergebenen William Dampier." Für Carlotta war das Buch ein größerer Schatz als der von der *Santa Lucia.* Dampier war ein scharfer Beobachter und besaß die Gabe, das Gesehene und Erlebte anschaulich darzustellen. Was er da beschreibt, dachte Marco, ist für die Menschen ebenso neu, wie für uns die Bilder, die eine Sonde vom Jupiter zur Erde schickt. Mit „uns" meinte Marco die Zeit, als er noch mit den Eltern frühstücken und bei Bauenhagens Spaghetti essen konnte. Was hätte er nicht dafür gegeben, dieses Buch als Souvenir mit nach Hause zu nehmen. Der Name von Christoph Columbus mochte bekannter sein als der von Dampier, aber dessen Leistung war mit Sicherheit ebenso bedeutend wie die des Entdeckers von Amerika. Und er, Marco Kramer, Gymnasiast, 15 Jahre alt, hatte – unvorstellbar! – mit einem der bedeutendsten Forscher und Entdecker der Menschheitsgeschichte an einem Tisch gesessen und sich mit ihm über seine Reisen unterhalten![4]

Die *Lucy* hielt weiter ihren Kurs auf *Priscilla Island* und das *Santa-Lucia-Riff,* wie Martin es genannt hatte, als er es in seine Seekarte einzeichnete. „Ich wünschte nur, wir hätten bessere Karten", sagte er eines Tages, als der Ausguck im Bug wieder einen Warnruf ausstieß. „Dann könnten wir viel bessere Fahrt machen. Aber es gibt hier zu viele unbekannte

---

4 Tipp für schlaue Köpfchen Nr. 4: William Dampier verdient auch heute noch mehr Beachtung, als er bekommt. Leider ist auf Seite 314 nur Platz für wenige Zeilen.

Untiefen und Strömungen. Ich will nicht Gefahr laufen, dass die *Lucy* das gleiche Schicksal trifft wie ihre Patentante *Santa Lucia*."

„Ich will mal sehen, ob ich dir helfen kann. Wo sind wir jetzt genau? Achtundzwanzig Grad Nord und ungefähr dreiundsiebzig Grad West? Ich bin gleich zurück."

Marco verschwand in seiner Kabine und stand schon nach wenigen Minuten wieder auf der Brücke. Keiner hatte bemerkt, dass er zwischendurch fast vier Wochen zu Hause gewesen und mit dem ganzen Reiseteam hektisch nach geeigneten Seekarten gesucht hatte. Die drei hatten ihr ganzes verfügbares Taschengeld investieren müssen, und die Eltern Bauenhagen hatten auch noch beigesteuert.

„Hier Martin, schau mal, ob du damit was anfangen kannst", sagte Marco und reichte ihm drei lange, schmale Streifen gefaltete Papierstücke. Gerade rechtzeitig hatte er noch daran gedacht, die Klebestreifen zu entfernen, mit denen er sie sich zum Transport aus dem einundzwanzigsten Jahrhundert um die Brust geklebt hatte. „Die hier müsste ungefähr unsere Position zeigen."

Vorsichtig falteten sie zusammen die Streifen auseinander. Martins Augen wurden größer und größer. Er musste mehrmals schlucken, bevor er einen Ton herausbekam. „Das ist das Wertvollste nach der *Lucy* selber", stammelte er schließlich. „Ein Wunderwerk an Detail und Präzision. Woher hast du diese Karten?"

„Ach, lass mir doch meine kleinen Geheimnisse", wiegelte Marco ab. „Aber du kannst mir zwei oder drei Stücke von Achten geben. Ich muss die Karten bezahlen." Stücke von Achten, wie die spanischen Pesos auch genannt wurden, waren zu jener Zeit die gängige Währung in Westindien. Ein Peso wäre heutzutage etwa 25 Euro wert.

„Hundert Stücke sind die wert, Tausend, wenn du willst. Diese Karten sind gedruckt, nicht mit der Hand gezeichnet. Wer kann so sauber drucken?" Martin war der glücklichste Navigator in der Karibik und in der Tat konnten sie jetzt mehr

Segel setzen, ohne ständige Angst auf ein Riff zu laufen. „Nimm dir aus meiner Schatulle so viel du brauchst."

In der für damalige Zeiten luxuriösen Kapitänskajüte bewahrte Martin die Schiffspapiere, insbesondere den wertvollen Kaperbrief und auch die Schiffskasse auf. All dies war in einer schweren Truhe untergebracht, die in einem schlimmen Sturm auch einen Schwall Seewasser aushalten würde. Ganz ungewöhnlich, aber bezeichnend für die Moral der Mannschaft, war diese Truhe immer unverschlossen. Marco nahm sich drei Münzen aus der Geldkassette. Dabei fiel ihm ein kleines Stück Gold ins Auge, ein kleiner Klumpen, nicht größer als eine halbe Erbse, ein Nugget, so wie ihn irgendwo irgendwer aus der Erde gegraben oder aus einem Bach gewaschen hatte. Marco steckte den Klumpen ein. Er würde nachher Martin fragen, ob er ihn behalten durfte.

Das *Santa-Lucia-Riff* war natürlich auf Marcos Karte eingezeichnet, nur lag es etwas weiter östlich, als Martin vermutet hatte und hieß jetzt *Carlyle-Riff*. Selbst die Fahrrinne, in der die *Santa Lucia* gestrandet war, war vermerkt. Auch *Priscilla Island* war zu finden, sodass sie sich jetzt von Form und Größe der Insel ein genaues Bild machen konnten. Martin beschloss, wieder in der Bucht zu ankern, um Trinkwasser zu übernehmen. Dann begann die Suche nach Käptn Hurrikan.

Sie umsegelten das Riff in immer größeren Kreisen, in der Hoffnung, eines Tages auf den einäugigen Piraten zu treffen. Alle waren der Meinung, dass er sich längst ein Schiff besorgt hatte, und dass seine Gier ihn irgendwann hierher führen würde. Am Nachmittag des fünften Tages schlug das Wetter um. Der Himmel sah so ähnlich aus wie damals, am letzten Tag der *Octopus*. Martin beriet sich kurz mit seinem Bootsmann und ließ alle Segel setzen, die die *Lucy* tragen konnte. Wie ein großer, blauer Vogel floh sie vor dem heranziehenden Hurrikan.

Die Bucht von *Priscilla Island* bot genügend Schutz, sogar vor solch einem verheerenden tropischen Wirbelsturm. Aber auch als dieser sich verzogen hatte und die Wolkendecke immer durchscheinender und rissiger wurde, wollte Martin noch nicht sofort wieder Anker lichten. „Das Riff dort draußen ist außerordentlich gefährlich, ein regelrechter Schiffsfriedhof. Ich möchte mindestens noch vierundzwanzig Stunden warten, bis sich die See einigermaßen beruhigt hat."

Marco war diese Entscheidung sehr recht, sie gab ihm Gelegenheit, ein paar Stunden allein und unbeobachtet zu sein. Er wanderte ein langes Stück den Strand hinauf, bis er ganz sicher sein konnte, dass ihn niemand vom Schiff mehr sehen oder hören konnte. Dann zog er sich aus und ging ins Wasser. Trotz des schlechten Wetters der letzten Tage war es so warm wie daheim im geheizten Schwimmbad. Als ihm das Wasser beinahe bis zum Hals stand, hielt er das Gesicht unter die Oberfläche und probierte den Lockruf der Delfine. Er wiederholte den Ruf mehrere Male und lauschte, den ganzen Kopf untergetaucht, um auch gut zu hören. Wasser trägt den Schall ja bekanntlich sehr weit, aber er hörte nichts. Er hatte auch nichts anderes erwartet. Er setzte sich in den Sand, ließ sich vom Wind trocknen und genoss die Einsamkeit, die es an Bord nicht gab.

Gerade wollte er sich wieder anziehen, da schoss nicht weit draußen ein dunkler Körper aus dem Wasser und ließ das vertraute Kickern hören. Sie waren also wirklich in der Nähe gewesen und kamen, um sich mit ihm zu unterhalten. Ein paar spritzende Schritte und ein Dutzend Kraulzüge brachten ihn so weit vom Ufer weg, dass die Delfine genügend Tiefe zum Schwimmen behielten. Es war nicht der ganze Schwarm, nur acht oder neun, aber er erkannte Ikitt wieder und einen der jungen, die besonders gern mit ihm geschwommen waren. Alle begrüßten ihn als alten Freund. Sie stupsten ihn mit ihren Nasen und redeten auf ihn ein, bis ihm schwindlig wurde. Delfine haben viel Zeit und das Gezwitscher und die Freundschaftsknuffe wollten kein Ende nehmen. Schließlich schaffte er es aber doch, eine Frage anzubringen. „Habt ihr irgendwo in der Nähe ein Schiff gesehen?"

Wie in der Schule, in der großen Pause, schnatterten alle durcheinander. Er musste sich wahnsinnig konzentrieren, um die Information herauszufiltern. Ja, sie hatten sogar zwei Schiffe gesehen. In dieser Richtung – mehrere von ihnen sprangen einen kunstvollen Bogen ungefähr nach Südsüdost – und gleich hinter dem kalten Fluss. „Die Schiffe haben einen Donnerkampf gemacht und eines unserer Kinder getötet", berichtete Ikitt.

„Eines von diesen Schiffen ist böse. Vielleicht müssen wir mit ihm auch einen Donnerkampf machen. Bleibt weit genug weg, damit nicht noch einer von euch getötet wird. Ich bringe euch Fische." Eine Zeit lang spielte Marco mit den Delfinen noch Ertrinken und Retten, dann ließ er sich ins Seichte tragen und watete zu seinen Kleidern hinaus. Er winkte zum Abschied und trabte zurück zur Bucht.

Auf der *Lucy* suchte er sofort Martin auf. „Lass uns doch bitte einmal auf die Karte gucken. Von hier aus gesehen, ist in dieser Richtung irgendwo eine kalte Strömung eingezeichnet?"

Martins Finger wanderte über das Blatt. „Ja, hier ist eine Strömung. Aber ich weiß nicht, ob sie kalt oder warm ist."

„Dann lass uns morgen dorthin segeln. Ich war gerade am Strand und habe ein paar Delfine gesehen. Vielleicht waren es sogar die von der *Santa Lucia*." Er durfte nicht allzu sicher erscheinen, wie sollte ein normaler Mensch einen Delfin wiedererkennen? „Sie wollten mir etwas zeigen, da bin ich sicher. Und zwar in dieser Richtung."

„Wenn der Wind so steht wie jetzt, dann brauchen wir bis dahin mehr als zwei Tage", brummte Martin. „Aber warum nicht? Wir können dort genauso gut suchen wie hier."

Als am nächsten Morgen die Delfine wie Lotsen in der angegebenen Richtung schwammen, da verschwanden auch Martins Zweifel. Sie segelten bis zur Dämmerung, aber dann mussten sie beidrehen, denn sie waren jetzt ganz in der Nähe des *Carlyle-Riffs*. Nur bei guter Sicht konnten sie sich weiter wagen.

Nach Sonnenaufgang ließ Martin die Segel setzen. Bald machten sie wieder gute Fahrt, aber Martin war sehr unruhig. „Gehen wir auf Südost", sagte er zum Steuermann. „Weiter vom Riff weg, das hier ist mir zu gefährlich."

Um die Mitte der Wache schallte ein Ruf aus dem Mastkorb: „Schiff voraus! Schiff voraus!"

Die Segel behinderten die Sicht. Martin griff nach seinem Fernrohr und eilte zum Bug, Marco hinterher. „Englische Flagge", sagte Martin, „aber sein Manöver, so wie er genau auf uns zuhält, das gefällt mir nicht. Alle Mann auf Gefechtsstation." Der Befehl wurde an den Bootsmann weitergegeben, dessen Stimme jetzt über das ganze Deck dröhnte: „Aalle Maann auf Gefechtsstatiooon!"

Dies war das erste Mal, dass sich die *Lucy* auf einen Kampf vorbereiten musste, und jetzt zeigte sich, dass das ständige Training seit dem Auslaufen nicht umsonst gewesen war. Mit nachtwandlerischer Sicherheit fand jeder seine Handwaffen und nahm seinen Platz an den großen Kanonen, an den Drehbassen oder dem Segelwerk ein. Auch Martin ließ die englische Flagge hissen, doch das schien den anderen überhaupt nicht zu beeindrucken. Er steuerte genau auf Kollisionskurs. Er war nur noch drei Kabellängen entfernt, als er leicht die Richtung änderte. Kein Zweifel, er wollte sich in Position für eine Breitseite bringen. Gleichzeitig sank die englische Flagge, und dafür stieg das schwarze Tuch mit dem weißen Totenkopf zur Mastspitze empor. Martin hatte seinen Platz auf der Brücke wieder eingenommen. Seine Anspannung war deutlich sichtbar, aber keinerlei Nervosität. „Ruder hart backbord auf mein Zeichen. – Jetzt." Federleicht, wie am Faden eines Marionettenspielers, schwang die *Lucy* herum, so überraschend, dass der andere sein Feuer nicht mehr zurückhalten konnte. Acht Kanonenkugeln klatschten harmlos ins Meer. Marco war froh, dass er seine Freunde vor dem Donnerkampf gewarnt hatte. Wären sie in der Nähe geblieben, hätte das für den einen oder anderen tödlich enden können.

Mit drei Schritten war Martin am Schanzkleid. „Käptn Hurrikan, ergebt euch", schrie er zu dem völlig verdutzten einäugigen Piraten hinüber. Der fing sich sofort wieder und antwortete nur mit einer obszönen Geste. Er brüllte Befehle, versetzte dem Mann, der neben ihm stand, einen Tritt, dass er zu Boden stürzte. Er riss eine seiner beiden Pistolen aus dem Gürtel und feuerte sie auf Martin ab. Der blinzelte nicht einmal. Bei der bekannten Ungenauigkeit von Schusswaffen musste man so weit wie möglich daneben zielen, am besten auf den Mond, um einen Mann auf diese Entfernung zu treffen.

Martin stand über seine neue Seekarte gebeugt und hantierte mit Zirkel und Kompass. Ein kurzer Blick auf das Schiff des einäugigen Piraten zeigte ihm, dass dieses ein waghalsiges Wendemanöver vollführte, um zu einem neuen Angriffslauf anzusetzen. Martin gab ein paar Kommandos, die *Lucy* wandte sich zur Flucht.

„Wir machen mit ihm genau dasselbe wie mit Jack the Priest. In zwei Stunden sind wir an der *Santa-Lucia-Rinne*. Dann lassen wir ihn auflaufen. So vermeiden wir eine Schießerei und hoffentlich den Verlust von Menschenleben."

Es erforderte Martins ganzes Geschick, die Überlegenheit der *Lucy* zu verschleiern. Er ließ sie wie eine flügellahme Möwe über die Wellen hüpfen und vermittelte dem einäugigen Piraten das Gefühl, er könnte sie im nächsten Augenblick einholen. Aber auf wundersame Weise war die *Lucy* immer außer Schussweite und nie gelang es dem Verfolger, sich in die Position für eine Breitseite zu manövrieren. Martin verdoppelte den Ausguck, bemannte die Geschütze und überprüfte ständig die Position. Jetzt kam der gefährlichste Teil der Operation. Er ließ Käptn Hurrikan näher ziehen, so nah, dass der in seinem Jagdeifer jede Vorsicht fahren ließ. Die *Lucy* war jetzt in Reichweite seiner Kanonen. Der Mann, der sie kommandierte, war offenbar ein Stümper. Noch eine halbe Stunde, dann war es so weit!

Der Stümper sah, dass er eingeholt wurde und probierte ein anderes törichtes Manöver – er drehte plötzlich hart nach

Steuerbord, schlug einen Haken wie ein fliehender Hase. Offenbar hoffte er, dass der Verfolger hinter ihm vorbeisegeln und dann mit einer Wende wertvolle Zeit verlieren würde. Da hatte er aber nicht mit dem Käptn Hurrikan gerechnet. Der war ein Seemann, wie es in diesem Teil der Welt kaum einen zweiten gab. Der ließ sich nicht durch einen so durchsichtigen Trick übertölpeln. Der wusste, wie man Schiffe fängt, und dieses Schiff wollte er haben. Auch auf dem Piratenschiff wurde das Steuer herumgeworfen, die Segel in die neue Richtung gedreht, die Kanonen bemannt. Nur noch ein paar Atemzüge, ein paar Herzschläge, dann musste der Befehl zum Feuern kommen.

Der Befehl erscholl nicht. Nicht jetzt und auch nicht später, nie mehr auf diesem Schiff. Denn dieses Gerät, dieser Gegenstand, dieses windgetriebene Objekt war kein Schiff mehr. Als wäre es gegen eine unsichtbare Mauer gerannt, blieb es plötzlich stehen. Der Aufprall war so heftig, dass Seeleute in weitem Bogen aus den Wanten aufs Deck geschleudert wurden, wo sie reglos liegen blieben. Nur wenige hatten Glück und landeten im Wasser. Mehrere Kanonen durchbrachen die Schiffswand und stürzten ins Meer. Die Takelage blieb zunächst völlig unversehrt, sodass der Wind den Schiffskörper immer noch weiter auf das Riff schob und das gemeinsame Zerstörungswerk von Korallen und Wasser mit seiner Kraft unterstützte. Wie in einer gewaltigen Presse zwischen Wind und Korallen wurde der Rumpf kürzer und breiter, die Planken bogen sich und barsten. Stück für Stück, so wie geschickte Hände das Schiff einmal zusammengefügt hatten, wurde es von den Kräften der Natur zerlegt.

Wieder einmal hatte Martin einen schwer bewaffneten Piraten besiegt, ohne selber einen Schuss abzufeuern. Er ließ schon nach wenigen Minuten mit allen drei Booten die im Wasser Treibenden einsammeln und an Bord bringen. Anders als beim letzten Mal gab es eine ganze Anzahl von mehr oder minder schwer Verletzten. Carlotta hatte in ihrem kleinen Lazarett alle Hände voll zu tun.

Das aufgelaufene Schiff lag jetzt bewegungslos da. Sinken konnte es nicht, denn die Korallenbank hielt es an der Oberfläche. Vielleicht würde es Jahre dauern, bis die Stürme es zu Kleinholz zerschlagen konnten. Wenn Martin daran gedacht hatte, Schiff und Ladung als Preis zu übernehmen, wie es sein gutes Recht war, so musste er das Vorhaben schnell aufgeben. Es gab keine Möglichkeit, an das Wrack heranzukommen. Das Riff wollte seine Beute selber behalten und verteidigte sie mit einem unüberwindlichen Wall von Spitzen und Zacken, die bei Niedrigwasser teilweise sichtbar waren, aber auch bei hohem Wasserstand jedem Boot heimtückisch den Bauch aufgeschlitzt hätten.

Am Nachmittag wurde der letzte Überlebende geborgen. Bis zum Einbruch der Dunkelheit fanden sie noch mehrere Leichen. Diese wurden nach Seemannsbrauch mit einer Kanonenkugel in Segeltuch genäht, um am nächsten Tag dem Meer übergeben zu werden. Vom einäugigen Piraten keine Spur! Einige meinten, er sei gleich beim ersten Aufprall über Bord geschleudert worden, aber es fand sich niemand, der das wirklich gesehen hatte. Den ganzen nächsten Tag ließ Martin mit drei Booten vergebens nach ihm suchen. Käptn Hurrikan war im wahrsten Sinne des Wortes untergetaucht, den einäugigen Piraten gab es nicht mehr.

Unter den Verletzten war ein alter Mann, den es besonders schlimm getroffen hatte. Sein linkes Bein war von einer herumrollenden Kanone zermalmt worden, und es blieb Carlotta nichts anderes übrig als zu amputieren. Das war eine gefährliche Operation, aber der alte Mann hatte Schock, Schmerz und Blutverlust überlebt. Jetzt lag er in einer Koje des Lazaretts und dämmerte vor sich hin. „Marco", bat Carlotta, „kannst du mir helfen? Du müsstest einige Stunden bei ihm sitzen und ihn beobachten. Wenn sich sein Zustand ändert, holst du mich. Ich brauche Schlaf." Sie hatte seit zwanzig Stunden Knochenbrüche eingerichtet, Schnittwunden genäht, sogar einen ertrunken Geglaubten wieder ins Leben zurückgeholt. Jetzt war sie am Ende ihrer Kräfte.

In der Halbdämmerung der Kajüte konnte Marco nichts tun als sitzen und warten. Ab und zu hörte er über sich Schritte und Arbeitsgeräusche auf dem Deck und manchmal auch von draußen die Rufe, mit denen sich die Suchboote verständigten. Er verfiel selber in eine Art von Halbschlaf und gab sich keine Mühe, die Gedanken, die in seinem Kopf kreisten, zu ordnen oder zu kontrollieren.

Was mache ich eigentlich hier, überlegte er. Wie oft habe ich mir schon geschworen, keine Zeitreisen mehr zu unternehmen? Während ich hier herumsegle, könnte ich daheim jede Menge interessanter Dinge tun – mit meinen Freunden zusammen sein oder mit Ari ins Kino gehen oder sogar für die Schule arbeiten. Aber andererseits ist das hier besser als jedes Kino. Es ist 3 D mit Geruch und Geschmack und Gefahr und – mit Schmerzen. Der alte Mann hatte sich gerade bewegt und dabei laut aufgestöhnt. Marco legte ihm die Hand auf die Stirn. Das schien ihn zu beruhigen. Er schlug die Augen auf und schien plötzlich hellwach.

„Morgan, Henry Morgan, kennst du ihn?", fragte er. Marco musste in seinem Gedächtnis kramen.

„Ich habe von ihm gehört, aber ihn nie getroffen", antwortete er endlich ziemlich vage.

„Natürlich hast du ihn nicht getroffen, dafür bist du zu jung. Er war ein großer Mann. Ich habe unter ihm gedient. In Portobelo und Panama."

„Portobelo?"

„Ihr Jungen wisst überhaupt nichts von dem, was hier geschehen ist! Ich will dir erzählen, wie wir Engländer hier mit den Spaniern umgegangen sind. Wie wir ihnen gezeigt haben, wer der Herr der Welt ist."

„Ihr dürft Euch nicht anstrengen. Hier, trinkt etwas und ruht Euch wieder aus. Die Geschichte erzählt Ihr mir ein anderes Mal." Der Alte trank gierig, und seine Stimme war jetzt klarer.

„Die Geschichte muss erzählt werden und ich bin vielleicht der Letzte, der sie erzählen kann. Portobelo, das war der großartigste Zug von Sir Henry. Ja, Sir Henry Morgan. König Karl hat ihn dafür in den Adelsstand erhoben. Also Portobelo, das war im Jahre unseres Herrn eintausendsechshundertachtundsechzig. Wir waren einfache Bukaniere, aber Morgan hatte immer einen Kaperbrief, und so konnten wir tun, was wir wollten. Portobelo ist der Hafen, von dem aus das Gold nach Spanien verschifft wird. Wir sind in der Nacht gelandet, fünfhundert Mann. Am Morgen hatten wir die Kastelle und die Stadt in der Hand. Doch Gottes Segen war nicht mit uns. Es gab keine Beute, denn die Schatzschiffe waren ein paar Tage zuvor abgesegelt. Da wollten wir wenigstens ein bisschen Spaß haben und die Stadt niederbrennen, aber Sir Henry erlaubte es nicht.

„Bukaniere, wem gehört diese Stadt?", rief er.

„Dem König von Spanien", antworteten ein paar von uns.

„Nein, Männer, diese Stadt ist jetzt unser. Wir sind hier die Herren." Daran hatte keiner von uns gedacht. Er war ein großer Geist, war Sir Henry. Unsere Stadt, er hatte recht. „Warum wollt ihr verbrennen, was uns gehört? Lasst es uns verkaufen. Tausend Pesos für jedes Haus." Er schrieb dem Präsidenten von Panama einen freundlichen Brief.

„Während wir auf die Antwort warteten, ließen wir es uns gut gehen. Hin und wieder mussten wir einen von den spanischen Soldaten aufhängen oder erschießen, damit die Leute Angst vor uns hatten. Ich sag dir, das war eine herrliche Zeit. Was haben wir gefressen und gesoffen und sonst auch noch allerhand. Wenn uns einer seine Kuh nicht geben wollte, dann haben wir ihn selber abgestochen, und wenn einer seinen Wein zurückhielt, dann haben wir ihm den Kopf so lang in sein eigenes Fass gesteckt, bis er keinen Wein mehr brauchte. Das hat drei Wochen gedauert, und schließlich hatten die verdammten Spanier genug von uns. Der Präsident Don Augustín von Panama schickte drei Maultierkarawanen mit dem Lösegeld. Eine Viertelmillion Pesos! Das war die größte Beute, die je ein Bukanier gemacht hat. Jeder von uns hatte auf einmal vierhundert Pesos in der Tasche. So viel hat keiner je zuvor gehabt! Vierhundert Pesos. Sir Henry hat uns nach Jamaika zurückgebracht und wir haben gelebt wie die Könige. Ich war drei Monate lang keine Stunde nüchtern, und wenn ich Lust …" Der alte Mann verstummte. Er war entweder in Schlaf oder in Ohnmacht gefallen. Aber er atmete und Marco beschloss, Carlotta nicht zu wecken.

Die *Lucy* lag jetzt sicher vor Anker, der Himmel zeigte sich sternklar, der Wind war mit Sonnenuntergang abgeflaut. Sie saßen auf dem Quarterdeck (fast wie daheim im Sommer im Garten, dachte Marco) und unterhielten sich. Marco erzählte von dem Bericht des alten Mannes. Jeder kannte die Legende, aber so beinahe aus erster Hand klang sie doch ganz neu. „Die größere Tat Morgans war Panama", meinte Kees. „Ich war damals noch ein Kind, aber ich erinnere mich, dass die Leute von nichts anderem sprachen." Das war genau das Richtige für Carlotta. Egal ob es sich um neue Pflanzenarten oder um alte Geschichten handelte, ihre Forscherneugier wollte alles bis aufs Kleinste ergründen, damit sie es in ihren Tagebüchern festhalten konnte. „Ist er da nicht zu Fuß quer durch den amerikanischen Kontinent gezogen?"

Der Bootsmann musste lachen. „Das klingt noch dramatischer, als es ohnehin schon war. An der Stelle sind es nur ein paar Tagesmärsche vom Atlantischen zum Pazifischen Ozean. In Panama wird das Gold und Silber aus Chile und Peru und Potosi gesammelt und dann über Land nach Portobelo gebracht. Das ist auch heute noch so. Morgan hat seine Leute auf dem Maultierpfad durch den Dschungel geführt und mit ihnen die Stadt Panama erobert. Fragt den alten Mann doch, wie es wirklich war."

„Ich muss sowieso nach ihm sehen. Wahrscheinlich wird er die Nacht nicht überleben." Carlotta machte sich auf den Weg, und Marco folgte ihr. Der Alte war wieder wach.

Carlotta mischte ein graues Pulver in einen Trinknapf voller Wasser. „Das ist gut gegen die Schmerzen und auch gegen Wundfieber", sagte sie. Der Alte trank gierig. Marco legte ihm ein kaltes Tuch auf die Stirn und setzte sich wieder auf seinen Schemel.

„Ihr seid mit Morgan über die Landenge nach Panama gezogen?", fragte er nach einer Weile.

Carlottas Trank schien zu wirken. Der alte Mann stöhnte nur noch selten, und auch seine Stimme wurde wieder klarer. „Wir wurden erwartet. Als wir aus dem Dschungel traten, stand uns eine Armee gegenüber. Aber was für eine Armee! Rekruten, die noch nie einen ernsten Schuss abgegeben hatten. Negersklaven, die wenig Lust hatten, für ihre spanischen Caballeros zu kämpfen. Mit denen waren wir im Nu fertig, die merkten gar nicht, was ihnen geschah. Wir meinten, wir müssten nur noch in die Stadt einmarschieren. Manche von uns hatten nicht einmal ihre Gewehre neu geladen. Da schickten sie ihre Wunderwaffe." Der Alte musste bei der Erinnerung kichern. „Die trieben zwei Herden wilder Stiere auf uns zu, damit sie uns in Grund und Boden trampelten. Das war eine rasende Wand von Leibern und Hörnern, und dahinter das Geschrei und Peitschenknallen der schwarzen Cowboys. Wären wir englische Soldaten gewesen, nicht einer von uns hätte überlebt. Aber wilde Stiere gegen Bukaniere! Hahaha. Bukaniere leben von der Jagd auf wilde Stiere. Wir haben die einfach umgedreht und in die Stadt zurück gehetzt. Dort haben sie ihre Arbeit aufs Beste getan und wir stießen kaum noch auf Widerstand."

„Aber die Schätze, die ihr erbeuten wolltet, die hatte man rechtzeitig in Sicherheit gebracht?", mischte sich jetzt Carlotta ein.

„Wir haben trotzdem noch viel gefunden. 175 Maulesel brauchten wir, um das Silber zurückzubringen. – Und dann hat jeder von uns nur fünfzehn Pfund bekommen. Morgan hat falsch gerechnet. Sir Henry hat seine Kampfgenossen betrogen, das Gesetz der Bukaniere gebrochen! Das war sein Ende als Freibeuter. Niemand wollte mehr mit ihm ziehen."

„Morgan hat die Freibeuterei an den Nagel gehängt und sich auf Jamaika Zuckerrohrplantagen gekauft.[5] Das habt Ihr sicher auch erfahren", schloss Carlotta die Geschichte. „Jetzt müsst Ihr Euch ausruhen, wir reden morgen weiter."

„Nur eine Frage", meldete Marco sich zu Wort. „Wisst Ihr, was die *Merchant Jamaica* geladen hatte, als sie auf das Riff vor La Vaca gelaufen ist?" – Der Alte hatte zwar von dem Unglück gehört, wusste aber nichts darüber.

Sechs tote Piraten hatten am Abend aufgereiht an Deck gelegen. Bei Sonnenaufgang waren es sieben. Die Mannschaft war in ihren besten Kleidern angetreten. Martin sprach ein Gebet und las einen Abschnitt aus der Bibel vor. Dann ließen der Bootsmann und drei weitere Männer einen Körper nach dem anderen ins Meer gleiten. Noch ein Gebet, dann lichtete die *Lucy* den Anker. Auf der Brücke schrieb Martin einen kurzen Bericht ins Logbuch.

Martin ließ nur ein kleines Segel setzen und bugsierte die *Lucy* vorsichtig weiter in die Fahrrinne hinein. Er wollte versuchen, noch etwas mehr von dem Schatz der *Santa Lucia* zu bergen. „Ich schulde meinem Onkel noch Geld für das Schiff. Vielleicht können wir sogar ein paar von den goldenen Statuen mitnehmen, jetzt, da die Indios nicht mehr bei uns sind." Marco wusste natürlich, dass sie nichts mehr finden würden. Der Bericht in *Tauchen und Bergen* war ganz eindeutig gewesen. Er sagte aber nichts.

Martin wusste ganz genau, wo die *Santa Lucia* gelegen hatte – oder er meinte, es zu wissen. So sehr er aber auch suchen ließ, mit allen Booten und mit allen Männern, die tauchen konnten (Mole war längst nicht mehr der einzige Afrikaner auf dem Schiff und auch die anderen waren hervorragende Schwimmer), es führte zu nichts. Nicht einmal den sandigen Vorsprung, auf dem das Wrack gelegen hatte, konnten sie wieder entdecken.

---

5 Tipp für schlaue Köpfchen Nr. 5: War Henry Morgan wirklich ein Pirat? Die Antwort findest du vielleicht auf Seite 316.

Die Schlinge im Ablauf der Zeit hatte sich zugezogen, dachte Marco. Eine Wiederholung gab es nicht. Vielleicht existierte die Stelle wirklich nicht mehr, an der vor einem Jahr die *Morning Sun* geankert hatte.

„Schade", sinnierte Martin. „Die Fangprämie für Käptn Hurrikan kriegen wir nicht, der Schatz ist verschwunden und Kaperfahrer wollen wir nicht werden. Wir müssen dorthin fahren, wo der Pfeffer wächst und eine Ladung Gewürze nach England schaffen. Damit wird die *Lucy* zu einem ganz gewöhnlichen Handelsschiff degradiert, aber ich sehe keine andere Lösung."

Auf der Brücke zog Marco die Karte hervor, auf der die Insel Santo Domingo eingezeichnet war. „Lass uns sehen, wo die *Kuhinsel* ist, die *Ile à Vache*", forderte er Martin auf.

„Ich kenne nur die Schildkröteninsel – Tortuga. Das ist ein beliebter Schlupfwinkel von Piraten", erwiderte Martin. „Den könnten wir uns einmal genauer ansehen. Wenn sie nicht gerade in großer Übermacht sind, könnten wir einige unschädlich machen."

„Nein, wir brauchen jetzt *la Vache*. Dort ist am Außenriff Henry Morgans *Merchant Jamaica* gesunken. Ich weiß nicht, was sie an Bord hatte, aber manche sagen, sie war auf der Rückfahrt von einem großen Raubzug. Vielleicht finden wir das Wrack und vielleicht können wir danach tauchen und vielleicht entdecken wir etwas, was die Mühe lohnt. Wenn nicht, dann kostet es nur ein paar Tage Zeit."

Marco versprach sich nicht wirklich etwas von der Suche nach dem versunkenen Piratenschiff. Die *Merchant Jamaica* war erst vor kurzem, im Sommer 2001, entdeckt worden, aber von der Ladung oder anderen Dingen, die sie vielleicht an Bord gehabt hatte, fehlte jede Spur. Er hegte aber doch eine ganz kleine Hoffnung, dass es die Mannschaft der *Lucy* war, die den späteren Schatzsuchern eine solche Enttäuschung bereitet hatte.

Das nächste Schiff, dem sie begegneten, war eine alte Bekannte, die *Morning Glory*. Als man sich auf Rufweite genähert hatte, ließen sich Martin und Marco hinüberrudern. Sie berichteten ausführlich vom Ende des einäugigen Piraten und seiner Kumpane. Damit hatte sich die augenblickliche Mission der *Morning Glory* erledigt und der Kapitän beschloss, sofort nach Nassau zurückzusegeln. Das war für Marco eine gute Gelegenheit. Er wollte längst wieder nach Hause, konnte aber nicht mitten im Ozean von Bord verschwinden. „Wollt Ihr mich als Passagier mitnehmen, Kapitän?" fragte er. Und zu Martin: „Hol mich doch bitte in drei Monaten in Nassau ab. Ich werde mich inzwischen nach nützlichen Informationen umhören."

KAPITEL 14

Marco fährt in die Ferien und bekommt Ärger
wegen ein paar Münzen.

N a, waren die Karten richtig?", wollte Herr Bauenhagen wissen, als sie nach der Schule wieder alle beisammensaßen. "Martin war begeistert und hingerissen. Natürlich hat er Seekarten von dieser Qualität noch nie gesehen. Ich habe mir drei Pesos dafür genommen, aber er hätte auch das Hundertfache bezahlt." Marco öffnete die geballten Fäuste und ließ drei Münzen und ein kleines, unregelmäßig geformtes Goldkorn auf den Tisch fallen.

Alle grapschten danach, denn keiner, auch nicht die Erwachsenen, hatte je eine alte Silbermünze in der Hand gehalten. Es waren keine Meisterwerke der Geldmacherkunst. Die Prägung war schlecht und unsauber und eines der Stücke war eher fünfeckig als rund. Trotzdem machten sie die Finger kribbelig. Dies war das erste Mal, dass Marco von einer Zeitreise etwas anderes mitbrachte als Beulen und Schrammen. Gestern waren diese Stücke noch gewöhnliches Geld, das von Hand zu Hand wanderte und mit dem man alles Mögliche kaufen konnte, ein Pferd vielleicht oder zwanzig Seidenhemden mit Rüschen. Ach ja, so ein Hemd hatte auch schon seinen Weg in unsere Zeit gefunden, aber das war lange nicht so aufregend. Ariane trug es nur zu besonderen Gelegenheiten und sie ärgerte sich immer, dass sie die Geschichte dazu als Geheimnis für sich behalten musste.

"Wenn mich nicht alles täuscht, dann kommen diese Münzen von der *Santa Lucia*", sagte Marco. "Wahrscheinlich waren sie in einer der Kisten, vielleicht habe ich sie auch selber heraufgeholt. Oder Ikitt hat sie mir gebracht. Aber was machen wir jetzt damit? Wir können ja nicht zur Bank gehen und sie in Euro umtauschen."

Jeder hatte tolle Ideen, die dann doch nicht praktikabel waren. Der Vorschlag von Frau Bauenhagen schien der vernünftigste. „Auf einer Auktion bekommen wir den besten Preis. Aber da weiß jeder, wer der Verkäufer ist, und jemand könnte unangenehme Fragen stellen. Also ist es besser, ich gehe damit zu einem der Händler in der Stadt, die Münzen und Briefmarken für Sammler verkaufen. Ich sage, ich hätte die von meiner spanischen Oma geerbt. Da brauche ich keinen Namen zu nennen." Den Nugget behielt Marco und trug ihn fortan immer mit sich herum.

Die Osterferien begannen ein paar Tage später und sie waren wie eines jener falschen Eier, in denen man eine Überraschung findet, wenn man sie öffnet. Die Überraschung, das war eine Reise nach Italien. Die Mutter hatte sich zwei Wochen Urlaub genommen und der Vater hatte eine Geschäftsreise nach Rom so gelegt, dass er über die Feiertage und die Woche danach mit der Familie zusammen sein konnte.

Eigentlich war Marco schon in dem Alter, wo man Ferien mit den Eltern eher als lästig empfindet. Aber dies war eine so seltene Konstellation, dass er sich sogar darauf freute. Ihre letzte gemeinsame Ferienreise war über zwei Jahre her. Für die Mutter war es die Erfüllung eines lang gehegten Wunsches. Immer hatte sie von einer Reise auf die romantische Insel Capri geträumt. Sie hatte – natürlich – in einem der besten Hotels Zimmer reservieren lassen und redete seit Tagen von nichts anderem als von italienischem Essen und Sonnenuntergang, von Schwimmen und Kaffee auf der Piazza, dem kleinen, zentralen Platz der Insel.

※ ※ ※

Um keine Zeit zu verlieren, reisten sie auf dem schnellstmöglichen Wege: per Flugzeug nach Neapel, mit dem Taxi zum

Hafen und von dort mit einem schnellen Katamaran hinüber zur Insel. Martin würde Augen machen, dachte Marco, als das Schiff mit seinem Doppelrumpf über das Meer dröhnte, dreimal so schnell wie die *Lucy* bei allerbestem Wind. Dabei hatten sie auch die *Lucy* schon so konstruiert, dass sie sich bei schneller Fahrt höher aus dem Wasser hob und dadurch zusätzliche Geschwindigkeit gewann. Meister Spotswood war unheimlich stolz auf diese Idee, die er für seine eigene hielt, nicht ahnend, dass Marco sie aus dem 21. Jahrhundert mitgebracht hatte.

Der Hafen von Capri erinnerte Marco an den von Nassau: eine niedrige Kaimauer, an der Boote und kleine Schiffe anlegen konnten, eine breite Straße. Dann eine Reihe von Häusern mit Geschäften und Wirtshäusern im Erdgeschoss. Nur waren die Häuser hier um zwei Stockwerke höher als in Nassau und dort wurden in den Geschäften keine bunten Souvenirs und in den Kneipen keine Pizza verkauft.

Das Hotel lag nur ein paar Gassen von der Piazza entfernt. Marco hatte sein eigenes Zimmer. Von da konnte er den Garten mit dem kleinen Swimmingpool überblicken und sah im Hintergrund auch noch das Meer. Er wippte einige Male auf dem Bett, zappte sich am Fernseher durch alle Kanäle und inspizierte den Inhalt der Minibar. „Nicht schlecht", dachte er sich. Zweifellos war das Hotelzimmer bequemer als eine enge Kajüte auf einem schaukelnden Segelschiff. Von Luxus wie warmem Wasser oder Fernsehen ganz zu schweigen. Aber alles in allem gefiel es ihm in der Karibik doch besser. Hier konnte er nur neben oder hinter den Eltern hertrotten und mehr oder weniger aufmerksam zuhören, wie sie da den Baustil einer Kirche diskutierten und dort einander auf Punkte in der Landschaft aufmerksam machten. Mehr an Abenteuern gab es nicht, in unserer Zeit, auf Capri. Keine giftigen Blasrohrpfeile, keine Seeschlachten mit Seeräubern, keine Schatztaucherei und kein Schwatz mit Delfinen. Gab es überhaupt Delfine im Mittelmeer? Und wenn, sprächen die dann dieselbe Sprache wie ihre Artgenossen um die Bermudas?

Nachdem sie ihre Koffer ausgepackt und sich umgezogen hatten, trafen sie sich alle am Pool. Die Mutter schwamm ihre Bahnen, wie sie es sich vorgenommen hatte. Marco platschte einfach herum und tauchte ab und zu nach einem imaginären Schatz, bis er die Ermahnungen, doch nicht so gefährlich lange unter Wasser zu bleiben, nicht mehr hören konnte. Der Vater bestellte sich eine kleine Karaffe Wein und las die beiden Zeitungen, die er sich aus dem Flugzeug mitgenommen hatte. Nach dem Schwimmen gab es Espresso für Frau Kramer und ein riesengroßes Eis für Marco. Das sollten wir auf der *Lucy* haben, dachte er. Wie konnten wir damals nur leben ohne Elektrizität zum Eismachen?

Der Vater gab das Programm bekannt. „Morgen erkunden wir die Stadt und die Insel. Übermorgen, am Sonntag, besichtigen wir Pompeji."

„Was ist Pompeji?", fragte Marco. Er hatte keine Lust auf Besichtigungen.

„Wir haben doch vom Schiff aus den Vesuv gesehen. Dieser Vulkan, der so brav aussieht, ist in Wirklichkeit eine Bestie. Die Menschen fürchten ihn, denn er bricht immer wieder aus und verbreitet Tod und Verderben. Das ist auch vor knapp 2000 Jahren passiert. Es muss eine gigantische Explosion gegeben haben, denn in kürzester Zeit war die Stadt Pompeji von Asche und herabregnenden Steinen verschüttet. Das ging so schnell, dass sich viele Menschen nicht mehr retten konnten und in ihren Häusern begraben wurden. So können wir heute genau sehen, wie eine römische Stadt damals aussah." Marco rümpfte die Nase, sagte aber nichts mehr. Wenn die Besichtigung einer Ruinenstadt auf dem Plan stand, dann wurde sie auch durchgeführt, ob er nun Lust hatte oder nicht.

❋ ❋ ❋

Am Sonntag, gleich nach dem Frühstück, gingen sie hinauf zur Piazza, fuhren mit dem *Funiculare,* der Bergbahn, hinunter zum Hafen und dann mit einem *Aliscafo* hinüber zum Festland.

Nach Pompeji musste man jetzt den Vorortszug nehmen, aber spätestens hier zeigte sich, dass die Wahl des Ostersonntags für diesen Ausflug nicht die allerglücklichste war. All die Millionen Menschen, die in dieser Region lebten – und dazu kamen über die Feiertage noch fast ebenso viele Touristen – sie alle hatten sich offenbar vorgenommen, an diesem einen Tag des Jahres die berühmteste Ruinenstadt Europas zu besuchen. Schon an der Endstation herrschte absolutes Chaos, weil nicht alle Leute, die mitfahren wollten, in den Zug passten. Marco und seine Eltern wurden ins Wageninnere gedrängt, wo sie mit den anderen zusammengepresst standen wie Sardinen in der Dose. Schlimmer noch. Jede Sardine hätte sich lauthals über so eine schauerliche Drängelei beschwert. Der Vater zischelte: „Passt auf eure Sachen auf. Im Hotel hat man mich ganz eindringlich vor Taschendieben gewarnt." Aber auch der diebischsten Sardine oder dem agilsten Schlangenmenschen wäre es nicht gelungen, seinem Nachbarn in die Tasche zu greifen. Niemand schien sich an der Enge zu stören. Alle lachten und redeten und weil sie die Hände nicht bewegen konnten, gestikulierten sie mit den Köpfen. Marco verstand kein Wort und das ärgerte ihn. Er hätte doch leicht noch gestern Abend für ein paar Tage nach Italien reisen können, um die Sprache zu lernen. Er hatte einfach nicht daran gedacht.

Das Aussteigen geschah ihnen ohne ihr Zutun. Sie wurden einfach geschoben und fortbewegt, bis sie auf festem Boden standen. Ihr Ziel konnten sie nicht verfehlen, denn die Menschenmasse formte sich zu einem endlosen Riesenwurm, der sich mit kleinen Trippelschritten fortbewegte. Der Kopf des Wurms hatte sich wahrscheinlich schon vor einigen Stunden in einzelne Menschen und kleine Grüppchen aufgelöst, aber der Körper des Monstrums folgte willenlos der einmal vorgezeichneten Spur. Jetzt verstand Marco, wie sich die Lemminge fühlten, über die sie neulich in der Biologiestunde kurz gesprochen hatten. Diese Tierchen wurden ab und zu von einem Wanderdrang befallen. Dann zogen sie in dicht gedrängten Reihen immer weiter und weiter und wenn der

Erste von ihnen an eine Felsenklippe kam, dann wanderte er einfach weiter und Hunderte und Tausende folgten ihm in seinen Todessturz, ohne auch nur einen Augenblick innezuhalten. „Hoffentlich laufen wir nicht auf einen Abgrund zu", brummelte er zu den Eltern, aber da teilte sich der Wurm auch schon in viele kleine Würmchen, die sich fast ohne anzuhalten auf die vielen kleinen Kassenschalter zubewegten. Noch eine kleine Brücke, ein kurzer, enger Hohlweg und sie konnten sich wieder halbwegs frei bewegen. Sie standen am Forum von Pompeji, am Rathausplatz in der Stadt der lebendig Begrabenen.

Urplötzlich überkam Marco dieses leichte Schwindelgefühl, das er gewöhnlich am Anfang und am Ende einer Zeitreise hatte. Er befand sich noch in der Gegenwart, aber die Magie des Ortes hatte ihn gepackt. Ihm war, als hätte sich ein hauchfeiner Nebel über alles gelegt und in diesem Nebel erkannte er, wie in einer Projektion, die Stadt vor ihrem Untergang. Die Säulenreihen trugen wieder Dächer, die Regenwasserbecken waren gefüllt, in den Gärten wuchsen Blumen. Die Schatten der Touristen trugen Kleidung, wie er sie aus den Filmen kannte, die in der Antike handelten und alle Jahre in der Weihnachtszeit im Fernsehen abgespielt wurden. Die allgegenwärtigen Kinderwagen wurden zu Handkarren, beladen mit Gemüse und Tonkrügen, mit Säcken und mit Dingen, denen seine Vorstellung keine richtige Gestalt geben konnte.

Während die Eltern über die Raumaufteilung der Villen diskutierten, die unglaublich lebendigen Fresken bestaunten und sich über die Winzigkeit der Schlafräume wunderten, sah Marco die Schatten der Sklavinnen und Sklaven, wie sie in der Küche werkelten, Wasser vom öffentlichen Brunnen herbeischleppten oder nur unbeweglich neben einer Säule standen, auf einen Befehl des Hausherrn wartend. An einem Punkt setzte er sich auf einen vorspringenden Steinblock und sagte zu den Eltern: „Ich möchte eine Weile hier bleiben und nachdenken. Geht ihr doch weiter, und wenn ihr alles gesehen habt, dann holt mich bitte hier wieder ab."

Es war eine belebte Ecke, an der er sich da niedergelassen hatte. Er saß auf einer Treppenstufe vor einem Etwas, das ein Imbissladen gewesen sein musste. Die L-förmige Theke enthielt ein halbes Dutzend kreisrunde Löcher, in denen irdene Töpfe oder Amphoren versenkt waren. Wenn die Touristen den Laden betraten, beugten sie sich immer vor, um in diese Behälter hineinzublicken. Dann waren sie auf einmal Pompejaner, die guckten und schnüffelten und sich schließlich aus diesem oder jenem Topf eine warme Mahlzeit in eine Schale schöpfen ließen. Marco glaubte die Speisen fast zu riechen und die Gespräche zu hören. Lateinisch hätten die Menschen wohl gesprochen. An einer Stelle spielte ihm seine Fantasie einen Streich. Im Hintergrund des Ladens stand eine kleine Gruppe von Männern und spielte unentwegt – Darts. Das konnte natürlich nicht sein, das gehörte nicht hierher und war völlig anachronistisch, aber er schaffte es nicht, diesen kleinen Film auszublenden. Das Plop der Wurfpfeile, wenn sie die Scheibe trafen, und ein gelegentlicher Ausruf von Triumph oder Ärger drang immer wieder durch die Stimmen vorn an der Theke.

Manche Kunden gingen mit ihrem Essnapf in die Bäckerei auf der anderen Straßenseite. Da wurde in fünf großen, steinernen Mühlen Getreide zu Mehl gemahlen. Jede wurde von vier schwarzen Sklaven gedreht, die stumpfsinnig im Kreis trabten, ständig angetrieben von einem schreienden, mit einem Knüppel fuchtelnden Aufseher. Marco fand die Technik dieser Mühlen faszinierend, viel höher entwickelt als das, was er mehr als anderthalb Jahrtausende später in Amerika gesehen hatte. Im Hof, unter einem Dach, das gegen Sonne und Regen Schutz bot, wurde Teig geknetet und ein paar Schritte weiter wurde schon die Glut aus einem der steinernen Backöfen gerissen und die fertigen Teigfladen eingeschossen. Marco bemerkte, dass in der Brotfabrik nur Sklaven und ein paar Antreiber arbeiteten und niemand lachte oder auch nur ein paar Worte wechselte, während hier im Imbiss vermutlich die Besitzer selber hinter der Theke standen und mit jedem Kunden ein kurzes Gespräch führten. Die Dartspieler waren jetzt endlich doch verschwunden. Als die Eltern ziemlich erschöpft von ihrer Besichtigungsrunde zurückkamen, war Marco noch lange nicht fertig. Die Mutter erzählte mit einem Anflug von Tadel in der Stimme, was er alles versäumt hatte, die wunderbaren Kunstwerke und das beeindruckende Amphitheater und die gruselig mumifizierten Leichen. Er sagte nur: „Ich habe währenddessen den Menschen zugesehen. Das war genauso interessant."

Das Abendessen wurde im Hotel immer ziemlich spät serviert, aber dafür war es jedes Mal einer der Höhepunkte des Tages. Auch lange nach Sonnenuntergang konnte man noch auf der Terrasse sitzen. Das verlieh den Speisen einen zusätzlichen Urlaubsgeschmack. Zuerst gab es vielerlei Antipasti, die köstlichen italienischen Vorspeisen. Dann kam ein Zwischengericht aus Spaghetti oder anderen Nudeln. Die schmeckten noch besser als bei Arianes Mutter und Marco nahm davon immer eine doppelte Portion. Das Hauptgericht übersprang er dafür. „Ma, kannst du nicht Raina sagen, sie soll öfter einmal Nudeln kochen? Besonders wenn meine Freunde nach der Schule mitkommen zum Hausaufgaben machen." Die Mutter versprach es, hielt es aber für nicht sehr wahrscheinlich, dass sich Raina würde überreden lassen.

Beim Nachtisch – da kam nur eines in Frage: *gelati,* Eis – erklärte Marco seinen Eltern: „Ich weiß jetzt, was ich später werden will. Archäologe." Der Vater stocherte in seinem Teller herum, sagte aber nichts.

Die Mutter japste: „Aber du sollst doch die Firma übernehmen. Das war schon immer so geplant."

„Ma, das habt ihr so geplant, nicht ich. Ich habe heute an der Straße gesessen und den Leuten von damals zugesehen. Wie sie Brot gebacken und Suppe verkauft haben, Gemüse vom Markt und Wasser vom Brunnen geholt haben. Es war alles so lebendig und ich gehörte dazu. Das hat solchen Spaß gemacht! Bevor wir wieder heimfahren, möchte ich noch einmal nach Pompeji zurück und sehen, ob ich das noch einmal erlebe." Keiner hatte Lust, Marcos Zukunft weiter zu diskutieren, aber das letzte Wort zu diesem Thema war beileibe noch nicht gesprochen.

Die Ferienwoche verging wie im Fluge und Marco durfte sogar einmal allein nach Pompeji zurückfahren. Er wanderte den ganzen Tag durch die Ruinen, versuchte, sich die ausländischen Touristen in einer Toga vorzustellen und den Hamburger, den er sich zu Mittag kaufte, als eine altrömische Bohnensuppe. Aber es wurde nichts daraus. Die Menschen blieben, was sie waren, den Ruinen wuchsen keine Dächer und kein Mensch sprach Lateinisch.

Zurück nach Hause ging es auf dem schon bekannten Weg: *Funiculare, Aliscafo,* Taxi, Flugzeug, noch einmal Taxi. Während der Vater noch den Fahrer bezahlte, gingen Marco und die Mutter schon mit ihren Koffern voraus. Vor der Haustür hielten sie beide verblüfft inne. Die Tür stand halb offen. Marco stieß sie ganz auf und trat ein, die Mutter folgte ihm auf den Fersen. „Raina", rief sie laut ins Haus hinein, und noch einmal: „Raina", obwohl sie wusste, dass die Hausgehilfin erstens nie am Sonntag kam und zweitens sich die letzte Woche ebenfalls Urlaub genommen hatte. Marco stellte seinen Koffer hin und lief dem Vater entgegen. „Pa, ich glaube, jemand ist in unser Haus eingebrochen", rief er Herrn Kramer zu. Wie recht er hatte, zeigte sich, als die Mutter die Tür zum Wohnzimmer öffnete. Es sah aus, als hätten dort nicht nur die Vandalen gehaust. Sie mussten noch Hilfe gehabt haben von den Kimbern und Teutonen, den Ostgoten und Westgoten, den Normannen und Wikingern. Das Sofa lag mit der Unterseite nach oben da, ein Sessel ebenfalls und der war auch noch an der Seite aufgeschlitzt. Aus den Zierkissen quoll der Inhalt, Schubladen waren herausgerissen, die Bilder lagen mit zersplitterten Gläsern auf dem Boden. In den anderen Räumen des Hauses sah es kaum besser aus, in der Küche eher noch schlimmer. Die Mutter irrte schluchzend durch das Haus, der Vater rief die Polizei an.

Die erschien nicht im Streifenwagen mit Blaulicht und Tatütata, sondern in weniger als drei Minuten, als hätte man nur auf diesen Anruf gewartet, in einem dunklen, unauffälligen Volvo. Es waren auch nicht Beamte in Uniform, wie man es wohl erwartet hätte, es waren alte Bekannte: der Rothaarige und der Dünne.

„Sie haben einen Einbruch gemeldet?", sagte der Rothaarige. „Wir sind gerufen worden, weil das Bundeskriminalamt die Aufklärung von Vorfällen in Ihrem Haus übernommen hat." Sie ließen sich durch die verwüsteten Zimmer führen, zeigten aber auffällig wenig Interesse an den Einzelheiten.

„Wollen Sie nicht wenigstens nach Fingerabdrücken suchen oder dergleichen, was die Polizei eben so macht?"

„Wir schicken morgen die Spurensicherung vorbei", sagte der Dünne. „Heute ist es schon zu spät und außerdem ist Sonntag. Bitte berühren Sie einstweilen nichts."

„Was meinen Sie: nichts berühren?" Die Mutter war so aufgeregt, wie Marco sie noch nie gesehen hatte. „Wir müssen doch aufräumen. Wir können das doch nicht so lassen."

„Gehen Sie so lange in ein Hotel. Wenn Sie hier etwas verändern, bestehen kaum noch Chancen, dass wir diesen Einbruch aufklären." Der Rote scherte sich offensichtlich keinen Deut um die Probleme der Familie Kramer. Marco hätte gewettet, dass er auch nicht die geringste Neigung hatte, „diesen Einbruch aufzuklären". Möglicherweise wusste er viel mehr, als er sich anmerken ließ.

„Ich möchte aber einen Zeugen hereinbitten, der uns vielleicht zum Motiv dieser Tat eine Information geben könnte." Der Rotkopf sprach kurz in sein Handy: „Kommen Sie bitte herein." Gleich darauf ging die Türklingel. Marco machte die Tür auf und gleich drei Schritte rückwärts. Da stand Korkis, groß und massiv wie immer, aber mit einem weißen Verband über einem Auge und auf einen Stock gestützt. Er war schon im Flur, als Herr Kramer merkte, wen er vor sich hatte.

„Dieser Mensch kommt mir nicht ins Haus! Raus mit Ihnen, ich will Sie nicht hier sehen." Er baute sich vor dem Zeitungsschreiber auf und versperrte ihm den Weg.

Der Dünne zog ihn am Ärmel zurück. „Wir können das natürlich auch auf dem Revier erledigen, aber es wäre für uns alle einfacher, die Aussage dieses Herrn hier aufzunehmen." Er steuerte auf das Esszimmer zu, das am wenigsten verwüstet war, ließ sich dort nieder, als sei er der Herr des Hauses, und lud die anderen mit einer Geste zum Sitzen ein.

Noch ehe jemand ein Wort sagen konnte, schoss es aus Marco heraus: „Was ist mit Ihrem Auge?"

„Nur ein kleiner Unfall. Beim Segeln." Ein bohrender, einäugiger Blick. „Aber ein alter Seemann ertrinkt nicht so leicht. Wir konnten uns retten, meine Freunde und ich."

Ungeduldig unterbrach der Rothaarige: „Das gehört jetzt nicht zur Sache. Zeigen Sie die Stücke."

Der einäugige Journalist brachte ein kleines, viereckiges Kästchen zum Vorschein, wie die Juweliere es für Schmuckstücke verwenden. Er schob es in die Mitte des Tisches und öffnete es mit einer dramatischen Geste. Das Kästchen enthielt drei Silbermünzen, eine davon von auffallend unregelmäßiger Form.

„Diese drei Geldstücke", dozierte er, „habe ich vor einer Woche in einem Sammlerladen für Münzen und Briefmarken erstanden. Es sind spanische Pesos, die zwischen 1687 und 1714 geprägt wurden. Es sind sehr seltene Stücke, die unter Sammlern für mehr als das Zehnfache ihres Materialwertes gehandelt werden."

„Und was haben diese Dinger mit unserem Einbruch zu tun?", fragte der Vater ironisch. Es passte ihm überhaupt nicht, dass dieser Zeitungsheini so selbstzufrieden in seinem Hause saß und überdies noch das Gespräch dominierte.

„Wir sind der Meinung, dass die Einbrecher nach weiteren Geldstücken gesucht haben", erklärte der Rothaarige. Er hatte sicher bei irgendeiner ihrer Begegnungen auch seinen Namen genannt, aber Marco konnte sich nicht daran erinnern.

„Wir haben diese Münzen in einem aufwendigen genetischen Test untersuchen lassen. Es sind darauf DNS-Spuren von acht bis zehn Personen zu finden. Diese Personen haben innerhalb der letzten dreißig Tage die Münzen berührt. Eine dieser Personen …", er versuchte, Herrn und Frau Kramer gleichzeitig mit je einem Auge anzustarren, aber das gelang ihm nicht ganz, und so bewegte er mehrmals den Kopf hin und her, wie die Zuschauer bei einem Tennismatch. „Eine dieser Personen ist Ihr Sohn. – Woher hast du das Geld?", fuhr er jetzt Marco an.

Der hatte die Frage schon kommen sehen, in dem Augenblick, als Korkis das Kästchen aufgemacht hatte, und er hatte sich eine Antwort einfallen lassen. „Die Marskraken haben es mir geschenkt, weil ich ihnen den Weg zum Flughafen erklärt habe. Ehrlich." Die Mutter konnte ein nervöses Kichern nicht ganz unterdrücken und Korkis schlug mit der tellergroßen Handfläche auf den Tisch. „Mach dich nur lustig über uns. Es wird dir bald leidtun."

Der Rotkopf übernahm wieder das Gespräch – oder war es schon ein Verhör? „Von Ihnen beiden", Kopf links, Kopf rechts, linksrechtslinksrechts, „haben wir keine DNS-Spuren gefunden. Aber die ganz neuen, von denen ich gesprochen habe, haben mehrere andere überlagert. Die waren dreihundert Jahre alt. Dazwischen nichts. Das bedeutet, dass dreihundert Jahre lang niemand diese Münzen berührt hat. Das Bundeskriminalamt hegt den begründeten Verdacht, dass Ihr Sohn einen Geldschatz gefunden hat und diese Entdeckung geheim halten will."

„Er hat sich eine zeitlang mit seinen Freunden intensiv für Schatzschiffe genau aus der fraglichen Epoche interessiert", schaltete sich der Journalist ein. „Und dann war eines Tages das Thema nicht mehr interessant. Die letzte Veröffentlichung, an der die drei gearbeitet haben, handelte von einem Schiff, das irgendwo an der Südküste von Haiti gesunken ist. Vielleicht kommen diese Stücke da her, was meinst du?" Der Blick aus dem gesunden Auge war jetzt bohrend wie ein Laserstrahl.

„Ein anderer Bericht, an dem ihr ziemlich lange gearbeitet habt, handelt von einer griechischen Galeere, die ungefähr 120 Jahre vor unserer Zeitrechnung bei der Insel Capri gesunken ist. Haben Sie nicht gerade in der Gegend Urlaub gemacht?" Der letzte Satz richtete sich natürlich an die Eltern, aber der Sprecher machte sich nicht die Mühe, sein Auge zwischen den beiden hin- und herwandern zu lassen.

Jetzt platzte Herrn Kramer endgültig der Kragen. Zornig sprang er auf und begann, auf die drei einzuschimpfen. Was die sich überhaupt einbildeten und wie sie dazu kämen, ihn und seine Familie ständig zu belästigen und behelligen, aus welchem Grunde sie sogar im Urlaub bespitzelt würden und woher sie sich das Recht dazu nähmen. „Ich werde mich bei Ihren Vorgesetzten beschweren. Erstens, dass Sie uns hier einem hochnotpeinlichen Verhör unterziehen und zum anderen, dass Sie keinen Finger rühren, um diesen Einbruch aufzuklären. Das wird Folgen haben. Und jetzt verlassen Sie sofort mein Haus. Auf der Stelle!" Noch nie hatte Marco seinen Vater so erregt gesehen, so vor Wut bebend. Normalerweise ließ er sich von nichts und überhaupt nichts aus der Ruhe bringen. Wie sehr er wirklich außer sich war, das zeigte die Drohung mit der Beschwerde beim Vorgesetzten. Die hörte Marco öfter einmal, von Leuten, die beim Schwarzfahren im Bus ertappt werden oder die gerade zu ihrem Auto zurückkommen, wenn ein Strafzettel für Falschparken unter den Scheibenwischer geklemmt wird. Er hatte noch nie erlebt, dass der Kontrolleur oder die Politesse daraufhin verängstigt die Flucht ergriffen hätten.

„Wer einen herrenlosen Gegenstand von materiellem, historischem oder archäologischem Wert findet, hat dies unmittelbar der zuständigen Behörde zu melden. Wer diese Anzeige unterlässt und derartige Fundgegenstände für sich behält, wird mit Gefängnis bis zu fünf Jahren bestraft." Es war Thomas, der Dünne, der im Hinausgehen diesen Paragrafen zitierte. Vielleicht hatte er ihn auch gerade frei erfunden. „Wir kommen so lange wieder, bis diese Geschichte geklärt ist."

Normalerweise hätte Marco jetzt dem Vater Rede und Antwort stehen müssen und wahrscheinlich wäre dabei die ganze Geschichte um die Zeitreisen herausgekommen. An diesem Abend aber waren alle so erschöpft von der Reise und den aufregenden Stunden danach, dass sie nur noch ans Schlafen dachten. Mit dem geringstmöglichen Aufwand wurden die Betten wieder benutzbar gemacht. In der Küche suchte sich jeder, was im Kühlschrank oder sonst wo zu finden war – Abendessen aus der Hand nannten sie das –, und bald danach gingen im Haus die Lichter aus.

Es hatte sich eingebürgert, dass sie montags nach der Schule immer bei Marco arbeiteten. An diesem ersten Tag nach den Ferien hatte Marco so viel zu erzählen, dass er nach den Pausen auch noch den ganzen Weg nach Hause brauchte. Raina hatte das Chaos vom Vorabend schon halbwegs wieder unter Kontrolle gebracht. Spurensicherung? Nein, von der Polizei war niemand da gewesen. Und sie konnte doch nicht alles so lassen, wie sie es in der Frühe vorgefunden hatte. Ihr wollt doch alle nicht mitten in einer Mülldeponie sitzen, oder? Es gab nur Sandwiches, zu mehr hatte sie nicht Zeit gehabt. Marco trug ganz vorsichtig wieder einmal seinen Essenswunsch vor –, für morgen vielleicht oder übermorgen oder irgendwann –, fand aber wenig Gehör. „Wenn du jetzt die ganze Woche lang tagtäglich Spaghetti gegessen hast, ist es Zeit für was anderes." Das war's für heute und für morgen und wahrscheinlich auch für irgendwann.

Gewöhnlich räumten sie nach dem Essen schnell den Tisch ab und breiteten sich mit ihren Büchern und Heften aus. Heute verschwanden sie eilig in Marcos Zimmer, denn sie hatten ein spannendes Experiment geplant. Hier war alles wieder an seinem Platz. Nichts erinnerte mehr an das Tohuwabohu von heute früh, als Marco beim Aufstehen überall über Bücher und Schuhe und Kleidungsstücke gestolpert war. Marco schaltete den Computer an, die beiden anderen zogen sich Stühle heran, sodass sie sehen konnten, was sich ereignen würde.

Es schien, als dauerte das Hochfahren länger als gewöhnlich, aber vielleicht waren sie nur alle ungeduldig. Schließlich erschien die Standard-Ansicht und Marco tippte ein Kommando ein. Wie gewohnt kam die Anzeige:

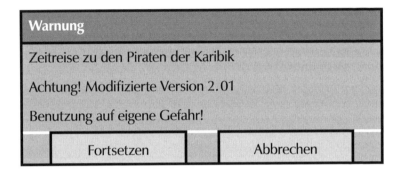

Warnung

Zeitreise zu den Piraten der Karibik

Achtung! Modifizierte Version 2.01

Benutzung auf eigene Gefahr!

| Fortsetzen | Abbrechen |

Marco klickte auf Fortsetzen und jetzt geschah etwas Unerwartetes. Statt der üblichen Serie von Abfragen nahm der Bildschirm eine widerwärtig gelbe Farbe an und darauf blinkte in einem ebenso abstoßenden, aber dadurch noch beschwörenderen Rot eine Nachricht:

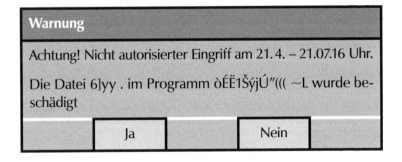

Warnung

Achtung! Nicht autorisierter Eingriff am 21.4. – 21.07.16 Uhr.

Die Datei 6]yy . im Programm òÉË1ŠýjÚ"(((~L wurde beschädigt

| Ja | Nein |

Das war also vor drei Tagen gewesen. Die Einbrecher waren nicht nur in den Computer eingedrungen, sondern sie hatten sogar auf irgendeine Weise Zugang zum Zeitreise-Programm gefunden. Es entspann sich eine längere Diskussion. Löwenherz erachtete die Gefahr als gering und war dafür, einfach weiterzumachen. „Wir werden schon sehen, was herauskommt. Das Programm hat so viele Sicherheitsschleusen eingebaut, dass es dich immer rechtzeitig warnen wird."

Ariane war strikt dagegen, den Versuch zu riskieren. „Du bist schon einmal ganz woanders gelandet als du wolltest und hast nur mit viel Glück in die Gegenwart zurückgefunden. Was ist, wenn du irgendwo in einer anderen Zeit versackst?"

Marco versprach schließlich hoch und heilig, alle Sicherungen eingeschaltet zu lassen. Er gab ein: *Pompeji* und als Zeitpunkt das Jahr *78*. Nach einer kleinen Rechenpause fragte der Computer:

Hilfe

Bitte geben Sie Ihr Körpergewicht ein

Da musste Marco erst einmal im Badezimmer auf die Waage. Dann informierte er den Computer, sein Gewicht betrage 62 Kilogramm. Dieses Mal dauerte die Kalkulation einschläfernde drei Minuten. Dann wurde das Ergebnis angezeigt:

Warnung

Die Kapazität des Rechners reicht aus für einen Transport zum gewünschten Zielpunkt.

Sie müssen jedoch die Option Sprachanpassung und die Option zielgenaue Rückkehr deaktivieren. Wollen Sie diese beiden Optionen deaktivieren und den Transport durchführen?

| Ja | Nein |

„Nein, auf gar keinen Fall!", schrie Ariane. Auch Marco hatte nicht die geringste Lust, sich auf so ein Abenteuer einzulassen. Schade, er hätte zu gern gesehen, ob seine Wahrnehmungen in Pompeji etwas mit der Realität zu tun hatten oder reine Fantasie waren.

„Zumindest beweist das wieder einmal, dass man sich auf die Sicherheit des Programms verlassen kann", sagte er.

„Kannst du nicht", widersprach Ariane. „Das Programm ist beschädigt und wir wissen nicht, wie der Schaden aussieht. Lass uns aufhören und unsere Hausaufgaben erledigen."

Die beiden Jungen folgten dem Ratschlag der Vernunft, wenn auch widerstrebend. Bücher bedeckten den großen Esstisch, Fragen und Antworten flogen hin und her, wurden diskutiert, verworfen oder niedergeschrieben. Nach einer Stunde war alles erledigt. „Was machen wir jetzt?", fragte Marco.

„Wir gehen ein Eis essen und du erzählst uns noch mehr über die Vorfälle von gestern Abend", schlug Ariane vor.

Richard Löwenherz hatte eine andere Idee. „Wir haben schon so lange die originale Zeitreise nicht mehr gespielt. Lasst uns doch mal ausprobieren, wie das weitergeht."

Alle waren dafür. Marco startete das Programm. Er selbst war der Drahtzieher, der die einzelnen Spielzüge durchführte. Richard bestimmte die Aktionen des einäugigen Piraten und Ariane übernahm Pedro. Marco klickte auf *START*. Das Bild zeigte den Hafen von *Reina Isabela* und fuhr dann die große Straße hinauf bis zum Marktplatz. Dann erschien eine Nachricht:

Fehlermeldung

Die Figur Der einäugige Pirat ist momentan nicht verfügbar. Wollen Sie sie durch Kapitän Hook ersetzen?

Ersetzen	Abbrechen

Das kam unerwartet. Wieso konnte eine Spielfigur einfach „nicht verfügbar" sein? Bisher hatte das Spiel immer mit dem Auftritt des einäugigen Piraten begonnen. Mit Kapitän Hook wollte niemand spielen. Keiner mochte ihn, denn sie hatten alle den Film gesehen, in dem er ständig hinter Pinocchio her war. Also gingen sie Eis essen.

Rechtzeitig zum Abendessen kam Marco nach Hause. Er sagte „Hallo" und wollte zu seinem Zimmer, aber der Vater bedeutete ihm zu bleiben.

„Hör zu, dann brauche ich das nicht zweimal zu erzählen. Also: Kurz vor Mittag war die Spurensicherung immer noch nicht erschienen. Da habe ich bei der Polizei angerufen und die fielen aus allen Wolken. Der Einbruch in unser Haus ist dort nicht gemeldet worden. Und es ist ganz unmöglich, dass das Bundeskriminalamt solche Fälle übernimmt. Sie wollten das gleich überprüfen und vor einer Stunde hat mich der Leiter der Dienststelle angerufen. Es gibt keine Beamten, die so heißen, und die Beschreibung der beiden passt auch auf niemanden, der dort arbeitet. Jetzt gehen sie die Fahndungskartei durch und wenn sie einen Rothaarigen oder einen Dünnen finden, dann schicken sie einen Polizeibeamten mit den Bildern vorbei. Stellt euch das vor, wir sind Gaunern und Hochstaplern aufgesessen. Wenn sich einer von denen noch einmal blicken lässt, dann schaffe ich ihn persönlich ins Kittchen."

„Und was ist mit dem Journalisten, Korkis?", fragte Marco.

„Das ist auch eine undurchsichtige Geschichte. Er ist nicht polizeibekannt. Aber bei der Zeitung hat ihn auch noch nie jemand gesehen. Er schickt seine Artikel per E-Mail und lässt sich das Honorar auf ein Konto überweisen. Lasst bloß keinen von denen mehr ins Haus. Und wenn sie dir wieder auf der Straße auflauern, Marco, dann renn weg und schrei um Hilfe. Damit kannst du sie einschüchtern."

Die drei Männer blieben natürlich das Gesprächsthema während des Abendessens. Es gab belegte Brote und Salat, beides von Raina vorbereitet und beinahe so gut wie Spaghetti Bolognese. Die Eltern tranken Rotwein dazu, Marco hatte eine

Fanta. Wer dann noch Obst wollte, der hatte Äpfel, Pfirsiche und Erdbeeren aus Südafrika zur Auswahl.

Die Frage nach dem „momentan nicht verfügbaren" einäugigen Piraten ließ Marco keine Ruhe. Wie konnte eine Figur aus einem Computerspiel einfach verschwinden? Er versuchte noch einmal, das Spiel zu starten, erhielt aber dieselbe Fehlermeldung. Dann lese ich noch ein bisschen was über Pompeji nach, dachte er und wählte sich ins Internet ein. Die Suchmaschine bot ihm 134 Treffer an. Während er noch überlegte, welchen Beitrag er als erstes öffnen wollte, spürte er das altbekannte Schwindelgefühl. Nur war es dieses Mal viel stärker als sonst und der begleitende Nebel hatte einen hässlichen gelbgrünen Farbstich.

„Das ist nett von dir, dass du uns besuchen kommst", sagte eine Stimme. Auf dem Monitor baute sich gerade ein Bild des Forums von Pompeji auf, genauso, wie er es aus der letzten Woche in Erinnerung hatte. Dahinter befand sich ein großer Spiegel und rechts davon eine Tischlampe, wie man sie in allen Hotels der Welt finden kann: ein Keramiktopf mit einem stoffbespannten Drahtgestell in der Form eines Kegels, dessen Spitze abgeschnitten wurde, als Schirm. Der Computer stand auf einem jener schmalen Möbelstücke, die in Hotelzimmern die Illusion eines Schreibtisches vermitteln sollen und Marco saß auf einem viel zu niedrigen Schemel davor. Im Spiegel sah er, dass hinter seinem Rücken zwei Männer auf dem Bett hockten: Rotkopf und der Dünne. Die Stimme aber kam von der Seite, wo Korkis auf dem einzigen Stuhl saß. „Und du hast uns deinen Computer mitgebracht. Das ist sehr rücksichtsvoll von dir. So kannst du uns gleich praktisch demonstrieren, was du damit alles machst und wie du die Silberpesos hierher gebracht hast. Wir konnten es neulich nicht herausfinden." Korkis sah nicht sehr gut aus. Der weiße Verband über seinem Auge wirkte schmutzig, die Haare standen unordentlich ab und sein Gesicht wirkte wegen eines Dreitagebarts finster und Furcht einflößend.

Marco war so verdattert, dass er kein Wort hervorbrachte. Der Journalist griff nach seinem Krückstock und einen Augenblick sah es so aus, als wollte er dem Jungen damit eins überziehen. Dann aber stützte er sich nur darauf, wie er vor ihm stand, fast doppelt so hoch und breit wie Marco selbst. „Also, fangen wir mit den Münzen an. Woher hast du die?"

„Die haben mir die Marskraken geschenkt", entgegnete Marco und bereute die Antwort bereits, ehe er sie ganz ausgesprochen hatte. Sekundenbruchteile später lag er auf dem Fußboden, eine Schuhspitze stocherte in seinen Rippen.

„Wenn ich jetzt zutrete, wirst du das wahrscheinlich nicht lang überleben. Soll ich?" Marco schüttelte den Kopf, so fest er konnte. Er rappelte sich auf Hände und Knie und konnte sich dann wieder aufrichten. „Setz dich und antworte", befahl sein Peiniger.

„Ich weiß es nicht, ich habe keine Ahnung", verteidigte sich Marco.

„Ich frage dich noch einmal und wenn ich mit deiner Antwort nicht zufrieden bin, wird Rotkopf dir sehr wehtun. Glaub mir, er ist darin sehr geschickt. Woher kommen die Geldstücke?"

„Von der *Santa Lucia*, glaube ich", brachte er heraus. Ein Zeichen von Korkis, und der Rothaarige kramte aus einem schwarzen Aktenkoffer einen Gegenstand heraus, der verdächtig wie eine neunschwänzige Katze aussah.

„So ein Ding hatten sie bestimmt auch auf der *Santa Lucia*", sagte er mit einem erwartungsvollen Grinsen. „Ich kann's nicht abwarten, dir damit eine kleine Freude zu machen. Darf ich, Chef?"

„Noch nicht, vielleicht will er jetzt reden. – Woher kommen die Geldstücke?"

„Von der *Santa Lucia*."

„Wie bist du daran gekommen?"

„Von einem Klassenkameraden."

„Und woher hat der sie?"

„Sein Onkel war bei der Entdeckung der *Santa Lucia* dabei."

„Glaubt ihr ihm das?", fragte Korkis seine Kumpane. Die schüttelten beide den Kopf. Der Rote zog langsam und genüsslich die Riemen der Peitsche durch seine linke Hand. „Ich auch nicht. Erstens ist die Onkel-Masche ein alter Hut, zweitens sind auf der *Santa Lucia* keine Münzen gefunden worden. Wir haben den Artikel in der Zeitschrift auch gelesen. Ich gebe dir eine letzte Chance: Woher stammen die Münzen?"

Marco entschied, dass es am besten sei, die Wahrheit zu sagen. „Ich kenne die Leute, die als erste nach dem Schatz getaucht sind. Sie haben auch Münzen gefunden. Einer von ihnen hat mir ein paar Seekarten für drei Pesos abgekauft. Er hieß Martin und war der Kapitän eines Schiffs namens *Lucy*."

„Gib ihm drei", sagte Korkis und hob drei Finger in die Höhe. Die Augen des Rothaarigen glänzten, als er aufstand. Er zog die Peitschenriemen noch einmal genießerisch durch die Hand und leckte sich die Lippen. Marco konnte nichts tun als sich zusammenzukrümmen, um den erwarteten Schlägen so wenig Angriffsfläche wie möglich zu bieten.

Wschschsch – es fühlte sich an, als habe man ihm bei lebendigem Leib die gesamte Haut vom Rücken gerissen. Marco hörte seinen Aufschrei kaum. Die Wucht des Schlages warf ihn nach vorn. Seine Hände griffen nach einem Halt, fanden den Monitor und hielten sich im Sturz daran fest. Das Gerät stürzte auf den Boden, Marco hinterher. Er hörte den Knall einer Explosion und tauchte in einen gelbgrünen Nebel.

KAPITEL 15

Marco wird aus der Gefangenschaft gerettet
und tritt eine Reise um die Welt an.

Wschschsch. Es tat scheußlich weh, so weh, dass sein Kopf aufgehört hatte zu denken und alles nur um den Schmerz kreiste. Es war, als risse ihm ein riesiges Raubtier, ein Königstiger, ein Grizzlybär, mit Tatzen und Zähnen das Fleisch aus dem Rücken. Was er sah, als er die Augen öffnete, ergab keinen Sinn. Er fiel wieder zurück in seine Ohnmacht.

Seine Arme, um den Mast geschlungen und an den Handgelenken zusammengefesselt, verhinderten, dass er zu Boden sackte. Er spürte, wie es seinen Rücken hinunterlief und unsäglich brannte. Ein Matrose hatte ihn mit einem groben Guss Meerwasser geweckt. Langsam, ganz vorsichtig, öffnete er die Augen und blickte direkt in das grinsende, bärtige Gesicht des einäugigen Piraten.

„Willst du mir jetzt sagen, wo ich die *Santa Lucia* finde?", fragte Käptn Hurrikan.

„Das habe ich Euch doch schon erzählt", brachte Marco mühsam heraus.

„Zieh ihm noch eins über", schrie der einäugige Pirat. Rotkopf holte aus, so weit er konnte, aber der dünne Tom trat dazwischen.

„Es nützt uns überhaupt nichts, wenn du ihn wieder bewusstlos schlägst", sagte er ganz ruhig. „Und noch weniger, wenn du ihn totpeitschst. Der ist ein Weichei und hält nicht viel aus. Überlasst ihn mir, ich bringe ihn schon zum Reden." Er nestelte an Marcos Handfesseln, aber der Käptn hielt ihn zurück. „Du hast mir nur ganz ungefähr die Gegend gesagt", schrie er auf Marco ein. „Und überhaupt bist du damals auf so sonderbare Art verschwunden, wie du jetzt wieder aufgetaucht bist. Sag mir, wo das Wrack ist!" – Er gab ihm wieder eine schallende Ohrfeige – genau wie „damals", womit er offenbar ihre letzte Begegnung in Boston meinte. „Das bringt ihn nicht um", sagte er zu seinen beiden Paladinen, „aber es hilft, ihm die Zunge zu lösen."

Marco versuchte zu sprechen, aber sein Mund war so ausgetrocknet, dass er keinen Laut hervorbrachte. „Geb' ihm einer Wasser", brüllte der Piratenhäuptling. Marco konnte sich nicht erinnern, dass er ihn je mit normaler Stimme hätte sprechen hören. „Aber nicht so viel, dass er sich fühlt wie der Prinz von Persien." Eine Hand hielt ihm von hinten einen Blechnapf an die Lippen. Gierig sog er so viel Wasser ein, wie er erwischen konnte, ehe der Napf wieder zurückgezogen wurde. Er ließ es ein paar Mal im Mund kreisen, aber Käptn Hurrikan gab ihm nicht viel Zeit, diesen Genuss auszukosten: „Ich zähle nicht bis drei, ich zähle nur bis eins. Also – eins …"

„Es war ungefähr dort, wo Ihr neulich Euer Schiff auf das Riff gesetzt habt. Mehr weiß ich auch nicht, ich bin kein Navigator."

Damit musste sich der einäugige Pirat zufrieden geben. Er ließ Kurs nach Nordnordost setzen. „Den Jungen könnt ihr den Fischen geben. Wir brauchen ihn nicht mehr", sagte er und setzte sich nach achtern in Bewegung.

„Käptn", hielt ihn der dünne Tom zurück und fuhr mit leiser Stimme fort. „An deiner Stelle würde ich ihn noch hier behalten. Vielleicht brauchen wir ihn noch. Ich kümmere mich um ihn."

„Von mir aus", blaffte Käptn Hurrikan. „Aber behandle ihn nicht wie einen Ehrengast. Und sobald wir den Schatz haben, geht er über Bord. Ohne weiteres Federlesen."

„Komm mit." Der Dünne packte Marco an der Schulter und drehte ihn in Richtung auf Luke. Marco stieß ein lautes „Autsch" aus. Unten angekommen, zeigte Tom auf eine Stelle zwischen zwei Kanonen. „Da kannst du schlafen. Lass dich möglichst wenig oben sehen. Der Käptn neigt manchmal zu impulsiven Handlungen. Jetzt zieh dein Hemd aus, ich bin gleich zurück." Er ging nach achtern, wo offenbar sein eigener Schlafplatz war. Als er zurückkam, hielt er ein kleines irdenes Gefäß in der Hand. „Das ist Albatrosöl. Ich reibe dir damit den Rücken ein. Das tut jetzt weh, aber es heilt viel schneller." Überraschend vorsichtig strich er die halb flüssige Salbe auf Marcos Schwielen. „Du hast Glück, dass nirgends die Haut geplatzt ist. Ein zweiter Hieb hätte dich fürs Leben gezeichnet." Er brachte das Töpfchen an seinen Platz zurück und kletterte wortlos die Leiter zum Deck hinauf.

Es war ziemlich dunkel hier unten. Das einzige Licht kam durch den Lukendeckel. Marco sah sich um. Sechs Kanonen auf jeder Seite nahmen den größten Teil des Unterdecks ein. Darüber baumelten Hängematten an jeder freien Stelle und dazwischen lagen tausenderlei verschiedene Dinge. Keine Spur von der sprichwörtlichen Ordnung auf einem Schiff. Und es stank! Das war auf Schiffen nichts Ungewöhnliches, nur auf der *Lucy* gab es das nicht. Martin und Carlotta ließen der Mannschaft keine Unreinlichkeit durchgehen. Schade, dass dies nicht die *Lucy* war! Da hätte er sich viel wohler gefühlt. Wie war er überhaupt hierher gekommen? Nicht aus eigenem Willen. Der Computer schien ihn völlig wahllos durch Raum und Zeit zu schicken. Vielleicht aufgrund der fehlerhaften Datei? Oder hatten Korkis und seine falschen Kriminalbeamten das Programm manipulieren können? Eins war jedenfalls sicher: Es war nicht sicher, ob er je wieder nach Hause kommen konnte.

Die Tage vergingen und dazwischen die Nächte. Marco folgte dem Rat des dünnen Tom und ließ sich nicht auf Deck blicken. Hier unten war er manchmal mutterseelenallein, zu anderen Zeiten herrschte Trubel und Durcheinander, wenn das Wetter schlecht war und die Freiwache zum Schlafen lieber nach unten kam. Die Gefangenschaft wurde mit jeder Stunde schlimmer zu ertragen. Es gab hier unten absolut nichts zu tun. Kein Buch, kein Computer, kein Telefon.

Nicht einmal das Meer konnte er sehen, um nach fliegenden Fischen oder nach Walen und Delfinen Ausschau zu halten. Eines Tages knobelte er eine Methode aus, die Kanonen unschädlich zu machen. Aber er ließ es dann doch sein. Die Tat wäre sicherlich entdeckt worden und das wäre für den einäugigen Piraten ein perfekter Vorwand gewesen, ihn an der Rah aufzuhängen oder zu Tode prügeln zu lassen. Selbst wenn er nie mehr nach Hause kommen sollte, so wollte er doch lieber jetzt leben als gar nicht mehr.

Heute war ein sehr holperiger Tag. Marco fühlte sich ziemlich seekrank und hatte keinen anderen Wunsch, als wenigstens auf Deck an der frischen Luft zu sein. Da rief jemand durch die Luke herunter: „He du, du sollst zum Käptn kommen. Sofort." Marco war selber überrascht, wie flink er die Leiter hochkletterte. Sein Rücken tat nicht mehr weh. Das Albatrosöl schien wirklich zu helfen. Er musste Carlotta davon erzählen. Der einäugige Pirat stand am Schanzkleid und blickte mit dem gesunden Auge durch ein Fernrohr. In der Ferne, gerade über dem Horizont, gegen den sie sich kaum abhoben, waren blaue Segel auszumachen und Marco erkannte die Silhouette sofort mit bloßen Augen: Es war die *Lucy* und es hatte den Anschein, als würde sich ihr Kurs mit dem des Piratenschiffs schneiden.

„Das ist doch dein Schiff", knurrte Käptn Hurrikan. Ohne eine Antwort abzuwarten, brüllte er über das Deck: „Ich will es haben. Alle Mann an Deck! Kanonen besetzen, Waffen vorbereiten, klar zum Manövrieren!" Rotkopf und der dünne Tom überwachten die Vorbereitungen zum Kampf, wiesen den Männern ihre Aufgaben zu. Der Wind wurde immer stärker. Je näher sich die Schiffe kamen, desto wilder tanzten sie auf den Wellen. Keiner der beiden Steuerleute war in der Lage, sich in eine geeignete Position für eine Kanonensalve zu manövrieren. Marco wusste, dass die *Lucy* aus einem Duell als Siegerin hervorgehen würde. Aber er selbst war im Augenblick auf der Seite der Verlierer. Schade, dass es hier keine Schwimmwesten gab, nicht einmal selbstgezimmerte.

Von der Lucy aus beobachtete man den fremden Segler. „Meinst du, dass er das ist?", fragte Martin seinen Bootsmann und reichte ihm das Fernrohr.

„Der Takelage nach könnte er es sein", befand dieser. „Sollen wir genauer nachsehen?" Martin nickte und Kees erteilte mit Stentorstimme die nötigen Befehle. Die *Lucy* änderte ihren Kurs um ein Weniges und bereitete sich auf einen Kampf vor. Sie hatten gehört, dass vor der Insel Trinidad ein spanisches Kriegsschiff verschwunden war. Die Diebe hatten sich im Schutze der Nacht an Bord geschlichen und waren davongesegelt. Die Methode ließ an den einäugigen Piraten denken und Martin versuchte, dessen nächste Züge zu erraten. Hatte er mit seiner Vermutung recht behalten?

Das fremde Schiff schien an einem Kontakt mit der *Lucy* interessiert. Es hatte den Wind von achtern und kam schnell näher. Martin musste indes gegen den Wind ankämpfen. Ab und zu passierte es, dass sie sich wieder voneinander zu entfernen schienen, denn die hohen Wellen machten es unmöglich, einen sauberen Kurs zu halten. Martin beorderte die Kanoniere auf ihren Posten, aber es war so gut wie unmöglich, von einem Schiff aus einen gezielten Schuss abzugeben. Wenn es also zu einem Gefecht kommen sollte, dann erst morgen oder übermorgen, wenn sich das Wetter beruhigt hatte.

Je näher die Schiffe einander kamen, desto sicherer waren sich Martin und Kees, dass es sich um den gestohlenen Spanier handelte. Und bald konnten sie auch die Menschen einigermaßen unterscheiden, die von dort zu ihnen herüber spähten. Die Silhouette des einäugigen Piraten war ebenso unverwechselbar wie die rote Pracht auf dem Kopf des Mannes neben ihm oder die bleistiftdünne Gestalt des dritten. Nur den Kleineren, der halb verdeckt zwischen ihnen stand, konnten sie nicht erkennen. Irgendeiner von den Piraten, wahrscheinlich.

Schließlich hatten sie sich auf Rufweite angenähert. Die Steuerleute hatten alle Arme voll zu tun, um eine unheilvolle

Kollision zu vermeiden. Kees pumpte seinen mächtigen Brustkorb auf und schrie hinüber: „Käptn Hurrikan, übergebt Euer Schiff, oder wir schießen Euch auf den Grund."

„Hahaha", tönte es zurück. „Übergebt euer Schiff, oder ich schlitze eurem Schiffsjüngelchen die Gurgel auf. Ich gebe euch zwei Glas." Der einäugige Pirat trat einen halben Schritt zur Seite und jetzt erkannten sie deutlich Marco, dem der Rothaarige ein Entermesser an die Kehle hielt.

Während dieses kurzen Wortwechsels waren die beiden Schiffe aneinander vorbeigetrieben worden. Martin ließ wenden, um dem Piratenschiff nachzusetzen. Während die Mannschaft das Manöver ausführte, beriet er sich mit Kees und Carlotta. „Er hat uns zwei Glas Zeit gegeben, also eine Stunde. Die Hälfte davon ist schon vergangen. Was machen wir?"

„Zuerst einmal müssen wir Zeit gewinnen", schlug Carlotta vor. „Wie kommt Marco überhaupt auf dieses Schiff?"

„Das können wir später herausfinden." Der Bootsmann war ein Mann der Tat, der für Spekulationen in einer solchen Situation nichts übrig hatte. „Wir können nicht angreifen, ohne Marcos Leben aufs Spiel zu setzen. Wir brauchen einen Plan, wie wir ihn befreien können."

Inzwischen waren die Schiffe wieder beinahe auf gleicher Höhe. Martin achtete sorgfältig darauf, dass er in einem Winkel stand, der für die Kanonen des Piraten nicht erreichbar war. Das Buggeschütz der *Lucy* zielte auf die Wasserlinie des Gegners, doch wäre bei diesem Seegang ein genauer Treffer so wahrscheinlich gewesen wie von einem Meteoriten erschlagen zu werden.

„Wir wollen verhandeln", schrie Martin hinüber. Auch die andere Seite hatte sich offenbar überlegt, wie es weitergehen könnte.

„Du, Milchgesicht, und dein Bootsmann, kommt zu mir an Bord. Ohne Waffen. Ich verspreche euch freies Geleit." Schon waren sie wieder zu weit auseinander, um noch weiter zu diskutieren. Martin wartete eine ganze Zeit, ehe er befahl zu halsen, den Bug wieder in den Wind zu drehen. So näherten sie sich dem gegnerischen Schiff mit geringster Geschwindigkeit. Während die drei noch hin und her überlegten, Ideen aussprachen und wieder verwarfen, kletterte Mole auf das Quarterdeck.

„Käpt'n, Bootsmann, Miss Carlotta, darf ich einen Vorschlag machen?" Er wartete kaum Martins Kopfnicken ab, ehe er fortfuhr: „Worundo, Ismael und ich haben einen Plan."

Es war ein extrem waghalsiger Plan, aber Martin hatte höchste Achtung vor dem Mut und der Geschicklichkeit der drei ehemaligen Sklaven. „Glaubt ihr wirklich, dass ihr das schafft?", fragte er, um seine letzten Zweifel auszuräumen.

„Mit Eurer Hilfe und einem bisschen Glück werden wir es schaffen", versprach Ngomole, den sie alle nur Mole nannten. Auch Carlotta und Kees hielten den Plan für gefährlich, aber nicht unmöglich.

Die Lucy setzte das große Rettungsboot aus, das den Kapitän und den Bootsmann zu dem Piratenschiff übersetzen sollte. Bei diesem Seegang war das keine ganz ungefährliche Angelegenheit. Acht Ruderer kämpften gegen die Wellen. Während sich die Entfernung zwischen dem Boot und dem spanischen Schiff langsam verkleinerte, driftete die Lucy ein Stückchen abseits. So unauffällig war das Manöver, dass es bei den Piraten nicht bemerkt wurde. Und hätte einer darauf geachtet, dann hätte er diese Bewegung auf die Bockigkeit dieses hochgezüchteten Segelrenners zurückgeführt. In der Tat war es nicht Ungeschick, das die Lucy in diese Position brachte, sondern höchste seemännische Meisterschaft. Sie konnte sich im Notfall schützend vor das Boot schieben und dabei doch den feindlichen Kanonen kein Ziel bieten. Das war die Lucy, die nicht dem Wind und dem Meer gehorchte, sondern der Stimme ihres Herrn.

Eine knappe Kabellänge war das Boot jetzt noch von dem Piratenschiff entfernt. Wie schon zuvor lehnten die drei Männer, ihre Geisel Marco zwischen sich, am Schanzkleid und amüsierten sich über die Bemühungen der Ruderer. Jemand ließ eine Strickleiter hinunter, an der die Gäste, wie sie es höhnisch nannten, an Bord klettern konnten. Da gab es auf dem Boot einen unglücklichen Zwischenfall. Einer der Ruderer hatte durch eine ungeschickte Bewegung das Gleichgewicht verloren und war über Bord gestürzt. Der Mann hinter ihm, auch ein Afrikaner, soweit man von hier aus erkennen konnte, beugte sich hinaus und wurde ebenfalls ins Wasser geschleudert. Ein Dritter sprang hinzu, um ihm die Hand zu reichen. Es gab ein kurzes Gezerre, der Kopf des einen Gestürzten hob sich schon über die Bootskante, aber dann riss ihn eine Welle wieder hinunter – und seinen Helfer, an dem er sich festgekrallt hatte, mit ihm.

Die übrige Besatzung des Bootes war in heilloser Aufregung. Alle suchten nach den drei Versunkenen, man streckte Ruder so weit wie möglich hinaus, schrie und gestikulierte und hatte allergrößte Mühe, das Boot nicht kentern zu lassen. Die Piraten verfolgten das Unglück mitleidlos mit Witzen und Gelächter. Um drei Schwarze war es aus Sicht dieser gewissenlosen Burschen ohnehin nicht schade, und die anderen so hilflos herumzappeln zu sehen, das gab ihnen ein wunderbares Gefühl der Überlegenheit. Mochten die da drüben auch ein schöneres Schiff haben – noch! –, sie waren zu dumm, um damit umzugehen. Wenn sie, die Piraten, es erst einmal übernommen hatten, dann würde Käptn Hurrikan es der Welt schon zeigen, und vor allem diesen frechen Engländern, die ständig auf der Jagd nach ihm waren.

Auch der Käptn selber amüsierte sich köstlich über das konfuse Treiben da unten, aber als die Suche nach den Ertrunkenen nicht aufhören wollte, wurde er ungeduldig. „Kommt jetzt endlich an Bord", brüllte er zum Boot hinunter.

„Ein Weilchen noch, Käptn Hurrikan", schrie Martin zurück. „Wir haben noch nicht jede Hoffnung aufgegeben." Der Bootsmann hatte wieder Ordnung in seine Rudermannschaft gebracht und setzte die Suche nach den drei Männern systematisch fort. Ein sehr aufmerksamer Beobachter hätte allerdings festgestellt, dass sie eigentlich überhaupt nichts taten, als mit gelegentlichen Ruderschlägen ihre Position zu halten.

„Jetzt reicht es mir", schrie der einäugige Pirat. Er beugte sich weit vor und signalisierte dem Boot, es sollte bei der Strickleiter längsseits gehen. Martin machte eine beruhigende Geste in seine Richtung und gab den Ruderern einen Befehl.

Da gab es auf dem Piratenschiff Tumult. Alarmschreie waren zu hören und auch ein einzelner Schuss. Drei dunkle Gestalten rannten über das Deck. Eine packte Marco und riss ihn, ohne in der Bewegung innezuhalten, über Bord. Dann klatschte es noch viermal. Für einen kurzen Augenblick war nur noch der dünne Tom auf dem Schiff zu sehen. Dann gesellten sich wilde Gestalten zu ihm. Sie fuchtelten mit Säbeln oder schossen Pistolen ab. Einige versuchten sogar, mit ihren Musketen zu zielen. Die Gefahr, wenn sowohl der Standort der Schützen als auch ihr Ziel auf und ab und hin und her schwankten, war gering, aber trotzdem gab die *Lucy* einen Warnschuss aus der Bugkanone ab. Das ließ die Gewehr- und Pistolenschützen einhalten.

Marco erreichte das Boot gleichzeitig mit Mole. Ein Ruck, und Kees hatte ihn an Bord gehievt. Der Afrikaner wurde Sekunden später hereingezogen. Auch die beiden anderen brauchten nur kurze Zeit, um aufzutauchen und ins Boot zu klettern. Martin gab den Befehl zur Rückfahrt.

„Mole, Ismael und Worundo sind hinter dem Rücken der Piraten aufs Schiff geklettert und dann mit dir und den beiden anderen ins Wasser gegangen", erklärte Martin seinem so unvermutet im wahrsten Sinn des Wortes aufgetauchten Freund.

„Was ist mit Hurrikan und Rotkopf?", fragte Marco.

„Die sollen sich von ihren eigenen Leuten retten lassen. So lange haben wir Ruhe. Wir freuen uns, dass du wieder bei uns bist." Dies war kein Ort für überschwängliche Begrüßungen, aber Marco wusste, dass sich alle wirklich freuten. Jetzt mussten sie sich auf die Ruderarbeit konzentrieren, aber später würden sie ihm Löcher in den Leib fragen.

Bei den Piraten herrschte Durcheinander. Einige Leute wollten das Dinghi zu Wasser lassen. Es gelang ihnen nicht.

Das kleine Boot kenterte unter der ersten Welle und ging nur nicht ganz verloren, weil es noch an einem Tau hing. Mehrere Männer kletterten die Strickleiter hinunter, so weit sie konnten, andere schleuderten Leinen ins Wasser, in der Hoffnung, dass einer ihrer Anführer danach greifen könnte. Ohne ihren Käptn Hurrikan sah ihre Zukunft düster aus, stockfinster sogar, denn keiner an Bord hatte auch nur die geringste Ahnung, wo sie sich befanden oder in welcher Richtung sie vielleicht Land finden könnten. Statt mit der *Lucy* auf Beutefahrt zu gehen, würden sie sich ihr auf Gnade oder Ungnade ergeben müssen. Oder möglicherweise als Geisterschiff Jahrzehnte lang über die Meere getrieben werden.

Das Rettungsboot, insbesondere Marco und seine Befreier, wurden mit Triumph- und Freudengeschrei empfangen. Jeder, der nicht unbedingt seinen Platz am Steuer oder den Kanonen halten musste, drängelte sich am Fallreep, um den Ankommenden eine helfende Hand entgegenzustrecken. An Deck gab es dann begeisterte, aber auch ziemlich derbe Hiebe auf Rücken und Schultern. Marco bahnte sich so schnell wie möglich einen Weg durch die Menge und fragte Martin, der hinter ihm kam: „Ich möchte mir was Trockenes anziehen. Ist meine Kabine frei?"

„Die Kabine des Schiffseigners ist immer frei", gab Martin zurück. „Ich erwarte dich dann auf der Brücke."

Die Kabine des Schiffseigners war nur insofern luxuriös, als es sie überhaupt gab. Es war ein winziges Kämmerchen, das gerade Platz bot für zwei übereinander angebrachte Schlafkojen und zwei schmale Spinde. Ein rundes, glasloses Bullauge ließ Licht und Luft herein, wenn es nicht, wie jetzt, wegen des schlechten Wetters mit einem hölzernen Deckel verschlossen war. Marco zitterte vor Kälte in seinen nassen Sachen. Er zerrte sich mühsam das Hemd über den Kopf und öffnete die Tür des Spinds. Und schlug sie sofort wieder zu. Mit beiden Händen und seinem ganzen Gewicht stemmte er sich dagegen. Jetzt war ihm gar nicht mehr kalt, sondern glühend heiß. Eine riesige Königskobra, den geblähten Hals von einer Seite zur anderen wiegend, bereit, mit einem blitzschnellen Stoß die giftstrotzenden, nadelscharfen Fangzähne ins Fleisch ihres angstgelähmten, willenlosen Opfers zu bohren, kann einem Menschen Todesangst einjagen. Aber gegen eine Kobra hat man eine Chance. Man kann ihr, wenn man Glück hat, ausweichen, kann fliehen oder vielleicht sogar sie töten. Was da im Schrank saß, das war schlimmer: bewegungslos, eckig, grau – der Computer.

Ohne den Monitor, der in dem Hotelzimmer explodiert war, und vor allem – ohne Strom.

Marco hatte keine Ahnung, wie es dem Apparat gelungen war, ihm wie ein treuer Hund hierher zu folgen. Aber diese Treue führte direkt ins Verderben. Es gab keine Elektrizität, weder auf der *Lucy* noch sonst irgendwo auf der Welt. Somit war dieses graue, kantige technische Wunderwerk so nutzlos wie ein Stück Holz. Nutzloser sogar, denn an einem Stück Holz konnte man sich wenigstens über Wasser halten, wenn das Schiff untergehen sollte. Er ließ sich auf die Koje sinken. Die Lage war zum Heulen. Ja, er heulte. Das größte Unglück war nicht einmal, dass er jetzt sein Leben lang in dieser Zeit gefangen war. Im Grunde gefiel ihm dieses Leben ja, sonst wäre er nicht immer wieder zurückgekommen. Aber irgendwann würden sie zu Hause bemerken, dass er fehlte. Die Eltern wären verzweifelt, würden ihn suchen lassen, würden am Ende glauben, dass er nicht mehr am Leben war. Und er würde sie nie, nie wieder sehen. Das Heulen wurde schlimmer und lauter, auch wenn er sich bemühte, damit aufzuhören. Und Ariane würde er auch nie wieder sehen und Löwenherz nicht und die Bauenhagens nicht. Keinen. Wie lange würden sie wohl nach ihm suchen? Wann würden sie sich damit abfinden, dass er wahrscheinlich tot war? Sicherlich würde man Korkis verdächtigen und den Rotkopf und den dünnen Thomas. Würden die Eltern, besonders die Mutter, darüber hinwegkommen? Würde sich Ariane bald einen neuen Freund suchen? Wie lange würde ihn wohl irgendjemand vermissen? Er war jetzt allein. Alles, was ihm geblieben war, das waren die Menschen auf diesem Schiff und ein grauer Kasten. Er heulte sich in den Schlaf, was ihm seit Kindergartentagen nicht mehr passiert war.

Ein Hämmern an der Tür weckte ihn und als er die Augen öffnete, da stand schon Mole an seiner Koje. „Du sollst zum Käpt'n auf die Brücke kommen", teilte er mit.

„Ich komme sofort. Habe ich lange geschlafen?"

„Nur eine Nacht."

„Oje, der Käpt'n wollte mich sehen, sobald ich umgezogen war. Ich beeile mich. Aber zuerst, Mole, möchte ich dir danken, dir und den anderen. Das war unglaublich mutig und clever, wie ihr mich gerettet habt." Der Schwarze murmelte verlegen etwas vor sich hin und verschwand. Marco fuhr sich mit den Fingern ein paar Mal durch die Haare, das war die ganze Morgentoilette für heute, und kletterte nach oben.

Außer Martin und dem Rudergänger waren auch Carlotta und Kees auf der Brücke. Alle begrüßten ihn äußerst herzlich. Insbesondere Carlotta, die ihn gestern gar nicht gesehen hatte, umarmte ihn und küsste ihn auf die Backe, rechts, links, rechts. „Für eine englische Lady ist das unziemlich", kicherte sie, „aber erstens bin ich eigentlich Italienerin und zweitens keine Lady, sondern ein Seemann. Wir freuen uns alle so sehr, dass du wieder hier bist, und dass dir nichts passiert ist."

Ein schneller Blick rundum zeigte Marco – nichts. Nur das Meer und den Horizont. Das Piratenschiff, auf dem er lange Tage der Gefangenschaft verbracht hatte, war verschwunden. „Sie haben gestern noch bis spät in die Nacht nach ihrem Käptn gesucht. Als es hell wurde, waren sie verschwunden. Wahrscheinlich sind sie abgetrieben worden." Martin war zuversichtlich, das Schiff bald wieder zu finden. „Ohne ihren Kapitän und seinen Leutnant kommen sie nicht weit. Und wenn wir schon die Fangprämie für die Oberpiraten nicht kassieren können, dann haben wir wenigstens ihr Schiff. Das brauchen wir den Spaniern nicht zurückzugeben, schließlich sind wir offiziell noch im Krieg mit ihnen."

Martin gab dem Mann am Steuer noch ein paar Instruktionen, dann gingen sie hinaus aufs Quarterdeck. Der Sturm war zu einem gleichmäßigen Wind abgeflaut und das Meer hatte sich beruhigt. Marco erzählte von seiner Behandlung durch die Piraten und wie Käptn Hurrikan immer noch gehofft hatte, den Schatz der *Santa Lucia* zu bergen. Auf die Frage, wie er überhaupt dem einäugigen Piraten in die Hände gefallen war, musste er eine kleine Geschichte erfinden, die aber alle zufrieden stellte. Auch die anderen berichteten von ihren Erlebnissen, insbesondere von der Suche nach Henry Morgans *Merchant Jamaica*, die erfolglos geblieben war. Marco rechnete aus, dass in den sechs Wochen seiner Abwesenheit fast ein Jahr vergangen war.

Er musste mehrmals zum Sprechen ansetzen, bis ihm seine Stimme halbwegs gehorchte. „Wenn ich darf, möchte ich jetzt ganz bei euch bleiben. Ich habe … ich habe … meine Eltern verloren und keine … Freunde … außer euch." Alle fragten durcheinander und drückten auf vielerlei Art ihr Mitgefühl aus. Die Fragen nach dem Wie und Warum konnte er natürlich nicht beantworten. „Vielleicht kann ich euch später einmal erzählen, wie alles gekommen ist. Aber ich habe eine Bitte, Martin. Willst du mir beibringen, wie man ein Schiff führt? Ich will Kapitän werden, wie du." Es wurde beschlossen, Marco in die Besatzung einzugliedern. Er war von nun an eine Art Seekadett, obwohl es diesen Titel eigentlich nur auf den Kriegsschiffen seiner Majestät gab. Martin und Kees versprachen, ihn alles zu lehren, was sie selber wussten. Vielleicht würde er eines Tages ein großer Entdecker wie Columbus oder Dampier?

So setzte ein regelmäßiger Tagesablauf ein, der Marco Halt gab und ihn während der Arbeit seine Probleme vergessen ließ. Er lernte schnell – unglaublich schnell, meinte Martin –, wie man mit einem Sextanten die Höhe der Sonne über dem Horizont bestimmen und daraus den Breitengrad errechnen konnte. Er kletterte mit den Matrosen in die Takelage, was nur notwendig war, wenn sich eine Leine verhedderte oder riss. Alle normalen Arbeiten an den Segeln konnten auf der *Lucy,* wie bei einem Rennboot aus dem 21. Jahrhundert, von Deck aus erledigt werden. In seiner Freizeit half er Carlotta bei ihren Beobachtungen und Aufzeichnungen. Nur wenn er allein in seiner Kajüte war, dann übermannten ihn die Gedanken an die Zukunft, die jetzt seine Vergangenheit war, und er fühlte, dass er nie mehr glücklich sein würde.

So sehr sie auch nach dem Schiff suchten, das der einäugige Pirat in Trinidad erbeutet hatte, sie entdeckten keine Spur davon. Keinen Hafen hatte es angelaufen, keinem Schiff war es begegnet, von keinem Piratenstreich wurde berichtet, in den es hätte verwickelt sein können. „Wenn die nicht noch einen heimlichen Navigator an Bord hatten, dann treiben sie ziellos durch den Ozean", sinnierte Martin, „wahrscheinlich sind sie schon verdurstet oder verhungert."

„Aber der dünne Tom kann steuern."

„Er kann steuern, aber er braucht jemanden, der ihm die Richtung angibt. Das haben wir auf der *Octopus* gesehen."

„Und wenn sie doch noch einen hatten, der navigieren kann?"

„Dann haben sie sich aus dem Staub gemacht. Nein, Staub gibt es hier nicht. Aber sie könnten anderswohin gesegelt sein, wo sie sich außer Gefahr glauben. Nach Indien oder nach China. Wenn wir sie nicht bald finden, machen wir uns auch in diese Gegend auf."

Keiner erwog die Möglichkeit, dass der Seeräuberkapitän noch einmal mit dem Leben davon gekommen war. Der Schiffsrat war der Ansicht, das gesuchte Schiff müsste noch in der Nacht führerlos gesunken sein. Aber alle stimmten dem Plan zu, nach China zu segeln. „Bei der Gelegenheit nehmen wir eine Ladung Pfeffer auf und verkaufen sie in London oder in Boston", sagte Martin zum Schluss. „Marco, kannst du uns noch mehr von deinen wunderbaren Seekarten besorgen?" Marco, Tränen in den Augen, schüttelte nur den Kopf. Die *Lucy* schwenkte nach Süden. Statt auf einer Zeitreise in der Karibik befand sich Marco jetzt auf einer lebenslangen Reise um die Welt.

Es war später Oktober, als sie den Äquator überschritten und Kurs auf die Südspitze der Neuen Welt hielten. Handelsschiffe benutzten normalerweise auf dem Weg nach Asien die Route um Afrika herum. Die war seit Langem bekannt, ebenso wie die Gefahren, die mit einer solchen Reise verbunden waren. Mit dem einsetzenden Sommer auf der Südhalbkugel war aber auch der wegen seiner Stürme berüchtigte Weg um Kap Hoorn nicht allzu schwer zu bewältigen. Dafür gab es bei einer Reise über den Stillen Ozean noch viel zu entdecken. Wenn sich die Gelegenheit bot, wollten sie sogar Dampiers Erkundungen fortsetzen und vielleicht endgültig den Südkontinent entdecken – von dem bis jetzt nur Marco wusste, dass er wirklich existierte.

So unendlich groß hatte sich Marco den Ozean nicht vorgestellt. Bei früheren Reisen, auch wenn er längere Zeit an Bord war, waren sie immer mehr oder weniger von Insel zu Insel gehüpft und hatten fast jeden Tag eine Begegnung mit einem anderen Schiff. Die Karibische See und ihre Umgebung war zu jener Zeit wohl das meistbefahrene Meer überhaupt. Anders hier im südlichen Atlantik: Tag um Tag, wochenlang zog die *Lucy* ihre Bahn, manchmal schnurgerade, manchmal in großen Zickzackschlägen, je nach Stärke und Richtung des Windes manchmal schnell wie ein ungezähmtes Wildpferd, manchmal mit dem Tempo einer fußkranken Schnecke.

Für die Mannschaft gab es wenig zu tun. Der Bootsmann hatte große Mühe, überhaupt für alle eine Beschäftigung zu finden. Das Deck war peinlich sauber geschrubbt, für alle Segel war Ersatz genäht und schnell greifbar verstaut, die Kanonen blitzten, als wären sie aus reinem Gold gegossen. Martin bestimmte jeden Mittag ihren Standort, aber darüber hinaus konnte auch er nur warten und hoffen, dass sie irgendwann Feuerland erreichten. So war es eine willkommene Abwechslung, als einer der Matrosen ausrief: „Wal an Steuerbord!"

Fast alle rannten zur Steuerbordseite. Ganz nah, anderthalb, vielleicht zwei Kabellängen entfernt, schoss eine dünne Fontäne senkrecht in die Luft und stürzte wieder ins Wasser.

Nach zwei Minuten wiederholte sich das Ereignis. Auch Carlotta hatte sich jetzt zu ihnen gesellt. „Einer von den ganz großen", sagte sie. „Mein Vater hat mir oft von ihnen erzählt, aber ich habe noch nie einen gesehen."

„Sieh zu, ob du noch näher herankommen kannst", rief Martin dem Rudergänger zu.

Der Wal scherte sich herzlich wenig um den Kurs der *Lucy*, ließ sich aber durch ihre Anwesenheit auch nicht stören. Er war allein, tauchte einmal an Steuerbord auf, dann wieder an Backbord, mal vorn und dann wieder achtern. Er hatte offenbar kein bestimmtes Ziel, sondern fischte die Gegend nach Nahrung ab. Alle zwei Minuten kam er an die Oberfläche, um auszublasen und wieder Luft zu holen. Einmal schwamm er ganz nahe neben dem Schiff her. Er war ein beträchtliches Stück länger als die *Lucy*. So groß hätte sich Marco einen Blauwal nie im Leben vorgestellt. Wie fast alle Jungen und Mädchen hatte er früher einmal eine Phase durchlebt, in der er jede nur mögliche Information über Dinosaurier und Wale sammelte, mit postergroßen Bildern sein Zimmer dekorierte und regelmäßig einen Teil seines Taschengelds für Kampagnen wie *Rettet die Wale* spendete.

„Blauwal, *Balaenoptera musculus*." Er konnte es sich nicht verkneifen, vor Carlotta ein bisschen anzugeben. „Das größte Tier, das auf unserer Welt lebt. Ernährt sich aber nur von winzig kleinen Krebsen." Carlotta versuchte, mit ein paar flinken Strichen die Umrisse des majestätischen Tieres auf ein Blatt zu bringen. Da war es auch schon wieder verschwunden. Während sie auf sein nächstes Auftauchen warteten, wurde Marco von einem Ohrwurm heimgesucht. Nicht von jenem Insekt, das sich nach einem dummen Aberglauben einem Schlafenden ins Ohr schleicht, sondern einem Musikstück, einer Melodie, die einem in den Sinn kommt und partout nicht mehr verschwinden will, sich vor jeden anderen Gedanken schiebt und einen richtiggehend drangsalieren kann. Nur war dies keine Melodie, es klang wie eine quietschende, verstimmte Jahrmarktstrompete. Marco erkannte instinktiv, dass es Wörter aus der Walsprache waren, nur wusste er nicht, was sie bedeuteten.

Wieder schoss eine Wasserfontäne hoch in die Luft, dieses Mal an Backbord. Alle rannten auf die andere Seite, sahen aber nur noch, wie der Wal wieder untertauchte.

„Ich habe einmal auf einem Walfangschiff gearbeitet", erzählte Bill Swanson, einer der Matrosen. „Zweimal hat ein Wal unser Boot zertrümmert und ich bin nur durch großes Glück am Leben geblieben. Da habe ich für die nächste Fahrt nicht mehr angeheuert. Ich fühlte mich immer wie ein Mörder. Manche sagen, Wale seien so klug wie Menschen und könnten sogar sprechen." Wieder blies der Blauwal mit einem lauten Schnauben einen Wasserstrahl bis über die halbe Höhe des Großmastes.

„Sie sind klug, und sie haben eine Sprache", sagte Marco. „Das klingt ungefähr so …" Er formte mit den Händen einen Trichter vor dem Mund und stieß einen lang gezogenen Ruf aus: „Aaaouiiiaooo." In unserer Schrift lassen sich diese Laute überhaupt nicht wiedergeben. Wenn sie in musikalischen Noten niedergeschrieben wären, dann bedürfte es wahrscheinlich eines bunten Orchesters aus allen existierenden Blasinstrumenten, vom Saxofon über das Alphorn bis zur Panflöte, um auch nur annähernd diesen Klang zu erzeugen. Vielleicht müsste man für eine Aufzeichnung ganz neue Symbole verwenden, so wie DAS PROGRAMM es für die Zeitreise tut. Aber auch wenn sich die Wörter, die Marco zu dem Wal hinüberrief, nicht niederschreiben lassen – sie bewirkten Überraschendes. Das mächtige Tier verstand den Ruf anscheinend als Alarmsignal. Direkt neben der *Lucy* schoss es aus dem Meer, bis es beinahe senkrecht stand und den Großmast noch um ein Stück überragte. Der Wasserschwall, den der Gigant mit sich brachte, war höher als die Welle, die Marco bei seiner allerersten Seefahrt über Bord geschwemmt hatte. Es gab einen gewaltigen Knall, als der Riese wieder auf dem Wasser aufschlug, und die Welle, die er so verursachte, war kaum kleiner als die erste. Mit einem mächtigen Schlag seiner Fluke tauchte der Blauwal ab. Der nächste Blas war schon weit von der *Lucy* entfernt und bald war überhaupt nichts mehr zu entdecken als der leicht gekräuselte Ozean – und in einiger Entfernung zwei Köpfe im Atlantik.

Durch seine Schatztaucherei war Marco ein sehr geschickter Schwimmer geworden. Als der Wasserschwall ihn erfasste, versuchte er reflexhaft, noch so viel Luft wie möglich einzusaugen, und dann ließ er sich überwältigen. Widerstand, das wusste er, war zwecklos. Sobald sich der Strudel um ihn herum etwas beruhigte, blies er ein kleines Quantum seiner kostbaren Atemluft ins Wasser und folgte der Richtung der Blasen. Wenige Schwimmzüge trugen ihn zur Oberfläche. Marco sah sich instinktiv um und entdeckte Carlotta ganz in der Nähe. Offensichtlich hatte sie Schwierigkeiten, sich über Wasser zu halten. Mit kräftigen Schwimmzügen erreichte er sie und brachte sie, wie er es oft im Schwimmkurs geübt hatte, in Rückenlage. Ihre Panik verebbte schnell; sie fühlte sich unter Marcos Schutz außer Gefahr.

Noch während Marco auf Carlotta zuschwamm, schoss ein dunkler Körper in einer eleganten Kurve vom Deck ins Wasser. Ngomole, der ehemalige Sklave und Marcos Tauchgenosse, war in kürzester Zeit zur Stelle.

„Danke, Mole", prustete Marco, „wenn ich müde werde, kannst du übernehmen." So weit kam es aber gar nicht. Schon nach wenigen Minuten wurden sie alle drei ins Boot gezogen, denn *Mann über Bord* war eine der Situationen, die Martin mindestens einmal in der Woche üben ließ. Die Besatzung der *Lucy* war die am besten eingespielte Schiffsmannschaft auf allen Weltmeeren.

Marco ließ sich die Episode in den folgenden Wochen immer wieder beschreiben, am liebsten von Bill Swanson und Carlotta, die neben ihm gestanden hatten. Er wusste noch, wie er dem Wal etwas zugerufen hatte – und dann erst wieder den großartigen Atemzug beim Auftauchen. Was dazwischen lag, sah aus, als hätte ein Zensor mit einem breiten Filzstift seine Erinnerung geschwärzt. Auch mit Hilfe der anderen konnte er die Episode nicht mehr rekonstruieren. Bei jeder Wiederholung spürte er aber, wie ein warmes Glücksgefühl in ihm aufstieg. Wo und wann auch immer er sich befand, seine Freunde waren die großartigsten der ganzen Welt und immer zur Stelle, wenn Gefahr drohte.

Es wurde von Tag zu Tag kälter, je weiter sie nach Süden vorankamen. Die Farbe des Himmels schwankte zwischen einem trüben Bleigrau und einem Schwarzgrau, das selbst um die Mittagszeit das Tageslicht verdrängte. Darunter breitete sich ein Meer aus, das sich vom Himmel nur durch einzelne kleine Schaumkronen abhob, die sich schnell wieder in nichts auflösten. Die Stimmung an Bord hatte sich dem Wetter angepasst und selbst Carlotta konnte ihr strahlendes Lächeln nicht wieder finden. Oft hing der Nebel so tief, dass man vom Deck aus die Mastspitze nicht mehr ausmachen konnte. Tagelang war die Sonne nicht zu sehen und Martin konnte deshalb auch ihren Standort nicht bestimmen. Sie segelten nur nach Log und Kompass. „Wenn wir Glück haben", sagte Martin eines Tages, „dann stranden wir an der Küste von Feuerland. Wenn wir Pech haben, dann treiben wir weiter nach Süden und werden im Packeis zerquetscht."

Sie hatten nicht nur Glück, sondern sogar unglaubliches Glück. Eines Tages wurde das Bleigrau zu Hellgrau, verschwand dann völlig und machte einem strahlenden Sonnentag Platz. Direkt vor ihnen breitete sich Land aus, ohne Ende von Süd nach Nord. Nur eine weitere halbe Stunde Fahrt im Nebel hätte sie auf die Klippen geworfen, die vom Schiff aus schon deutlich auszumachen waren. Schnell maß Martin die Sonnenhöhe und stellte einige komplizierte Berechnungen an. Sie befanden sich genau am Eingang der Magellanstraße und konnten schon am nächsten Tag nach Westen drehen. Von den gefürchteten Stürmen an der Südspitze Amerikas kein Anzeichen.

„Hier rechts – ich meine steuerbord – liegt Patagonien", erklärte Carlotta. „Das heißt so viel wie *Großfußland*. Magellan hat es so genannt, weil sie bei einer Erkundungsfahrt einem riesengroßen Menschen begegnet sind, so groß wie Kees. Vielleicht sollten wir unser Schiff in *Patagonia* umtaufen? Magellan, der übrigens ein unsäglicher Widerling gewesen sein muss, hat den Großfuß und zwei Frauen fangen lassen, um sie als Trophäen nach Spanien zu bringen. Sie sind, wie der größte Teil der Schiffsbesatzung, im Lauf der Reise verhungert."

Nach zwei Tagen hatten sie die gefürchtete Meerenge hinter sich gebracht und ließen sich von Wind und Strömung an der Küste entlang nach Norden treiben.

„Weiter oben ist eine spanische Siedlung eingetragen, Santiago", sagte Martin, mit Marco über eine Karte gebeugt, die eigentlich nur eine grobe Skizze war. „Da können wir Proviant aufnehmen." Diese Seite des amerikanischen Kontinents war noch viel weniger erforscht als die östlichen Küsten und Meere von Nord- und Mittelamerika. Wenn das Wetter es zuließ, machte Martin jede Stunde eine Messung. Carlotta, Marco und natürlich auch Martin selber notierten alle ihre Beobachtungen im Logbuch und auf den Karten: die Küstenlinie, Meeresströmungen, vorherrschende Winde und auch die Tiere, die sie unterwegs sahen, Seehunde und Wale, Pinguine und zahlreiche andere Vögel. Die *Lucy,* eigentlich gebaut, um Piraten zu jagen, war vorübergehend ein ernsthaftes Forschungsschiff. Auch Inseln entdeckten sie, die auf der Karte noch nicht verzeichnet waren. Sie waren aber so knapp an Wasser und Lebensmitteln, dass Martin nicht die Zeit aufwenden wollte, sie für Seine Majestät in Besitz zu nehmen.

Seit mehreren Tagen hatten sie das Festland aus den Augen verloren. Martin wurde unruhig. „Wir müssen Kurs nach Osten nehmen, wenn wir dieses Santiago nicht verfehlen wollen." Sein Finger zog eine waagrechte Linie hinüber zu den Konturen des Kontinents. Da gab es Bewegung auf Deck.

„Land voraus! Laaand voraauus", hallte der Ruf des Ausgucks. Martin, immer mit Marco im Schlepptau, eilte zum Bug. Da zeigte sich ein dünner dunkler Schatten am Horizont. Nur ein erfahrener Seemann konnte erkennen, dass es nicht nur eine Wolke war.

„Käpt'n, vielleicht sollten wir sehen, ob wir frisches Wasser finden." Der Bootsmann hatte recht. Das wenige Wasser, das sie noch an Bord hatten, war faulig und schmeckte abscheulich.

„Lass es uns versuchen", beschloss Martin. „Das können eigentlich nur die Juan-Fernandez-Inseln sein. Die sind unbewohnt, aber das muss nicht heißen, dass es dort kein Wasser gibt. Auf meiner Karte sind sie weiter westlich eingezeichnet. Oder aber wir sind viel weiter in den Ozean hinausgetrieben als wir wollten."

Wie schon früher vor *Priscilla Island* segelten sie die Küste entlang, um einen Wasserlauf zu finden, der ins Meer mündete. Wenn sie nahe genug ans Ufer herankamen, dann konnten sie, auch dies war eine der kleinen technischen Besonderheiten der Lucy, das Süßwasser sogar direkt aus dem Bach in die Tanks pumpen. Andere Schiffe bewahrten ihr Trinkwasser in einzelnen Fässern auf, die zum Nachfüllen mühsam an Land und dann wieder zurück an Bord transportiert werden mussten.

Die Insel war bergig und bewaldet. Das war ein gutes Zeichen. Hinter einem Landvorsprung erstreckte sich eine weite, geschwungene Bucht und dort entdeckte Martin durch das Fernrohr auch etwas, das wie eine Flussmündung aussah. Es gelang ihm, die *Lucy* so nahe ans Ufer zu bugsieren, dass sie mit der Bugspitze beinahe das Land berührte. Für eine Weile waren alle aus dem Häuschen. Die Männer warteten nicht darauf, dass ein Boot zu Wasser gelassen wurde. Sie kletterten einfach über Bord und wateten zum Strand. Hier war nach Wochen der Enge wieder einmal die große Freiheit. Martin, Kees, Carlotta und Marco setzten mit dem kleinen Dinghi über. Der Bootsmann brachte sogar eine Flinte mit, denn niemand konnte wissen, ob nicht hinter den Büschen eine Gefahr lauerte.

Während die Matrosen sich austobten, im Sand balgten wie kleine Kinder, in den Fluss sprangen, um die Salzkruste, die sich in vielen Tagen auf See über alles gelegt hatte, von

Haut und Haaren zu waschen und sich gegenseitig unterzutauchen, prüften Martin und Kees die Qualität des Wassers. Es war so gut, dass sie beschlossen, die Tanks der *Lucy* bis zum letzten Tropfen zu füllen, denn besser konnten sie es mit Sicherheit auch in Santiago nicht bekommen, nur teurer. Marco und Carlotta machten sich daran, die nahe Umgebung zu erkunden. Am Fluss entlang führte ein schmaler Trampelpfad ins Land hinein. Sie folgten ihm, bis das Ufer unwegsam wurde und der Pfad ins dichte Gebüsch abbog. Hier blieben sie stehen, um zu überlegen.

„Was für ein Tier auch immer diesen Weg gebahnt hat", meinte Carlotta, „es ist groß und schwer und könnte gefährlich sein. Wenn wir den Fluss verlassen, haben wir keinen Fluchtweg mehr."

„Warum meinst du, dass es groß ist?"

„Der Boden ist festgestampft. Es muss also schwer sein. Die Gasse durch die Büsche ist höher als unsere Köpfe. Also muss auch das Tier höher sein als wir."

„Ein Elefant?", schlug Marco vor und wusste im selben Augenblick, dass das Unsinn war.

„Elefanten gibt es hier nicht. Giraffen auch nicht. Von Nashörnern außerhalb Afrikas habe ich noch nie gehört. Ich denke eher an Büffel oder Pferde, aber ich kann keine Hufspuren sehen."

Da brach es aus dem Gebüsch hervor. Carlotta stieß einen Schrei des Entsetzens aus und klammerte sich fest an Marco. Ein Nashorn war es nicht, auch kein Büffel und kein Pferd. Marco musste im ersten Augenblick an den schrecklichen Yeti denken, jenen riesengroßen, zottligen, weißen Schneemenschen, den noch niemand wirklich gesehen hat, der aber ganze Generationen von Bergsteigern am Himalaja in Angst und Schrecken versetzt. Weiß war dieses Wesen nicht, aber zottlig und groß. Nicht so groß wie Bootsmann Kees und vielleicht sogar ein paar Fingerbreit kleiner als der einäugige Pirat. Aber immer noch ungewöhnlich hoch und breit. Es war ein Mensch und es konnte sogar sprechen. Eine Art von Englisch.

„Habt ihr ein Schiff?" Es klang undeutlich und kaum artikuliert, als spräche ein Tauber, der noch nie seine eigene Stimme gehört hat. Er musste die einfache Frage mehrmals wiederholen, ehe Marco ihn verstand.

„Ja, wir haben ein Schiff, dort", er zeigte den Pfad hinunter. „Wer bist du, wo kommst du her?"

Das Wesen schlug sich mit der flachen Hand auf die Brust und lallte: „Alsana Selko."

„Ich bin Marco und das ist Carlotta." Er sprach die Namen besonders deutlich aus.

Wenn dieser Mann je hatte richtig sprechen können, dann war er hier auf der Insel außer Übung geraten. „Makko, Cotta." Selko vollführte eine Bewegung, die man beinahe für den Beginn einer Verbeugung hätte halten können. Er drängte sich an den beiden vorbei und versetzte sich in einen schwerfälligen Trab in Richtung auf das Meer. Carlotta und Marco folgten ihm, immer noch ziemlich verwirrt und verwundert.

Kurz vor dem Ziel schob sich Marco an dem Zottelmann vorbei und bedeutete ihm, stehen zu bleiben. „Warte hier. So wie du aussiehst, könntest du meine Kameraden erschrecken und zum Schießen verleiten. Wir sind gleich zurück." Sie rannten zu Martin und Kees hinunter, um von ihrer Begegnung zu berichten. Dann schritten sie alle vier auf die Stelle zu, an der der Fremde sich versteckt hielt. „Selko, du kannst jetzt herauskommen", schrie Marco.

Hätte er die anderen nicht vorbereitet, vielleicht hätte der Bootsmann tatsächlich seine Flinte auf das Ungetüm abgefeuert, das jetzt aus dem Unterholz auftauchte. Der Mann trug keine Kleider, oder jedenfalls nicht das, was normalerweise mit diesem Wort bezeichnet wird. Sein Körper war von Fellen langhaariger Tiere bedeckt, die grob und ungeschickt zusammengenäht waren. Um die Füße hatte er ebenfalls Felle oder Häute von Tieren gebunden. Das Gesicht war zum größten Teil hinter einem wilden Bart versteckt, der aussah, als würde er einmal im Jahr mit einem stumpfen Messer zurechtgestutzt. Das galt auch für die Haare, die wild und strähnig bis an die Schultern reichten, und in denen sich kleine Zweige und andere Fragmente von Pflanzen festgesetzt hatten. Er trug eine Art von Waffe in der Hand, einen zugespitzten langen Stock, der als Speer oder Lanze dienen mochte.

Das erste, was Martin tat: Er ließ sich im Sand nieder und bedeutete den anderen, sich in einem Kreis zu ihm zu setzen. Diese friedliche Handlung flößte dem Fremden Vertrauen ein, sodass er sich ebenfalls zu ihnen setzte und ihre Fragen beantwortete.

Es war eine sehr schwierige Unterhaltung. Er hatte in der Tat in seiner Einsamkeit das Sprechen verlernt. Er hieß, wie sich nach zahlreichen Wiederholungen festlegen ließ, Alexander Selkirk. Er war Seemann und vor mehreren Jahren auf der *Cinque Ports* unter Kapitän Thomas Stradling gefahren. Der war ein widerwärtiger Despot, der seine Leute, Selkirk allen voran, fast in eine Meuterei trieb. Um die Lage zu entschärfen, ließ sich Selkirk auf Anraten Dampiers, der auch auf der *Cinque Ports* fuhr, mit seinen Habseligkeiten auf dieser Insel aussetzen. Er hatte seine Seekiste bei sich, eine Muskete, einige Navigationsinstrumente und Seekarten, einen Kochtopf, eine Bibel, eine Flasche Rum, Tabak und Quittenmarmelade und Käse für ein paar Tage. Selkirk war sich sicher, dass in wenigen Tagen oder höchstens Wochen ein anderes Schiff vorbeikommen und ihn aufnehmen würde. Die Tage vergingen und auch die Wochen, Monate und schließlich Jahre. Drei oder vier Jahre, meinte er. Er hatte aufgehört zu zählen. Seine Lebensmittelvorräte waren schnell verbraucht. Er musste sich selbst versorgen, bis das ersehnte Schiff kam. Er lernte, essbare Früchte und Wurzeln zu finden. Er lernte, die wilden Ziegen zu jagen, was anfangs nicht schwierig war, denn die Tiere hatten keinerlei Scheu vor Menschen. Schließlich baute er sich ein kleines Schutzdach und im Lauf der Jahre eine richtige Hütte, die ihm und, noch viel wichtiger, dem kostbaren Feuer Schutz vor Wind und Wetter bot.

Martin nahm ganz selbstverständlich an, dass Selkirk auf die *Lucy* kommen würde und fragte nur, ob er noch etwas von seinen Sachen holen wollte. Der Beinah-Yeti reagierte sehr aufgeregt. Nein, er konnte nicht von der *Lucy* gerettet werden, er musste noch auf der Insel bleiben. Die Zeit war noch nicht gekommen. Er bat nur um etwas Munition, ein paar Werkzeuge und einige Kleidungsstücke. Nein, er wollte das Schiff gar nicht betreten. Könnten nicht Macco und Cotta die Dinge holen? Dieser Alexander Selkirk war wohl ein Eigenbrötler und Eremit geworden, der auf menschliche Gesellschaft keinen Wert mehr legte. Der Bootsmann, Marco und Carlotta ließen sich zum Schiff hinüberrudern und suchten die erbetenen Dinge zusammen. Einen zweiten Sack füllten sie mit Schiffsproviant aus den spärlichen Resten. Selkirk, der König der Ziegeninsel, bedankte sich höflich für die Gaben und leistete den Matrosen noch Gesellschaft, während sie Wasser vom Fluss zur *Lucy* pumpten. Martin lud ihn noch einmal zum Mitkommen ein, aber Selkirk schüttelte nur den Kopf. Er lud sich den Sack mit den Lebensmitteln auf die Schulter und verschwand im Wald. Die viel wichtigeren und wertvolleren Werkzeuge ließ er oberhalb der Flutlinie liegen, um sie später zu holen. Vor Dieben hatte er auf seiner Insel ja nichts zu befürchten.

Bis Santiago war es nur noch eine kurze Reise von vier Tagen. Allerdings erwiesen sich Martins Karten als sehr alt und ungenau. Santiago lag ein ganzes Stück landeinwärts. Die Hafenstadt hieß Valparaiso und war, abgesehen von Panama, die größte Stadt an der abgewandten Seite Amerikas. Ausnahmsweise befanden sich England und Spanien auch gerade nicht im Krieg, sodass Martin ohne Gefahr für Schiff und Besatzung anlegen konnte. Der Hafen war von Lagerhäusern umrandet und dahinter lag, was man heute als Einkaufsviertel bezeichnen würde. Keine Supermärkte und Boutiquen allerdings, sondern eher so etwas wie ein permanenter Wochenmarkt. Seile und Taue gab es da und sogar Anker in verschiedenen Größen. Fleisch von frisch geschlachteten Rindern – man musste nur die Fliegen fortwedeln, um zu sehen, welche Stücke es waren. Dicke Bohnen, braune Bohnen, schwarze Bohnen.

Lamawolle und mehr oder weniger gut gegerbte Felle. Goldschmuck und Blechteller, indianische Sklaven, Fladenbrot frisch aus dem Ofen, Wein in tönernen Krügen. Marco und Frenchy kauften Proviant ein, Martin und Kees ergänzten die übrige Ausrüstung der Lucy, damit sie die unvorhersehbar lange Reise quer über den Pazifischen Ozean gut überstünden. Carlotta gesellte sich mal zu den einen, mal zu den anderen, erkundete alles, was ihr unter die Augen kam und notierte jede Kleinigkeit in ihrem Beobachtungstagebuch.

Dann war die Lucy wieder zum Auslaufen bereit und wartete nur auf den Höhepunkt der nächsten Flut. Da überkam Marco plötzlich ein Gefühl, als hielte ihn etwas fest in dieser Stadt. Er wusste nicht genau, was es war, aber es wurde stärker und stärker und unwiderstehlich. „Ich glaube, ich weiß jetzt, wie Alexander Selkirk zumute war", sagte er zu den anderen, Martin, Carlotta und Kees, mit denen er auf dem Achterdeck stand. „Ich kann nicht mit euch kommen. Etwas sagt mir, dass ich von hier aus zu meinen Eltern finde. Fahrt ohne mich, wir sehen uns eines Tages wieder." Kein Argument konnte ihn zurückhalten. Er ließ sich hinunter auf die Kaimauer und half, die Leinen loszumachen. Mit größter Vorsicht drehte Martin das Schiff zur Hafenausfahrt und ließ es von der ablaufenden Flut hinausziehen. Als sie sich umblickten, war Marco verschwunden.

KAPITEL 16

Marco wirbelt durch die Zeit und findet wieder heim

D as Wummern der Trommeln bildete einen grollenden Hintergrund für den Gesang. Es war kein Gesang mit Worten. Die Frauen setzten ihre Stimmen ein wie ein Instrument. Die Männer bearbeiteten ihre Trommeln mit den Händen in einem langsamen, unabänderlichen, unbarmherzigen Rhythmus, der den Körper durchdrang und jede einzelne Zelle zum Mitschwingen zwang. Wer nicht trommelte, der tanzte. Auch Marco. Auch Martin, Kees und alle anderen Männer der *Morning Sun*. Nur Carlotta saß bei den Frauen, konnte aber mit ihren Stimmen nicht mithalten.

Ganz unmerklich wurde der Takt schneller, die Stimmen durchdringender. Die Arawak-Indios tanzten sich in einen Zustand von Trance und Ekstase, die Gäste konnten nicht mehr. Sie tanzten aus der Reihe und ließen sich an dem eigens für sie entzündeten Feuer nieder. Marco gesellte sich kurz darauf zu ihnen. Zwei Frauen boten ihnen der Reihe nach Gefäße mit einer dunklen, trüben Flüssigkeit an, aber auch dieses Mal wollte keiner trinken. Marco hatte sie vor dem Fest davor gewarnt. Der wichtigste Bestandteil des Gebräus war eine dünne, weiße Wurzel. Die Frauen kauten diese zu einem dickflüssigen Brei, den sie mehrere Tage gären ließen. Mit Wasser versetzt entstand so ein unappetitliches, äußerst berauschendes Getränk, das nur bei großen Festen und nur von den Männern genossen wurde.

Martin hatte die beiden Indios, die auf der *Morning Sun* als Schatztaucher gedient hatten, rechtzeitig für ihr Neumondfest zu ihrem Dorf zurückgebracht. Jetzt waren sie die Helden des Stammes. Sie waren weit gereiste Männer, und vor allem kamen sie mit unermesslichen Schätzen: eisernen Messern und Beilen, Nadeln, Angelhaken, gewebten Stoffen. Von jetzt an durften sie am Feuer der Dorfältesten sitzen und ihre Stimme hatte Gewicht im Stammesrat. Die fremden Freunde von dem großen blauen Segelvogel mussten als Ehrengäste zum Fest bleiben.

Auch wenn die Seeleute nicht von dem magischen Trank gekostet hatten, erlagen sie nach und nach der hypnotischen Kombination von Rhythmus und Stimmen. Einer nach dem anderen begann, den Oberkörper hin- und herzuwiegen, bekam glasige Augen, die nur noch wirbelnde Farben aber keine Umrisse mehr erkennen konnten und fing an, aus tiefer Kehle einen anhaltenden Ton zu produzieren, der nur vom Zwang zum Atemholen unterbrochen wurde. Die körperliche Wirklichkeit löste sich auf, die Welt bestand nur noch aus Farbe und Klang – huschende Farben, gleichförmiger Ton.

❋ ❋ ❋

Die Konturen wurden wieder schärfer, der monotone Klang zerbrach in vielfältige Laute und formte sich zu Sprache und Wörtern. … absolut unverantwortlich, dass Sie als Erzieher sich an diesem Spiel beteiligt haben. Das wird Konsequenzen nach sich ziehen."

Das war die Stimme der Mutter. Ohne Zweifel. Marco befand sich in der Diele der Bauenhagens. Die Tür zum Wohnzimmer stand eine Handbreit offen, sodass er das Gespräch deutlich hören konnte. Jemand anderes sagte noch in das Ende dieses Satzes hinein: „Gerade hat sich etwas getan. Ich weiß nur nicht, was es war." Stille. Spannung. Marco spähte vorsichtig durch den Türspalt. Die Mutter und der Vater saßen nebeneinander auf dem Sofa. Herr Bauenhagen stand ihnen gegenüber, mit dem Rücken zum Fenster. Frau Bauenhagen saß in einem Sessel und Ariane hockte neben ihr auf dem Boden. Den Mann, der zuletzt gesprochen hatte, konnte Marco nicht sehen.

Er klopfte zweimal, eher symbolisch, mit dem Fingerknöchel und schob die Tür auf. Eine Ewigkeit lang stand die Zeit still. Herr Bauenhagen, der gerade einen Schritt auf die Mutter zumachen wollte, ließ den Fuß in der Luft hängen. Der Vater, eben am Aufstehen, schwebte gleichsam drei Finger breit über dem Sofa. Es war eine Szene, die jedem Wachsfigurenkabinett Ehre angetan hätte.

„Marco, Marco!" Es war nicht auszumachen, ob Ariane oder die Mutter zuerst geschrieen hatten. Sie sprangen beide mit ausgestreckten Armen auf, wollten ihn umarmen, rempelten einander an. Die Mutter gewann das Duell. „Marco, Marco, Marco, wo warst du denn, wo kommst du her, wie geht es dir, bist du gesund?" Sie drückte ihn so fest an sich, dass er fast keine Luft mehr bekam. Sie streichelte ihn und küsste ihn und war so emotional, tränenselig, wie er sie noch nie erlebt hatte. Nicht einmal letztes Jahr, als er nach dem Blitzschlag im Krankenhaus aufgewacht war. Kaum ließ die Mutter locker, da hatte ihn schon Ariane. Auch sie hielt ihn fest und küsste ihn. Richtig. Das war das erste Mal. Marco spürte, wie ihm die Röte ins Gesicht schoss. Hoffentlich hatte es niemand bemerkt, das wäre doch peinlich.

Herr Bauenhagen stand wieder mit beiden Füßen fest auf dem Boden und der Vater war auf das Sofa zurückgesunken. Der Mann, der zuletzt gesprochen hatte, saß an einem kleinen Tisch im toten Winkel hinter der Tür. Vor sich hatte er einen Laptop, auf dessen Bildschirm abstrakte Formen in ständig sich verändernden Farben waberten. Es war Alfred Boleck, der damals Marcos Computer untersucht und dann aufgerüstet hatte.

„Macht euch keine Sorgen mehr, ich bin ja wieder da", sagte Marco. Für die anderen klang das etwa wie „Scho wadang kwala ber nase. Saya roti noma noma." Alle schauten einander ratlos an. „Was hast du gesagt?", fragte der Vater. Es klang etwas betreten, als wollte er die Antwort gar nicht wissen. – „Ich habe gesagt, ihr sollt euch keine Sorgen machen." Ein Blick in die Gesichter verriet ihm, dass sie ihm nicht ganz folgen konnten. Ariane war es, die am schnellsten kapierte.

„Marco, kannst du mich verstehen?", fragte sie, trat dicht vor ihn hin und blickte ihm fest in die Augen.

„Holo", nickte er. Ja, natürlich verstand er sie.

„Aber wir verstehen dich nicht. Du sprichst eine Sprache, die hier keiner kennt. Welche Sprache ist es?"

Marco gab eine ausführliche Erklärung. Er hatte gedacht, er spräche Deutsch. Aber wenn die anderen ihn nicht verstünden, dann musste das die Sprache der Arawak-Indios sein. Bei ihnen sei er bis vor ein paar Minuten gewesen und die hätten ihn verstanden als wäre er von ihrem Clan. Dumm war nur, dass er diese Rede in Arawak hielt, etwas anderes konnte er nicht. Er sprach eine verlorene Sprache und er war der einzige lebende Mensch, der sie verstand. Es mochte noch Menschen geben, die ein paar Tropfen Arawak-Blut in ihren Adern hatten, sein Freund Pedro war vielleicht so einer, aber von den alten Stämmen und Clans lebte niemand mehr und mit ihnen war auch ihre Sprache verschwunden.

Die Mutter weinte immer lauter und beteuerte wieder und wieder, es sei alles ihre Schuld, und sie hätte nicht immer nur an ihre Karriere denken dürfen und das Kind sich selber überlassen! Und überhaupt, wie sah der Junge denn aus? Wie kam er zu solch jämmerlichen Kleidern und wer hatte ihm die Haare gefärbt? In der Tat, Marco stand da in seinen einfachen Seemannssachen, und auch körperlich sah er aus wie „Makko" von der *Lucy*.

Der Vater begann, sein Handy zur Lösung des Problems einzusetzen. Allen Freunden, Bekannten, Geschäftspartnern und sonstigen Personen, deren Nummern er gespeichert hatte, stellte er dieselbe Frage: Wussten sie von jemand, der seinen Sohn wegen einer schwierigen Sprachstörung behandeln könnte. Am besten ein Professor und am besten der beste Professor der Welt? Und wenn nicht, kannten sie jemanden, der jemanden kennen könnte, der …

Die drei Bauenhagens blieben relativ gelassen. Sie hatten schon zu viel mit Marco erlebt und waren zuversichtlich, dass sich auch dieses Problem würde lösen lassen. Boleck versuchte, von der praktischen Seite an die Sache heranzugehen. „Setz dich mal hier an den Computer", schlug er vor. „Ich habe damals aus Neugier eine Kopie von deinem geheimnisvollen Programm gemacht. Seitdem habe ich immer wieder darüber gesessen, zusammen mit einem Freund, der Kryptologe ist, das heißt, er entschlüsselt Geheimcodes. Ich darf nicht sagen, für wen er arbeitet, aber er macht den lieben langen Tag nichts anderes. Wir haben nicht rausgefunden, in welcher Programmiersprache dieses Computerprogramm geschrieben ist, aber wir haben bestimmte Sequenzen definiert. Beim Programmieren gibt es zum Beispiel immer einen Befehl mit wenn – dann: wenn dies passiert, dann musst du das machen. Wir haben so lange gesucht, bis wir diese Ausdrücke mit Sicherheit identifizieren konnten. Und dann ging es weiter wie beim Entschlüsseln einer Geheimschrift. Wir kennen jetzt schon 47 Wörter. So ist es mir mit viel Glück gelungen, dich zurückzuholen. Aber ganz perfekt funktioniert es noch nicht."

Marco probierte einige Zeit an Bolecks Laptop herum, bis er ins Anfangsmenü kam. Was für ein Glück, dass er wenigstens Deutsch verstehen konnte, wenn schon nicht sprechen. In der Arawak-Sprache am Computer zu arbeiten, das wäre genauso unmöglich, wie einem verirrten Touristen auf Delfinisch den Weg zum Bahnhof zu erklären. Im Zimmer wurde es so still, dass man die sprichwörtliche Stecknadel hätte fallen hören. Alle blieben auf ihrem Platz, nur Boleck verfolgte gespannt jeden Tastendruck und jeden Mausklick von Marco. Der war jetzt bei der Sprachanpassung und klickte auf *optimal*.

Marco wusste nicht, was tun. Sein Blick suchte Rat bei Boleck, aber der wollte und konnte keine Entscheidung treffen. Er las den anderen die Meldung vor. Eine heiße Debatte entspann sich. Die Eltern waren natürlich absolut dagegen, dass ihr Sohn noch einmal eine Zeitreise unternahm, besonders, wenn auch noch vor Störungen ausdrücklich gewarnt wurde. „Auf gar keinen Fall" und „Man sieht ja, was passieren kann" und „Ich verlange, dass Sie diese Maschine sooofort abschalten". Herr und Frau Bauenhagen versuchten, aus Marcos bisherigen Erfahrungen die Risiken und Nebenwirkungen gegen die Chancen einer Heilung abzuwägen.

Ariane war eher für eine neue Reise. „Mit dieser Sprache, wenn's überhaupt eine ist, kommt er hier nicht weit."

Alfred Boleck sagte: „Ich glaube, ich kann einen Anker setzen, eine Art von Angelhaken an einer Leine, mit der wir ihn wieder zurückholen können." Marco wurde nicht nach seiner Meinung gefragt. Von keinem. Er klickte auf *Transport ausführen*.

※ ※ ※

Seinen linken Arm hatte er um Ikitt geschlungen, der ihn mit unglaublicher Geschwindigkeit durch das Wasser zog.

Links und rechts schwammen andere Delfine. Einige erkannte er wieder. Alle schnatterten und kickerten aus Leibeskräften, aber Marco verstand kein Wort. Hier war seine Sprache nicht zu finden!

❋　❋　❋

„Ich will nicht, dass mein Sohn an einem Angelhaken zappelt", zeterte die Mutter.

„Ich will aber meine Sprache wieder finden." Marco klickte erneut auf *Transport ausführen.*

❋　❋　❋

Auf der kleinen Werft herrschte höchste Geschäftigkeit. Marco stand mit den beiden Spotswoods über ein T-Shirt gebeugt, auf dem er gerade einige Detailzeichnungen herübergebracht hatte. Er erklärte die Idee, sie diskutierten sie untereinander und mit dem Vorarbeiter. Man verstand einander ausgezeichnet. Von einem Sprachdefekt keine Spur.

❋　❋　❋

„Das war vielleicht ein schlechter Vergleich. Reden wir nicht von einem Angelhaken, sondern sagen wir, es ist ein Sicherungsseil, wie es beim Klettern verwendet wird." *Transport ausführen,* klickte Marco ein weiteres Mal.

❋　❋　❋

Auf der Straße drängten sich die Menschen. Marco saß auf einer Treppenstufe vor dem Imbissladen und beobachtete das Gewimmel. Es war alles wie neulich, nur trugen auch die Touristen römische Kleidung und hatten keine Kameras in den Händen. Eine Dame von hohem Rang wurde in einer offenen Sänfte vorbeigetragen. Zwei Sklaven liefen voraus und bahnten ihr mit langen Stäben und viel Geschrei einen Weg durch die Menge. Dies war die pompejianische Version von Blaulicht und Sirene. Von dem, was sie schrieen, von dem, was im Imbissladen gesprochen wurde, verstand Marco kein Wort. Aber er hatte auch beim letzten Mal kein Latein verstanden. Hier war das defekte Sprachmodul sicher nicht zu finden.

❈ ❈ ❈

„Aber Kletterer können trotz ihres Sicherungsseils abstürzen. Ich will nicht, dass Sie Marco noch einmal einer Gefahr aussetzen!" Niemand hatte überhaupt bemerkt, dass er die ganze Zeit auf Reisen war und soeben wieder zweitausend Jahre zurückgelegt hatte. Hätte Korkis draußen auf der Lauer gelegen, dann hätte er wahrscheinlich nicht nur eine Energieglocke beobachten können, sondern ein veritables Feuerwerk.

❈ ❈ ❈

Das feindliche Schiff rauschte vorbei und schwang herum. Der Pirat nahm einen neuen Anlauf, um die *Lucy* mit seinen acht Backbordkanonen zu versenken. Martin schüttelte missbilligend den Kopf. „Machen wir dem Spiel ein Ende." Zu den Männern am Buggeschütz sagte er: „Kappt ihm den Mast", und zu denen am Heck: „Gebt ihm zwei zwischen Bug und mittschiffs. Möglichst nahe an der Wasserlinie."

Ein derartiges Präzisionsschießen hatte noch niemand erlebt. Der Mast des Piraten knickte wie ein Streichholz und fiel über Bord, mit Segeln und Tauen, Wanten und Rahen. Unter dem Geschrei der Besatzung neigte sich das Schiff und wäre sicherlich gekentert, hätten die Männer nicht ihre Säbel und Entermesser bereits in Händen gehalten. So hackten jetzt auf das Tauwerk ein und brachten die Lage schnell unter Kontrolle. Martin wollte den Befehl an die zweite Kanone widerrufen, aber es war schon zu spät. Ein großes Loch klaffte plötzlich in der Bordwand des lahmen Schiffes und je mehr sich dieses wieder aufrichtete, desto weiter sank auf der anderen Seite das Leck unter Wasser, desto schneller und heftiger rauschte das Meer dorthin, wo es den Untergang bedeutete: in den Schiffskörper hinein.

Verwirrung, Geschrei und Durcheinander beherrschten auch das Kanonendeck. Ein Schuss löste sich, dann noch einer. Stapel von Kanonenkugeln stürzten ein, polterten herum und brachten die Menschen zu Fall. Die Kanonen brachen durch ihre Halteseile und überrollten jeden, der ihnen vor die Räder kam. Die Kartuschen mit Schießpulver, die sonst vor jeder Salve aus Angst vor Funken sorgfältig beiseite geräumt wurden, verstreuten sich über das ganze Kanonendeck. Und irgendwo dazwischen eine brennende Lunte, die einem der Kanoniere aus der Hand geschlagen wurde.

So benommen war die Mannschaft der *Lucy* von dem Knall, dass keiner eine Bewegung machte, sich vor den fliegenden Trümmern zu schützen. Die Explosion hatte das Piratenschiff buchstäblich aus dem Wasser gehoben, in kleine und kleinste Fragmente zerteilt und in der Atmosphäre verstreut. Wie Asche nach einem Vulkanausbruch regneten Planken und Splitter auf die *Lucy* nieder, aber auch Kleidungsfetzen, Blechnäpfe, Salzfleisch aus dem Proviantvorrat und – Pfeffer, der wohl ein Teil der Ladung gewesen war und Nasen und Augen unerträglich reizte.

Es dauerte einige Zeit, bis der Splitterregen nachließ. Längst schon hatte Carlotta ihr Lazarett geöffnet und behandelte mit Hilfe von Marco und einem Matrosen die Verletzungen, die beinahe jeder davongetragen hatte. Meistens waren sie leichter Natur, Schnitte und Abschürfungen, doch gab es auch einen Beinbruch und eine ernstzunehmende Kopfverletzung. Wir sollten in so einer Situation Schutzhelme benutzen, dachte Marco. Das muss ich mal mit Martin besprechen.

Sobald sich das aufgewühlte Meer wieder halbwegs beruhigt hatte, ließ die *Lucy* Boote zu Wasser, um nach Überlebenden zu suchen. Sie fanden nichts, obwohl sie bis Sonnenuntergang um den Ort der Katastrophe ihre Kreise zogen. Auch der dreifach bemannte Ausguck auf der *Lucy* konnte nirgendwo zwischen den Trümmern ein Lebenszeichen entdecken. „Das war das Ende von Käptn Hurrikan und seinen Männern", sinnierte Martin. „Vielleicht ist es besser so. Es hätte mir wenig Freude bereitet, die ganze Bande in Nassau abzuliefern, nur damit sie dort gehängt werden."

❉ ❉ ❉

Ein lauter Gong unterbrach den Disput zwischen Eltern, Bauenhagens und Boleck.

Hilfe

Diese Episode hat nicht stattgefunden.

Sie ist im Entwurfsmodus gespeichert unter der Bezeichnung:

PARALLELAKTION 273.805.93844-1707n.Chr/04

Wollen Sie die originale Episode aufsuchen?

zum Original	Abbrechen

Boleck wirkte etwas verwirrt. „Hast du was gemacht?", wollte er wissen. Marco war die Unschuld selbst. Er hob beide Schultern und zeigte und zeigte die offenen Handflächen in einer Geste, die sagen wollte: „Ich weiß nichts, ich habe nichts getan, wovon redet ihr überhaupt?" Er dirigierte den Pfeil auf *zum Original* und klickte, ehe ihn jemand daran hindern konnte.

❉ ❉ ❉

Martin ließ Käptn Hurrikan näher ziehen. Der sah die Lucy schon in Reichweite seiner Kanonen, als sie plötzlich hart nach Steuerbord drehte, einen Haken schlug, wie ein fliehender Hase. Offenbar hoffte ihr Kapitän, dass der Verfolger hinter ihm vorbeisegeln und dann durch eine Wende wertvolle Zeit verlieren würde. Aber Käptn Hurrikan ließ sich nicht durch einen so durchsichtigen Trick übertölpeln. Auf dem Piratenschiff wurde das Steuer herumgeworfen. Mit voller Kraft rammte der einäugige Pirat das Riff.

Jedes Detail lief genauso ab, wie Marco es schon einmal durchlebt hatte. Die Rettung und Gefangennahme der Piraten, der Bericht des alten Mannes über seine Abenteuer mit Henry Morgan. Den zweiten Teil, die Geschichte mit der Rinderherde, spare ich mir, dachte Marco. Ich bleibe noch eine Zeitlang auf Deck. Er wusste nicht genau, was ihm geschah, nur dass er wieder am Bett des Alten saß. „Wilde Stiere gegen Bukaniere! Hahaha. Bukaniere leben von der Jagd auf wilde Stiere. Wir haben die einfach umgedreht und in die Stadt zurückgeschickt." – Es gab kein Entrinnen aus dieser Episode.

❋ ❋ ❋

Erst als die *Morning Glory* in Nassau anlegt und Marco von Bord gegangen war, saß er wieder bei den Bauenhagens im Wohnzimmer und sprach immer noch kein Wort Deutsch.

Hilfe
Wollen Sie die Suche nach der beschädigten Datei fortsetzen?

Fortsetzen	Abbrechen

„Nicht da draufklicken", sagte Herr Boleck. „Ich muss dir erst das Sicherungsseil anlegen und dann müssen wir äußerst vorsichtig vorgehen." Marco nickte. Und klickte.

❄ ❄ ❄

Marco saß auf der Kaimauer und ließ die Beine baumeln. Neben ihm saß Pedro mit vor Erstaunen offenem Mund. Er sah aus, als wäre er gerade aus dem Computerspiel gestiegen. „Woher kommst du denn?", stotterte er. Hier war bestimmt kein defektes Sprachmodul versteckt.

❄ ❄ ❄

„Wir haben's gleich", sagte Herr Boleck. Über Marcos Schulter hinweg klapperte er auf der Tastatur und gab eine Sequenz mathematisch-magischer Symbole ein. Ein roter Kreis baute sich auf, der langsam seine Farbe änderte und schließlich in einem angenehmen Grün leuchtete. „Es scheint zu funktionieren", sagte Boleck. „Lass es uns vorsichtig testen. Wir schicken dich nur um fünf Minuten zurück, dabei kann nichts passieren."

„Dann muss ich die ganze Seeschlacht noch einmal machen. Das dauert mehr als eine Woche. Ich mache es lieber so: …" Marco griff zur Maus.

❄ ❄ ❄

Er stand mitten in einer Gruppe von Männern und fühlte sich miserabel. Es goss wie aus Kübeln. Von seiner Schulter schräg über die Brust lief der Riemen einer Muskete, die schwerer wog als ein prall gefüllter Rucksack vor einer Urlaubsreise. Vor seinen Augen breitete sich eine weite Ebene aus. Ein Schlachtfeld. Wohin er auch blickte, überall lagen Männer, zum Teil in grotesken Positionen, aber alle bewegungslos. Hier und da ein Pferd, ebenfalls tot oder fast tot. Eines sah er, das sich mühte, auf die Hinterbeine zu kommen und immer wieder zusammenbrach. Er wäre gern hingegangen und hätte seinem Leiden ein Ende bereitet. Im Film mussten verletzte Pferde immer erschossen werden. Aber er traute sich nicht. Er wusste auch nicht, wie man mit einer Muskete umging.

Nur zehn Schritte weiter waren einige Berittene, unter denen offenbar der Anführer war. Sie schienen zu diskutieren, was als nächstes zu tun sei. Von hinten und von den Seiten sammelten sich immer mehr Männer um sie herum. Tausend mochten es sein, vielleicht mehr, eine richtige Armee. Tausend Menschen, die miteinander und durcheinandersprachen, entwickeln einen Riesenlärm. Ein Pistolenschuss brachte alle abrupt zum Schweigen. Der Anführer hatte ihn abgegeben. „Still!", schrie er und legte eine Hand hinters Ohr, um besser zu hören. Jetzt war es deutlich vernehmbar: ein Dröhnen und Donnern von weit her, von der anderen Seite des Schlachtfeldes.

Der Anführer fasste einen schnellen Entschluss. „Alle Reiter nach vorn!", rief er. „Alle anderen nach Süden. Sofort, schnell, rennt um euer Leben!" Der Ruf pflanzte sich fort und Marco fühlte sich in einer Masse rennender Männer mitgerissen. Gern hätte er die Muskete fortgeworfen, die wirklich hinderlich war, aber er hatte weder den Platz noch die Zeit, sich ihrer zu entledigen. Das Dröhnen kam näher und die Flucht wurde hektischer. Einige Männer warfen sich hinter einem einzelnen Felsen zu Boden und Marco blieb bei ihnen. Als er sich umsah, wurde er Zeuge einer Szene, wie sie auch der großartigste Westernfilm nie hätte darstellen können. Und jetzt wusste er auch, wo und wann er sich befand: mit Henry Morgan beim Angriff auf Panama im Jahre – was hatte der sterbende Alte doch gesagt? – sechzehnhundert und irgendwas.

Noch floh ein langsam dünner werdender Strom von Fußsoldaten an ihm und seinen Begleitern vorbei. Auf der Ebene hatten sich an die hundert Reiter in einer Linie aufgestellt und auf sie zu raste, von Sekunde zu Sekunde näherkommend, eine nicht enden wollende Masse von Rinderleibern und -hörnern. Eine Stampede, dachte Marco, die überrennen alles, was ihnen vor die Hufe kommt. Die Todeswalze hatte die Reihe der Reiter beinahe erreicht, als diese sich in Bewegung setzte, schnell Geschwindigkeit gewann und schließlich die erste Reihe der Herde bildete. Jetzt sah Marco, was sie bezweckten. Die Reiter begannen, einen weiten Bogen zu beschreiben, und die Stiere folgten ihnen blindlings, schnaubend, stampfend, die Hörner gesenkt, immer auf der Flucht vor den anderen, die von hinten nachdrängten. Bald wies der Bogen nach Norden und die Herde stellte keine Gefahr mehr für die Fußsoldaten dar. Aber die Reiter ließen es nicht dabei bewenden. Sie machten weiter, bis die tödliche Lawine genau dorthin raste, wo sie hergekommen war: auf die Stadt Panama zu. Die Bukaniere hatten ein Meisterstück geliefert. Dies war schließlich ihr Metier. Wenn sie nicht der Versuchung des leicht erbeuteten Goldes folgten, dann jagten sie auf Hispaniola und anderen Inseln nach verwilderten Rindern.

Die Reiter hatten sich geschickt von den Stieren abgesetzt und kehrten jetzt in langsamem Tempo zu der Stelle zurück, die Henry Morgan als Feldherrnhügel diente. Die Pferde hatten ihr Letztes gegeben und auch die Männer waren von der vorher geschlagenen Schlacht erschöpft. Trotzdem befahl Morgan den sofortigen Marsch auf die Stadt. Die rasende Herde hatte alles niedergewalzt, was ihr im Wege stand. Die Stadt Panama war wehrlos, als hätte sie tage-, wochenlang unter Kanonenfeuer gelegen.

✳ ✳ ✳

Jetzt tat es Marco leid, dass er seine Muskete weggeworfen hatte. Das wäre doch etwas gewesen, mit so einem alten Schießprügel im Wohnzimmer der Bauenhagens aufzutauchen!

„Es ist genau siebzehn Uhr, zwölf Minuten und –", Alfred Boleck schlug kräftig auf die Eingabetaste „– dreißig Sekunden.

296

Hier bist du jetzt verankert und genau hierher müsstest du auch wieder zurückkommen. Aber jetzt noch nicht klicken, wir müssen die geografischen Koordinaten eingeben."

❊ ❊ ❊

Marco lehnte sich über die Backbordseite und wartete, bis der Blauwal wieder zum Atmen auftauchte. „Sie sind klug, und sie haben eine Sprache", sagte er zu Bill Swanson. Marco versuchte, dem Meeresriesen etwas zuzurufen, aber der zeigte keine Reaktion. Er spielte noch eine Weile um die *Lucy* herum und ließ sich dann zurückfallen. Der Wal hatte sich von Marcos Ruf nicht erschrecken lassen. Er hatte überhaupt nicht zugehört. Hier war etwas anders als beim letzten Mal. Sollte der Schaden hier entstanden sein?

❊ ❊ ❊

„Nein, ich sagte: nicht klicken", rief Herr Boleck.

„Bin schon wieder da", sagte Marco. Alle verstanden, was er gesagt hatte. Dieses Mal war es Ariane, die ihm zuerst um den Hals fiel.

„Es geht wieder, wir verstehen dich wieder", stammelte sie begeistert.

„Also war die ganze Aufregung umsonst", bemerkte der Vater trocken. „Sag noch ein paar Sätze, Marco, nur so als Test."

„Jetzt muss ich nicht mehr los und brauche auch keinen Angelhaken."

Die Mutter schluchzte erleichtert. Als sie ihn endlich wieder losließ, erklärte Marco: „Ma, ich war inzwischen schon ein halbes Dutzend Mal weg. Das Sprachmodul habe ich bei einem Wal wiedergefunden. Ich erzähl euch später davon."

Der Bildschirm zeigte eine neue Meldung:

Ehe Herr Boleck Einspruch erheben konnte, klickte Marco auf *Transport ausführen*. Er hatte Vertrauen in das Programm, das ihm noch nie einen wirklichen Schaden zugefügt hatte. Das Programm schien zu zögern und meldete:

„Hoppla", sagte Boleck. „Da scheint es ein Problem zu geben. Wir hängen nämlich am Rechner der Uni."

Herr Bauenhagen trat dazu. „Um diese Zeit loggen sich alle Studenten ein. Da muss der Computer hart arbeiten. Marco, wenn du jetzt reisen würdest, dann kämst du nur auf ein Zehntel der Lichtgeschwindigkeit. Bis auf die andere Seite der Erde würde es mehr als eine halbe Sekunde dauern."

„Ich kann ja unterwegs schlafen", grinste Marco.

※ ※ ※

Obwohl die Sonne noch nicht aufgegangen war, war es schon so warm wie in der Karibik. Aber dies war ganz woanders. Was er um sich sah, das erinnerte ihn an Pompeji, aber es fehlte die Eleganz, der Reichtum, den er dort bemerkt hatte. Die Eingangshalle, in der er stand, hatte den Grundriss eines Quadrats, in dessen Mitte sich ein ebenfalls quadratisches Wasserbecken befand. Es wirkte sehr dekorativ, aber es hatte auch eine wichtige Funktion. Hier wurde das Regenwasser gesammelt, das man zum Putzen oder für den Garten verwendete.

Es war kein Mensch zu sehen. „Hallo", versuchte Marco, sich bemerkbar zu machen. Und noch einmal: „Halloo!" Nichts. Marco wanderte durch das Haus. Er trat in einen Innenhof. Dort saß ein alter Mann. Er schlief. Marco versuchte noch einmal, sich bemerkbar zu machen. „Guten Morgen", sagte er auf Deutsch, so laut er konnte, ohne zu schreien. Dieses Mal hatte er Erfolg.

Der alte Mann schlug die Augen auf. Sein Blick fiel auf Marco und er hob abwehrend die Hand. „Bleib, wo du bist. Störe meine Kreise nicht!"

Welche Sprache auch immer das gewesen sein mochte, Marco konnte sofort ebenso antworten. „Guten Tag, verzeihen Sie, ich habe gerufen, aber niemand hat mir geantwortet."

„Niriwana, meine Sklavin, wird wohl auf dem Markt sein. Du kannst hierher kommen, aber nur so." Der Zeigefinger beschrieb einen Halbkreis entlang der Wand. Marco arbeitete sich auf dem vorgeschriebenen Weg vor. Der Alte rückte etwas zur Seite und zeigte an, er sollte sich neben ihn auf die Bank setzen. Der größte Teil des Hofes war mit feinem Sand bedeckt, in den der Alte Figuren und Zeichen gekritzelt hatte.

Marco kannte außer seinen Großeltern keine alten Leute und fand es sehr schwierig, das Alter von Menschen zu schätzen. Dieser Mann sah so aus, wie er sich einen Hundertjährigen vorstellte. Sein Gesicht war runzelig, um den kahlen Kopf trug er einen schmalen weißen Haarkranz, wie einen

Heiligenschein, und bekleidet war er mit einem weißen, knöchellangen Kaftan, wie man ihn noch heute in arabischen Ländern sieht. Marco entschuldigte sich noch einmal für sein Eindringen und nannte seinen Namen.

„Das macht nichts", sagte der Alte. „Ich bekomme nur noch wenig Besuch. Ich bin Archimedes. Woher kommst du?"

Marco stockte buchstäblich der Atem. Erst nach einiger Zeit, wie nach einem langen Tauchgang zur *Santa Lucia,* konnte er Luft schnappen. „Sie meinen, Sie sind der Archimedes, der das Hebelgesetz erfunden hat?"

„Nicht erfunden, sondern entdeckt. Aber was weiß ein Junge wie du schon vom Hebelgesetz?"

„Wir lernen das in der Schule. Kraft mal Kraftarm ist gleich Last mal Lastarm."

Der Alte lächelte. „So habe ich das nicht gesagt, aber es ist richtig. Noch einmal, woher kennst du das?"

Marco überlegte nicht lange. Er hatte Vertrauen gefasst zu diesem Mann und er glaubte, dass dieser ihn verstehen würde. „Mein Lehrer ist Herr Bauenhagen und er ist ein großartiger Physiker. Er spricht mit größtem Respekt von Ihnen. Und ich – vielleicht glauben Sie mir nicht, aber es ist echt wahr – ich komme aus dem einundzwanzigsten Jahrhundert."

„Was meinst du damit, drücke dich deutlich aus."

Marco wurde erst jetzt bewusst, dass sie sich jetzt vor unserer Zeitrechnung befanden und seine Angabe keinerlei Bedeutung hatte. „Das ist ungefähr zweitausendzweihundertfünfzig Jahre von jetzt in der Zukunft."

Archimedes wirkte erstaunt, aber nicht ungläubig. „Bei Zeus und Poseidon!", rief er. „Ist das wirklich wahr? Mein ganzes Leben lang habe ich mir so eine Begegnung ausgemalt, aber nie geglaubt, dass es wirklich geschehen könnte. Beweise mir, was du sagst."

„Wir haben vor zwei Wochen gelernt, dass Sie „Heureka" gerufen haben und aus der Badewanne gesprungen sind. Das ist das Archimedische Prinzip. Und Sie sollten sich sehr in Acht nehmen. Eines Tages wird ein Soldat dort stehen, wo ich hereingekommen bin. Sie werden wieder rufen „Störe meine Kreise nicht", aber er wird Sie töten."

Der Alte kicherte. „So, so, ihr nennt es nach mir das Archimedische Prinzip. Das ist eine große Ehre. Aber die Geschichte mit dem Soldaten, die stimmt nicht. Die habe ich in die Welt gesetzt, weil ich mich vor Anfragen nicht mehr retten konnte. Jeder wollte von mir Unterricht und möglichst noch umsonst und ich hatte keine Zeit zum Nachdenken mehr. Jetzt bin ich tot für die Welt und lebe in Frieden. Aber erzähle mir aus deiner Zeit. Erzähle mir alles, alles!"

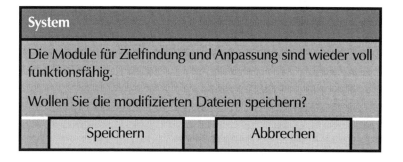

System

Die Module für Zielfindung und Anpassung sind wieder voll funktionsfähig.

Wollen Sie die modifizierten Dateien speichern?

| Speichern | Abbrechen |

Marco wollte sich nicht auf eine lange Diskussion einlassen und klickte einfach auf Speichern. Dann stand er auf, um Boleck wieder an seinen Laptop zu lassen.

„Wann hast du dich denn umgezogen?", fragte die Mutter entgeistert.

„Das macht der Computer, wenn er richtig eingestellt ist. Jetzt funktioniert wieder alles." Die Matrosenhosen waren verschwunden, Marco war jetzt gekleidet wie immer und auch an der Farbe seiner Haut und seiner Haare war nichts Ungewöhnliches zu bemerken.

„Sie müssen dieses Programm sofort zerstören", drang die Mutter auf Boleck ein. „Es wäre eine Katastrophe, wenn Marco oder irgendjemand sonst noch einmal so ein Unglück zustieße. Löschen Sie es jetzt, sofort."

„Lass nur, Ma", versuchte Marco sie zu beruhigen. „Schau her, ich bin vollkommen heil und gesund. Das Programm beschützt mich auch, wenn ich in der Vergangenheit bin. Bis auf ein paar Beulen ist mir noch nie etwas passiert. Und wenn ich vor dreihundert Jahren ums Leben gekommen wäre, dann stünde ich jetzt nicht hier. Und übrigens", jetzt wandte er sich an Herrn Bauenhagen, „ich soll Sie von Archimedes grüßen. Wir haben zwei Tage zusammen gesessen und er hat viel von Ihnen gelernt."

Das war der Knaller des Tages. Marco erzählte alles von seiner letzten Begegnung. „Ich habe ihm von unserem Leben im Allgemeinen erzählt und auch vom Physikunterricht. Da gab es allerhand, was er noch nicht wusste. Wie die Erde aussieht, zum Beispiel, und dass die Sterne Himmelskörper sind. Am schwierigsten war es, zu erklären, was ein Meter, ein Kilometer ist."

„Und wie hast du das geschafft? Mir fällt im Augenblick keine Lösung ein." Herrn Bauenhagens pädagogisches Talent war noch nie mit einer so elementaren Frage konfrontiert worden.

„Ich bin 172 Zentimeter groß. Daraus haben wir einen Zentimeter konstruiert, und dann einen Meter. Dann haben wir aus Ton einen Würfel von 10 Zentimeter gebastelt und weil man da genau einen Liter Wasser hineinfüllen kann und weil ein Liter Wasser genau ein Kilogramm wiegt, hatten wir alle wichtigen Maße bald beisammen. Archimedes hat übrigens mit seinem Hebelgesetz eine sehr genaue Waage konstruiert. Er hat einen Stein genommen und so lange kleine Splitter davon abgeschlagen, bis er genau ein Kilogramm wog. Das ist jetzt der Stein des Weisen, hat er vor sich hin geschmunzelt. Damit lässt sich noch viel anfangen."

Es entwickelte sich eine ausführliche Diskussion, welche Wirkung Marcos Besuch für die Nachwelt gehabt haben könnte.

„Die alten Griechen und Römer haben nicht mit Litern und Kilometern gerechnet", meinte Marcos Vater. „Wenn du wirklich dort warst, hat dein Archimedes sein Wissen nicht unter die Leute gebracht."

„Vielleicht konnte er das nicht, weil er offiziell schon als tot galt", fügte Professor Boleck hinzu. „Vielleicht ist auch die Information nicht gespeichert worden und Archimedes hat sie nach Marcos Besuch sofort wieder vergessen."

Schließlich gelang es dem Hausherrn, sich Gehör zu verschaffen. „Wir haben Marco wieder, und, wie es aussieht, unbeschädigt oder wenigstens perfekt repariert. Darauf sollten wir mit Champagner anstoßen, nur haben wir keinen im Haus. Wie wär's, wenn wir uns stattdessen mit einer Tasse Kaffee um den Esstisch setzen und uns aussprechen?"

Frau Bauenhagen und Ariane verschwanden in der Küche und bald standen eine große Kanne Kaffee und ein Teller mit hausgebackenen Plätzchen auf dem Tisch. Marco wollte wissen, wie lang er denn verschwunden gewesen war. Genau wusste das keiner. Es war nur aufgefallen, dass er den Eltern nicht Gute Nacht gesagt hatte. Am Morgen war er nicht zum Frühstück erschienen. Als sich dann herausstellte, dass er nicht bei Richard übernachtet hatte, da wurde der Vater, wie es seine Art war, am Telefon aktiv. In der Schule war er nicht gesehen worden und auch in Herrn Kramers Büro hatte er sich nicht gemeldet. Weder in der Stadt noch im Umkreis gab es nicht identifizierte Unfallopfer. Es war, als hätte sich der Erdboden aufgetan und Marco verschluckt. Jetzt wussten sie natürlich, nicht der Erdboden war es, sondern die Zeit.

Herr Bauenhagen erfuhr von Marcos Verschwinden erst, als er nach dem Unterricht nach Hause kam. Er zog den wahrscheinlichsten Schluss und fragte: „Läuft sein Computer?" Erst jetzt wurde festgestellt, dass der Computer ebenso verschwunden war wie Marco selbst. Herr Bauenhagen sagte: „Ich glaube, ich muss Ihnen einiges erklären. Wäre es möglich, dass Sie zu uns herüberkommen?" Dann rief er Alfred Boleck an und sagte: „Lass alles stehen und liegen und komm hierher. Wir haben wahrscheinlich ein Problem mit Marco Kramers Computerprogramm." So also war die Lage, als Marco sich im Bauenhagenschen Haus wieder fand. Die Eltern, endlich in das Geheimnis eingeweiht, waren zornig und entsetzt. Der Informatiker arbeitete fieberhaft am Programm und eine der ausgeworfenen Angeln hatte Marco erwischt und in die Gegenwart zurückgeholt.

Marco berichtete von seinem letzten Abenteuer: dass Korkis und seine Komplizen an seinem Computer herumgedoktert hatten und er ihnen dadurch in die Hände gefallen war. Dass sie ihn ausgepeitscht hatten und dass er dann bei Käptn Hurrikan gelandet war, der ihn weiter peitschen ließ. Seine Rettung durch Mole und dessen Freunde, die Reise ums Kap Horn und die Begegnung mit Alexander Selkirk.

„Alexander Selkirk", unterbrach Frau Bauenhagen, „der Name ist bekannt. Der hat etwas erfunden oder entdeckt. Aber was? Ich komm nicht drauf." Alle Erwachsenen behaupteten, schon einmal von Selkirk gehört zu haben, aber niemand konnte sich erinnern, in welchem Zusammenhang.

„Dann müssen wir nachsehen", sagte Boleck und setzte sich wieder an seinen Laptop. In weniger Zeit, als Ariane brauchte, um allen Kaffee nachzugießen, hatte er die Information gefunden.

„Selkirk, Alexander", las er vor. „Ein englischer Seemann, der nach einem Streit mit seinem Kapitän Thomas Stradling auf eigenen Wunsch auf einer der Juan-Fernandez-Inseln ausgesetzt wurde. Wider Selkirks Hoffnung und aller Wahrscheinlichkeit dauerte es vier Jahre, bis wieder ein Schiff an der – heute nach ihm benannten – Insel anlegte und ihn aus seiner selbst gewählten Verbannung rettete.

Die Einsamkeit wurde für Selkirk zur Folter. Er verfiel körperlich und als seine spärlichen Lebensmittelvorräte verbraucht waren, hatte er nur den Wunsch zu sterben. Doch seine Bibel spendete ihm Trost und er begann, sich ums Überleben zu kümmern. Es gab gutes Trinkwasser und er hatte keine Schwierigkeiten, Seehunde und Wildziegen zu erlegen und Fische oder Langusten zu fangen. Als sein Schießpulver verbraucht war, arbeitete er die Einzelteile seiner Muskete zu nützlichen Werkzeugen um: Messer, Harpune, Säge, Angelhaken. Aus Ziegenhäuten, die er mit einem Nagel zusammennähte, fertigte er sich Kleidung an. Er baute sich eine Hütte aus Zweigen und Gras. Er konnte Feuer machen, indem er zwei trockene Stöcke gegeneinander rieb. Er fürchtete nur zwei Dinge: die Melancholie und die Möglichkeit, dass ein spanisches Schiff ihn entdecken würde.

Am 2. Februar 1709 passierte der Freibeuter William Rogers, der mit seiner Fregatte *Duke* auf Kaperfahrt war, Selkirks Insel und bemerkte dessen Feuersignal. Der Zufall wollte es, dass William Dampier, der mit Selkirk unter Thomas Stradling gedient hatte, jetzt als Navigator bei Rogers fuhr. Er erkannte Selkirk und bürgte für ihn, sodass er an Bord genommen und in die menschliche Gesellschaft zurückgeholt wurde.

Das Schicksal von Alexander Selkirk diente dem damaligen Bestsellerautor Daniel Defoe als Vorbild für seinen Roman Robinson Crusoe."

„Ganz genau so war es", rief Marco begeistert. „Mit diesem Mann habe ich vor einer Woche gesprochen. Könnt ihr euch das vorstellen?" Irgendwie konnte sich das jeder vorstellen, genauso, wie man sich Nixen oder besenreitende Hexen vorstellen kann, aber zwischen der Vorstellung und der gefühlten Wirklichkeit klaffte ein Riss, den nur Marco überbrücken konnte.

„Aber du tauchst in dem Bericht überhaupt nicht auf. Warum ist Selkirk nicht mit dir gekommen, sondern auf seiner Insel geblieben?"

Hier schaltete sich Boleck ein. „In meinem Beruf fängt man irgendwann an, die Welt vorwiegend in Schleifen und Wenn-dann-Szenarien zu sehen. Tun wir das auch hier. Selkirk wäre sicher gern mitgekommen, aber er konnte nicht. Er trieb auf dem Hauptstrom der Zeit und die *Lucy* mit euch allen auf einem kleinen Nebenfluss, die sich gerade an dieser Stelle zufällig berührten. **Wenn** ihr ihn vor zehn Tagen mitgenommen hättet, **dann** wäre dieser Bericht über seine Rettung durch Rogers und Dampier nicht geschrieben worden. Dieser Bericht ist aber schon mehrere hundert Jahre alt und kann nicht geändert werden. Also war es für Herrn Alexander Robinson

Selkirk ein Ding der Unmöglichkeit, seine Insel mit euch zu verlassen. Ihr hättet ihn gefesselt auf die *Lucy* bringen und mit ihm davonsegeln können, irgendwie wäre er verschwunden und wieder auf die Insel zurückgekehrt. Ihr hättet versuchen können, ihn umzubringen, es wäre euch nicht geglückt."

Jeder hatte irgendeinen Einwand. Bolecks logisches Gebäude hielt jedoch der Belagerung stand. Auch Herr Bauenhagen musste sich geschlagen geben. „Als Naturwissenschaftler misstraue ich deinen glatten Argumenten, lieber Alfred. Nur kann ich dir keinen Fehler nachweisen. Ich wünschte, Albert Einstein wäre noch am Leben, er könnte die Nuss vielleicht knacken."

Herrn Kramers Handy klingelte. Wer immer am anderen Ende sein mochte sprach lange. Kramer stellte nur ein paar kurze Zwischenfragen und beendete das Gespräch mit: „Haben Sie vielen Dank für diese Information." Noch bevor die anderen ihr unterbrochenes Gespräch wieder aufnehmen konnten, sagte er: „Das war der Leiter unseres Polizeireviers. Man hat eine Spur von dem Journalisten und seinen falschen Kriminalbeamten gefunden. Sie haben sich in einem Mittelklassehotel am Stadtrand eingemietet und sind dann nicht mehr gesehen worden. Der Portier schwört Stein und Bein, dass kein Gast das Hotel ungesehen verlassen kann, und schon gar nicht drei so auffallende. Trotzdem sind diese Männer nicht mehr im Hotel. In einem ihrer Zimmer lagen Scherben von einem geborstenen Computer-Monitor über Bett und Boden verstreut. Sonst nichts. – Sie haben alle gehört, dass ich die Entführung von Marco mit keinem Wort erwähnt habe. Es ist wohl am besten, wenn wir das auch weiter so halten."

Der Nachmittag hatte sich längst in den Abend hineingezogen, bis Marco seine Zuhörer auf den neuesten Stand gebracht hatte. Wie Bolecks Experimente ihn aus dem Hafen von Valparaiso mitten in das Neumondfest der Indios geworfen hatten. Wie er danach auf der Suche nach der verlorenen Sprache herumgewirbelt wurde und er immer nur hoffte, dass der kleine Laptop stark genug war, ihn festzuhalten. „Aber ich verstehe eine ausgestorbene Sprache! Und ich hätte auch fließend Latein gelernt, wenn ich nur mehr Zeit gehabt hätte."

Der Vater war nachdenklich geworden. „Als ich heute zum ersten Mal von dieser Sache mit den Zeitreisen hörte, da war ich wütend. Erstens, weil ihr uns, die Eltern, nicht ins Vertrauen gezogen habt. Das ist und bleibt unverzeihlich. Wütend war ich auch wegen all des Ärgers, den dieser Journalist und seine Komplizen uns bereitet haben. Dann hatte ich rasende Angst, Marco nie mehr wieder zu sehen. Und ich habe mir vorgenommen, all diese Zeitreisen und sonstigen Abenteuer zu unterbinden und zur Sicherheit Marcos Computer zu zerstören. Der treibt jetzt aber irgendwann und irgendwo auf einem Segelschiff im Pazifik und stellt keine Gefahr mehr dar. Wenn ich jetzt deine Erlebnisse höre, Marco, dann glaube ich, es wäre unrecht gewesen, dir das Reisen in der Zeit wegzunehmen. Ich bin froh, dass die Entscheidung nicht mehr bei mir liegt."

Man verabschiedete sich schließlich mit dem Versprechen, bald wieder zusammenzutreffen, um mehr über Marcos Abenteuer zu erfahren. Herr Kramer war mit dem Auto gekommen und so fuhren sie die paar Blocks nach Hause, die Marco sonst immer zu Fuß ging. „Ich finde deine Freundin wirklich nett", sagte die Mutter. Marco fühlte, wie er wieder rot wurde.

„Ich weiß gar nicht, ob sie meine Freundin ist." Die Mutter drehte sich nach hinten zu ihm um. Sie lächelte, aber ihre Augen sagten, dass sie sich nicht über ihn lustig machte. „Dann solltest du es schnell herausfinden, ehe sie einen anderen so küsst, wie dich heute."

Es war nichts zu Essen im Haus, so sehr hatte Marcos Verschwinden den Tagesablauf durcheinandergebracht. Frau Kramer versuchte, aus Kühlschrank und Vorratskammer Proviant zusammenzutragen und jedes Mal, wenn sie an Marco vorbeiging, musste sie anhalten und ihn ganz fest in den Arm nehmen. Schließlich lagen fürs Abendessen bereit: ein Glas

Honig, eine angebrochene Packung Cornflakes, drei Dosen rote Bohnen, drei Eier, eine Dose Thunfisch. Marco schauderte es. Gegen eine Mahlzeit aus diesen Zutaten war alles, was aus Frenchys Küche kam, mindestens drei Sterne wert.

„Ma", sagte er schließlich. „Warum machst du dir so viel Mühe. Ich bestelle für jeden von uns eine Pizza."

„Glaubst du, das geht so einfach?", fragte die Mutter zweifelnd. „Ist es nicht schon zu spät und werden die unser Haus finden?"

„Ma, es geht, und neun Uhr ist nicht zu spät und unsere Straße ist auf jedem Stadtplan zu finden. Was magst du auf deiner Pizza? Salami, Artischocken und Ananas?"

„Ich weiß nicht. Einfach irgendwas." Es stellte sich heraus, dass weder die Mutter noch der Vater je eine Pizza gegessen oder gar ins Haus bestellt hatten. So gut also kannte er seine Eltern. Hatte er sie zu sehr vernachlässigt? Da musste er etwas ändern.

Das Dinner war ein großer Erfolg. Beide Eltern – sie aßen elegant mit Messer und Gabel, während Marco lieber einen tadelnden Blick ertrug und die Hände zu Hilfe nahm –, fanden Pizza überraschend schmackhaft. „Vielleicht sollten wir öfter mal was Neues ausprobieren", bemerkte der Vater.

„Vielleicht sollten wir unser ganzes Leben ändern", schlug die Mutter vor. „Ich werde versuchen, nur noch halbtags zu arbeiten und mir mehr Zeit für Marco nehmen. Hätte ich das früher getan, dann wäre er gar nicht auf die Idee gekommen, sich unter Seeräuber und Piraten zu mischen."

„Das ist ja jetzt vorbei. Gott sei Dank. Aber damit dich nicht die Langeweile packt", wandte sich der Vater an Marco, „kannst du in den Sommerferien in der Firma ein Praktikum machen. Dann siehst du schon einmal, was später auf dich zukommt."

„Weißt du, Pa, ich will gern in deiner Firma arbeiten und verstehen, was genau du machst", sagte Marco. „Aber" – das jetzt an beide Eltern – „vergesst nicht, ich bin es, der die Bewohner von Pompeji im wirklichen Leben beobachtet hat.

Ich bin es, der Archimedes persönlich kennt. Ich bin es, der den Schatz der *Santa Lucia* gehoben hat. Ich will alles über die Vergangenheit wissen. Ich werde kein Bauunternehmer. Ich werde Archäologe."

„Nein, Marco!" Die Mutter war sichtlich konsterniert. „Pa braucht dich in der Firma. Und außerdem – du würdest wieder auf Zeitreisen gehen und dich unnötig in Gefahr begeben. Das erlaube ich nicht! Sag, dass du das nicht tun wirst!"

Marco war viel zu abgespannt, um sich jetzt noch auf lange Dispute einzulassen. „Nein, Ma, ich werde keine Zeitreisen mehr machen. Wirklich nicht." Er hatte genug davon, für immer. Oder wenigstens für lange, lange Zeit. Vielleicht nur für einige Zeit? Man kann ja nie wissen.

Das Labyrinth – Wer hat's erdacht, wie kommt man raus?

Diese Geschichte ist eine Sage aus dem griechischen Altertum, die seit mehreren Tausend Jahren bis heute weitererzählt worden ist.

Auf der Insel Kreta, einst Sitz einer großen und bis heute geheimnisvollen Kultur, lebte vor Zeiten der König Minos. Auf Kreta lebte aber auch der Minotaurus, ein schreckliches, Menschen fressendes Ungeheuer, das vom Kopf bis zu den Schultern die Gestalt eines Stieres hatte, sonst aber wie ein kräftiger Mann aussah. Dieser Minotaurus verlangte regelmäßig junge Männer und Frauen als Opfer und keiner wagte, sich ihm zu widersetzen. Das Volk lebte in Angst und Schrecken. Schließlich bat der König seinen Freund Daedalos um Hilfe und der hatte eine geniale Idee.

Er baute für den Minotaurus ein großes Gebäude mit unzähligen Gängen, die kreuz und quer durcheinanderliefen, so verwirrend, dass niemand, der einmal hinein geriet, seinen Weg je wieder herausfand. Daedalos selbst hätte wohl auf immer in diesem Irrgarten festgesessen, hätte er nicht einen roten Faden mit einem Ende am Eingang festgebunden und dann diesen Faden hinter sich auf seinem Weg durch das Labyrinth hinter sich ab- und dann auf dem Rückweg wieder aufgewickelt. (Daher stammt übrigens der Ausdruck von dem roten Faden, der sich durch eine Geschichte zieht, damit der Leser nicht den Weg verliert.) Es ist nicht überliefert, wie es gelang, den Minotaurus in das Labyrinth zu locken. Vielleicht mit der selben Methode, die Pedro bei dem einäugigen Piraten anwandte.

Der Minotaurus konnte zwar jetzt nicht mehr über die Insel ziehen und unter den Menschen Blutbäder anrichten, aber ein gefährliches Monster war er immer noch. Immer wieder reisten junge Männer aus Griechenland und anders woher übers Meer, um den Minotaurus zu töten. So eine Heldentat zu vollbringen war damals der beste Weg, ein Superstar zu werden – oder ein schmackhaftes Abendessen für den Minotaurus. Keiner wurde je ein Superstar.

Dann kam eines Tages Theseus aus Athen, wieder einer dieser ehrgeizigen Männer. Er hatte das Glück, dass er sehr gut aussah, sodass Ariadne, die Tochter von König Minos, sich auf den ersten Blick in ihn verliebte. Sie verriet ihm den Trick des Daedalos und gab ihm ein Knäuel rotes Garn. Vielleicht gab sie ihm auch sonst noch ein paar heiße Tipps, denn Theseus brachte es tatsächlich fertig – bis heute weiß keiner genau, wie – den Minotaurus abzuschlachten und sich an dem roten Faden wieder aus dem Labyrinth zu hangeln. So wurde er ein Held, den alle verehrten und dessen Name noch nach Tausenden von Jahren bekannt ist. Mit Ariadnes Verliebtheit nahm es übrigens kein besonders gutes Ende. Theseus nahm sie zwar mit auf sein Schiff, aber unterwegs ließ er sie auf einer Insel sitzen.

Zu Daedalos gibt es auch noch eine lange Geschichte, aber die gehört schon nicht mehr hierher. Deshalb nur das Wichtigste in Kürze: Daedalos gefiel es nicht mehr auf Kreta, aber der König wollte ihn nicht ziehen lassen. Da baute Daedalos für sich und seinen Sohn Ikaros Flügel aus Vogelfedern, die er mit Wachs zusammenklebte. So flogen sie davon, ohne dass Minos sie zurückhalten konnte. Ikaros aber, in seinem jugendlichen Übermut, stieg so hoch in den Himmel, dass durch die Sonnenhitze das Wachs seiner Flügel schmolz und er ins Meer stürzte. Daedalos musste allein weiterfliegen und landete schließlich auf Sizilien, das damals noch nicht italienisch war, sondern eine griechische Kolonie.

Archimedes und die Naturgesetze

„Gib mir einen festen Punkt im Weltall, und ich werde die Erde aus ihren Angeln heben." Dieser Ausspruch wird dem griechischen Denker Archimedes zugeschrieben, und wenn er nicht wahr ist, dann ist er gut erfunden.

Archimedes ist etwa 287 Jahre vor Christi Geburt in Syracus geboren, einer damals griechischen Kolonie auf der Mittelmeerinsel Sizilien, die später, im Jahre 212, von den Römern erobert wurde. Er war so etwas wie ein Einstein des Altertums und entdeckte viele elementare Naturgesetze, die sich die Menschheit seither zu Nutzen macht. Wenn er heute noch am Leben wäre, würde er wahrscheinlich jedes Jahr aufs Neue den Nobelpreis für Physik erhalten. Die Überlieferung besagt, dass es für Archimedes nichts Wichtigeres gab als seine Forschung. Als die Römer seine Stadt erstürmten und, wie damals üblich, ein Blutbad unter der Bevölkerung anrichteten, wurde auch Archimedes umgebracht.

Das Hebelgesetz lautet, wie Herr Bauenhagen auch im Unterricht sagte, „Kraft mal Kraftarm ist gleich Last mal Lastarm." Oft wendet man dieses Gesetz an, um ein Gleichgewicht herzustellen, zum Beispiel bei einer mechanischen Waage. Auch für die Brettschaukel auf dem Kinderspielplatz gilt das Hebelgesetz. Im alten Ägypten war es eine der wichtigsten Grundlagen beim Bau der Pyramiden, ein Einbrecher wendet es an, wenn er mit einer Brechstange eine Tür aufbricht, und im Zirkus springt ein Artist auf ein Ende einer Wippe, um den anderen in die Zirkuskuppel zu schleudern. Von Archimedes, seinen Erfindungen und seinen überlieferten Aussprüchen wäre noch viel zu erzählen. Vielleicht ein anderes Mal.

H.G. Wells (1866–1946)

Eine Generation nach Jules Verne (In 80 Tagen um die Erde, 20000 Meilen unter dem Meer) gewinnt das literarische Genre des Zukunftsromans durch den englischen Schriftsteller Herbert George Wells wieder an Popularität. Heute würde man ihn als Bestseller-Autor von Science-Fiction-Büchern bezeichnen. Eines seiner frühen Werke ist Die Zeitmaschine. Mittels der von ihm konstruierten Maschine vermag der Zeitreisende – anders wird er nie genannt – weit, weit in die Zukunft vorzudringen. Was er dort bei seinen ersten beiden Experimenten erlebt, ist wenig erfreulich, aber das Zeitreisen macht süchtig, und so unternimmt er einen dritten Versuch – von dem er nie zurückkehrt.

Ein anderer, ebenso bekannter Roman von Wells ist Der Krieg der Welten. Marsbewohner greifen die Erde an, verwüsten alles in Reichweite ihrer turmhohen, dreibeinigen Kampfmaschinen und wollen offenbar alle Lebewesen vernichten, um den Planeten selbst in Besitz zu nehmen. Die Menschen haben keine Chance, ihre schwersten Panzer und stärksten Raketen zeigen keine größere Wirkung als billiges Plastikspielzeug. Und dann geschieht das Wunder: Die Monster staksen langsamer und langsamer übers Land, ihre Zerstörungskraft wird schwächer, und schließlich bleiben sie machtlos stehen. Die Marswesen in den Steuerkuppeln sind tot. Wie so viele Indianervölker der Neuen Welt sind sie einem heimtückischen Feind unterlegen, den Bakterien, mit denen wir Menschen meist ohne große Umstände fertig werden.

Viele Werke von H.G. Wells sind verfilmt worden, Der Krieg der Welten vor nicht allzu langer Zeit. Eine ganze Anzahl seiner Bücher ist auch in deutscher Übersetzung zu haben.

William Dampier (1651–1715)

Im April 1674 beginnt William Dampiers lebenslanges Abenteuer. Als Matrose verdient er sich auf dem Segelschiff Content die Überfahrt nach Jamaika. Kurze Zeit arbeitet er im Büro einer Plantage, dann schließt er sich einer Gruppe von Holzfällern an. Tropische Edelhölzer sind in Europa sehr gefragt, und wer die harte Arbeit in den Mangrovesümpfen überlebt, kann ein hübsches Sümmchen ansammeln. Wann immer die Arbeit es zulässt, streift Dampier durch die Gegend und notiert seine Beobachtungen von Tieren und Pflanzen. Viele Wörter, wie Avocado, Brotfrucht, Cashewnuss, sind zum ersten Mal in seinen Aufzeichnungen zu finden, ehe sie aus dem Englischen in die anderen europäischen Sprachen übernommen werden.

Auf der Insel Hispaniola, wo heute die Länder Haiti und Dominikanische Republik liegen, gesellt sich Dampier zu den Bukaniern. Die Wälder sind voll von verwilderten Rindern und Schweinen, zurückgelassen von frühen spanischen Siedlern. Die Bukaniere jagen diese Tiere, dörren ihr Fleisch und verkaufen es an vorbeikommende Schiffe. Sie sind ein raues Volk und machen so oft gemeinsame Sache mit Piraten, dass die beiden Begriffe heutzutage beinahe gleichbedeutend verwendet werden.

Eine Gruppe von Bukanieren unter einem Kapitän Sharp, der auch Dampier angehört, führt um das Jahr 1680 mehrere Raubzüge aus. Der Versuch, nach dem Vorbild Morgans ein zweites Mal Panama zu erobern, bleibt erfolglos, denn die Spanier lassen sich nicht wieder übertölpeln. Einige Jahre später segeln die Flibustier, wie die Piraten auch genannt werden, die Westküste von Südamerika hinauf, um die Siedlungen am Meer auszuplündern. Sie werden von den Spaniern verfolgt und weichen auf den weiten Pazifik aus. So gelangt Dampier zu den Galapagosinseln, die ihm, schon lange vor Darwin, als Naturwunder erscheinen. Er verfasst den ersten detaillierten Bericht über die dortige Tier- und Pflanzenwelt.

Ab und zu kehrt Dampier für kurze Zeit zu seiner Frau nach England zurück, aber immer wieder zieht es ihn bald hinaus in die Welt der Abenteuer, Entdeckungen und Hoffnungen.

Mit einem Kapitän Swan segelt er wieder in den Pazifik hinein, weiter nach Westen, zu den Philippinen. Sie irren eine Zeit lang zwischen den heute indonesischen Inseln hin und her und landen schließlich, nicht als erste Europäer, aber als erste Briten, am 4. Januar 1688 in Neuholland, dem heutigen Australien. Dampier verfasst mehrere Bücher über seine Reisen, die in dieser von Entdeckungen begeisterten Zeit regelrechte Bestseller werden. Seine Aufzeichnungen inspirieren Jonathan Swift zu Gullivers Reisen und Daniel Defoe zu Robinson Crusoe. Charles Darwin verließ sich ebenso auf Dampiers Angaben wie Captain James Cook.

(Quelle: Diana & Michael Preston, A Pirate of Exquisite Mind, Walker Publishing Company, 2004. Leider haben Dampiers Schriften in Deutschland kein großes Interesse gefunden. Mit etwas Glück kann man noch ein Exemplar dieser Ausgabe auftreiben: Freibeuter 1683–1691 – Das abenteuerliche Tagebuch eines Weltumseglers und Piraten von William Dampier [Autor], Hans Walz [Herausgeber], Erdmann-Verlag, 1977.)

Henry Morgan, Seeräuber in königlichem Auftrag

Es ist das Jahrhundert ohne Grenzen, es ist das Jahrhundert ohne Gesetze. Die alten Mächte Europas greifen gierig nach den vermeintlichen und echten Schätzen der Neuen Welt, des amerikanischen Kontinents. Und sie entdecken, dass es dahinter noch viel mehr zu entdecken gibt, vielleicht Gold, vielleicht Gewürze, vielleicht nur Land, das bisher noch „niemandem" gehört, denn einheimische Völker oder auch Herrscherhäuser zählen nichts in den Moralvorstellungen europäischer Eroberer. So ist es durchaus nichts Ungewöhnliches, wenn ein Mann heute als Pirat verfolgt wird, morgen als Admiral geachtet und schließlich als Adliger und Großgrundbesitzer seinen Lebensabend genießt.

Bis heute ist umstritten, ob Henry Morgan ein Pirat oder ein Freibeuter war, ein Verbrecher also, der Menschen ausraubte und oft auch tötete, oder ein Söldner, der im Auftrag des Königs dessen Feinde unschädlich machte und ihr Hab und Gut in Besitz nahm. Der Unterschied bestand vor allem darin, dass er im zweiten Fall seine Beute mit der Krone teilen musste. Die beiden damaligen Weltmächte, Spanien und England, kämpften mit allen Mitteln um die Vorherrschaft in Mittelamerika, in kürzesten Abständen wurden neue Verträge geschlossen und wieder gebrochen, ehe die Tinte der Unterschriften getrocknet war. So wusste Morgan, wie viele andere seiner Zunft, häufig selbst nicht, ob gerade Krieg oder Frieden herrschte, auf welcher Seite des Gesetzes er sich an diesem Tag befand.

Morgan wurde etwa 1635 in England geboren. Er fühlte sich, wie zwei seiner Onkel, zu einer militärischen Karriere berufen. Schon in seinen frühen Tagen nahm er an verschiedenen Eroberungszügen teil, bei denen beispielsweise Jamaika unter britische Herrschaft geriet. Mit 32 Jahren wurde er Anführer der Freibeuter, Bukaniere und Piraten, die sich Jamaika als Stützpunkt auserkoren hatten. Diese gesetzlose Bande hatte meist wenig Lust, mit eleganten Schiffen andere Schiffe zu kapern, so wie es heute im Film gern voller Romantik dargestellt wird. Eine Siedlung an Land auszurauben war weniger mühsam und weit profitabler. Die in diesem Buch beschriebenen Beutezüge sind nur die vielleicht spektakulärsten Unternehmungen Morgans.

Spanien protestierte so heftig gegen den Überfall auf Panama, dass Morgan eines Tages in Ketten gelegt und nach England geschickt wurde. Dort lebte er allerdings als freier Mann in besten Kreisen, wurde zwei Jahre später in den Adelsstand erhoben und als Vizegouverneur wieder nach Jamaika geschickt. 1688 starb Sir Henry Morgan als reicher Plantagenbesitzer und erhielt ein Staatsbegräbnis.

(Dies und noch viel mehr über Piraten kannst du nachlesen in dem Buch „Unter schwarzer Flagge" von David Cordingly.)

Der Autor

Lange Zeit und an vielen aufregenden Orten der Welt hat C. Harry Kahn den Kontakt mit Künstlern aller Disziplinen gepflegt. Besonders stimulierend fand er die Gespräche mit Schriftstellern.

Eines Tages beschloss er, das Schreiben zu seinem Hauptberuf zu machen. Auch als Erwachsener liest er noch gern spannende Jugendbücher, auch solche, die er nicht selbst geschrieben hat. Dabei fasziniert ihn besonders die Gabe der Menschen, immer wieder Neues zu entdecken und zu erfinden.

Ein Herz
für Autoren

Der Verlag

Der im österreichischen Neckenmarkt beheimatete, einzigartige und mehrfach prämierte Verlag konzentriert sich speziell auf die Gruppe der Erstautoren. Die Bücher bilden ein breites Spektrum der aktuellen Literaturszene ab und werden in den Ländern Deutschland, Österreich, Schweiz und Ungarn publiziert.

Das Verlagsprogramm steht für aktuelle Entwicklungen am Buchmarkt und spricht breite Leserschichten an. Jedes Buch und jeder Autor werden herzlich von den Verlagsmitarbeitern betreut und entwickelt.

Mit der Reihe „Schüler gestalten selbst ihr Buch" betreibt der Verlag eine erfolgreiche Lese- und Schreibförderung.

Manuskripte sind beim novum Verlag jederzeit gerne willkommen!

novum
VERLAG

Rathausgasse 73
A-7311 Neckenmarkt
Tel: 02610/431 11

www.novumverlag.com

GERMANY | AUSTRIA | SWITZERLAND | HUNGARY

Bewerten
Sie dieses Buch
auf unserer Homepage!

www.novumverlag.com